当代中国古代文学研究文库

丛书主编 傅璇琮 黄霖 罗剑波

走马塘集

王水照 著

复旦大学出版社

"当代中国古代文学研究文库"总序

中国古代的文学源远流长、光辉灿烂,从远古朴实的民谣、奇幻的神话,到《诗经》、楚辞、汉赋、唐诗、宋词、唐宋古文、元曲、明清小说……花团锦簇,美不胜收。它以无数天才的作家、优美的作品、多变的文体、鲜活的形象、生动的故事、独特的风格与鲜明的民族特点,充分地表现了中华儿女的传统美德、人生理想、聪明才智、崇高精神,以及审美情趣与艺术才能。它们是中华民族五千年传统文化珍贵的结晶,也是全世界文学之林中耀眼的瑰宝。

有文学,就有欣赏,就有批评,就有研究。早在先秦时代,对文学的批评就随处可见,如《左传》中写到季札在鲁国观乐,对《诗》中的众多作品一一作了点评。后来逐步产生了一批理论批评与研究专著,如刘勰的《文心雕龙》、锺嵘的《诗品》、严羽的《沧浪诗话》、刘熙载的《艺概》等,为中国古代文学的研究树立了典范。到 20 世纪初,在中西融合、古今通变的潮流中,中国古代文学研究的思维模式与书写方式都发生了明显的变化,截至 1949 年,已陆续产生了一批现代形态的中国古代文学研究成果。新中国建立以后,历史翻开了新的一页,近七十年来,特别是从上世纪80年代以来,当代的中国古代文学研究尽管有时也不免遇到这样或那样的干扰与曲折,但总体而言,不论是文献的整理或考辨,还是理论的概括与分析;不论是纵向或横向的宏观综论,还是对作家或作品的具体探索;不论是沿用传统的方法作研究,还是借用了外来的新论来阐释,都取得了可喜成绩,其人才之多、论著之富与质量之高都是前所未有、举世瞩目的。

这批当代的中国古代文学研究成果也是一笔宝贵的财富,特别是一些名家的代表性论著,本身也有学习与传承、总结与研究的重要价值。为此,在复旦大学出版社的倡议与支持下,我们陆续邀请了一批当代在世的研究中国古代文学有实绩、有影响的名家,由他们自选其有代表性的专论结成一集,每集字数在30万字左右。第一辑选有十位学者,年龄不等,照顾到各自研究对象的不同方面。以后将还陆续推出,计划本文库的总量在50本左右。

我们相信,本文库的每一集文字都曾经为学术史的推进铺下过坚实的一砖一石,都曾经如一股强劲的东风吹开过读者的心扉,拨动过大家的心弦。如今重温他们精到的论断、深邃的思考、严密的逻辑、优美的文字,乃至其治学的风范、人格的魅力,都可以为后来者提供学习与承传的典范,也为总结与研究新中国古代文学研究的辉煌历史铺路开道。我们这样重视中国古代文学的研究,希望能推动学界进一步深入地去研究中国古代文学的历史渊源、发展脉络、基本走向,搞清楚中国古代文学的独特创造、价值理念、鲜明特色,增强文化自信和民族自信,并积极地去发掘与阐发古代文学的当代价值,从中汲取优秀的思想精华、道德精髓和美学情趣,使之成为涵养社会主义核心价值观的重要源泉,为实现中国梦起到积极的作用。

最后,不能不说的是,正当我们这套丛书的第一辑即将付梓问世之时,傅璇琮先生于2016年1月23日突然病逝。在这套丛书的筹划与出版的全过程中,曾得到了病中的傅先生的悉心指导与全力帮助。他的逝世,是学界的重大损失,也直接影响了这套丛书的后续工作。我们将沿着既定的思路,编辑与出版好这套丛书,以作为对傅先生永远的纪念。

自　　序

走马塘是上海东北地区一条河流的名称，属于杨浦区。该区在唐末宋初成陆，相传南宋名将韩世忠于此屯兵，在岸边走马往来，由此得名。我在十多年前迁移此河之畔的所谓亲水小区，那时还遭黑臭之累，如今河道颇清，臭味已除，成了我晚年居于斯、食于斯、治学于斯的处所。本集所收之文，以晚年所作为主，既表现我治学趣向嬗变的轨迹，包涵了我对学术同道"如切如磋"的一份期待，也可以与我已经出版的几部论文集在内容编排上有所区别。简言之，《走马塘集》即"晚学集"也。

我在治学道路上努力遵循一个原则：研读力求普泛，落笔则须谨慎，切忌逾越疆界。学界向有所谓宏观、微观研究的讨论，我个人倾向"中观"，即"与其简单重复一些老生常谈的大题目，不如切实地开掘出一批富有学术内涵的中、小型课题，有根有据地予以研讨与阐明，必能提高我们研究的总体水平"(《走近"苏海"》)，意欲兼收宏观与微观研究的长处而更力求两者的良性互激与动态平衡。梁启超批阅他学生潘光旦习作《冯小青》一文时，热情肯定而又语重心长地告诫他："望将趣味集中,务成就其一,勿如鄙人之泛滥无归耳。"我深为其肺腑之言所感动。

一位年轻朋友这样概括我的学术历程与治学旨趣:"用力最深的宋代文学研究"、"期待最切的古代文章学研究"、"牵挂最多的钱锺书学术研究",所言颇称到位。但随着老境渐至、个人主观条件的变化,又面对外部学术环境的日新,我对这三个专题的认识与观察是有发展的,尤其是2000年中国宋代文学学会的成立,2007年《历代文话》的出版,2003年起《钱锺书手稿集》的陆续问世,直接影响我的学术思考,对自己所从事的研究专题,其重点、内涵与未来方向等,均有新的想法与作派。

我从大学时代开始,比较早地确定了学术的主攻方向,以宋代文学研究为志业。衡估自己的资质禀赋、学养基础和知识结构,我较自觉地认识到能做到什么,尤其是不能做到什么。虽对其他领域也产生过兴趣,但始终不忘宋代文学,而且越来越到了"目不斜视"的程度。自知有学术格局狭小之弊,仍不敢超越畛域。前期所选宋代具体课题,大致从苏轼、宋词、宋文、文人集团几个方面展开,既是读书有得的促动,更为个人兴趣爱好所致,谈不上通盘的计划。2000年在复旦大学成立了中国宋代文学学会,我被推为会长,促使我在个人研究之外,需要更多地关心宋代文学研究的整体建构与发展导向,对研究中的前沿问题,也应进行思考。这个任务于我有些勉为其难,但也尽可能地建言献策。

比如我在一次年会上曾提出过宋代文学研究在布局上存在"三重三轻"的偏向,即重大作家轻中小作家,重词轻诗文,重北宋轻南宋。其实,前两点也集中体现在"轻南宋"上,因为南宋中小作家数量庞大,当时几乎还未进入研究者们的视野,对南宋诗歌发展脉络的梳理,也远不如北宋之明晰,散文方面更处于被严重遮蔽的状态。这与南宋文学的时代特点与历史定位是很不相称的。南宋文学是中国文学史上一个独立的发展阶段,它虽是北宋文学的继承与延伸,却不是"附庸"。这一百五十多年的文学历史呈现出诸多重大特点,如文学重心在空间上的历史性南移,而作家层级却又明显下移,文体文风上的由"雅"趋"俗",文学商品化的演进与文学传播广度和密度的加大,都具有里程碑式的转折意义。反观我国南宋史研究界,近年来却有长足的进步。杭州市社会科学院南宋史研究中心陆续推出"南宋史研究丛书",凡53种,还多次召开富有成果的学术会议,给我们提出了一个重要的新课题:"重新认识南宋",对南宋文学史研究也是有力的推动,应该迅速改变冷落与轻视的现状。有感于此,我除了与门人合作撰写《南宋文学史》外,也尝试写了一些文章,收在本书第一辑"南宋文学研究"中。虽然乏善可陈,权当引玉之砖吧。

我初涉宋代散文研究,为时颇早,在上世纪60年代初。《宋代散文选注》是普及性的大众读物,却是我个人第一次出书。我趁机泛阅了大量的古代散文选本、各类评注本以及著述文献,并尝试辑录古代散文评论资料。品味散文文本使我获得很大的审美愉悦,有时甚至觉得比读诗更有兴味;而那些保留在题跋、书简、随笔、短论中的文评资料,其深微厚重的内涵,又带给我一时难解的学术困惑。

其时我正参加中国社会科学院文学研究所《中国文学史》的编写。在叙述散文发展状况时,先秦部分还比较充分地论析了历史散文和诸子散文,两汉以后,就只能作散点介绍了。虽唐宋古文运动、前后七子、桐城派等着墨稍多,仍无法展示出我国散文发展的完整脉络,严重地脱离中国文学史的实际,尤其是无法展示出汉文学的民族特色。这是当时文学史编写者的共同困惑。读者们不知是否注意到,游国恩先生等主编的《中国文学史》,与我们文学所的文学史一样,都没有统领全书的综论性前言,卷首仅有出版说明。游著的《说明》很简洁,只对"文学对象或划分范围"作了交代,着重谈到"在文学发展的最初阶段,散文中的文学作品和历史、哲学著作常常很难划分,就是两汉以后,在一般学术论著和实用文章中也有很多富有文学意味的散文",编者们就根据这个认识决定散文入"史"的具体对象和范围。比它早一年问世的文学所版文学史,也是如此处理,都在审慎之中充满着无奈,留下一个大大的问号。

文学所编写的文学史于1962年7月出版后，胡乔木同志曾两次提出过意见。在第一次谈话中，他专门对散文问题作过大段议论，最后说："散文在古代文学中的地位那么高，现在我们把大部分作品都加以拒绝，说它们不是文学，这恐怕是一个缺陷。这里面有两个问题：① 从历史观点来考虑，值得研究；② 从文学观点来考虑，也值得研究。"（见《岁月熔金：文学研究所五十年记事》，中国社会科学出版社，2003年）他指示文学所应从"三卷本"教科书规模的"跑道"上退出，撰写20卷或10卷本大文学史。文学所即落实这个指示，并就一些重大问题成立研究小组，其中就有散文组。我参加该组工作，更积极地搜集、梳理有关古代散文评论资料，因为我当时认为，解决这个"困惑"的关键在于调整我们的文学观念，一方面要深入研究外来"纯文学"观念的形成历史，它在现代学科分类中的进步作用以及它的适用范围，另一方面更要坚守中国本土文化本位，从前人的大量论述中探索"中国文学"这个观念的丰富内涵，维护中国文学的主体性。这两者是存在矛盾的，只能在研究实践中求得一定的平衡。而作为工作切入点，或曰"抓手"，只能从认真踏实地研究我国古代的文评资料做起。但这个学术梦想被又一个政治风暴所击碎，初步积累的一些资料也毁灭殆尽。

新时期带来了学术新生机，我重新拾起散文研究这个课题。但第一，研究的具体目的已从解决古代散文入"史"标准问题，转向对中国古代文章学这一学科建构的探讨；第二，作为课题基础和前提的古文献整理，也从搜集散见材料转为专书（含独立成卷者）的汇编。这是因为我其时已无参与文学史编写的任务，同时认为要从学理上解决入"史"标准问题，应从更广阔的学科视野上来着手；散见资料汇编，工程浩大，头绪纷繁，非我个人能力和精力所能完成，而汇编专书，已有《历代诗话》《词话丛编》的成熟编例可资借镜，能与其"鼎足而三"，具有实际的操作方便和应急的使用需要。因而即从调查书目开始，黾勉从事，到了2007年才出版《历代文话》十册，630万字。资料汇编和学科建构实际是互为表里、互相支撑的两项工作。我一再说明，《历代文话》的编纂是为了助成一门学科的建立,它采用"应有尽有,应无尽无"以及"寓选于辑"等方针,以保持全书体量不宜太大、书价不宜太贵,期望有兴趣的研究生们自行购藏,钻研课题。出版后也颇见实效,我很欣慰。在复旦大学中文系的支持下,我们又于 2009、2012、2015 年召开了三届"中国古代文章学国际学术研讨会",并先后编辑了《中国古代文章学的成立与展开》《中国古代文章学的衍化与异形》《中国古代文章学的拓展与深入》(待出)等会议论文集,邀约同道,商量培养,以期对这一学科的建立与发展尽到绵薄之力。以上算是本书第二辑"古代文章学研究"的写作背景。

钱锺书先生以渊博闻名于世,广大精微兼而有之,宋诗研究则是他创造的学术世界中重要的组成部分。在他生前出版的著述中,已有丰富的宋诗研究资料。《宋诗选注》以普及性选本而优入宋代诗学经典之林,其作家小传与注释尤为学界奉为圭臬。日本著名宋诗专家小川环树先生评云:"由于这本书出现,大概宋代文学史很多部分必须改写了吧。"1948 年问世的《谈艺录》,作为诗话,其论析重点就是宋诗和清诗;1983 年进行增补,篇幅几与初本相埒,并有对宋诗更精彩、更细致的分析与观察。他的《管锥编》中也有不少论及宋诗之处。甚至旧诗创作和小说《围城》中,也包含启人心智的评论宋诗的见解。因而,我们早就认识到,研究宋诗已经绕不过他这座高峰。当时我也不揣固陋,写过一些文章。钱先生 1998 年辞世后,从 2003 年开始陆续出版《钱锺书手稿集》,其第一部分《容安馆札记》更引起学术界一片赞叹而又惊愕之声。此书三大册,共评析两宋诗文集 360 余种(北宋 70 家,南宋近 300 家),我们从中辑得约 55 万字,相当于又一部《谈艺录》。我曾说过,他的《容安馆札记》"着眼于作品本身的艺术成就,所以他的品评就成为真正的审美批评","《札记》是一方远离外部喧嚣、纷争世界的自立的学术精神园地,一部真正'不衫不履不头巾'的、心灵充分舒展、人格完全独立的奇书"。其意义和价值可能要有一个逐渐展现的过程,在研究钱先生的宋诗观中具有特殊的价值。手稿集的第二部分《中文笔记》二十册,于 2011 年出版,也有论及宋诗的重要篇章。至于早在2002年问世的《宋诗纪事补正》(后改名《宋诗纪事补订》)属于大型的宋诗搜集和辨正著作,是他在宋诗文献整理方面的重要成果。

学术史表明,从"新材料"中研究"新问题",就能形成"学术之新潮流"(陈寅恪先生语),新材料的出现往往带动学术的新发展。钱先生这批手稿,随笔挥洒,涂抹勾乙,目力不济者阅读为难;他的笔记草楷杂用,龙飞凤舞,不熟悉其手书者辨认不易;更由于广征博引,出入诸部,无一定学术功底者艰于理解。我自知不是解读这批珍贵史料的合适人选,但时时为其所吸引,禁不住在"钱学"之畔窥视徘徊,粗有涉足。眼看十多年过去了,以手稿为主要对象进行宋诗研究的成果,颇显冷落,不免有寂寞之感。把我这些难入钱先生法眼的文字汇录为"钱锺书与宋诗研究"一辑,心怀惴惴,聊作征求友声之嘤了。

附带说明,本书收文以晚年之作为主,但也酌收前期著述,借以看出一脉相承之处和前后蜕变之迹。又厘为三辑,稍呈眉目,但有些文章的性质实兼跨两辑,只能随机安置,容有不当。《鹅湖书院前的沉思》乃学术散文,表达我的一个猜想,即历史上是否存在过一次流产的政治性"鹅湖之会",然现存史料尚不足证实此事,故出以漫率之笔,我对此文有些偏爱,亦予阑入,统祈读者原谅。

王水照
二〇一五年七月

目 录

自序 …………………………………………………… 1

第一辑 南宋文学研究 ………………………………… 1

南宋文学的时代特点与历史定位 …………………… 3
《钱锺书手稿集·容安馆札记》与南宋诗歌发展观 …… 20
苏、辛退居时期的心态平议 ………………………… 38
我读辛词《菩萨蛮》 ………………………………… 56
鹅湖书院前的沉思 …………………………………… 61
杨万里的当下意义和宋代文学研究 ………………… 69
读中华版《家世旧闻》 ……………………………… 75
王应麟的"词科"情结与《辞学指南》的双重意义 …… 81

第二辑 古代文章学研究 ……………………………… 95

三个遮蔽:中国古代文章学遭遇"五四" …………… 97

文话：古代文学批评的重要学术资源 ················ 112
宋代文学研究的思考
　　——北宋名臣文集五种出版感言 ················ 120
宋代散文的风格
　　——宋代散文浅论之一 ······················· 129
宋代散文的技巧和样式的发展
　　——宋代散文浅论之二 ······················· 136
欧阳修学古文于尹洙辨 ·························· 145
欧阳修所作范《碑》尹《志》被拒之因发覆 ········ 159
欧阳修散文创作的发展道路 ······················ 175
从《先君墓表》到《泷冈阡表》
　　——欧阳修修改文章一例 ····················· 192
苏轼散文艺术美的三个特征 ······················ 196
曾巩及其散文的评价问题 ························ 216
曾巩的历史命运
　　——《曾巩研究专辑》代序 ··················· 232
陈绎曾：不应冷落的元代诗文批评大家 ············ 239

第三辑　钱锺书与宋诗研究 ···················· 243
《宋诗选注》删落左纬之因及其他
　　——初读《钱锺书手稿集》 ··················· 245
《正气歌》所本与《宋诗选注》"钱氏手校增注本" ··· 263
关于《宋诗选注》的对话 ························ 276
《宋诗选注》的一段荣辱升沉 ···················· 283
祝《宋诗选注》走出国门
　　——《宋诗选注》日译本序 ··················· 291
读《钱锺书手稿集》札记 ························ 294
钱锺书先生与宋诗研究
　　——初读《宋诗纪事补正》 ··················· 302
钱锺书先生与宋词研究 ·························· 309

王水照主要著述年表 ·························· 315

第一辑

南宋文学研究

- 南宋文学的时代特点与历史定位
- 《钱锺书手稿集·容安馆札记》与南宋诗歌发展观
- 苏、辛退居时期的心态平议
- 我读辛词《菩萨蛮》
- 鹅湖书院前的沉思
- 杨万里的当下意义和宋代文学研究
- 读中华版《家世旧闻》
- 王应麟的"词科"情结与《辞学指南》的双重意义

南宋文学的时代特点与历史定位

南宋文学史是一个特定时段（1127—1279）的文学史，更是在文学现象、文学形态、文学性质上具有鲜明时代特点和重要历史地位的一部断代文学史。南宋文学一方面是北宋文学的继承与延伸，文统与政统、道统均先后一脉相承；另一方面在天翻地覆时局变动、经济长足增长、社会思潮更迭变化的历史条件下，又产生了一系列新质的变化。北、南两宋文学既脉息相联，而又各具一定的自足性，由此深入研究和探求，当能更准确、更详尽地描述出中国文学由"雅"向"俗"的转变过程，把握中国社会所谓"唐宋转型"的具体走势。

一、南宋文学的繁荣与整体成就可与北宋比肩

我国典籍素以经、史、子、集四部分类，文学作品散见各部，但主要以集部为载体。从最重要的目录著作《四库全书总目》来看，共收宋人别集382家、396种（存目除外），北宋115家、122种，南宋267家、274种①，南宋别集的著录数量为北宋的两倍多。这充分说明南宋士人的文学创作仍然充满活力。如果考虑到南宋国土和人口仅为北宋的约五分之三，南宋立国又比北宋短十五年左右（北宋从960年至1127年，为167年；南宋从1127年至1279年，为153年），则更能见出南宋

---

① 据笕文生、野村鲇子：《四库提要南宋五十家研究》前言，日本汲古书院2006年版。

文学创作的繁荣盛况。固然由于时间的自然淘汰和战乱的祸患,北宋文集多有遗逸;但南宋文集同样难以避免宋元之交时因兵连祸结、灾难频仍而大量亡佚的命运。

四库馆臣在著录杨时《龟山集》时,特加一案语云:"时(杨时)卒于高宗建炎四年,其入南宋日浅,故旧皆系之北宋末。然南宋一代之儒风,与一代之朝论,实皆传时(杨时)之绪馀,故今编录南宋诸集,冠以宗泽,著其说不用而偏安之局遂成;次之以时(杨时),著其说一行而讲学之风遂炽。观于二集以考验当年之时势,可以见世变之大凡矣。"① 解释了何以用宗泽《宗忠简集》和杨时《龟山集》作为"南宋诸集"之首的理由,乃是因其开启南宋偏安之政局、新立儒学"道南学派"一脉之故,着眼于南宋政治、学术方面之新动向,而非斤斤拘泥于他们进入南宋后享年之长短,这是颇具史识的。对厘定南北宋之交的作家何人需入南宋文学史,也具有方法论上的启示意义。准此原则,我们从《全宋诗》《全宋词》《全宋文》三大宋代总集中,可以发现,南宋人的诗、词、文均占巨大的份额,超出北宋许多。如唐圭璋《全宋词》共收词人1 494家,词21 055首,其中南宋词约为北宋的三倍。(据南京师范大学《全宋词》检索系统之统计,含孔凡礼《全宋词补辑》。)

现存南宋文学的作家、作品,不仅数量巨大,明显地超迈北宋,而且在内蕴特质、艺术表现上也有自己的特点,不是北宋文学的"附庸"。北宋诗坛"苏(轼)黄(庭坚)"称雄,词则"苏柳(永)"、"苏秦(观)"、"苏周(邦彦)"均为大家,与之相较,南宋陆游、杨万里诗,辛弃疾、姜夔、吴文英词亦堪称伯仲,"苏陆"、"苏辛"、"周姜"并称,不绝于史,差可匹敌。以下分述诗坛、词坛情况。

南宋诗歌的发展自具纲目和构架。《钱锺书手稿集》业已出版的《容安馆札记》三卷中,据邓子勉学弟的初步统计,共论及两宋诗文集360种左右,其中北宋70家,南宋近300家。在这近300家中,钱锺书先生只选取九位诗人作为南宋诗歌发展史上的代表性作家:南渡初

---

① 见《四库全书总目》卷一五六,下册,中华书局1965年版,第1344页。

为陈与义、吕本中、曾幾；中兴时期为陆游、杨万里、范成大；后期为刘克庄、戴复古、方岳。这见于他的两则笔记中。卷二第443则论范成大时云："南宋中叶之范、陆、杨三家，较之南渡初之陈、吕、曾三家，才情富艳，后来居上，而风格高骞则不如也。"①卷一第252则论方岳时云："盖放翁、诚斋、石湖既殁，大雅不作，易为雄伯，馀子纷纷，要无以易后村、石屏、巨山者矣。三人中后村才最大，学最博；石屏腹笥虽俭，而富于性灵，能白战；巨山寄景言情，心眼犹人。"②南渡初的三家，钱先生在《宋诗选注》中已论定陈与义"在北宋南宋之交，也许要算他是最杰出的诗人"；方回《瀛奎律髓》卷十六陈与义《道中寒食》诗批语亦云"宋以后山谷一也，后山二也，简斋为三，吕居仁为四，曾茶山为五"③，同样瞩目于陈、吕、曾三家，意见是一致的。"尤、杨、范、陆"虽素有"中兴四大家"之称，钱先生删落尤袤，却也是完全符合实际的。刘克庄是"江湖派里最大的诗人"（《宋诗选注》小传）；戴复古"富于性灵，颇能白战"；突出方岳，则是钱先生的独特见解，他认为方岳"为江湖体诗人后劲"④，而有的学者因为方岳诗集未入《江湖集》而不视他为江湖体诗人。尽管钱先生同时对方岳诗歌的弱点作过严厉批评，但赞其"寄景言情，心眼犹人"，"巧不伤格，调峭折而句脆利，亦自俊爽可喜"。⑤

这三组九位作家，不仅艺术成就较高，洵称大家或名家，而且具有代表性，在南宋诗歌体派的嬗变过程中，他们各自处于关键性的历史地位。陈、吕、曾处于江西诗派大行其时而又弊端丛生、着力矫正之际；陆、杨、范则能出入江西而又力求另辟蹊径，完成了诗歌史所赋予的创新使命；刘、戴、方从江西派走到江湖体，又有调和融合、"不江西、不江湖"的倾向。抓住这三组九位作家，不仅能够从宏观上把握南宋诗歌的大走向，而且也表明南宋诗歌在各个小时段中均有自己的创造和艺术新境，没有出现过断层和空白（南宋末还出现过遗民诗人群）。

---

① 《钱锺书手稿集·容安馆札记》卷二，商务印书馆2003年版，第1005页。
② 《钱锺书手稿集·容安馆札记》卷一，商务印书馆2003年版，第410页。
③ 方回选评、李庆甲集评校点：《瀛奎律髓汇评》卷十六，上海古籍出版社2005年版，第591页。
④⑤ 《钱锺书手稿集·容安馆札记》卷一，商务印书馆2003年版，第410页。

因此,南宋诗歌的总体成就和它具有的阐释空间与研究价值,比之北宋,也是并不逊色的。

在我国学术史上,并未出现"南、北诗歌优劣论"的争议,但在词史上,却发生过此类公案。仅举清末民初之例。光绪、宣统年间,词坛上兴起推重南宋之风,吴文英词尤被激赏。王国维在1908年刊发的《人间词话》开端即云:"词以境界为最上,有境界则自成高格,自有名句。五代、北宋之词所以独绝者在此。"①只是论定北宋词"有境界",尚未论及南宋词;而在《人间词话删稿》中,就明斥南宋词为"羔雁之具"了:五代、北宋,"词则为其极盛时代","至南宋以后,词亦替矣。此亦文学升降之一关键也"②。他从艺术求真的角度指控南宋词是酬世应世的伪文学,并进而说它已入词的衰世。次年,南社在苏州虎丘举行成立大会,柳亚子豪爽地声言:"人家崇拜南宋的词,尤其是崇拜吴梦窗,我实在不服气。我说,讲到南宋的词家,除了李清照是女子以外,论男性只有辛幼安是可儿,梦窗七宝楼台,拆下来不成片断,何足道哉!"③同是南社成员的黄人,则在《中国文学史》中以史家的立场对北、南宋词作了斩钉截铁的褒贬:"晏欧秦贺,吹万不同,而同出天籁。张柳新声,苏黄别调,虽炫奇服,未去本色。南渡而下,体制日巧,藻饰日新,钩心斗角,穷极意匠,然而情为法掩,义受词驱,盖文胜而质渐漓矣。"④比之柳亚子,算是学术批评,而贬抑南宋词的观点是一致的。

柳亚子意见的对立面是可以论定的,那就是以王鹏运、朱祖谋、况周颐为代表的"金陵—临桂词派"。⑤ 如况周颐《蕙风词话》卷一云:"作词有三要:重、拙、大。南渡诸贤不可及处在是。"⑥极力为南宋词立帜。柳亚子的意见当时就遭到南社内部庞树柏等人的反对,因庞树柏曾从朱祖谋学词,取径南宋,朱祖谋且为其删定词集,这透露出南社内

---

① 唐圭璋:《词话丛编》第五册,中华书局1990年版,第4239页。
② 同上书,第4256页。
③ 参见《南社纪略》,台北文海出版社1976年版,第15—16页。
④ 黄人:《中国文学史》第二册,上海国学扶轮社,第43页。
⑤ 参看拙文《况周颐与王国维:不同的审美范式》,《文学遗产》2008年第2期。
⑥ 况周颐:《蕙风词话》卷一,《词话丛编》第五册,第4406页。

部不同词学旨趣的人事背景。柳亚子的贬南宋词,不排除其中隐含有不满清朝遗民的政治情结。王国维所论的指向性若明若暗,不能确定;但他遵循的是文学自身的艺术考量,则是可以断言的。

　　文学史上诸多优劣论的争议,如李杜、如韩柳,往往没有最后的定论,无法取得人们的共识,原因之一在于比较双方常常各有短长,各具特点,处于势均力敌、大致相近的水平线上。与其强分高下、率意轩轾,不如平心静气地探究双方各自的具体特点。就北、南宋词之争而言,一些调和折衷的见解,反而能给人们更多的启发。如朱彝尊《词综·发凡》云:"世人言词,必称北宋。然词至南宋始极其工,至宋季而始极其变。"从发展的眼光拈出"工"、"变"两字,颇能中其肯綮。今人饶宗颐云,"夫五代、北宋词,多本自然,时有真趣;南宋词则间出镂刻,具见精思",而"先真朴而后趋工巧","乃文学演化必然之势,毋庸强为轩轾"①,与朱氏"工变"之论精神完全一致。即使是对南宋持批评倾向的评论,由于着眼于具体分析比较,也能搔到痒处,抓住要害。如吴世昌《罗音室词存跋》云"言情为汴梁所尚,述志以南宋为善",则从词所表达的内容上来分疏两宋,颇为确当。周济《介存斋论词杂著》:"北宋词多就景叙情,故珠圆玉润,四照玲珑。至稼轩、白石一变,而为即事叙景,使深者反浅,曲者反直。"②"就景叙情"与"即事叙景"的区分,也是对一部分北、南词的精辟概括。田同之《西圃词说》引宋征璧论词之语,列叙南宋诸家的各自特色,如"刘改之之能使气,曾纯甫之能书怀,吴梦窗之能叠字,姜白石之能琢句,蒋竹山之能作态,史邦卿之能刷色,黄花庵之能选格,亦其选也"。接云:"词至南宋而繁,亦至南宋而敝,作者纷如,难以概述矣。"③持论客观公允。田同之还说:"南宋诸名家,倍及变化。盖文章气运,不能不变者,时为之也。于是竹垞遂有词至南宋始工之说。惟渔洋先生云:'南北宋止可论正变,未可分工拙。'

---

① 饶宗颐:《澄心论萃》,上海文艺出版社1996年版,第215页。
② 唐圭璋:《词话丛编》第二册,中华书局1990年版,第1634页。
③ 同上书,第1458页。

诚哉斯言,虽千古莫易矣。"① 南宋词是北宋词的延续与发展,它们之间是时运使然的"正变"关系,"未可分工拙",此虽不能遽断为"千古莫易",但相信是符合历史发展实际的。

其实,从两宋词对后世"影响因子"的角度,也可证明南宋词不让北宋。据有的学者运用定量分析的方法,依照存词数量、历代品评、选本入选数量等六个指标,确定宋代词人中有一定成就和影响的约在300家左右,其中堪称"大家"和"名家"者排名前30位中,南宋就有辛弃疾、姜夔、吴文英、李清照、张炎、陆游、王沂孙、周密、史达祖、刘克庄、张孝祥、高观国、朱敦儒、蒋捷、刘过、张元幹、叶梦得等17人,超过北宋苏轼、周邦彦等13人。这也能从某一视角说明南宋词坛比之北宋旗鼓相当抑或稍胜之。② 至于南宋文学流派之活跃、文学社团活动之频繁、文学生态结构之均衡、文学批评理论之兴盛,都有不容忽视的上佳呈现。要之,南宋文学是一份厚重的文学遗产,目前存在的"重北宋、轻南宋"的研究现状与之是不相称的。

宋代士人思想创造的自由度和精神的自主性问题,长期为人们所误解。一般多认为宋人受理学牢笼,精神自抑,行为拘谨,情感苍白,实有以偏概全之弊。王国维在《宋代之金石学》一文中指出:"天水一朝人智之活动与文化之多方面,前之汉唐,后之元明,皆所不逮也。"③把宋代士人的精神创造能力提到一个近似顶峰的高度。在另一篇论及中外文化思想交流的《论近年之学术界》中,他又以"能动时代"和"受动时代"为标准,把中国思想哲学史厘定为四个时期:春秋战国百家争鸣,"于道德、政治、文学上灿然放万丈之光焰,此为中国思想之能动时代",自汉至宋为"受动时代",宋代则"由受动之时代出而稍带能动之性质",宋以后至清又跌入"受动时代","思想之停滞,略同于两汉"。④ 陈寅恪推崇宋代文化创造为华夏民族文化之"造极"的论述,已

---

① 唐圭璋:《词话丛编》第二册,中华书局1990年版,第1454页。
② 王兆鹏、刘尊明:《历史的选择——宋代词人历史地位的定量分析》,《文学遗产》1995年第4期。作者又在30家后补充能并列者3人,南宋词人又有朱淑真入围。
③ 《王国维遗书》第五册《静安文集续编》,上海书店1983年版,第70页。
④ 同上书,第94页。

是耳熟能详的著名见解。他在《论再生缘》中也提出"六朝及天水一代思想最为自由,故文章亦臻于上乘"①。余英时更直截了当地断言:"宋代是士阶层在中国史上最能自由发挥其文化和政治功能的时代,这一论断建立在大量史实的基础之上,是很难动摇的。"②

这些论断是针对整个宋代的概评,自然包涵南宋,或者毋宁说乃是主要针对南宋所作的判断。余英时把朱熹时代称作"后王安石时代",但他研究的对象毕竟是南宋的朱熹以及南宋的"士大夫政治文化";陈寅恪讲"天水一朝思想最为自由",因而文学"上乘",所举实例是南宋汪藻的《代皇太后告天下手书》;王国维是在评述"宋代之金石学"时而作上述论断的,而讨论"金石学",南宋毫无疑义自属重镇。他们都认定南宋士人享有思想文化创造的高度自主和自由,是对他们生存的生态环境的确切观察。南宋自然仍有党争的倾轧、舆论的钳制、文字狱的兴作,甚至科举制度对诗歌创作的贬抑,但从全局上、从总体上衡量,仍不失为一个自由创作的历史时期,这也是南宋文学能保持繁盛和不容低估的创作实绩的根本性原因。

二、南宋作家的阶层分化与文学新变

宋代文学的创作主体是宋代士人,他们不仅是传统雅文学(诗、词、文)的主要作者,也是新兴俗文学(戏曲、白话小说)的重要参与者。从政治权力的分享、经济收入的分配、社会地位的高低以及生存方式、行为方式和思维方式的差异来看,南宋士人的阶层分化趋势日益明显。宋代是一个比较成熟的科举社会,日趋完备的科举制度与宋代士人的命运关系极为密切。以是否科举入仕作为标准,可以将宋代士人大致分为仕进士大夫和科举失利或不事科举的士人两大阶层,或可概括为科举体制内士人和科举体制外士人两类。北宋的士大夫精英大

---

① 陈寅恪:《寒柳堂集》,上海古籍出版社1980年版,第65页。
② 余英时:《朱熹的历史世界》上册,三联书店2004年版,第378页。

都是集官僚、文人、学者三位于一身的复合型人才,南宋士人中的一部分,也基本上继承这一特征,但能在这三方面均能达到极高地位如欧阳修、苏轼者,已不多见,贤如朱熹,主要身份乃是学者,政治上和文学上的建树尚逊一等。而到南宋中后期,士人阶层的分化加剧,大量游士、幕士、塾师、儒商、术士、相士、隐士所组成的江湖士人群体纷纷涌现,构成举足轻重的社会力量。笔者三十多年前曾向钱锺书先生请教及此,他回信说:"江湖诗人之称,流行在《江湖诗集》之前,犹明末之职业山人。"明末山人,尤在江南一带,多如牛毛,袁宏道叹为"山人如蚁"[①]。他们大都处于奔走漂泊、卖文为生的生存状态。钱先生这句话,敏锐地揭示出一个新型社会群体的产生及其历史承续与演化,职业性的"假山人"实乃"真江湖",前后一脉相承。近年西方汉学家所讨论的中国"前近代知识分子共同体"命题,除了主要包括科举入仕的精英群体外,也应把这部分士人群体安置于适当的位置。这一阶层的士人,因政治权力的缩小、社会地位的下降,精英意识的淡薄,也导致了他们在文学取向上的巨大差异。

南宋士人社会角色的转型与分化,造成了整个文化的下移趋势。波及文坛,即其主要力量转入了民间写作,"布衣终身"者纷纷登上文学舞台,这在南宋中后期表现得尤为突出。可能是历史的巧合,南宋最著名的文学家大多在宋宁宗开禧年间(1205—1207)前后去世,如陆游(1125—1210)、范成大(1126—1193)、杨万里(1127—1206)、辛弃疾(1140—1207)。此外,陈亮卒于1194年、朱熹卒于1200年、洪迈卒于1202年、周必大卒于1204年、刘过卒于1206年、姜夔约卒于1209年。自此以后七十多年(几占南宋时期的一半)成为一个中小作家腾喧齐鸣而文学大家缺席的时代。文学成就的高度渐次低落,但其密度和广度却大幅度上升。

宋代士人群体内部的层级分化,依违于科举体制而派生的两类文

[①] 袁宏道:《与王以明》,《袁中郎全集》卷二十,《四库全书存目丛书》影明崇祯二年刻本。

士,他们的自我角色认定是不同的。一般说来,属于体制内的入仕作家,具有较强的社会承担精神与精英意识,在外来军事打击下所催生的国难意识,使他们深感民族存亡的沉重与沉痛,和战之争和党派之争交相纠葛,成为南宋政治关注焦点;表现在文学领域,抗金、抗元是最为集中的主题,慷慨昂扬、悲愤勃郁的基调贯穿于南宋诗坛词坛。这既为汉唐文学所未有,也为北宋文学所罕见。陆游的诗、辛弃疾的词,双峰并峙,是南宋文学最高艺术成就的代表,也是爱国主义的精神瑰宝。

属于体制外的不入仕作家,固然不乏表现时代重大主题的作品,宋元之交时期的遗民诗人就是如此。然而相对而言,他们大多与现实政治保持一定的疏离,秉持一种相对纯粹的文学观念,注重个人精神世界的经营,追求情感交流的新自由。他们已不太顾及文学"经国大业,不朽盛事"的儒家教化功能,纯为个人思想感情的抒写需要而写作,甚或变作干谒的手段、谋生的工具。江西诗派的中后期作家、"四灵"和江湖诗人群等,均属"民间写作"的范畴。元人黄溍曾感叹说:"呜呼!四民失其业久矣,而莫士为甚。"①他对宋元以来士人中放弃科举本"业"之风的惊呼,表明了他对士人阶层急剧分化形势的不解与惊诧。其实,这是无法逆转的。

上述层级划分自然是相对的,并非泾渭分明。尤对士人个体而言,情况千变万化,一生中难免升沉顺逆,不可能也不必要对每位作家的社会身份作出逐一的鉴别和归类;而且在多数情况下,不入仕作家群也离不开入仕官僚的揄扬和支持,宣扬"四灵"的叶适,江湖派最大诗人刘克庄,均为上层官吏。作为大量江湖谒客的幕主,亦非主管官员不办。然而这一社会群体虽无法严格界定,却是有固定所指的实际存在,对其加以深入研究,对于把握与认识长达南宋文学史近二分之一时间里诗坛、词坛的下移趋势,实具有重要意义。

促成文化下移趋势的原因颇为复杂,其中南宋时期印刷产业的蓬

---

① 黄溍:《送叶审言诗后序》,《文献集》卷五,文渊阁四库全书本。

勃发展就很值得注意。我国文学作品的物质载体,经历过竹帛、纸写、印刷等几个阶段(今天又进入电子网络时代),每个阶段的转换都引起文学的新变。大致在东汉中后期,纸开始普遍使用,纸写逐渐代替简册,新型的传媒方式带来了人际交流的便捷和自由,增强了文学的情感化。①雕版印刷术起于隋唐之际,至北宋以前尚不太发达,且所印大都为日历、佛经、字书,至宋慢慢地形成规模化产业,官刻、私刻(家刻)、坊刻及书院刻、寺观刻等,构成颇为完备的商品构架和体系,图书市场开始孕育成型。到了南宋,又有长足的发展:民间坊刻如雨后春笋,遍地开花;私刻(家刻)之风气更为炽盛,且偏重于集部的印制,改变了北宋官刻中重经崇史的倾向;官刻中也出现中央国子监等渐衰而地方官刻繁兴之局;特别是杭州、福建、四川三大刻书中心的确立,散布于南方15路的各具特色的刻书业,②共同引领南宋刻书业走向初步成熟和辉煌。

欣欣向荣的南宋刻书业,极大地促进了作品与读者之间的互动、作家与作家之间的交流,扩大了传播的覆盖面,提高了流通速度,推动了南宋文学的发展。尤为重要的,不少书商直接参与了文学运作,使刻书事业变成了实实在在的文学活动。临安"陈宅书籍铺"坊主陈起、陈续芸父子,广交当时"江湖之士以诗驰誉者"(《直斋书录解题》卷十五),亲自组织约稿,黾勉从事,编刻《江湖集》约六七十种,前后长达五六十年之久。③他集组稿、编辑、刻印、出售于一身,本人又是诗人,曾遭遇"江湖诗案",与江湖诗人声息相通,同命共运。叶适编选《四灵诗选》,为永嘉地区四位诗人徐照、徐玑、赵师秀、翁卷宣扬鼓吹,陈起予以"刊遗天下"④,以广流布。这群"江湖之士以诗驰誉者"并世而居,但互不相交或交往不密,依靠陈起有组织的刻印诗集而汇聚成一个特殊的集合体。他们原只是一个社会群体,并非严格意义上的"诗派"。一

---

① 参看查屏球:《纸简替代与汉魏晋初文学新变》,《中国社会科学》2005年第5期。
② 张秀民:《宋孝宗时代刻书述略》,《张秀民印刷史论文集》,印刷工业出版社1988年版。
③ 参看朱迎平:《宋代刻书产业与文学》,上海古籍出版社2008年版,第210页。
④ 许棐:《跋四灵诗选》,《江湖小集》卷七六《融春小编》,文渊阁四库全书本。

般研究者认为他们组成了"江湖诗派",且谓其命名之由在于陈起刻印《江湖集》。然而,实际情况恰恰相反:由于社会上先已分散存在一群"以诗驰誉"的"江湖之士",陈起遂顺理成章地把他们的诗集统一名之为《江湖集》;但如果没有陈起这一顺应潮流的创新举措,这群"江湖之士"还是一盘散沙,无法成为影响社会、影响诗坛的重要力量。因此,从"四灵"到"江湖",就形成了一个庞大的前所未见的"以诗驰誉者"的社会群体,陈起的书坊变成了这批民间诗人们凝聚的纽带和交流的平台。

在南宋,文学作品的商品化程度越来越高,融入宋代整个商品经济体系之中;它与文学日益紧密的联系和结合,深刻影响到文学的演变和发展,这是南宋社会转型、经济转轨、文学转变的一个标志。这是历史性的进步。

三、重心转移:由北而南和由雅而俗

从我国文化、文学发展的全局来考察,南宋处于其重心转移的关捩点:就地域空间而言,学术与文学的重心完成了从北方到南方的转移;就文学样式而言,重心由雅而趋于俗。

研究人口分布的成果表明,我国人口的南北比重,长期以北方居先;到了宋代才开始根本性的转折,南方人口占全国人口一半以上,而且一直保持、延续到明清时代。[①] 这一现象在南宋尤为突出。靖康之变促成了我国历史上第三次大规模人口南迁活动,比之前两次(东晋,安史之乱至五代)规模更大、影响更深,大批士大夫与数以万计的流民、难民一起举家举族仓皇南渡,也把学术文化传至南国,杨时"道南学派"是著例,吕本中、吕祖谦家族传承中原文明更具典型性,且在文学领域更有明显而深刻的表现。在南渡的文化家族中,要数吕、韩两族对文坛影响最为直接、深巨。不妨先从韩元吉谈起。作为南渡最早

---

① 参看吴松弟:《中国人口史》第三卷,复旦大学出版社 2000 年版,第 625—626 页。

一批作家之一,韩元吉于建炎元年(1127)举族南迁,几经流徙,定居于信州。他的诗文,朱熹说他"做著尽和平,有中原之旧,无南方啁哳之音",①意即保持中原承平时期的厚重与深永,一扫南方文风中繁碎、纤细、柔弱的一面。且据朱熹亲自接触,"向见韩无咎说他晚年做底文字,与他二十岁以前做底文字不甚相远,此是他自验得如此"。② 后来四库馆臣也认同这一评价:"统观全集,诗体文格,均有欧、苏之遗,不在南宋诸人下",③辛弃疾《太常引·寿韩南涧》中推尊他"今代又尊韩,道吏部,文章泰山",又以韩愈相比。他与当时名家均有广泛交游:"又与朱子最善,尝举以自代,其状今载集中。故其学问渊源,颇为醇正。其他以诗文倡和者,如叶梦得、张浚、曾几、曾丰、陈岩肖、龚颐正、章甫、陈亮、陆游、赵蕃诸人,皆当代胜流,故文章矩矱,亦具有师承。"④韩元吉官至吏部尚书,《宋史》无传,遭遇冷落,朱熹却敏锐地揭出他作品中的北方文学因子,以及对南宋作家的影响力。

  韩元吉的另一值得注意之处是,他对学术文化采取兼收并蓄的态度,这与同他交往甚密的吕本中、吕祖谦一族有着相同的取向。吕本中出身望族,其家学特点即是"不名一师"(全祖望《荥阳学案序录》),以兼取众长为宗。他不仅在学术思想上"躬受中原文献之传,载而之南"(吕祖谦《祭林宗丞文》),主张"诸子百家长处,皆为吾用",⑤而且在诗学思想上,也倡导"活法""悟入",反对一般江西诗人只认老杜、黄庭坚之门,而主张"遍考精取,悉为吾用"。⑥ 吕祖谦是韩元吉女婿、吕本中侄孙,《宋史·吕祖谦传》云:"祖谦之学本之家庭,有中原文献之传。长从林之奇、汪应辰、胡宪游,既又友张栻、朱熹,讲索益精。"也同样呈现出贯通各派、融合南北的特点。刘时举《续宋编年资治通鉴》卷十又说他"其学本于累世家庭之所传,博诣四方师友之所讲",以北方中原"家学"为本,济之以南方地区"师友"之学,概括出他"南学北学、道术

---

① 《朱子语类·论文》,《历代文话》第一册,复旦大学出版社2007年版,第222页。
② 同上书,第206页。
③④ 《四库全书总目》卷一六〇《南涧甲乙稿提要》,中华书局1965年版,第1383页。
⑤ 吕本中:《童蒙训》卷上,商务印书馆1937年版,第1页。
⑥ 胡仔:《苕溪渔隐丛话前集》卷四十九引,人民文学出版社1962年版,第332页。

未裂"的融贯特点。这既反映在朱熹、陆九渊著名的"鹅湖书院"之争中他的折衷调和立场上,也反映在他的文学思想和写作实践中。关注南北文风之异的朱熹,也同样关注南方地域文化对南渡作者的反作用。他说:"某尝谓气类近,风土远。气类才绝,便从风土去。且如北人居婺州,后来皆做出婺州文章,间有婺州乡谈在里面者,如吕子约辈是也。"①吕子约,即吕祖俭,为吕祖谦弟。作为"北人居婺州"一员的吕祖谦,也不可避免地受到当地文风的影响。

吕祖谦还特别讲到吕氏家族与"江西贤士大夫"长期形成的交好传统。在《题伯祖紫微翁与曾信道手简后》中记载了其父吕大器的一段教诲:吕氏家族从北宋吕夷简和晏殊相交起,即与"江西诸贤特厚",历数欧阳修、王安石、曾巩、刘敞、刘攽、"三孔"、曾肇、黄庭坚等人与历代吕氏传人之间的友谊。因而,南渡以来,吕本中在临川地区"乃收聚故人子曾信道辈,与吾兄弟共学,亲指挥,孳孳不息,既又作诗勉之,今集中寄临川聚学诸生数诗是也",并说:"吾家与江西贤士大夫之疏密,亦门户兴替之一验也。"②吕祖谦也沿承吕本中的办学精神,"四方学子云合而影从,虽儒宗文师磊落相望,亦莫不折官位抑辈行,愿就弟子列"。③ 这不仅促成"婺学"的隆兴,其影响也自然延伸到诗文创作方面。吕本中早年架构"江西诗社宗派图",倾力于对江西诗派的理论总结与创作推阐,应受到其家族这种特殊的"江西情结"的驱动;南渡后他继续关注此派的发展,纠正江西后学的局限与流弊。

除移民作家外,南宋诗文作家的占籍地域,多集中在浙江、江西、福建、两湖地区,他们既浸馈于中原文化的营养,保存北宋欧、苏、王、黄诸大家之文学创造精神与特点,又与南方的地域文化、风土习俗、自然山川相交融,形成有南国韵味的文学风貌。此均得益于南北文学交流之功。在词坛上,南北融贯推毂之势更显强烈。词素有南方文学之

---

① 《朱子语类》卷一四〇,文渊阁四库全书本。
② 《东莱集》卷七,文渊阁四库全书本。
③ 王柏:《鲁斋集》卷十二《跋丽泽诸友帖》,金华堂丛书本。

称,其"微词宛转"的特性与南国氛围天然合拍。唐圭璋《两宋词人占籍考》,综观从北宋到南宋的词人籍贯,按省统计,词人之众也以浙、赣、闽三地占先,从词家多为南产而言,也显示出词体本质上属于南方文学的特点。然而,北来移民词人的大量南下,为词坛带来慷慨激昂、大声镗鎝之音,抒写家国之恨、亡国之悲、抗敌之志,极大地提高了词的审美境界,促成了词的重大转型,进入了我国词史发展的一个新阶段。南宋建立之初,活跃于词坛者几乎都为南渡词人。如叶梦得、朱敦儒、李纲、李清照等,张元幹虽占籍福建长乐,却也是滚滚南渡人流中的一员。嗣后,南宋的最大词人辛弃疾,也是北来的"归正人"。没有北方词风的相摩相融,南宋词的进一步境界开拓与内蕴深化是不可能的。

在散文方面,近人王葆心在《古文辞通义》中,曾从作家地域分布的角度,综合考察我国历代文派的发展趋势,也指出宋代以后,"吾华文家大统之归全在南方"。他认为北宋之初,文坛主流是北方派(柳开、穆修),欧阳修出,"自后江西有古文家乡之目",及至宋古文六大家雄踞坛坫,"南声最宏在是时矣"。南宋之文,受地理环境所制,南派自然成为主导:"南渡之后,为永嘉、永康之学派者,文仍宗欧,或宗苏门后学","是时南方之文最盛行两派:一江左派,为水心(叶适);一江右派,为刘须溪(刘辰翁)。黄梨洲谓'宗叶者以秀劲为揣摹,宗刘者以清梗为句读',此又南派之因时为高下者也"。他的结论是:"推宋以后文事观之,吾华文家大统之归全在南方","宋后文运在南方"[1]。他的考察,除了个别例证尚可商榷外,其全局判断是可信的。

南宋戏剧和白话小说的繁盛,也与宋室南迁有关。大批西北艺人渡江而南,"京师旧人"遍布勾栏瓦舍,临安尤甚:"如执政府墙下空地,诸色路歧人,在此作场,犹为骈阗。"[2]"路歧人"原是对开封一带艺人的称呼,现在尚可考出有姓有名的汴京艺人在临安献艺者多人。南宋最

---

[1] 王水照编:《历代文话》第八册,复旦大学出版社2007年版,第7778—7780页。
[2] 耐得翁:《都城纪胜》"市井"条,文渊阁四库全书本。

具戏剧完整形态的是"南戏",形成于南北宋之交的温州,已由叙述体发展成代言体,后又传至杭州获得发展的良好土壤,其曲体、曲制的最终定型,也与对北方杂剧及各种歌舞说唱技艺的吸收融合息息相关。

南宋处于从中原文化向江南文化转移的重大时期,使南北文学交流进入更高更深的层次。伴随着中国经济重心的南移,也出现了文化重心南移的现象,江南也从"江南之江南"的地域性概念,而成为"全国之江南"的政治经济文化性的概念,以后元、明、清均以北京为首都,也都无法改变江南在全国举足轻重的地位。因而南宋文学中这一重心南移现象,具有预示中国政治、经济、文化总体走向的意义。

诗、词、文、小说、戏曲是我国文学的主要样式。诗歌从"风"、"骚"传统算起,经唐代极盛而创"唐音",降及北宋形成"宋调",已有数千年的历史;文(主要是"古文")由先秦两汉以著述体裁为主的诸子散文和历史散文,发展到"唐宋八大家"为代表的以篇什体裁为主的新散文传统,到北宋亦似能事近毕,南宋文人大都取径欧、苏,在创立新的散文范式上已少发展空间;词则发轫于隋唐,至北宋而大放异彩,尚留下开辟拓新的余地。在这些传统士人大显身手的领域之旁,新兴的流传于市井里巷的白话小说和戏曲悄然勃兴,正显出强大的艺术生命力。

梁启超十分关注俗文学在中国文学史上的关键地位,他说:"文学之进化有一大关键,即由古语之文学,变为俗语之文学是也","自宋以后,实为祖国文学之大进化。何以故? 俗语文学大发达故"①。胡适在1917年《寄陈独秀》中,说:"钱玄同先生论足下(指陈独秀)所分中国文学之时期,以为有宋之文学不独承前,尤在启后,此意适以为甚是。"②他之所以认同宋代文学为"承前启后"的转折时期,也是着眼于"白话文学"在宋代的勃兴。闻一多对中国文学的历史动向也有过深刻的宏观考察,他在《文学的历史动向》中说:

---

① 梁启超:《小说丛话》,《〈饮冰室合集〉集外文》(上),北京大学出版社 2005 年版,第 148—149 页。
② 胡适:《寄陈独秀》,民国丛书本《胡适文存》卷一,上海书店 1989 年版,第 41 页。

我们只觉得明清两代关于诗的那许多运动和争论,都是无味的挣扎。每一度挣扎的失败,无非重新证实一遍那挣扎的徒劳无益而已。本来从西周唱到北宋,足足二千年的工夫也够长的了,可能的调子都已唱完了。到此,中国文学史可能不必再写,假如不是两种外来的文艺形式——小说与戏剧,早在旁边静候着,准备届时上前来"接力"。是的,中国文学史的路线南宋起便转向了,从此以后是小说戏剧的时代。①

迄今为止,还很少见有研究者把南宋文学作为一个独立对象进行宏观判断,闻一多可谓第一人。他的"中国文学史的路线南宋起便转向了"的论断,从一个特定视角,抓住了文学演变的关键。勾栏瓦舍中的说唱曲艺表演,通过艺术行为方式而深入于民间大众,表现出新的人物、新的文学世界和美学趣味;传统的诗、词、文以书面记载的形态而主要流行于社会中上层,一般表现为忌俗尚雅的审美追求。从《都城纪胜》、《梦粱录》、《武林旧事》等记载来看,南宋的说话讲史和演戏活动十分兴盛,尽管现存确切可考定为南宋白话小说的,为数甚少,戏曲作品留存至今完整的仅《张协状元》一种(或谓北宋或元代作品),但其时品类繁多,从业人员也已形成规模,已正式登上中国文学的神圣殿堂,这是毋庸置疑的。闻一多上述论断有两点或可商榷:一是把"小说与戏剧"视作"两种外来的文艺形式"似与它们的发生史不符;二是对明清诗歌(实际上也包括散文和词)的成就,贬抑过甚。钱锺书先生在论及宋代白话小说时说过:"这个在宋代最后起的、最不齿于士大夫的文学样式正是一个最有发展前途的样式,它有元、明、清的小说作为它的美好的将来,不像宋诗、宋文、宋词都只成为元、明、清诗、词、文的美好的过去了。"②这里将诗、词、文和小说、戏曲分别作为"雅"文学和"俗"文学的代表,又对他们与元明清两类文学的"承先和启后"的关系,都

---

① 闻一多:《文学的历史动向》,《闻一多全集》第一册,三联书店1982年版,第201页。
② 《宋代文学的承先和启后》,文学研究所编:《中国文学史》第二册,人民文学出版社1962年版,第549页。

作了颇为准确、客观的说明。中国文学的雅俗之变,也就是所谓"大传统"与"小传统"之变,精英文化与大众文化之变,南宋时期是一个历史的重要转折点。

(原载《文学遗产》2010年第1期)

《钱锺书手稿集·容安馆札记》与南宋诗歌发展观

一、《容安馆札记》的特点和性质

《钱锺书手稿集》是钱先生的读书笔记,字字句句都由他亲笔写成,是已知手稿集中篇幅最大的个人巨著。不仅篇幅大,更在内容广和深;不仅"空前",恐亦难乎为继。《钱锺书手稿集》分为三类:一类是《容安馆札记》三卷,已于 2003 年由商务印书馆影印出版;一类是《中文笔记》二十卷,已于近年出版;一类是《外文笔记》,尚未面世,卷数不详,但原外文笔记本共有 178 册,34 000 多页,可能编成四十卷(见《文汇报》2011 年 11 月 4 日报道)。合计三类,总数估计会达到六十三卷之多。

《钱锺书手稿集·容安馆札记》①原本有 23 册,2570 页,802 则,如果每页以 1 200 字匡算,共约 300 万字,其中论及宋诗的约 55 万字,占《札记》的 1/5,表明宋诗研究在钱先生的学术世界中占有相当重要的地位。

《札记》以阅读、评论、摘抄作家的别集为主要内容,一般是先述所读别集版本,再加总评,然后抄录作品,作品与总评之间又有呼应印证关系。这种论叙形式在全书中具有统一性。从作者自编目次 802 则

---

① 《钱锺书手稿集·容安馆札记》(全三册),商务印书馆 2003 年版。下文简称《札记》,所引均据此版,随文出注。

来看①,它已不是"边读边记"的原始读书记录,而是经过了"反刍"(杨绛先生语)即反复推敲、酝酿成熟的过程,每则不是一次阅读就完成的。而且又有许多旁注"互参",既有参看前面的第几则,也有注明需参看后面的,说明对全书已有通盘的设计,因而,此书的性质应该是半成品的学术著作,有待加工成公开出版的正式著作。如《管锥编》中的《楚辞洪兴祖补注》、《周易正义》、《毛诗正义》就是在《札记》的基础上"料简""理董"而成的。

《容安馆札记》具有两个显著特点,即私密性与互文性,这对进一步理解此书的性质十分重要。

《容安馆札记》有很多别名,其中之一就叫《容安馆日札》(或《容安室日札》《容安斋日札》《槐聚日札》等),日札即具日记性质,把私人私事、旧诗创作和读书心得等统记在一起,因而自然带有一定的个人性、私密性;即便是读书笔记部分,原来也不拟立即示之他人,只供自己备忘、积累,其间也不免有不足与外人道也的内容。然而,在这些日常生活、身边琐事到艺术思考变化过程乃至时事感慨中,仍然蕴含着丰富的学术内容。

南宋诗人吴惟信《菊潭诗集》有首《咏猫》小诗:"弄花扑蝶悔当年,吃到残糜味却鲜。不肯春风留业种,破毡寻梦佛灯前。"所咏为一只老无风情的懒猫,已无当年"弄花扑蝶"的寻乐兴趣,吃吃残羹,睡睡破毡,无复叫春欲求。钱先生在《札记》中加一按语云:"余骛苗介立叫春不已,外宿两月馀矣,安得以此篇讽喻之!"(《札记》卷一第22则,第26页)钱家的这只波斯雄猫,是1949年8月他们举家从上海赴清华大学任教后收养的,杨绛先生有散文《花花儿》详记其事,说到"两岁以后,它开始闹猫了,我们都看见它争风打架的英雄气概,花花儿成了我们那一区的霸"。难怪钱先生要以吴惟信小诗来"讽喻"它了。这只儿

---

① 此书实际则数似不到802则,其中有缺码(如248则,353则,367则,368则,387则,388则,411则,412则,546—554则),有重码(如80则,147则,326则,458则),有乱码(如401—452则放在572则之后,未接上400则),有空码(如卷二自1186页至1212页共26页未编则数)。

猫,在钱先生那里,并不止于一桩小小的生活情趣,而竟然进入他的学问世界。他写道:"余记儿猫行事甚多,去春遭难,与他稿都拉杂摧烧,所可追记,只此及九十七则一事耳。"(《札记》卷一第165则,第241页)今检《札记》,所记猫事仍屡见,引起他关注的是猫的两个特性:神情专注和动作灵活,都引申到学术层面。他引《续传灯录》卷二十二:"黄龙云:'子见猫儿捕鼠乎?目睛不瞬,四足据地,诸根顺向,首尾一直,拟无不中,求道亦然。'(按《礼记·射义》'以狸首为节',皇侃谓:'旧解云:狸之取物,则伏下其头,然后必得。言射亦必中,如狸之取物矣。'正是黄龙语意。)"他认为均与《庄子·达生篇》"痀偻承蜩、梓庆削木"、《关尹子·一宇》篇"鱼见食"之旨,可以互相发明,以申述用志不分、神凝默运的精神境界。(《札记》卷一第165则,第241页)

钱先生又写道:"余谓猫儿弄皱纸团,七擒七纵,再接再厉,或腹向天抱而滚,或背拱山跃以扑,俨若纸团亦秉气含灵,一喷一醒者,观之可以启发文机。用权设假,课虚凿空,无复枯窘之题矣。志明《野狐放屁》诗第二十七首云:'矮凳阶前晒日头,又无瞌睡又无愁。自寻一个消闲法,唤小猫儿戏纸球',尚未尽理也。"(《札记》卷一第165则,第241页)这段充满想象力的叙写,生动地描摹出艺术创作思维的灵动、变幻,不主故常,堪与杜甫刻画公孙大娘舞剑器诗相媲美。杜甫纯用比喻咏剑光、舞姿、舞始、舞罢:"如羿射九日落,矫如群帝骖龙翔。来如雷霆收震怒,罢如江海凝清光。"(《观公孙大娘弟子舞剑器行》)钱先生却出之以直笔甚或叙述语气,同样达到传神的效果。

附带说及,这只花花儿还成了联结钱、杨两位身边琐事、学术思考和文学创作的纽带。杨先生记述,在院系调整时,他们并入北大,迁居中关园,花花儿趁机逃逸,"一去不返"。"默存说:'有句老话:"狗认人,猫认屋",看来花花儿没有"超出猫类"。'"这句"老话"是有来历的。《札记》卷一第165则引《笠翁一家言》卷二《逐猫文》谓:"六畜之中最贪最僭,俗说'狗认人,猫认屋'。"(第241页)杨先生有散文记猫,钱先生则见之于诗。1954年作《容安室休沐杂咏》十二首,其六云:"音书人事本萧条,广论何心续孝标。应是有情无着处,春风蛱蝶忆儿猫。"《札记》卷一第165则（第241页）中说，中、日两国"皆以猫入画"，"若夫谐声寓意，别成一类，则《耄耋图》是也"。"惟睹日本人编印《中国名画集》第三册景印徐文长《耄耋图》，画两猫伺蝶，意态栩栩"，可为此诗结句作注。

家庭养猫，司空见惯，钱先生既入吟咏，又引诗讽喻，涉及文献中种种"猫事"，有禅宗话头，民间谚语，中外绘画，甚至进入梦寐："一夕梦与人谈'未之有也'诗"，如"三个和尚四方坐，不言不语口念经"之类，竟连带"虑及君家小猫儿念佛也"，于是"醒而思之，叹为的解，真鬼神来告也。以语绛及圆女，相与喜笑。时苗介立生才百日，来余家只数周耳。去秋迁居，大索不得，存亡未卜，思之辄痛惜"。（《札记》卷一第97则，第164页）生活学术化，学术生活化，融汇一片，在公开文字中就不易读到。

《札记》涂抹勾乙，层见迭出，从改笔适足见出作者思考过程，启示之处多多。如张先《题西溪无相院》诗之"草声"、"棹声"、"水声"之辩，就是佳例。张先此诗云："积水涵虚上下清，几家门静岸痕平。浮萍破处见山影，小艇归时闻草声。"末三字"闻草声"似难解，于是有位葛朝阳说：《石林诗话》、《瀛奎律髓》作"闻棹声"，他并分析道："但上句'萍'与'山'分写，而景入画；若作'棹声'，则与'艇'字语复，意亦平平云。"钱先生加按语云："窃谓'草声'意不醒，'棹声'则不称。此句易作'水声'最妙，惜与首句'积水涵虚上下清'重一字。"细心斟酌，却举棋不定："草声"意思不醒豁，"棹声"与"艇"字语复，"水声"又与首句重一字。此页后有夹批："姜白石《昔游》诗之五'忽闻入草声'，即子野语意，作'草声'为是，皆本之姚崇《夜渡江》之'听草遥寻岸'。"张先原诗谓小艇渐行近岸，听到岸边窸窣草声，情景宛然。从对"草声"怀疑，到"棹声"、"水声"的不稳，最后又回归到"草声"，这个推敲过程表现出作者思维的精密和艺术评赏的严细，这类珍贵资料幸赖这部未定稿的著作保留下来。

杨先生《〈钱锺书手稿集〉序》中说到，《札记》原把"读书笔记和日记混在一起"，后因"思想改造"运动牵连，把属于"私人私事"的日记部分"剪掉毁了"。这实在是无法挽救的憾事，不知有多少绝妙好辞从此绝迹人间。但有时会有"漏网之鱼"，如1966年初与杨先生出游北京中山公园,归后患病一节,仅300字(见《札记》卷三第761则,第2235页),全文都由引证联缀而成,左旋右抽,一气贯注,文气势如破竹,精光四射,令人噤不能语。而更多的是在论及学术的字里行间,仍会透露出现实感慨和时事信息。在《管锥编》第一册中,他称引过唐庚《白鹭》诗,①在第四册中又称引过另一位宋人罗公升的《送归使》,②均用以说明特定的问题,敏感性和尖锐性均不强。而在《札记》中,我们发现两诗原来是一并论列的。《札记》第二卷(则数未编,不详)第1200页中说:

> 《宋百家诗存》卷二十四罗公升《沧州集·送归使》云:"鱼鳖甘贻祸,鸡豚饱自焚。莫云鸥鹭瘦,馋口不饶君。"按,沉痛语,盖言易代之际,虽洁身远引,亦不能自全也。《眉山唐先生文集》卷二《白鹭》云:"说与门前白鹭群,也宜从此断知闻。诸公有意除钩党,甲乙推求恐到君。"机杼差类而语气尚出以嬉笑耳。

罗公升为宋元间人,入元不仕,有"一门孝义传三世(祖、父、弟)"之称。这首抒写以言取祸的诗,背景不很明了,钱先生突出"易代之际",颇堪注意。唐庚为北宋末年人,曾因作《内前行》颂扬张商英而被蔡京贬往惠州。此诗《鹤林玉露》甲编卷四谓作于惠州:"后以党祸谪罗浮,作诗云(即《白鹭》)。"他在惠州另一首《次勾景山见寄韵》云:"此生正坐不知天,岂有豨苓解引年。但觉转喉都是讳,就令摇尾有谁怜?"对言祸噤若寒蝉。《白鹭》诗的关键词是"除钩党"。我们如了解钱先生解放初"易代之际"所遭遇的"清华间谍案",就不难从中得到一些重要信息。③前文提到的"去岁遭难",因而导致他记叙"猫事"的文稿"拉杂摧烧",这几句算得烬后之文,勾画出当年知识分子生存环境之一斑,也

---

① 钱锺书:《管锥编》,中华书局1979年版,第348页。
② 同上书,第1470页。
③ 参看拙文《钱锺书先生横遭青蝇之玷》,《悦读》第16卷,二十一世纪出版社,2010年4月。

不是公开读物上能读到的。

《札记》的另一特点是互文性。互文原是我国修辞学中的一种手法,现今西方学者又把它提升为一种文艺理论,我这里主要是指应将《札记》跟钱先生的其他相关著作"打通",特别是跟《宋诗选注》"打通"。《宋诗选注》初版选了81家,后删去左纬,为80家,其中约有60家在《札记》中都有论述。这些有关宋代诗人的论述,大致写于50年代,与《宋诗选注》的编选同时,是进行比较对勘的极佳资料。不外乎两种情形:一种是《宋诗选注》里的评论跟《札记》基本一致,但又有不少各种差异;一种是两者根本矛盾、对立。如华岳,《宋诗选注》里对他评价很高,"并不沾染当时诗坛上江西派和江湖派的风尚","他的内容比较充实,题材的花样比较多",但在《札记》中却说:"然观其诗文,嗟卑怨命,牢骚满纸,不类虑患深而见识远之人,大言憢进,徒尚虚气,难成大事。以词章论,亦嚣浮俚纤,好饰丽藻,作巧对,益为格律之累,故渔洋谓其诗'不以工拙论可也'。"在肯定与否定之间,给人们提出了继续研究的问题。利用互文性的特点,还可以解释《宋诗选注》中一些迷惑不解的问题。如为什么不选文天祥的《正气歌》？为什么在再版时要把左纬这一家全部删掉,而不是采取他曾使用过的"删诗不删人"的办法？通过比较、对勘,这些疑团可望冰释。

如果把比较的对象,从《札记》、《宋诗选注》扩展到《谈艺录》、《管锥编》等作多维对勘的话,就能发现在评泊优劣、衡量得失方面的更多异同,把握作者思考演化的轨迹,他的与时俱进、不断深化的过程。对梅尧臣诗,《谈艺录》中以为梅诗不能与孟郊诗并肩,"其意境无此(孟郊诗)邃密,而气格因较宽和,固未宜等类齐称。其古体优于近体,五言尤胜七言;然质而每钝,厚而多愿,木强鄙拙,不必为讳"①,从正反两面落笔,侧重于贬。《宋诗选注》中则词锋犀利而揶揄,说梅诗"'平'得常常没有劲,'淡'得往往没有味。他要矫正华而不实、大而无当的习气,就每每一本正经的用些笨重干燥不很像诗的词句来写琐碎丑恶不

---

① 钱锺书:《谈艺录》,中华书局1984年版,第167页。

大人诗的事物。"①到了重订《谈艺录》时,他又写道:"重订此书,因复取《宛陵集》读之,颇有榛芜弥望之叹。"洋洋洒洒地连举近二十例,诚如他自己《赴鄂道中》诗其二所云"诗律伤严敢市恩",执法严正、毫不假借了。(《宋诗选注》唐庚小传,记唐氏名句:"诗律伤严似寡恩"。)而在《札记》中(卷一第603则,第699页)则云:

> 宛陵诗得失已见《谈艺录》,窃谓"安而不雅"四字可以尽之。敛气藏锋,平铺直写,思深语淡,意切词和,此其独到处也。《春融堂集》卷二十二《舟中无事偶作论诗绝句》云:"沧浪才调徂徕气,大雅扶轮信不诬。可惜都官真袜线,也能倾动到欧苏。"力避甜熟乃遁入臭腐村鄙,力避巧媚乃至沦为钝拙庸肤,不欲作陈言滥调乃至取不入诗之物、写不成诗之句,此其病也。

此评在字面上与《宋诗选注》有某些类似,但细细玩索,似多从梅尧臣在宋诗发展中的历史作用着眼,看到他在反"甜熟"、反"巧媚"、反"陈言滥调"的不良时风中的矫正作用,甚至像王昶所言,能"倾动到欧苏",因而对其"独到处"特予强调标举,对其为"改革诗体所付的一部分代价"(《宋诗选注》梅尧臣小传)给予了更多的了解之同情。

《札记》对王安石诗歌和李壁注《王荆文公诗》的评论,也有类似情形。钱先生对王诗颇多关注,对李注王诗尤细心查勘。早在《谈艺录》中,即指责李注"实亦未尽如人意"(第79页),主要之失有二:一是"好引后人诗作注,尤不合义法";二是"用典出处,亦多疏漏"。对于"出处"的"疏漏",他曾"增注三十许事",及至看到姚范《援鹑堂笔记》卷五十、沈钦韩《王荆公诗集李壁注勘误补正》二家书,发现已有若干勘误补正,所见相同,因"择二家所未言者"十馀则,书于初版《谈艺录》。1983年,又"因勘订此书(《谈艺录》),稍复披寻雁湖注,偶有所见,并识之",书于补订本者达二十五则(两次共达四十则左右)。今检《札记》

---

① 钱锺书:《宋诗选注》,人民文学出版社1958年版,第16页。

卷一第604则(第701页)、卷二第604则(续)(第1050页)两处,更有大量文字论及李壁注,共约一万字左右,值得重视。① 以《札记》与《谈艺录》初版本相较,基本评价一致,但有两点重大差别:

一是对"好引后人诗作注,尤不合义法"的批评,作了自我反思。他说:"雁湖注每引同时人及后来人诗句,卷三十六末刘辰翁评颇讥之。余《谈艺录》第九十三页亦以为言。今乃知须分别观之。"(卷二第604则续,第1050页)如卷四十《午睡》云:"檐日阴阴转,床风细细吹。翛然残午梦,何处一黄鹂。"李壁注引苏舜钦诗"树阴满地日卓午,梦觉流莺时一声",钱先生认为"捉置一处,益人神志"。他还进一步补引王安石《山陂》诗"白发逢春唯有睡,睡闻啼鸟亦生憎",则是"境同而情异矣",同一啼鸟声,喜恨之情有别。"捉置一处,益人神志",本是钱先生评诗赏艺的一贯方法,也是他"打通"原则的一条具体操作法门,从这个思路来反思原先的旧评,就觉得有失片面。《札记》这层"须分别观之"的意思,他在《谈艺录》补订本第389页更有畅达的论述。他说:"余此论有笼统鹘突之病。仅注字句来历,固宜征之作者以前著述,然倘前载无得而征,则同时或后人语自可引为参印。若虽求得词之来历,而词意仍不明了,须合观同时及后人语,方能解会,则亦不宜沟而外之。"旧时笺注家有避免以后代材料注释前代的义例,自有一定的道理,但不能绝对化。在一定条件下,可以而且应该用同时人或后人的材料互为"参印",这又是钱先生所提倡的"循环阐释"的原则了。

二是对李壁亦有褒扬之语。他写道"雁湖注中有说诗极佳者",并连举五例。如卷一《纯甫出释惠崇画要予作诗》云:"金坡巨然山数堵,粉墨空多真漫与。"李壁注云:"据《画谱》云'巨然用笔甚草草',可见其真趣。诗意谓巨然画格最高,而拙工事彩绘者,乃为世俗所与耳。"李壁认为,巨然以笔墨简略以求"真趣",而拙于细笔彩绘,不应有"粉墨空多"之讥。他"反复诗意",认为下句乃是讥讽"世俗"崇尚"工事彩绘"之画

---

① 最近出版的《钱锺书手稿集·中文笔记》第九册第296—304页(商务印书馆2011年版),又有论及王诗李壁注约五十条,并明云"补《日札》第六〇四则",说明论述同一题目,《中文笔记》一般写于《容安馆札记》之前,也有写于其后的。

风,在巨然画作面前,更显识见卑下。又如卷三十六《至开元僧舍上方》:"和风满树笙簧杂,霁雪兼山粉黛重。"李壁注云:"粉喻雪,黛喻山,故云'兼'。雪霁山明,始见青色,故云'重'。"钱先生予以认同,并补充一例:米芾《宝晋英光集》卷四《过当涂》"朝烟开雨细,轻素淡山重"句,写雨霁山色浓翠情景,也用"重"字,可作"参观"。又如卷四十八《赠安太师》云:"败屋数间青缭绕,冷云深处不闻钟。"李壁注云:"唐人诗:'重云晦庐岳,微鼓辨溢城。'此言阴晦之夕,鼓声才仿佛耳。亦犹钟声为冷云所隔,而不之闻也。"李壁以唐人谓鼓声因阴晦而微,来诠释王诗之钟声因冷云而稀,情境相类,拈来作注,确能加深对王诗的理解。

再论钱先生对王安石诗歌本身的评价。在《谈艺录》中,他对王诗有褒有贬:"荆公诗精贴峭悍,所恨古诗劲折之极,微欠浑厚;近体工整之至,颇乏疏宕;其韵太促,其词太密。"①尤对两事爱憎分明:一是对他"善用语助"的肯定:"荆公五七古善用语助,有以文为诗、浑灏古茂之致,此秘尤得昌黎之传。"②二是对其"巧取豪夺"的贬斥:"每遇他人佳句,必巧取豪夺,脱胎换骨,百计临摹,以为己有。"及至《宋诗选注》中,仅肯定他"比欧阳修渊博,更讲究修词的技巧","作品大部分内容充实",但一句"后来宋诗的形式主义却也是他培养了根芽",份量就很重了。这里的"形式主义",实际上是考究用词,精于用典的同义词,我们可以有不同的理解。而在《札记》中,我们发现他对有些王诗别有赏会,却未发布于公开著作。如王诗《永济道中寄诸弟》(卷二十九)云:"灯火匆匆出馆陶,回看永济日初高。似闻空舍乌鸢乐,更觉荒陂人马劳。客路光阴真弃置,春风边塞只萧骚。辛夷树下乌塘尾,把手何时得汝曹。"此诗为王安石北使时所作。钱先生说:"此诗殊苍遒,而诸选皆不及"(卷一第604则,第702页),惋惜之情,溢于言表,他还详引王安石其他相类诗句加以"参印",然而他的《宋诗选注》也未收此首。他对《拟寒山拾得十二首》也独具识见。他认为王安石这十二首诗,大都

———————

① 《谈艺录》,第243页。
② 同上书,第69页。

"理语太多,陈义亦高,非原作浅切有味之比",惟第十一首则当别论,诗云:"傀儡只一机,种种没根栽。被我入棚中,昨日亲看来。方知棚外人,扰扰一场呆。终日受伊谩,更被索钱财。"这犹如一首宋时风俗诗,写观看傀儡戏有感,虽"浅切"却"有味"。钱先生评云"非曾居高位者不能知,非善知识不能道",耐人寻味。他还兴味盎然地引了一首刘克庄的《无题》(《后村先生大全集》卷二十二):"郭郎线断事都休,卸了衣冠返沐猴。棚上偃师何处去,误他棚下几人愁。"钱先生评云:"亦入棚亲看过人语也。"(第701页)均从市井傀儡戏中,观照出表里不一、尔虞我诈的社会世相,寄寓另一番人生况味。

如前所述,《札记》的性质是半成品的学术著作,但若从其内容、特点来看,还可以有另一种解读。《札记》比之《谈艺录》、《宋诗选注》等,产生于不同的写作环境,后两者都是公开出版的正式著作,都有预先设定的读者对象,如果说《谈艺录》是作者急于想对学术界表达自己个性化的诗学理想,"真陌真阡真道路,不衫不履不头巾"(聂绀弩《题〈宋诗选注〉并赠钱锺书》),那么《宋诗选注》作为文学研究所编著的"中国古典文学作品第五种",不能不受主流意识形态的影响,诚如钱先生自己所说,是反映时代的一面"模糊的铜镜"。而《札记》则完全疏离于主流意识形态的影响,沉浸于古代文献资料之海洋,独立于众人所谓的"共识"之外,精心营造自己的话语空间。他不是依据于诗人们的政治立场、思想倾向和道德型范的所谓高低来评价诗歌的高低,而着眼于作品本身的艺术成就,所以他的品评就成为真正的审美批评。《札记》是一座远离外部喧嚣、纷争世界的自立的学术精神园地,一部真正"不衫不履不头巾"的(《宋诗选注》在当时选本中已属"异类",但实未完全达到聂绀弩此评)、心灵充分舒展、人格完全独立的奇书。

二、钱先生的南宋诗歌发展观

钱先生的著述大都采取我国传统著作体裁,如诗话(《谈艺录》)、选本(《宋诗选注》)、札记(《管锥编》)等,他的几篇论文(从《旧文四篇》

到《七缀集》),也与目前流行的学院派论文风格迥异,因而在钱锺书研究中发生了一个重要争论:即有没有"体系",甚至有没有"思想"? 这一争论至今仍在时断时续地进行。

从钱先生早年学术发轫时期来看,他对西方哲学、心理学兴趣很浓,也开始写作《中国文学小史》等通论性著作,不乏体系性、宏观性的见解。1984年在修改《中国诗与中国画》一文时,他增加了一段话,提出所谓"狐狸与刺猬"的讨论。他说:"古希腊人说:'狐狸多才多艺,刺猬只会一件看家本领。'当代一位思想史家把天才分为两个类型,莎士比亚、歌德、巴尔扎克属于狐狸型,但丁、易卜生、陀思妥耶夫斯基等属于刺猬型,而托尔斯泰是天生的狐狸,却一心要作刺猬。"①文中所说"古希腊人"乃指阿克洛克思,他的这句话另译为:"狐狸多知,而刺猬有一大知。""当代一位思想史家"是指英国人柏林(I. Berlin),与钱先生年龄相仿,他关于"狐狸与刺猬"的发挥,见于1951年出版的《刺猬与狐狸》一书。这里的"狐狸"的"多知",即谓无所不知,而又眼光精微;"刺猬"的"一大知",殆谓有体系,有总体把握。钱先生此处借以助证苏轼之企慕司空图、白居易之向往李商隐,即所谓"嗜好的矛盾律",能欣赏异量之美,因对"狐狸"、"刺猬"两种类型采取兼容并包的立场,不加轩轾。而在1978年修改《读〈拉奥孔〉》时,也增加一节文字:"不妨回顾一下思想史罢。许多严密周全的哲学系统经不起历史的推排消蚀,在整体上都已垮塌了,但是它们的一些个别见解还为后世所采取而流传……往往整个理论体系剩下来的有价值的东西只是一些片断思想。脱离了系统的片断思想和未及构成系统的片断思想,彼此同样是零碎的。所以,眼里只有长篇大论,瞧不起片言只语,那是一种粗浅甚至庸俗的看法——假使不是懒惰疏忽的借口。"这里对体系崇拜论的批判和颠覆,读来令人惊悚,当然他同时提醒人们说"自发的简单见解正是自觉的周密理论的根本",并不绝对地排斥"自觉的周密理论"。②

---

① 钱锺书:《七缀集》,上海古籍出版社1985年版,第23页。
② 钱锺书:《旧文四篇》,上海古籍出版社1979年版,第26页。

这两段在修改旧作时特意增写的文字,似乎对以后钱氏有无体系的"争论",预先准备了回答。20世纪80年代,在学界"争论"发生之后,钱先生在私人场合也直接发表过意见。他在1987年10月14日致友人信中说:

> 我不提出"体系",因为我认为"体系"的构成未必由于认识真理的周全,而往往出于追求势力或影响的欲望的强烈。标榜了"体系",就可以成立宗派,为懒于独立思考的人提供了依门傍户的方便。……马克思说:"我不是马克思主义者";马克·吐温说:"耶稣基督如活在今天,他肯定不是基督教徒";都包含这个道理。

此从师门宗派传授、流弊丛生的角度来揭示"体系"之异化。李慎之先生在2003年2月10日的一封信中提到:"钱先生曾对我说过,自己不是'一个成体系的思想家',我曾对以'你的各个观点之间,自有逻辑沟通。'"李先生希望能把钱先生著作中表现有关中国前途在现代化、全球化、民主化三方面的思想材料"钩稽"出来,表达出从钱著中寻找一以贯之思想的愿望。①

衡量学问家水平的高低,评估学术著作价值的大小,与其是否给出一个"体系",其实并无直接的对应关系;尤为重要的,是对"体系"的认识和真正的理解,大可不必对之顶礼膜拜,加以神圣化和神秘化。我姑且把"体系"分为三种形态。一是作者本人给出的体系。比如我们熟知的黑格尔,他用"理念""绝对观念"等概念把世界万事万物贯穿在一起,宋代理学家则用先于天地而存在的"理"为核心重建他们的世界观。这或许可称为"显体系"。二是"潜体系",即作者虽然没有提供明确的理论框架,但在其具体学术成果之中,确实存在一个潜在的、隐含的体系。钱先生就是如此。我在1998年曾经说过:

---

① 以上两信,均见《财经》杂志(双周刊)2006年第18期。

他(钱先生)一再说:"我有兴趣的是具体的文艺鉴赏和评判",而没有给出一个现成的作为独立之"学"的理论体系。然而在他的著作中,精彩纷呈却散见各处,注重于具体文艺事实却莫不"理在事中",只有经过条理化和理论化的认真梳理和概括,才能加深体认和领悟,也才能在更深广的范围内发挥其作用。阅读他的著述,人们确实能感受到其中存在着统一的理论、概念、规律和法则,存在着一个互相"打通"、印证生发、充满活泼生机的体系。感受不是科学研究,但我无力说个明白。①

十多年来,学者们对"钱学"的研究已取得了不少的成果,在阐释、梳理和提升钱先生的学术思想方面也有可喜的进展,对深入探讨和把握钱氏"体系"大有助益;但我自己却进展不大,至今仍"无力说个明白"。为帮助自己阅读钱著计,我想能否提出第三种"体系",即能否初步提炼出一个阅读结构或竟谓阅读体系呢,以作为进一步建构其"潜体系"的基础?不妨从个别专题着手,作一尝试。

《札记》对近300位南宋诗人进行了精彩的评述,犹如"大珠小珠落玉盘",能否寻找出自身的贯串线索?我认为其中有三则具有发展阶段"坐标点"的作用。

(一)《札记》卷二第443则,第1005页论范成大时云:

南宋中叶之范、陆、杨三家,较之南渡初之陈、吕、曾三家,才情富艳,后来居上,而风格高骞则不如也。

(二)《札记》卷一第252则,第410页又云:

盖放翁、诚斋、石湖既殁,大雅不作,易为雄伯,馀子纷纷,要

---

① 拙作《记忆的碎片——缅怀钱锺书先生》,《鳞爪文辑》,陕西人民出版社2008年版,第8页。

无以易后村、石屏、巨山者矣。三人中后村才最大,学最博;石屏腹笥虽俭,而富于性灵,颇能白战;巨山寄景言情,心眼犹人,唯以组织故事成语见长,略近后村而逊其圆润,盖移作四六法作诗者,好使语助,亦缘是也。

(三)《札记》卷一第22则,第24页又云:

此次所读晚宋小家中,《雪矶丛稿》才力最大,足以自立。《佩韦斋稿》次之,此稿(指毛珝《吾竹小稿》)又次之。

南宋诗歌发展脉络与国势、政局的演变息息相关,可谓大致同步,也有局部不相对应之处。我们曾将其划分为四个阶段:"渡江南来与文学转型"、"中兴之局与文学高潮"、"国运衰颓与文运潜转"和"王朝终局与文学馀响"。① 《札记》的前两条有明确的时间定位:"南渡初"、"南宋中叶"、南宋后期(第三则提到"晚宋小家"则涉及"宋末"王朝终局阶段了),他在每一个阶段中选出三位作家,即南渡初的陈与义、吕本中、曾几,南宋中叶的范成大、陆游、杨万里,南宋后期的刘克庄、戴复古、方岳,显然是从整个诗坛全局出发,又以基于艺术成就而具有的影响力和诗史地位作为选择标准的。第三则提出"晚宋小家"的前三名次序,即乐雷发《雪矶丛稿》、俞德邻《佩韦斋稿》、毛珝《吾竹小稿》,则是以"此次所读晚宋小家"为范围而作的评比(该则《札记》共论及陈鉴之、胡仲参、林希逸、陈允平、吴惟信等16家,有的已是入元的作家),而非诗坛全局,所以乐、俞、毛三人不足以担当该时段的代表性诗人,与上述三时段、九诗人的情况不同,但均表明钱先生既从诗史发展着眼,又细心辨赏诗艺、诗风,较量高低,斟酌得失,他提供的名单不是率意为之的。

九位诗人名单中不见"中兴四大家"之一的尤袤,不会引起人们的异议,而选择方岳,恐不易成为学人们的共识。若需推究其中原委,

---

① 见王水照、熊海英:《南宋文学史》,人民出版社2009年版。

《宋诗选注》所提供的南宋诗歌发展图像的另一种描述,可能帮助寻求答案。

《宋诗选注》的 81 家作者小传,是作者精心结撰之作,蕴含丰富的学术信息,有作家作品的评赏,有宋诗专题研究(如道学与宋诗、使事用典、以文为诗与破体为文等),也有关于诗史的阐释。下列四则对理解他的南宋诗歌发展观关系最大:

(一)汪藻小传:

北宋末南宋初的诗坛差不多是黄庭坚的世界,苏轼的儿子苏过以外,像孙觌、叶梦得等不卷入江西派风气里而倾向于苏轼的名家,寥寥可数,汪藻是其中最出色的。

(二)杨万里小传:

从杨万里起,宋诗就划分江西体和晚唐体两派。

(三)徐玑小传:

经过叶适的鼓吹,有了"四灵"的榜样,江湖派或者"唐体"风行一时,大大削弱了江西派或者"派家"的势力,几乎夺取了它的地位。

(四)刘克庄小传:

他是江湖派里最大的诗人,最初深受"四灵"的影响,蒙叶适赏识。……后来他觉得江西派"资书以为诗失之腐",而晚唐体"捐书以为诗失之野",就也在晚唐体那种轻快的诗里大掉书袋,填嵌典故成语,组织为小巧的对偶。

这四则虽散见在四处,"捉置一处",宛如一篇完整的诗史纲要:

南渡初,诗坛由北宋末年"苏门"与"江西"两派并峙,转而演化为江西雄踞坛坫而学苏者"寥寥可数";南宋中叶,以杨万里创作为标志,宋诗就分成江西体和晚唐体两派,这是一个很创辟的重要判断;南宋后期,"四灵""开创了所谓'江湖派'"晚唐体或江湖体风行一时,取代了江西派的地位;而江湖派的最大诗人刘克庄,却又同时开始表现出调和"江西"、"江湖"的倾向,诗坛上流行起"不江西不江湖"的风气。

从《札记》和《宋诗选注》中分别钩稽出来的诗史主要线索,两者所述时段是可以对应的(都隐含着四个时段的时间背景),但《札记》论及的标志性的九位诗人是从其诗歌成就及影响、地位来衡定的,《宋诗选注》却主要以诗歌体派嬗变(苏门与江西、江西与江湖等)为依据的。由于时段相同,可以也应该合观互参,诗人的基本艺术风格必然受到其所隶属或承响接流的诗歌体派的规定,他的影响力和历史地位也与诗体、诗派紧密相联,体派的演化又与其代表作家的引导和示范息息相关。《札记》与《宋诗选注》这来源不同的两条发展线索是统一的,构成了他把握南宋诗歌走向的"主线索"。

《札记》与《宋诗选注》所给出的南宋诗歌发展图景,清晰而确定,但毕竟是粗线条式的大致轮廓。这就需要联系《札记》中对具体作家作品的大量评述和例证,来丰富其细节,深入其内层,补充其侧面,促使这条主线索丰富、深刻和多元起来;另一方面,这条主线索也为我们理解钱先生的许多具体论述指明了方向。如他论左纬:"不矜气格,不逞书卷,异乎当时苏黄流派,已开南宋人之晚唐体。"(《札记》卷一第286则,第477页)按生年,左纬正处于汪藻与杨万里之间,他能够摆脱当时苏轼、黄庭坚的笼罩,而在杨万里之前,就开创晚唐体即江湖体,实际影响力虽不能与杨万里相提并论,但实已处于承前启后的位置,这使整个诗史链条更显得环环相扣了。

另一个例子是萧立之,这位《宋诗选注》中的最后一家,受到钱先生的格外推举。《札记》卷二第530则第881页云:"谢叠山跋,谓江西诗派有二泉(赵蕃号章泉,韩淲号涧泉)及涧谷(罗椅),涧谷知冰崖(萧立之)之诗。夫赵、韩、罗三人已不守江西密栗之体,傍参江湖疏野之格,冰崖虽失之犷狠狭仄,而笔力峭拔,思路新辟,在二泉、涧谷之上。顾究其风调,则亦江湖派之近江西者耳。"这段议论,正好与前文论及的刘克庄调和江西、江湖,"不江西,不江湖"诗风流行相接榫,既可补充"主线索"的内容,也为萧立之在诗史链条中找到他应有的位置:"要于宋末遗老中卓然作手,非真山民、谢叠山可及。"在《宋诗选注》萧立之小传中也说:萧氏"没有同时的谢翱、真山民等那些遗民来得著名,可是在艺术上超过了他们的造诣",主要原因是:"他的作品大多是爽快峭利,自成风格,不像谢翱那样意不胜词,或者真山民那样弹江湖派的旧调。"意在标举晚宋诸小家中那批能"不江西不江湖"而"能自成风格"的诗人。顺便提及,他在评及俞德邻时,前已提到把俞氏置于乐雷发之次,而在《札记》卷二第628则第1170页中,又把他视为可与萧立之并肩,说他"感慨沉郁者,差能自成门户,非宋末江湖体或江西体,于遗民中,足与萧冰崖抗靳"。《札记》和《宋诗选注》中论及宋末诗人"自成风格""自成门户"者,往往与其摆脱江西、江湖所谓"影响的焦虑"有关,材料亦丰,对进一步完善诗史"主线索"是十分有益的。

对钱先生实际展示的"主线索",一方面需要从其大量具体论述中加以丰富和完善,另一方面也需要充分认识其复杂性。所谓"主线索",只是从宏观上概括指出诗坛的总体艺术走向,指示文学风尚的大体转化;但对具体作家作品而言,却又是千差万别,各具面目,而不能整齐划一、生硬套框的。比如敖陶孙,这位诗人先在"庆元诗祸"中因同情朱熹、赵汝愚而受到牵连,却因此在江湖中声名鹊起;其诗集《臞翁诗集》也被陈起刻入《江湖集》,横遭"江湖诗祸"。刘克庄在为他而写的墓志铭中说:"先生(指敖陶孙)诗名益重,托先生以行者益众,而《江湖集》出焉。会有诏毁集,先生卒不免。"①他跟江湖诗人的社会关系不可谓不密切。但钱先生强调指出,他的诗作却不具有江湖诗体的特征和风格,不能列入该一系列。在《札记》卷二446则第1026页论及《南宋群贤小集》(旧题宋陈思等编)所收《臞庵诗集》时说:"纯乎江

---

① 刘克庄:《臞庵敖先生墓志铭》,《后村先生大全集》卷148,四部丛刊本。

西手法,绝非江湖体。虽与刘后村友(《诗评》自跋云:自写两纸,其一以遗刘潜夫),却未濡染晚唐……《小石山房丛书》中有宋顾乐《梦晓楼随笔》一卷,多论宋人诗,有云臞翁虽不属江西派,深得江西之体,颇为中肯。"就诗风而言,敖氏应入江西一脉。而在近出《中文笔记》中,钱先生在评述《南宋六十家(小)集》(陈起编,汲古阁影宋钞本)时,对敖氏更下了一个明确的论断:"此六十家中为江西体者唯此一人。能为古诗,近体殊粗犷。有《上石湖》四律、《题酒楼》一律,不见集中。"(第三册,第375页)这种诗人个体的差异性和群体的复杂性,更提醒我们对"主线索"不宜作机械的理解。

(原载《文学评论》2012年第1期)

苏、辛退居时期的心态平议

中国词史中"苏辛"并称是有充分理由的：他们都是革新词派的领袖，在对词的观念和功能的看法上，在题材的扩大和内涵的深化上，在对词风中阳刚之美的追求上，特别是使词脱离音乐的附庸进而发展成为一种以抒情为主的长短句格律诗，他们之间有着明显的继承和发展关系。但是，超过这个范围，他们之间的相异点往往大于相同点，因而成就为各具面目的词中双子星座。这里拟从他们贬退时期心境的比较，作些说明。

苏辛各有两次较长时期的退居生活。苏轼一在黄州，元丰三年（1080）至元丰七年（1084），一在惠州、儋州，绍圣元年（1094）至元符三年（1100）。所谓"问汝平生'功业'，黄州、惠州、儋州"，前后达十多年。辛弃疾则一在上饶带湖，淳熙九年（1182）至庆元二年（1196），一在铅山瓢泉，庆元二年（1196）至开禧三年（1207）。所谓"带湖吾甚爱"，"一日走千回"，"便此地（瓢泉），结吾庐"，除其间几度出仕外，前后废居长达二十年。仕途的坎壈和挫折却带来创作上的共同丰收。苏轼的二千七百多首诗中，贬居期达六百多首，二百四十多首编年词中，贬居期达七十多首，还有数量众多的散文作品；辛弃疾词共六百多首，带湖、瓢泉之什共约四百五十多首。这表明艺术创造日益成为他们退居生活的一个注意中心。

然而，首先是两人退居的身份不同。苏乃戴罪之身的"犯官"，元丰时从幸免于死的"乌台诗狱"中释放贬黄州，绍圣时三改谪命，惩处逐一加重，来至瘴疠之地的惠州，最后竟至天涯海角的儋州。在他的周围,仍处处布满政治陷阱,情势险恶。辛弃疾虽然被劾落职,但实际上近乎退休赋闲。他不断地与朝廷命官、地方长官交往,他更有太多的复出任职的机会,"东山再起"始终是个现实的前景,而非渺茫的幻想。

其次是生活条件的不同。苏轼自称"初到黄,廪入既绝",只好"痛自节俭",把每月费用分成三十份挂于梁上,每日用画叉挑取,以免超支(《答秦太虚书》、《与王定国书》),拮据窘迫之态,宛然可见;以后到了海南,更是"食无肉,病无药,居无室,出无友,冬无炭,夏无寒泉,然亦未易悉数,大率皆无耳"(《与程秀才书》),几乎濒于绝境。但辛弃疾的带湖新居,其"宏丽"曾使朱熹惊叹为"耳目所未曾睹"(陈亮《与辛幼安殿撰书》),而其瓢泉,更是一处颇富山水之趣,足供优游林泉的胜地。

但更为重要的,是两人人生思想和文化性格类型的不同。苏轼对《易经》、《论语》等作过诠释,但毕竟算不得建立了哲学体系的思想家,然而他对天道、人道以及知天知人之道,尤其是以出处为中心的人生问题,表现在他文学作品中的思考,超过了他的不少前辈,因而他是一位具有思辨型倾向的智者。辛弃疾却是醉心于事功的、带有强烈的现实行动要求的实践型人物,他似乎无意于对生死、天人关系等作形而上的思考,而执著于现实人生的此岸世界,真所谓"未知生,焉知死"。两人虽然都出入儒佛道三大传统思想,但苏轼已整合成一套具有灵活反应功能的思想结构,足以应付他所面对的任何一个政治的、生活的难题;在贬居时期,佛学思想占据了主导地位,借以保持乐观旷达的人生态度。辛弃疾却始终把社会责任的完成、文化创造的建树和自我价值的实现融为一体,并以此作为终生奋斗的目标;虽然随着境遇的顺逆,这个目标有所倾斜,但基本导向一生未变。陈廷焯《白雨斋词话》卷一云:"苏辛并称,然两人绝不相似。魄力之大,苏不如辛;气体之高,辛不逮苏远矣。"王国维《人间词话》云:"东坡之词旷,稼轩之词豪。"这里的"魄力"和"气体"之别,"旷"和"豪"之分,从一个角度说出了苏辛人生思想和态度的不同特色,在中国文人中各具典型性。

一

　　苏辛二人在退居时期的作品中,所抒写的主要感情状态是悲愁和闲适。拙作《苏轼的人生思考和文化性格》(《文学遗产》1989年第5期)已对苏轼的"愁"和"适"作过较详的分析,本文着重研究辛弃疾的悲愤词和闲适词及其与苏作的异同。

　　悲愁是辛弃疾晚年的一种基本心态。其内容一是失地难复、故土难回的家国之痛。"夜中狂歌悲风起,听铮铮、阵马檐间铁。南共北,正分裂"(《贺新郎·用前韵送杜叔高》),"布被秋宵梦觉,眼前万里江山"(《清平乐·独宿博山王氏庵》),中宵不眠,念念在兹。二是忧谗畏讥、功名未成的英雄失路之悲。从他经营带湖新居起,畏惧谣诼的心理阴影一直笼罩着他,"秋江上,看惊弦雁避,骇浪船回"(《沁园春·带湖新居将成》),以后在《水龙吟》(被公惊倒瓢泉)中一再说:"倩何人与问:'雷鸣瓦釜,甚黄钟哑?'"正声喑哑,奸邪之声却甚嚣尘上,加深了他报国无门之慨:"短灯檠,长剑铗,欲生苔。雕弓挂壁无用,照影落清杯。"(《水调歌头·严子文同傅友道和前韵,因再和谢之》)髀肉复生,事业无成,怎不一腔悲愤?三是年华逝去、老衰兼寻的迟暮之恨。《鹧鸪天·重九席上再赋》云:"有甚闲愁可皱眉?老怀无绪自伤悲。百年旋逐花阴转,万事长看鬓发知。"《鹧鸪天·鹅湖归病起作》云:"不知筋力衰多少,但觉新来懒上楼。"《新居上梁文》云:"人生直合在长沙,欲击单于老无力。"光景日逼、年事渐老的紧迫感,使他的心情更为盘郁沉重。悲哀成了他反复吟诵的主题,应该说,他对悲哀的感受,与苏轼一样,是很深刻的。

　　辛弃疾的悲,从总体性质上说,乃是英雄失志的悲慨,处处显出悲中有豪的军事强人的个性特色,他的感伤也具有力度和强度的爆发性,是外铄式的。苏轼也写沦落异乡的悲苦,"岂知流落复相见,蛮风蜑雨愁黄昏"(《十一月二十六日松风亭下梅花盛开》),"枯肠未易禁三碗,坐听荒城长短更"(《汲江煎茶》);抒发孤独老衰之愁,"忽逢绝艳照衰朽,叹息无言揩病目"(《寓居定惠院之东》),"衰鬓久已白,旅怀空自清"(《倦夜》)。但他作为流人逐客对悲哀的咀嚼之中,逐渐发现主体之外存在着可怕的异己世界,进而引起对整个人生的思考,因此,他的感伤是理智沉思的,是内省式的。其次,辛弃疾并不追求悲哀的最终解脱。他填词抒怀抑郁,把自己所感受、所积累的悲哀予以宣泄,也就得到了心理平衡。在这位"气吞万里如虎"的豪杰之士身上,完全能担当这份悲哀,而不会被悲哀所击倒。而苏轼却遵循自己"悲哀—省悟—超越"的思路,最后导致悲哀的化解,如我以前的文章所论。当然,辛弃疾也有过"避愁"、"去愁"、"消愁"的努力,罢居前早就唱过"欲上高楼去避愁,愁还随我上高楼。经行几处江山改,多少亲朋尽白头"(《鹧鸪天》),"是他春带愁来,春归何处?却不解、带将愁去"(《祝英台近》)。欲避而复随,欲舍而又来,他之于愁,如影随形,始终未能摆脱。约作于晚年的《丑奴儿》云:"近来愁似天来大,谁解相怜?谁解相怜,又把愁来做个天。都将今古无穷事,放在愁边。放在愁边,却自移家向酒泉。"末句化用杜诗"恨不移封向酒泉"(《饮中八仙歌》),企求在酒杯之中消解一片愁天恨海。这在苏轼看来,可能会"笑落冠与缨"的,他明确提出"无愁可解"的命题。他认为,以酒解愁,自"以为几于达者",其实,"此虽免于愁,犹有所解也。若夫游于自然而托于不得已,人乐亦乐,人愁亦愁,彼且恶乎解哉"(《无愁可解》词序)。《庄子·逍遥游》云:"若夫乘天地之正而御六气之辩,以游无穷者,彼且恶乎待哉!"苏轼这里仿效庄子的口吻和思想,认为人的个体只要顺乎自然,亲和为一,乐愁一任众人,也就用不着"解"什么愁了。从根本上取消"愁"的实在性存在,也就取消了"解"的前提,这才是真正的"达者"。

  苏辛二人的悲哀内涵、表达形式和对付方法的不同,是由他们不同的时代条件、个人的政治环境和文化性格所致。从时代条件、政治环境来说,苏轼的被贬,是北宋尖锐激烈党争的牺牲品,而封建宗派倾轧的残酷和褊狭是骇人听闻的,达到了必欲置于死地而后快的地步。乌台诗案的被罚和元祐党人的被逐,都曾使苏轼濒临死境,因此他在政治上完全绝望无告,对贬居之地无权自由选择,其命运任人摆布。

辛弃疾却是另一种情况。他选择信州作为退居之地是颇堪玩味的。洪迈应他之请而作的《稼轩记》中明确说道："国家行在武林,广信最密迩畿辅。东舟西车,蜂午错出,势处便近,士大夫乐寄焉。"这正是一个退可居、进可仕的理想的地理位置,正如苏轼在《灵璧张氏园亭记》中所说的"开门而出仕,则跬步市朝之上;闭门而归隐,则俯仰山林之下"。但苏轼一生从未找到这样的居处,而且此文在"不必仕不必不仕"的议论中,着重以"不必仕"来自警自戒,反映出他追求自适的人生理想;而辛弃疾却含有待时而沽的东山之志。南宋时的信州又是人文荟萃、寓公亭园密布之地。叶适说："方渡江时,上饶号称贤俊所聚,义理之宅,如汉许下、晋会稽焉。"(《徐斯远文集序》)退职名臣韩元吉的南涧苍筤,信州知州郑舜举的蔗庵,与辛的带湖新居,皆一时之选。赵蕃、韩淲、徐文卿等亦当地闻人。赵蕃《忆赵蕲州善扛诗》云："吾州(信州)忆当南渡初,居有曾吕守则徐。……尔来风流颇寂寞,南池二公也不恶:李公作州大如斗,公更蕲春方待守。"诗中谓赵文鼎(名善扛)和李正之(名大正)筑居南涧为邻,而辛亦与他们有词唱和(见其《蝶恋花·用赵文鼎提举送李正之提刑韵,送郑元英》)。辛与先后几任信州知州钱象祖、郑舜举、王桂发、王道夫等,更是过从甚密。至于他卜居瓢泉,除了钟情于佳泉外,也与它地处当时官道,南通福建,朝发夕至,东连上饶,便于友朋交游,便于获取政治信息有关。事实也正如此。他在带湖、瓢泉闲居期间,都曾先后出仕,正如黄榦《与辛稼轩侍郎书》所说,"一旦有惊,拔起于山谷之间,而委之以方面之寄,明公不以久闲为念,不以家事为怀,单车就道,风采凛然,已足以折冲于千里之外"。再从个人文化性格来说,苏轼基于险恶环境所形成的人生思想,并由此构成狂、旷、谐、适的完整的性格系统,以应对环境,坚持生活的信心。他的性格因子比较丰富,同时也可说具有驳杂变动的特点。辛弃疾的性格,固然也有狂、谐、适的一面,但其实际意义与苏轼大异其趣(详下),尤为重要的是,他的刚强果毅的个性异常突出,在或进或退时期始终居于支配地位。黄榦赞美辛说："果毅之资,刚大之气,真一世之雄也。"(《与辛稼轩侍郎书》)验其生平,确为的评。追杀义端,活捉张安国,活现一位叱咤疆场的传奇式英雄形象;诱降赖文政,施之正法,创建飞虎军,公然抗拒朝廷停办的诏命,此两事虽引起前人或今人的议论,而其果断手腕令人咋舌;隆兴办荒政,"闭粜者配,强籴者斩"八字方针,字挟风霜;福建治政,"厉威严,以法治下",凛然不少贷。"虎"是他自称或被人推许的一个常用物象,连他的外貌也具有不可一世的英雄气概:"精神此老健于虎,红颊白须双眼青"(刘过《呈稼轩诗》),"眼光有棱,足以照映一世之豪;背胛有负,足以荷载四国之重"(陈亮《辛稼轩画像赞》)。任职时期的"辛帅"到罢退时期的"辛老子",这一刚强果毅的强烈个性特征仍一脉相承,他的一些"壮词"即作于此时。如果说,苏轼是一位了悟人生真谛的智者,他就是一位百折不挠、不倦地追求政治理想的强者,由此导致他们悲愁的不同内涵和应对态度。

闲适词是辛弃疾退居时期的另一重要内容。这些词写得萧散清逸,翛然世外,特别是一些田园山水词,以闲适之趣融摄自然景象,达到很高的艺术水平。但与苏轼相比,他又表现出"健者之闲"和"儒者之适"的特点。

健者之闲。辛曾以"真闲客"自居:"并竹寻泉,和云种树,唤作真闲客。"(《念奴娇·赋雨岩效朱希真体》)但实际上是不甘于闲而不得不闲。他在带湖夜读《李广传》而作的《八声甘州》说:"谁向桑麻杜曲,要短衣匹马,移住南山。看风流慷慨,谈笑过残年。汉开边、功名万里,甚当时、健者也曾闲?纱窗外,斜风细雨,一阵轻寒。"这里以李广自喻,表达了大丈夫应立功万里而不甘桑麻终老的心情,"健者之闲"真是确切的自我写照。因而,他经常处于身闲心不闲的矛盾苦闷之中。他的《南歌子·山中夜坐》云:"世事从头减,秋怀彻底清。夜深犹送枕边声。试问清溪,底事未能平? 月到愁边白,鸡先远处鸣。是中无有利和名。因甚山前,未晓有人行?"这是作者少有的静夜静思:既已彻底摆脱世事,情怀犹如清溪澄澈,但溪水长流鸣咽不平;既处月白鸡啼、无名无利之清境,但山前仍有人犯晓奔走,辛苦营营。全词上下两片,同是反诘,主旨重迭;每片五句,前二后三,语意一正一反,表现了作者"清怀"的无法维持,对世事的不能忘情。他说过"此身忘世浑容易,使世相忘却自难"(《鹧鸪天·戊午拜复职奉祠之命》),说准确点是"两难忘":他作为当时抗金实干家的才具和胆识,作为南来"归正人"的实际领袖,使朝廷难于忘却而将他长久置之于投闲之地;而他自己更渴望报国,伺机复出,实未能"忘世"。他的两句词说得好,"莫避春阴上马迟,春来未有不阴时"(《鹧鸪天·送欧阳国瑞入吴中》),这可喻指仕途中不免有蹉跌困顿,但"上马"杀贼的战斗要求不能放弃。

儒者之适。辛弃疾卜居瓢泉的原因之一,是他在此发现了一眼周氏泉,触发了这位来自泉城济南的南渡人的无限乡思。他改名瓢泉,诚然由于泉形似瓢,更重要的是仰慕颜回"一瓢自乐"的道德人格,他赞美瓢泉的词作多达十多首,可见志趣所在。如《水龙吟·题瓢泉》云:"人不堪忧,一瓢自乐,贤哉回也。料当年曾问:'饭蔬之水,何为是,栖栖者?'"孔子称颂颜回之"贤","一箪食,一瓢饮,在陋巷"而"不改其乐"(《论语·雍也》),主张"饭蔬食,饮水,曲肱而枕之,乐亦在其中矣"(《论语·述而》)。这是儒家的忧乐观和闲适观,也就是追求一种人格的独立、道德的情操和理想的自由,以此来超越迍邅命运,以苦为乐。这是辛弃疾所服膺的。而苏轼在饱尝人世沧桑,历经坎坷曲折以后,对忧乐、闲适却有别一番省悟。他向往"性之便、意之适"(《雪堂问潘邠老》)的精神境界,善于从凡夫俗子的日常生活中发现愉悦自身的美,表现个人主体展向现实世界的亲和性。这种自得自适,既不完全同于庄子式的与天地万物同一,从而取消主体的自主选择,也不完全同于佛家从根本上否定人的此岸性,否定人的生理的、物质的存在本身。

当然,从带湖到瓢泉,辛弃疾的悲愤情绪日趋沉重,因而他对闲适的感悟也从庄子哲学中汲取思想启迪而日趋深刻。他也吟咏"进亦乐,退亦乐"(《兰陵王·赋一丘一壑》),认为用舍行藏皆乐,用庄子的绝对相对主义来取消事物的差别;又说"少日尝闻:'富不如贫,贵不如贱者长存。'由来至乐,总属闲人。且饮瓢泉,弄秋水,看停云"(《行香子·博山戏呈赵昌甫、韩仲止》),则进一步认为"闲人"才有至乐,似与苏轼"江山风月,本无常主,闲者便是主人"(《临皋闲题》)同一思路,以为只有在主体完全自适的精神状态下,才能享受大千世界的无穷之美。

苏辛二人似乎一起走到了"闲适",但他们的出发点仍是不相同的。辛弃疾的《鹧鸪天·博山寺作》中说:"不向长安路上行,却教山寺厌逢迎。味无味处求吾乐,材不材间过此生。　　宁作我,岂其卿。人间走遍却归耕。一松一竹真朋友,山鸟山花好弟兄。"这是他退出仕途、决意归隐的自白,已在"长安"和"山寺"之间作出抉择。"味无味"四句用四个典故来说明这种抉择的思想基础。"宁作我"语出《世说新语·品藻篇》:"桓公(温)少与殷侯(浩)齐名,常有竞心。桓问殷:'卿何如我?'殷云:'我与我周旋久,宁作我。'""宁作我"即宁作独立不阿之我,毋须与他人竞争攀比,保持自我价值。殷浩此语,辛在《贺新郎》(肘后俄生柳)等词中也多次用过,其含义完全可以纳入儒家所遵奉的道德人格的范畴。"岂其卿",语出扬雄《法言·问神》:有人主张君子与其"没世而无名",何不攀附公卿以求名。扬雄回答说:"谷口郑子真不屈其志而耕乎岩石之下,名震于京师。岂其卿,岂其卿。"岂其卿,谓岂能攀公卿以求名。郑子真是汉成帝时隐士,大将军土凤礼聘而不出;但辛弃疾在另一首《浣溪沙·壬子春赴闽宪别瓢泉》中,一面表示要"对郑子真岩石卧",一面却自愧"而今堪诵《北山移》",应召复出了。所以,这首《鹧鸪天》透过肯定隐逸、老庄语句("味无味"出于《老子》,"材不材"见于《庄子·山木篇》)的背后,辛弃疾的钟情自然以求闲适,原是保持一种道德人格的自我,不屈其"志",而最终仍企求"名震于京师"。这显然仍是儒家的积极于事功的道德节操。由不屈己求名到最终功成名就,这正是隐藏在辛弃疾心底的最大"心事"——"了却君王天下事,赢得生前身后名"(《破阵子·为陈同甫赋壮词以寄》)。苏轼在闲适中追求的却是自然人格。他在《闲轩记》中,批评徐得之以"闲轩"自我标榜,刻意求之,实即失之。他认为真正的闲适是性灵的自然状态的不自觉的获得,是不能用语言说出、思维认知的。当然不能存在丝毫的求名意识,甚或连下意识都不可。陶渊明《归园田居》其一,写归田闲适之乐,"户庭无尘杂,虚室有馀闲。久在樊笼里,复得返自然",写冲出官场"樊笼"而回归自然之乐;苏轼和诗却写在贬地"樊笼"中自适情趣,"禽鱼岂知道,我适物自闲。悠悠未必尔,聊乐我所然"(《和陶归园田居》其一)。他知"道"得"适",与物相融相亲;悠悠万物纵然未必尽能相融相亲,但他自适其适即得无穷之"乐"了。这里所谓的"道",即是对弃绝尘网、复归为自然人格的体认。他的《和陶归园田居》其六回忆当日在扬州初作和陶《饮酒》诗时,"长吟《饮酒》诗,颇获一笑适。当时已放浪,朝坐夕不夕",已在饮酒中自获怡然闲适之趣;而今在惠州,"矧今长闲人,一劫展过隙。江山互隐见,出没为我役。斜川追渊明,东皋友王绩。诗成竟何为,六博本无益",则在劫后的"长闲"生涯中,更体验到自身与自然的合而为一,尚友古代高士陶潜、王绩,尽情地享受自然之乐,甚至连诗棋等艺事也属多馀。"江山"为我所"役",亦即"适然寓意而不留于物"(见晁补之《鸡肋集》卷三十三《题渊明诗后》引苏轼语),更突出了他这种自然人格中自主选择的强烈倾向,他的自适并非泯灭自我。总之,苏轼的"适"是达者之适,与辛弃疾的"适"具有不同的含义。

二

对陶渊明的推崇和认同,也是苏辛贬退时期的共同祈向,从中又反映出两人人生思想的歧异之处。

苏辛两人都宣称自己师范陶渊明。苏轼从黄州时起,其作品中大量地咏陶赞陶。《江城子》:"梦中了了醉中醒。只渊明,是前生。走遍人间,依旧却躬耕。"以后"渊明吾所师"(《陶骥子骏佚老堂二首》其一),"愧此稚川翁,千载与我俱。画我与渊明,可作三士图"(《和陶读山海经》)之类的话,不绝于口。辛弃疾也说:"陶县令,是吾师"(《最高楼·吾拟乞归,犬子以田产未置止我,赋此骂之》),"倾白酒,绕东篱,只于陶令有心期"(《鹧鸪天·重九席上作》),"老来曾识渊明,梦中一见参差是"(《水龙吟》),两人对陶均尊仰师法。苏轼在黄州初得陶集,

"每体不佳,辄取读,不过一篇,惟恐读尽后,无以自遣耳"(《书渊明羲农去我久诗》)。后贬岭海,竟把陶柳二集视作南迁"二友"(《与程全父书》),并追和全部陶诗。辛弃疾在废退时也"读渊明诗不能去手"(《鹧鸪天》词序),并自云"暮年不赋短长词,和得渊明数首诗"(《瑞鹧鸪》),"更拟停云君去,细和陶诗"(《婆罗门引》),惜其和诗并未传世。两人还擅长"檃括"陶作为词,如苏用《哨遍》檃括《归去来辞》,辛则把《停云诗》改写为《声声慢》词,可谓亦步亦趋,相似乃尔。

苏轼认定陶渊明的主要精神是归向自然,是个体与自然的谐和混一,以求得心灵的自由和恒久。他对陶的一番"苏化"功夫首先即是对这一精神的深化。在他的评陶言论中,总是反复强调陶的真率和自然。他读了陶的《饮酒》后说:"予尝有云,言发于心而冲于口,吐之则逆人,茹之则逆予。以谓宁逆人也,故卒吐之。与渊明诗意,不谋而合。"(《录陶渊明诗》)他认为陶的不"遣己",就是自得其性,自适其意,这才是人生的最大完善。他又说:"陶渊明欲仕则仕,不以求之为嫌;欲隐则隐,不以去之为高;饥则扣门而乞食,饱则鸡黍以延客。古今贤之,贵其真也。"(《书李简夫诗集后》)出处问题是古代士人的最大人生问题,苏轼以陶渊明崇尚"任真"的理想人格为最高典范,提出了简明而深刻、形易而实难的答案。苏轼还是第一个对陶诗艺术精髓作出正确评赏的人。他概括陶诗艺术特征为"外枯而中膏,似淡而实美"(《评韩柳诗》),"质而实绮,癯而实腴",从而认为陶乃古今诗人之冠,"自曹刘鲍谢李杜诸人,皆莫及也"(见《子瞻和陶渊明诗集引》)。这在评陶史上具有里程碑的意义。他之所以能作出如此精深的品评,正是基于他对陶的"高风绝尘"的人生哲理的认识的结果。

其次是苏轼对陶的选择取向。陶渊明并非"浑身静穆",也有"金刚怒目"式的一面,但苏轼似有意予以淡化或扬弃。陶诗中表现"猛志固常在"的著名诗篇有《读山海经十三首》其十、《咏三良》、《咏荆轲》等,我们不妨看看苏轼的和诗。陶诗《读山海经十三首》其十,以"精卫填东海,刑天舞干戚"寄愤抒志,表现了践偿昔日"猛志"的强烈期待;苏轼和诗却以"金丹不可成,安期渺云海"发端,谓神仙炼丹之事,渺茫无凭;又以"丹成亦安用,御气本无待"作结,"御气无待",典出《庄子·逍遥游》,已见前引。这两句说,即使丹成也无助于成仙之事,而应御六气(阴阳风雨晦明)之变以游无穷,顺万物之性,游变化之途,即可与宇宙同终始,自不待外求。这与陶有忧世之志与超世之怀之别。陶苏各咏三良,却一赞一贬。陶赞其君臣相得,殉于"忠情"、"投义",死得其所,颇寓异代之悲;苏则认为"顾命有治乱,臣子得从违",大胆地提出对于君主的"乱命",可以而且应该"违"抗,不应盲从,他并进一步说"仕宦岂不荣,有时缠忧悲。所以靖节翁,服此黔娄衣",指出仕途充满忧患,宁可像黔娄那样临死仅得一床"覆头则足见,覆足则头见"的布被,也不向君王乞求,陶翁自己所为正复如此,对陶的殉义说微含异议。陶的咏荆轲,惜其"奇功不成",全诗悲慨满纸,为蹉跌豪侠一掬"千载有馀情"之泪,是陶诗中最富慷慨之气者。正如龚自珍所云:"陶潜诗喜说荆轲,想见《停云》发浩歌。吟到恩仇心事涌,江湖侠骨恐无多。"(《己亥杂诗》)苏轼和诗却纯出议论,但把议论主要对象从荆轲转到燕太子丹,"太子不少忍,顾非万人英",批评他竟把国家命运寄托在"狂生"荆轲的冒险一击上,而不认识暴秦"灭身会有时,徐观可安行"。这里显示的是道家顺应自然的政治观。

苏轼对陶潜精神的主要方面作了引人注目的深化和突出,辛弃疾却作了别有会心的引申和发挥。他用以拟陶的历史人物是诸葛亮、谢安等人,特别是诸葛亮。他说"往日曾论,渊明似胜卧龙些"(《玉蝴蝶·叔高书来戒酒用韵》),"看渊明、风流酷似,卧龙诸葛"(《贺新郎·陈同父自东阳来过余》),慨叹陶潜"岁晚凄其无诸葛,惟有黄花入手"(《贺新郎·题傅岩叟悠然阁》)。陶和诸葛,除了躬耕垄亩外,其勋业成就、思想性格相距甚远,辛弃疾这种"易地而皆然"的人物比拟,却有着深刻的渊源和含义。

对陶潜精神的不同理解和强调,是评陶史上的一个特殊问题。透过表面的纷纭众说,却确切地折射出评说者的不同旨趣和心态。在陶潜的文化性格中存在着平淡和豪健两种不同的素质,亦如朱熹所云:"陶渊明诗,人皆说是平淡,据某看他自豪放,但豪放得来不觉耳。"

(《朱子语类》卷一四〇)翛然旷达的胸襟,脱尘拔俗的情操,忧患意识和历史责任感等都融合为一体,因而后世人们把他塑造成"古今隐逸诗人之宗"和矢志晋室的忠臣即"高士"和"节士"两种形象。这两种形象固然也可以统一,但陶潜精神的最主要内涵无疑是他超越人生的无常感和虚幻感,而在与自然和谐中获得心灵自由的人生思想,这也是他作为"高士"的真正意义。最早以诸葛亮比陶的大概是黄庭坚。他在《宿旧彭泽怀陶令》中说:"潜鱼愿深渺,渊明无由逃。彭泽当此时,沉冥一世豪。司马寒如灰,礼乐卯金刀。岁晚以字行,更始号元亮。凄其望诸葛,肮脏犹汉相。"他认为陶潜晚号元亮即寓有自喻孔明之意。关于晚号元亮之说,宋吴仁杰《陶靖节先生年谱》已指出,"此则承《南史》之误耳","其实先生在晋名渊明字元亮,在宋则更名潜,而仍其旧字"。然而,自喻说与其说是一种无意的误解,不如说是刻意思索后的特殊理解。黄庭坚在《次韵谢子高读渊明传》中已明确说"风流岂落正始后,甲子不数义熙前",已把他推入伯夷、叔齐式的行列了。北宋末蔡絛《西清诗话》云:"渊明意趣真古,清淡之宗,诗家视渊明,犹孔门视伯夷也。"这可代表宋末士人的一般观点。而在社会混乱动荡时期,则更易得到人们的广泛认同。元吴澄《湖口县靖节先生祠堂记》中说:"观《述酒》、《荆轲》等作,殆欲为汉相孔明之事,而无其资。"他还把陶与屈原、张良、孔明并称为"明君臣之义"的四君子。元贡师泰《题渊明小像》云"乌帽青鞋白鹿裘,山中甲子自春秋,呼童检点门前柳,莫放飞花过石头",也极度夸说陶渊明忠于晋室、敌视刘宋的立场,连自己门前的柳絮也不让它飞往刘裕称帝的金陵。龚自珍《己亥杂诗》说:"陶潜酷似卧龙豪,万古浔阳松菊高。莫信诗人竟平淡,二分《梁甫》一分骚。"由此可见,苏辛师陶,实在是各师所师,站在他们各自面前的,是坡仙化了的"高士"和辛老子式的"节士"、"豪士"。

苏辛二人又都宣称自己学陶而不及陶。苏轼说:"此所以深愧渊明,欲以晚节师范其万一也。"(《子瞻和陶渊明诗集引》)辛弃疾也说:"我愧渊明久矣,犹借此翁湔洗,素壁写归来。"(《水调歌头·再用韵答李子永提干》)皆有愧陶之感。苏说:"我不如陶生,世事缠绵之。"(《和陶饮酒》)辛也说:"待学渊明,酒兴诗情不相似。"(《洞仙歌·开南溪初成赋》)又同有不及之叹。这并非自谦之词,因为陶渊明的自然人格在本质上是"可致而不可求"、"莫之求而自至"的,而非"力强而致"的。苏辛二人都写过和陶诗,但辛作今未见。和陶诗在创作前提上就遇到一个两难选择:第一怕学得不像,因既是和陶,必得像陶;第二怕学得像,因即使学得可以乱真,却从根本上丧失了陶诗的真精神,丧失了陶诗可遇而不可求的天然真率本色之美。杨时说得好:"陶渊明诗所不可及者,冲澹深粹,出于自然。若曾用力学,然后知渊明诗非着力之所能成。"(《龟山先生语录》卷一)陶诗实在是不能学也是不可学的,然而苏轼却找到了一个适当的学习方法,即学与不学之间的不学之学,贵得其"真",重在获"意"。他不追求个别思想观点的附和,更不拘泥于外在风格、字句的模拟,而力求在人生哲理的最高层次上契合。他自己说"渊明形神似我"(《王直方诗话》引),黄庭坚评他"彭泽千载人,东坡百世士。出处虽不同,风味乃相似"(《跋子瞻和陶诗》),着重点在"神似"、"风味"之似。我们并不是无视和陶诗中所反映的陶苏之间性格的差异:苏有陶的真率、超脱,但于冲淡、微至有所不及,苏轼也戏称自己是"鏖糟陂里陶靖节"(《与王定国书》);但我们更看到两位异代知友促膝谈心,站在对人生妙谛领悟的同一高度上,共同真诚地探讨求索。在人生哲理妙悟层次上的高度吻合,这是两人"神似"、"风味"之似的最好说明。《形影神》三首是体现陶渊明自然观和人生观的重要文献。第一首《形赠影》述说"形"因不可常恃,故主张及时行乐;第二首《影答形》则谓"影"主张立善求名;第三首《神释》则力辩"行乐"、"立善"之非,提出"甚念伤吾生,正宜委运去。纵浪大化中,不喜亦不惧。应尽便须尽,无复独多虑",谓个体生命在一任自然流转变化之中求得超脱。面对人生有限和自然无限的生存困惑和缺憾,陶渊明清楚地表明,他摒弃俗士的及时行乐、儒士的立德立功立言,而追求达士的超越。苏轼晚年在海南岛所作《和陶形影神三首》,虽无陶诗原作的条贯明晰,却机趣随发,对陶的思想作了多方面的补充。联系元祐五年(1090)作的《问渊明》更易理解其旨意所在。

第一，陶认为"神"是人与天、地并立为三的根本，所谓"人为三才中，岂不以我（神）故"，苏把"神"推广为一切事物的根本，高者如日星，低者如山川，"所在靡不然"，并认为去形影之累方可全神。

第二，陶的理想是"委运"、"纵浪大化"，即顺遂自然的转运变化才能摆脱对死亡的恐惧；苏则翻进一层说"委运忧伤生，忧去生亦还。纵浪大化中，正为化所缠。应尽便须尽，宁复事此言"，指出"委运"去忧却未必能"存生"，"纵浪大化"却可能又被物化所纠缠，而应更彻底地取消生和死的观念。他说"无心但因物，万变岂有竭"，谓我心本无所着，但因物而现，万化岂有竭尽，我亦随之无竭。又说"忽然乘物化，岂与生灭期"，谓随物而化，岂论生和灭，即超然于生灭之外。而破除灭执之妄，就能"此灭灭尽乃真吾"（《六观堂老人草书》），获得真如本性。

苏轼的这些抽象思辨，表现他殚精竭虑地在探索人生苦难和虚幻之谜，力求达到自得自适之境，这正是他和陶公最深刻的相契之处。他在《问渊明》诗的自注中有言："或曰东坡此诗与渊明相反，此非知言也，盖亦相引以造于道者，未始相非也。""相引以造于道"，共同探求人生答案，他可谓陶公六百年后第一位真正知己。他说："吾前后和其（陶）诗凡百数十篇，至其得意，自谓不甚愧渊明。"（《子瞻和陶渊明诗集引》）千古相契之乐，可谓溢于言表。

与苏轼学陶不同，辛弃疾却是有所学、有所不学。应该说，他也是识陶真谛的人。他推崇陶公的"高情"，并拈出"清真"为其"高情"的内涵。他反复说："高情千载，只有陶彭泽"（《念奴娇·重九席上》），"千载襟期，高情想象当时"（《新荷叶·再题傅岩叟悠然阁》）；又说陶公"更无一字不清真。若教王谢诸郎在，未抵柴桑陌上尘"（《鹧鸪天·读渊明诗不能去手，戏作小词送之》）。他甚至批评苏轼不了解陶已"闻道"："渊明避俗未闻道，此是东坡居士云。身似枯株心似水，此非闻道更谁闻。"（《书渊明诗后》）[①]他也偶有哲理的思辨，从人生妙悟上来理

[①]　"渊明避俗未闻道"，实是杜甫之意，见其《遣兴五首》其三："陶潜避俗翁，未必能达道。观其著诗集，颇亦恨枯槁。"辛弃疾把它指为苏轼之语，不确。

解陶公。《水调歌头·再用韵答李子永提干》云:"我愧渊明久矣,犹借此翁湔洗,素壁写归来。斜日透虚隙,一线万飞埃。"在《南歌子·独坐蔗庵》中具体发挥道:"玄入参同契,禅依不二门。细看斜日隙中尘,始觉人间,何处不纷纷!"微尘一经阳光照射,由隐而显,见出纷纭万状,正如浑沌人生,一经参悟,原是纷争之场,结论当然是超越是非得失之外。基于此,他也有一些萧散闲雅之作,颇具陶诗恬淡隽永的风格,越到晚年,越为明显。然而,毕竟由于襟抱、气质和环境的差异,他学陶主要偏重在外在物象景象的认同上,如仿陶《停云》诗的《蓦山溪·停云竹径初成》《贺新郎·邑中园亭,仆皆为赋此词。一日,独坐停云,水声山色,竞来相娱,意溪山欲援例者,遂作数语,庶几仿佛渊明思亲友之意云》;如对斜川的向往,"斜川好景,不负渊明"(《沁园春·再到期思卜筑》);如爱柳,"待学渊明,更手种门前五柳"(《洞仙歌·访泉于奇师村,得周氏泉为赋》);如赏菊松,"自有渊明方有菊"(《浣溪沙·种梅菊》),"千古黄花,自有渊明比"(《蝶恋花》),"须信采菊东篱"(《念奴娇·重九席上》),"渊明最爱菊,三径也栽松"(《水调歌头·赋松菊堂》)等。由此可见,在同一陶渊明面前,辛与他仅是散点契合,始终保持志士本色,因而景仰而自占身份,认同而不废商榷;苏对陶却是"我即渊明,渊明即我"(《书渊明东方有一士诗后》)的全身心投入,虽也有《问渊明》等作,却是同一水准上对人生的互商互补,不像辛弃疾在"知音弦断,笑渊明空抚馀徽"(《新荷叶·再和赵德庄韵》)、"爱说琴中如得趣,弦上何劳声切"(《念奴娇·重九席上》)等作中,对陶的"抚弄"无弦之琴"以寄其意",作了揶揄和质疑,表示他对陶仍保持相当的距离。

在共同学陶上,最能反映苏辛二人人生思想和文化性格异点的有趣题目是饮酒。彭乘《墨客挥犀》说:"子瞻尝自言平生有三不如人,谓着棋、吃酒、唱曲也。"其实,最懂得棋、酒、曲三味的正是他。他的《书李岩老棋》云"着时似有输赢,着了并无一物",从棋道中悟出人生之道。他不善唱曲,但深谙词乐而不为音律所缚,终于开拓了词的新境界。他对饮酒的体认更意味深长。在《书东皋子传后》中,他说:"余饮酒终日不过五合,天下之不能饮无在余下者。然喜人饮酒,见客举杯徐引,则余胸中为之浩浩焉,落落焉,酣适之味乃过于客。闲居未尝一日无客,客至未尝不置酒,天下之好饮亦无在余上者。"他在《和陶饮酒诗序》中也说:"吾饮酒至少,常以把盏为乐,往往颓然坐睡,人见其醉而吾中了然,盖莫能名其为醉为醒也。在扬州,饮酒过午辄罢,客去,解衣槃礴终日,欢不足而适有馀。"在酒精的适度麻醉下,"晓日着颜红有晕,春风入髓散无声"(《真一酒》),酒气上脸并周流全身,获得不可名状的"酣适之味"和"适有馀",从中体会摆落拘限、忘怀物我的妙趣。宋费衮《梁溪漫志》卷六"晋人言酒犹兵"条引苏轼《和陶饮酒诗序》后说:"东坡虽不能多饮,而深识酒中之妙如此。晋人正以不知其趣,濡首腐胁,颠倒狂迷,反为所累。"也就是说,苏轼与迷狂式的泥醉不同,追求"半醺",在半醒半醉或"人见其醉而吾中了然"之际,体认个体生命既超脱世俗束缚又把握自我意识的微妙境界。

辛弃疾一生写了大量有关饮酒的词,仅退居时期即达二百多首,其饮酒方式却是豪饮、狂饮。他不止一次地戒酒、破戒,直至临终也没有把酒戒掉。他是英雄失志、解愁破闷的豪饮。他的《水调歌头·九日游云洞,和韩南涧尚书韵》云:"渊明谩爱重九,胸次正崔嵬。酒亦关人何事,政自不能不尔,谁遣白衣来?醉把西风扇,随处障尘埃。为公饮,须一日,三百杯。此山高处东望,云气见蓬莱。翳凤骖鸾公去,落佩倒冠吾事,抱病且登台。"这里"一日须倾三百杯"的李白式的豪饮,是与"倒冠落佩兮与世阔疏"(杜牧《晚晴赋》)的愤世闷郁相联系的,而对陶渊明饮酒的认识,又别有会心地赋予"胸次崔嵬"、鄙弃权贵"尘污"的意义("醉把"句用《世说新语·轻诋篇》王导之典)。另一首与陶公饮酒有关的《玉蝴蝶·叔高书来戒酒,用韵》云:"侬家。生涯蜡屐,功名破甑,交友搏沙。往日曾论,渊明似胜卧龙些。算从来、人生行乐,休更说、日饮亡何。快斟呵,裁诗未稳,得酒良佳。"也表达了用酒作为"人生行乐"之具,来宣泄人生有限、功名破灭、友朋沙散之悲,并认为这正是陶渊明比诸葛亮高明之处。但苏轼在《书渊明诗》中说:"孔文举云:'坐上客常满,樽中酒不空,吾无事矣。'此语甚得酒中趣。及见渊明云:'偶有佳酒,无夕不倾,顾影独尽,悠然复醉。'便觉文举多事矣。"在苏轼看来,陶高于孔融之处,在于并不刻意追求友朋常聚、美酒常满,而是偶然兴会、率意悠适的情趣,这是他对陶公饮酒的理解。指出下面这点也许有些意义:他在引用陶的《饮酒二十首序》时,把原文"忽焉复醉"写成"悠然复醉",足见对"悠然"的强调。能获"悠然"之"一适",能"偶得酒中趣",那么"空杯亦常持"也是无妨的(《和陶饮酒》其一),原来他并不计较事实上的有酒或无酒,只求"悠然"、"适"、"趣"等精神愉悦。但辛弃疾却不以为然。他调侃陶公说:"试把空杯,翁还肯道:何必杯中物?临风一笑,请翁同醉今夕。"(《念奴娇·重九席上》)他是现实的,悲哀悒郁是实在的,以酒麻醉消忧也是实在的,空灵虚幻的精神超越是无济于事的。对于陶渊明饮酒后"采菊东篱下,悠然见南山"(《饮酒》其五)的可遇而不可求的怡然心会,或"试酌百情远,重觞忽忘天。天岂去此哉?任真无所先"(《连雨独饮》)的饮酒而存"真"的醒悟,辛弃疾大概是没有耐心去体会这种"浊醪妙理"的。

辛弃疾又表现为放浪形骸、泯灭自身的狂士痛饮。《定风波·大醉自诸葛溪亭归,窗间有题字令戒饮者,醉中戏作》生动地描绘出他泥醉的情态:"昨夜山公倒载归,儿童应笑醉如泥。试与扶头浑未醒,休问,梦魂犹在葛家溪。"这里的"濡首腐胁,颠倒狂迷"蕴含着痛苦无以自抑的突发性的宣泄,但他对自我的斫伤也是显然的。他的《卜算子》即以"饮酒成病"为词题,但另一首《卜算子·饮酒不写书》又以"一饮动连宵,一醉长三日"自夸自傲了。苏轼却明确认为,海量如张方平、欧阳修、梅尧臣者,算不得善饮者,"善饮者,澹然与平时无少异也"(《书渊明诗》)。他还说:"《饮酒》诗云:'客养千金躯,临化消其宝。'宝不过躯,躯化则宝亡矣。人言靖节不知道,吾不信也。"(《书渊明饮酒诗后》)即以半醉半醒的微醺为饮酒的最佳选择,目的是追求"醉中味",而不是口腹之欲的无度满足,更不是斫性伐体、对自我"宝躯"的作践。这是苏轼对陶公饮酒的又一层理解。这种半醺境界,辛弃疾直到开禧三年(1207)八月病中才开始有所体会:"深自觉、昨非今是。羡安乐窝中泰和汤,更剧饮无过,半醺而已。"(《洞仙歌·丁卯八月病中作》)但到九月十日,他却怀着陶渊明"觉今是而昨非"的醒悟离开了人间。他曾说"饮酒已输陶靖节"(《读邵尧夫诗》),如果从把握陶公饮酒的人生意义来看,这句客气话含有深刻的道理。

(原载《文学遗产》1991 年第 2 期)

我读辛词《菩萨蛮》

文学作品的解读不是一次能够完成的,经典名作更是供人一生寻绎不尽、常读常新的审美对象,辛弃疾《菩萨蛮》(郁孤台下清江水)就是如此。

辛弃疾这首词作于宋孝宗淳熙二三年(1175—1176)间,时任江西提点刑狱,驻节赣州,行经造口而"书江西造口壁"的。我早在 20 世纪 50 年代高中语文课本上就第一次读到了。那时在老师的讲授下,读得很顺畅,几乎没有什么文字障碍。全词仅 44 字,上下片各四句,以两句为一个意义单位,构成四个画面的依次衔接,且以水和山作为联想、比喻、象征的中介物:"郁孤台下清江水,中间多少行人泪",以登台观水开篇,水中饱含当年流亡者血泪;"西北望长安,可怜无数山",山遮视线,不见北方沦陷故地。一为近视、俯视,一为仰视、远视,突出登台所处的高视点,景象大,感慨深。上片两个画面均单言水,下片则山、水连及:"青山遮不住,毕竟东流去",山挡不住水,江水竟自东流;"江晚正愁余,山深闻鹧鸪",江边听山中啼鸟。一为虚写,一为实写,突出一个"愁"。全词以小令写家国之恨的大题材,以浅近流畅语句抒发激越悲愤的爱国热情,作为一个中学生,掌握了这些基本要点,也算是初步读懂了这首词。

随着时间推移、马齿日长,阅读日广,在浏览众多注家的阐释中却引起越来越多的疑点和难点,促进思考,加深理解,德国接受美学的代表人物姚斯说过:"第一个读者的理解将在一代又一代的接受之链上被充实和丰富,一部作品的历史意义就是在这过程中得以确定,它的审美价值也是在这过程中得以证实。"(《走向接受美学》)这首辛词的"第一读者",我派定为南宋罗大经。他在《鹤林玉露》甲编卷一中说:"南渡之初,虏人(金人)追隆祐太后御舟至造口,不及而还,幼安(辛弃疾)因此起兴";又说"'闻鹧鸪'之句,谓恢复之事,行不得也"。

罗大经这里提出此词的两个问题是重大的:一是背景,一是主题,成为后人解读、"接受之链"的起点。有的学者指出,金人追隆祐太后事,遍检史籍"并不谓有追至造口之事","罗说非也",因而此词"不关孟后","全不相涉"。虽然持此说者不少,其实还可继续讨论。隆祐太后孟氏是哲宗之妻,高宗之伯母。她原是皇后,因与刘妃在宫廷争斗中失宠而被废,不料因祸得"福",在金兵攻陷汴京时,"六宫有位号者皆北迁",她却因"废后"而幸免被掳北去。嗣后,她积极扶助赵构登基而为高宗,因而高宗"以母道事隆祐"(《宋史·后妃传》)。她与高宗同是维持危局、建立南宋以延续宋室的中心人物。金兵渡江南侵,分两路追击:一路追高宗,高宗率众从建康而临安,直至浮舟海上;一路追隆祐太后,她从洪州而吉州,而太和,而万安,直至此次逃亡的终点虔州(即赣州)。金兵之所以穷追孟后,乃因她率领六宫从行,且携带祖宗神主及"二帝御容",是大动乱中政权的象征,她最后退保虔州,俨然是当时南宋王朝的第二个"行在所"。她一行人众,后有追兵,又有扈从将士的叛乱为盗,备受颠沛惊恐之苦,辛弃疾40多年后再至此地任官,自不会忘记这场历史浩劫。清江水中的"行人泪",并非一般行旅人之泪,而是特指遭受金兵蹂躏的流亡者之泪,隆祐太后一行无疑是最重要、最有代表性的一群流亡者。从这个大背景来理解此词,似不能指为"曲解"。

再从史籍而言,虽无"追至造口,不及而还"的明确记载,但也没有明言未到过造口。《三朝北盟会编》卷一三五记建炎三年(1129)十一月二十三日,孟后离吉州,至太和县,又进至万安县:"金人追至太和县,太后乃自万安县至皂口(即造口),舍舟登陆,遂幸虔州。"这里指出隆祐太后在造口舍舟登陆再逃至赣州,那么金兵有没有从太和县继续前追?或者是否有少许前锋部队追至造口(太和至万安之造口,约160

里)？史无明文，只好存疑。但有些记载，似也不排除这种可能性。《建炎以来系年要录》卷二十九记此事云："金人追至太和县，太后乃自万安舍舟而陆，遂幸虔州。后及潘贤妃皆以农夫肩舆，宫人死者甚众。从事郎、三省枢密院干办刘德老亦为敌所杀。"从叙述次序来看，太后在万安之造口"舍舟而陆"在前，刘德老被金兵追杀在后。《宋史·赵训之传》更明云"刘德老为金人追骑所杀"，且亦紧接太后"至太和，众皆溃"之后。按当时的情势，金兵没有必要把自己的行动限制在太和县而止步不前，"追骑"继续向南延伸应有可能。

　　罗大经是南宋晚期人，其记事多据耳闻目睹。他又是庐陵(吉州)人，与同乡杨万里父子、周必大均有交游，他对隆祐太后避难吉州、虔州一事，当会特别地关注。因而他的"追至造口"之说，实存在或传闻失实，或竟可补史载之阙的两种可能性，遽断其非，恐亦未妥。

　　此外还可提及，此词应是登临郁孤台之作，郁孤台乃赣州一大名胜，而造口则在万安县，两地相距二百多里。这就产生一个尚未见人提到的新问题：辛弃疾为何要将登临郁孤台的作品"书于"造口？限于史料，不易推测。其实，造口作为隆祐太后舍舟登陆之地也好(这已确定)，或作为金兵追而折返之地也好(有可能，但尚待证实)，对于理解此词，都不重要，重要的是此处已成为带有某种国耻意义的纪念地，这是否是辛氏书写此词于造口的内心动因呢？要之，隆祐太后逃难一事，与此词写作应有密切关联，并非"全不相涉"的。

　　罗大经谓此词主旨是"恢复之事，行不得也"这一说法，我就不能认同了。这不仅与辛弃疾一生坚决抗金的主张不合，且与"鹧鸪声"的文学意象的含义相左。在我国古代诗词中，"鹧鸪声"已超越自然禽鸟之外而积淀为特定含义的文学意象。宋人所著的《重修政和经史证类备用本草》卷十九记载鹧鸪"生江南，形似母鸡，鸣云'钩辀格磔'者是"。此"钩辀格磔"的鸣声，演化为"行不得也哥哥"或"但南不北"两种谐音，而赋予两种不同的寓意(还有一种"懊恼泽家"的谐音，见韦庄《鹧鸪》诗)。前一种从"行不得也哥哥"生发，常用以抒写离别之苦，辛氏《贺新郎·别茂嘉十二弟》开端"绿树听鹈鴂，更那堪、鹧鸪声住，杜鹃声切",就是以鹧鸪等三种凄切的鸟啼声来烘托"人间离别"之恨。后一种则与南人思念故土之悲相联系。汉杨孚《异物志》:鹧鸪"其志怀南,不思北徂(徂,往也)","其鸣呼飞,'但南不北'"。鹧鸪"生江南","豫章已南诸郡处处有之"(《文选·左思〈吴都赋〉》注),常作为南方热土的象征物。唐代郑谷的"座中亦有江南客,莫向春风唱《鹧鸪》"(《席上赠歌者》)的名句,就指《鹧鸪》歌曲会触发"江南客"(郑谷亦江西人)的思乡之情,切莫演唱。他还写有《鹧鸪》七律,"相呼相应湘江阔",也突出南方地域特点,因而获得"郑鹧鸪"的名声。其实在郑谷之前,李白《山鹧鸪词》、李群玉《九子坡闻鹧鸪》等,其"南禽多被北禽欺""我心誓死不能去""曾泊桂江深岸雨,亦于梅岭阻归程"等,都表达依恋南国的情怀。辛词此处,我取后一种含义。同一凄厉南禽鸣声,南人在北地闻,与北人在南方听,同为异域闻听,空间的错位造成心理感受上的反差,备感身羁异乡之苦,自在情理之中。北宋张咏《闻鹧鸪》云:"画中曾见曲中闻,不是伤情即断魂。北客南来心未稳,数声相应在前村。""北客南来"也是张咏的山东同乡辛弃疾的身世写照!尤其需要强调的,是辛氏作为"归正人"的特殊身份。他满怀救国壮志,从山东归向宋廷,而宋廷对于这位军事强人,始终怀有戒心,处在不能不用又不能重用的尴尬境地。这是把握不少辛词情绪内蕴的一把钥匙。"闻鹧鸪"不仅引逗起对沦陷故土的怀念,也撩拨着他这一内心隐痛。他说的"江晚正愁余"之"愁",或在《水龙吟》中"无人会、登临意"之"意",的确值得深长思之。

  细读此词,反复玩味,对于其他一些流行解释,也不免疑窦丛生。首句"清江水",注家大都说是"江西袁江与赣江合流处,旧亦称清江。此处当指赣江言"。认为清江是专有名词,以部分代替全体,作为赣江的代称;然而袁江远在赣北,也从无作为赣江别称的用例。流经郁孤台下的江水固然是赣江,但"清江水"仅乃"清澈江水"之谓,与当做专名的"清江"似无关。"西北望长安"句,是化用前人诗句,还是贴近赣州风物?从王粲《七哀诗》"回首望长安"、杜甫《小寒食舟中作》"愁看直北是长安"、张舜民《卖花声》"回首夕阳尽处,应是长安"等,"望长安"已是诗词中常见意象,辛氏此处固然与之有一脉相承之痕,但主要乃从郁孤台的本事中化出。唐李勉为赣州刺史,登郁孤台北望,顿生"心在魏阙"之想,改台匾为"望阙"。这个流传甚广的故事成为郁孤台诗文的习用之典。苏轼写过两首《郁孤台》诗,还写过《虔州八景图》,就有"倦客登临无限思,孤云落日是长安"的感叹。与辛氏同时的周必大,在《回施赣州元之启》中也有"郁孤存望阙之台,流风可想"之句(施元之即此时被辛氏奏劾而罢赣州知府的)。所以,我以为辛词此处即使字面上袭用前人诗句,重点却在"郁孤望阙"的"本地风光"。"毕竟东流去"句,不少注本释为江流的势不可挡,以喻抗金力量的坚韧不屈。然而,这与紧接的"江晚正愁余"如何相衔?凡此种种,均颇堪玩索。回忆50年前初读此词,难免不求甚解;现在或许有求深之过,读解诗词之难,难乎哉!

(原载《文史知识》2002年第3期)

鹅湖书院前的沉思

几年前,我去江西铅山参观鹅湖书院。站在书院大门前,放眼四围,只见一片阡陌纵横的农田,相传有仙鹅憩息过的"鹅湖"早已荡然无存,所谓"长松夹道摇苍烟,十里绝如灵隐前"(喻良能《鹅湖寺诗》),这寺前十里长松也一无踪影,但辛弃疾吟咏鹅湖风光的《鹧鸪天》词句"春入平原荠菜花,新耕雨后落群鸦",犹能依稀仿佛。然而,吸引我专程来访的并不是自然景色,而是历史情怀、文化意蕴——800多年前,一场著名的哲学讨论会在这里举行。

宋孝宗淳熙二年(1175)五月,婺学代表人物吕祖谦,从福建建阳亲自陪同闽学大师朱熹及其门生共八人,浩浩荡荡来到鹅湖,与抚州心学领袖陆九渊、陆九龄及其弟子多人会合。吕祖谦的直接目的是企图通过当面论辩,促成朱、陆达于"会归于一"。朱熹论学标举"道问学",主张格物致知,读书穷理;陆氏兄弟崇奉"尊德性",认为理在吾心,吾心即理,主张发明本心,反身自求。他在会上向朱熹诵读了自己的一首诗,其中有名的两句是"易简工夫终久大,支离事业竟浮沉",挑明了两家学说的矛盾所在,以及势不两立、无法调和的阵势。会议开了十天,逞辩好胜的朱夫子终于不能使陆氏兄弟就范,使之归入朱子学派的麾下;陆氏兄弟执著于自家学理,顺带把对手调侃讥讽一番,结果自然不欢而散。

这次会议并没有获得预期的效果,却产生了原未预期的历史影响,一项积极成果就是创造了后来鹅湖书院的全部辉煌。朱陆会后,此地成为浙赣闽士子朝拜的理学圣地,声名鹊起。宋理宗淳祐十年

(1250),江东提刑蔡抗视察信州,专程踏勘"鹅湖之会"的旧址鹅湖寺,并在寺侧建立书院,由理宗赐名"文宗书院",并在院内设置"四贤堂",祭祀朱、吕、二陆。唇枪舌剑的朱、陆双方,想不到在75年后同居一堂,安享供奉,若再要争辩,也是有口难言了。造成这一历史喜剧的缘由,自然是理宗的崇尚"理学",庆元时的"伪学"一连翻身又加拔高,抬到官方统治哲学的高度,朱陆两氏开始鸿运高照,身价日隆。以后明清两代,对书院更作大规模修葺,建有泮池、仪门、玉带桥、洗笔池、书院正殿、两庑碑亭、御书楼、文昌阁、藏经楼、明辨堂等,建筑面积达6000多平方米,左右两廊的读书房即达96间之多,一跃而为江南四大书院之一。

然而,这次朱陆之会的历史"轰动效应"却掩盖了另一次南宋"鹅湖之会"的光辉。

这另一次鹅湖之会的主角是辛弃疾、陈亮,还有一位爽约未到的朱熹。由于当时辛陈之间互相酬唱的五首《贺新郎》幸被保存下来,这次会见在中国词史上也算一桩盛事,但比之朱陆之会,不仅文献资料缺乏,许多关键性情节模糊莫明,颇启疑窦,而其历史反响更显得冷落寂寞多了。今存直接记载这次会见经过的一段文字,就是辛弃疾的《贺新郎》词序:

> 陈同甫自东阳来过余,留十日,与之同游鹅湖,且会朱晦庵于紫溪,不至,飘然东归。既别之明日,余意中殊恋恋,复欲追,路至鹭鹚林,则雪深泥滑不得前矣。独饮方村,怅然久之,颇恨挽留之不遂也。夜半投宿吴氏泉湖四望楼,闻邻笛悲甚,为赋《乳燕飞》以见意。

细读这段声情并茂、回肠荡气的短文,却有不少疑点:陈亮此冬远道来访,目的何在?朱熹因何违约未到紫溪?十日之游,为时已不算少,陈亮"飘然东归"后,有病之身的辛弃疾(辛有"我病君来高歌饮"句)因何在次日急忙去追陈回来?辛氏为何"殊恋恋",进而"怅然久之",又进而至于"悲甚"?"为赋《乳燕飞》以见意",此"意"究竟何所指?种种迹象表明,这次会见具有更重大的背景和原委,不能仅仅局限在"词坛唱酬"之内,而是一次有可能影响南宋王朝历史进程的会见,其现实重要性是超过朱陆之会的。辛弃疾后来在《祭陈同父文》中特意点明"与同父憩鹅湖之清阴,酌瓢泉而共饮,长歌相答,极论世事",已透露出这次会见讨论抗金复国大计的政治性质。

辛陈之会的具体时间,史无明文。一般认为在淳熙十五年,也有学者主张在十四年,总之是在"太上皇"赵构驾崩后、时局一度转机之时。一生志在恢复、时时极想采取行动的陈亮自然格外活跃起来:他又是去金陵、京口等处实地考察军事地形,又是向孝宗上书献策。他说:"今者高宗皇帝既已祔庙,天下之英雄豪杰皆仰首以观瞻陛下之举动。"他提出"有非常之人,然后可以建非常之功",具体而言,应移都建业,而以荆襄为战略要地,"精择一人之沉鸷有谋、开豁无他者,委以荆襄之任",这是武将方面的"非常之人";同时应坚持"本朝以儒立国","东西驰骋以定祸乱不必专在武臣",这就是需要文臣方面的"非常之人"了。朱熹以其学术声望自是儒臣翘楚,而在岳飞、韩世忠、张浚等名将之后,满朝武臣中"沉鸷有谋、开豁无他"、能领兵打仗的"帅材",也就非辛弃疾莫属了。辛氏后有《论荆襄上流为东南重地》的登对札子,与陈亮可谓"英雄所见略同"。在《龙川集》中,仅有三篇画赞,即是赞辛、赞朱、赞自己:

赞辛氏:"眼光有棱,足以照映一世之豪;背胛有负,足以荷戴四国之重。"

赞朱氏:"体备阳刚之纯,气含喜怒之正。"

赞自己:"人中之龙,文中之虎!"

在陈亮看来:孝宗独立主政,摆脱掉畏金如虎的赵构,实是千载难逢的大好时机。事实上也确是如此。南宋的九位皇帝,大都是庸碌无能之辈,只有孝宗还有些才略识见。而辛、朱、陈的联盟又无疑是当时在野主战派的最佳组合,如能争取孝宗的全力支持,他们是有条件采取行动的,能为屡弱的国势、危殆的政局带来些亮色。陈亮在当时

给辛弃疾的信中,毫不掩饰地说:

> 四海所系望者,东序惟元晦,西序惟公与子师耳。又觉戛戛然不相入!甚思无个伯恭在中间捆就也。

"子师"即韩彦古,时任兵部侍郎,为名将韩世忠之子;"东序"、"西序",即指文武两班朝列;"戛戛然不相入"云云,说明朱辛之间存有矛盾,希望有第二个吕祖谦出来居间斡旋调停,以期共襄救国大业。这里,第二次"鹅湖之会"不是呼之欲出吗?"吕祖谦第二"的角色岂不就由陈亮自己担当吗?

陈亮兴冲冲地从东阳赶到江西,与辛弃疾一拍即合。辛氏本来选择上饶为暂时退栖之地,就是为了能随时出山。他们憩鹅湖,酌瓢泉,等了又等,未见住在福建崇安的朱熹到来;赶到紫溪,这闽赣官道上的有名古镇,南望闽赣交界的分水岭,始终不见朱熹如约越岭驾临,满贮的期望和谋划一下子化为泡影,这对两位亢奋型的铮铮铁汉是个多么大的打击:这正是深入理解五首《贺新郎》词及其词序的一把钥匙。

辛陈多姿多态的爱国词,其内容却相对稳定而集中,不外是声讨金兵,斥责主和,同情罹难民众,表达恢复决心诸端,但这五首《贺新郎》却有别于此,突出的是知音难遇的主旨:辛氏问:"问谁使,君来愁绝?"陈氏答:"只使君从来与我,话头多合。""百世寻人犹接踵,叹只今两地三人月。"除了你、我和月亮,别无知己!"硬语盘空谁来听?记当时只有西窗月。"话外有音,月亮之外,理该有别的相谈手!而"我最怜君中宵舞,道'男儿到死心如铁'",不就是陈亮当时的"硬语"的实录吗?"斩新换出旗麾别,把当时一桩大义,折开收合",这不啻是陈亮政治谋划的具体方案,盼望由辛帅重整旗鼓,再建伟业,然而,"这话把只成痴绝!"

陈亮最后一首《贺新郎》发端说:"话杀浑闲说。"这句宋时口语,译成今天大白话,正是"说了也白说"。我隐隐觉得,其中对友人的怨怅似多于对社会时局的愤懑。这也难怪,这几年陈朱之间过从密切,会晤频繁,颇称情投意合。仅从淳熙十年起,每年九月朱熹生日,陈亮必备寿礼、寿辞派专使送至福建,"薄致祝赞之诚",岁以为常。他此次精心策划三方会晤,却因朱熹爽约而流产,自然引起他超乎寻常的惆怅和失望,无法尽言的内心隐痛。辛氏说他"飘然东归","重约轻别",这"飘"字,这"轻"字,细细品味,却有多少沉重啊!

今存朱熹、陈亮间书翰往来甚多,却无一字直接提及朱熹此次爽约之由,这正好反证出爽约必有隐情,不便也不愿明言。问题当然出在朱辛之间的"戛戛然不相入"。但就辛氏一方而言,他其时不乏对朱熹的尊敬。早在淳熙八年辛氏所写的《祭吕东莱先生文》中说:"朱(熹)、张(张栻,张浚之子)、东莱,屹鼎立于一世,学者有宗,圣传不坠",然而"南轩(张栻)亡而公(吕祖谦)病废",如今天下只剩朱熹巍然独存,领袖群彦了。那么,朱熹因何不愿与辛氏交盟呢?一个可能的原因是两人抗金复国策略的不同。朱熹早年力主抗金,认为"和议有百害而无一利",但到晚年,则强调"蓄锐待时","用兵当在数十年后",反对盲目用兵。他当时向孝宗提出的"急务"却是"辅翼太子,选任大臣,振举纲维,变化风俗,爱养民力,修明庶政"六件大事,绝口不言军事恢复之事,甚至认为"区区东南,事有不可胜虑者,何恢复之可图乎?"(《戊申封事》)则几乎滑到了反战派的边缘。辛弃疾作为一位有经验的军事将帅,自然也不主张盲目用兵,但在实际行动上要积极得多,不然的话,他就不会在嘉泰年间力陈"用兵之利",助成韩侂胄"开禧北伐"了。朱熹比辛弃疾年长十岁,对朝政时局阅历更深,因而举措审慎,对辛陈的急功求成保有距离,也是情理中事。

但我觉得更重要的是朱辛二人文化性格类型的巨大差异。辛弃疾是位事功型的人物,豁达大度而又刚强果毅;而朱熹则坚持道学理想人格的追求,"圣贤气象"的涵养。在此次辛陈之会前,朱辛交往不多,但仅有的两次接触肯定给朱熹留下不好的印象。一是辛氏营建带湖别墅,"作室甚宏丽",朱熹"潜入去看,以为耳目所未曾睹"。这话是朱氏亲口说与陈亮,陈亮又亲笔写给辛氏的(《与辛幼安殿撰》)。朱之"去看"辛氏别墅,是"潜入",像是暗中察访,别有用意;陈之转告辛,却对朱之主观评价留了一手。作为"存天理,灭人欲"的理学大师,其好恶褒贬是不言而喻的。他的好友刘珙也曾"创第规模宏丽",朱熹也予"劝止"而不惜开罪友人(《朱子语类》卷一三二)。二是辛氏帅湖南时,曾派客舟载牛皮过南康军境,恰为军守朱熹搜检拘没,辛致函朱,才得发还。但朱熹在给友人信中叙述此事说"见其不成行径,已令拘没入官",后因辛氏修书说情,"势不为已甚,当给还之,然亦殊不便也"。虽徇情"给还",仍不能释然。时人对辛氏的这类訾议,如"用钱如泥沙,杀人如草芥"之类,所在多有,连陆九渊也有专函给辛,深致不满。这些对于"气吞万里如虎"的军事强人辛老夫子来说,似属小事一桩,大可略而不计,但在崇奉内省修身以达于道德自我完善之境的朱熹眼中,却是人格评价的根本原则问题了。

果不其然,即在辛陈"鹅湖之会"后不久,辛陈友人杜叔高往访辛氏,辛又依《贺新郎》韵作词一首送杜;杜将会见情况告朱熹,朱氏在《答杜叔高》中说:"辛丈相会,想极款曲。今日如此人物,岂易可得,向使早向里来有用心处,则其事业俊伟光明,岂但如今所就而已耶?"什么叫"向里来有用心处"?这其实是朱子哲学的重要命题。他论学主旨即以自我心性修养为主,一再反复强调"向内便是人圣贤之域,向外便是趋愚不肖之途"(《朱子语类》卷一一九)。把道学的理想人格归结为道德的自我完善。朱熹还对门人说:"辛幼安亦是一帅材,但方其纵恣时,更无一人敢道它,略不警策之。"要求朝廷"明赏罚",对辛氏的"短"处、"过当为害"处,严加约束,监控使用(同上书,卷一二四)。这番师生间的悄悄话,明白无误地表明朱熹终究不视辛氏为同道者,理学理想人格与实践性事功型人物之间确乎存在"戛戛然不相入"的一段差距,朱熹的爽约拒会,是否应从这里找到原因呢?

南宋的两次"鹅湖之会",一次是失败的哲学会议,却名噪当时,声播后代;一次是流产的政治性聚会,其本来面目则长期湮没,仅仅被当做词坛酬唱留给后人些许追忆。而在通常情况下,一次单纯的词人聚会不免遭受社会的冷落。这种一冷一热的历史效应还伴随着辛陈与朱之间的冷热反差:辛陈热情来会,而朱熹漠然谢却。历史的不公蕴藏着历史的深邃和复杂,这里隐含着我们民族的文化特征、尤其是理学精神的历史影响力和对社会心理的渗透力。当我将离鹅湖书院时,禁不住在大门口一座青石牌坊前徘徊。这座清初遗物,上刻雁塔图案,三层翘檐,翼然欲飞,颇显精工和气派。迎面镌有"斯文宗主"四字,背面则刻着"继往开来",我顿时才明白鹅湖书院是冲着朱熹和朱子学而建立、繁荣起来的,朱、陆之争不过是个触发的契机。康熙帝"御书"的楹联写道"章岩月朗中天镜,石井波分太极泉",发挥的正是朱熹"理一分殊"即千差万别的事事物物只是最高"理"的体现这一理学精髓,使用的也正是朱熹一再使用过的"月印万川"禅宗话头。朱熹这套格物致知、穷理尽性的学说,最终要使人人在内省修身中穷天穷地穷人,以臻于与天理合而为一,这就把封建伦理道德规范,化为主体的自觉行为方式,以达到人类社会和自然界的和谐美妙境界。这套学说,完全适应宋末以来以伦理为本位、以道德为中心的中国封建统治的需要,并成为民族文化的重要传统精神,其受到社会的普遍崇奉自是必然的了。

但在南宋风雨飘摇的偏安时局下,朱子学并不是一种有效的救亡图存的学说,律己有馀而救国不足。陈亮上书中说:"今世之儒士自以为得正心诚意之学者,皆风痹不知痛痒之人也。"岳珂等认为即指朱熹,固不尽然;但朱之与时局保持距离也是不争的事实。他在答覆陈亮时写过:"奉告老兄,且莫相撑掇,留闲汉在山里咬菜根。古往今来多少圣贤豪杰,韫经纶事业作不得,只恁么死了底何限;顾此腐儒,又何足为轻重!"这比之"夜半狂歌悲风起,听铮铮、阵马檐间铁。南共北,正分裂"的辛氏,"据地一呼吾往矣,万里摇肢动骨"的陈亮,从对当务之急的关注来说,两者所表现的社会责任感似不可同日而语,然而后世的价值取向却并非完全对应。

岁月悠悠,要想在当地寻觅一点辛陈之会的印痕,实在颇为渺茫。期思村瓢泉有座"斩马桥"旧址,来源于南宋人赵溍《养疴漫笔》的一则记载。据传陈亮此次骑马往访辛氏,"遇小桥,三跃而马三却。同甫怒,拔剑挥马首,推马仆地,徒步而进"。这自然未可据信,但反映出人们心目中陈亮的豪健躁急、时时准备行动的性格,倒甚传神,这就稍许减轻我一些尚友古人的某种寂寞之感。但这份心理平衡很快又被另一桩事所打消。紫溪有座叫"西山"的小村,居民大都为辛姓,传是辛氏后裔。我在一部书中看到他们所出藏的一幅辛弃疾画像的复印件,正冠朝服,拱笏肃立,慈眉善目,丰颊广颡,不像"眼光有棱""背胛有负"的"一世之豪",大有"以醇儒自律"、冲融平和的道学家风度。这也颇堪玩味。辛弃疾后在福建为官,朱熹与他交往才日见亲密起来。原因呢,朱氏说"渠既不以老拙之言为嫌",即认为辛氏接受了他"早向里来有用心处"的告诫,他又热情地为辛氏斋室题写了"克己复礼"的匾额。这就为后人用道学家的形象改铸辛氏提供了根据,也折射出中国民族文化精神中理学积淀的深固有力。

我后来从鹅湖赴武夷山,也途经紫溪,望着一旁蜿蜒起伏、时存时断的鹅卵石古官道,顿觉历史的道路也是这样曲折复杂,从古代一直延伸到今天。

(原载《随笔》1995 年第 1 期)

杨万里的当下意义和宋代文学研究

作为南宋的一个重要作家,研究杨万里必将推动宋代文学研究走向深入。杨万里的身份,主要有三个:一是勤政爱民的爱国名臣;二是卓有建树的理学家;三是中国诗歌史上一个有关键意义的大诗人。这三个主要身份留给我们丰富深厚的文化遗产,一直到今天都能发生很深刻的作用。

一

杨万里的当下意义,用三个字可以概括:一是"新";一是"活";一是"诚"。

"新",即开创精神,开拓精神。杨万里是南宋四大诗人之一,但就陆游与杨万里比较而言,一般地说,陆游生前的名声和影响比杨万里大。但是在文学史上、诗歌史上,没有一个陆游的什么体,而独独有一个"诚斋体",这是很不容易的。在南宋时候诗歌的发展,要创立一个体是很困难的,因为在杨万里以前几乎都是江西诗派,难度非常大,但就是杨万里,唯独在诗歌史上留下一个独特的名字:"诚斋体"。诚斋体包含了杨万里非常艰苦的一个诗歌创新过程,当然他的创新也不是无水之源,他是学了王安石的诗,又学晚唐的诗,最后,又从生活当中去进行思考。他的诗歌快、活、谐趣,都对生活充满着清晰敏锐的感觉,最后他把那种感受写到诗歌里去。所以他写下的那些典型的诚斋体诗歌都留传下来,很多的宋诗选本都有杨万里的诗。我想这样一种创新开拓精神,我们今天改革开放的社会可以从中汲取很多营养,他的一些成功经验,都给我们很大的激励和启发。

关于"活",杨万里的诗有一个"活法","活"也是创造诚斋体的基础,但是提出"活法"本身最早的不是杨万里,而是吕本中。我们现在想到的吕本中的"活法"的影响反而没有杨万里这么深。原因在什么地方?根据钱锺书先生的说法,吕本中原来想在江西诗派的规范当中能够突破这个规范,既承认规则,又能够超越规则,所以能够做到自由和规律的统一,而吕本中的"活法"就讲到这里为止。但是杨万里的"活法"在这个基础上,又有更新的体会。这是杨万里的"活"的一个主要精神,就是杨万里直接从生活中,从自然界本身之中建立一个嫡亲的母子关系。很多的江西诗派对于事物的感觉,不是从事物本身,而是从历代的诗歌当中去感受。写到月亮,那么就想到很多写月亮的名诗,从这些诗歌中翻新出诗。但是杨万里不是这样,杨万里是直接从生活当中把与生活建立的亲切的母子关系写出来,这样来表现他的真切情趣、理趣乃至童趣。所以杨万里这个"活法",在今天更加有意义。

第三是"诚"。杨万里考中进士,刚走上仕途的时候,是永州(古零陵)的一个地方官,当时爱国名将张浚正好也在零陵。杨万里好几次去拜访他,头两次他不接见。但他坚持要见张浚,最后张浚就授予他"正心诚意之学"。"正心诚意"是宋代理学的一个观念。杨万里接受"正心诚意"这个影响,奉为终身的圭臬,他的号叫"诚斋",即是从"正心诚意"来的。那么这个"诚"就成为杨万里一生行事为政的思想性格重心。"诚"既是作为诚信论的基础,一个道德基础、伦理基础,同时又成为他政治思想中的核心内容。按照儒家的说法,就是要"修身,齐家,治国,平天下"。杨万里在一篇文章里说首先要"诚",诚了以后才能正心,才能修身,修身以后才能有齐家治国平天下的一个发展过程,所以"诚"成为他政治理想的第一原动力。杨万里把"诚"提高到这么一个程度。诚斋的易学,他的《庸言》《天问天对解》等一系列的理学著作,奠定了他作为宋代一个重要理学家的地位。他的理学的一个重大特点就是实践性,他的理学总是用这套理论来密切关注现实,跟他的政治实践,道德实践以及他的文化创造实践结合在一起,所以"诚"在杨万里心目中具有非常重要的位置。党的十七大提倡科学发展观,建设和谐社会,那么诚信是非常重要的,是我们目前的一个新的理念。胡锦涛同志在中央党校的一个重要报告里面,特别讲到了和谐社会。他讲,和谐社会有六个构成因素,其中一个因素就是讲诚信。我想杨万里的"诚"所蕴含的意义,我们今天可以结合当下现实进行新的阐释,同时加入到我们的核心指导思想里面来。

杨万里这个作家身上所体现的东西,与我们的现实非常容易找到契合点,把杨万里所创造的文化业绩、他丰富的遗产转化成与我们现实生活密切结合的一种资源,非常有必要。

二

杨万里的研究,从宋代文化研究的层面来说,应该说是取得了很多成绩的一个领域,特别是最近几年,杨万里研究在文献研究、年谱研究方面都有很大的收获。长期以来,特别是建国以来的前17年,宋代文学与唐代文学比较,比不上唐代文学研究的规模。唐代文学无论是从整理文献基础方面,还是论著方面都有很好的成绩,是宋代文学研究学习的榜样。但是,近几年来,宋代文学研究气象是不错的。宋代文学研究长期有一个偏向,除了整体上与唐代文学有差距外,还有就是重大作家轻小作家,重词轻诗文,重北宋轻南宋,我将其称为"三重三轻"的偏向。所以杨万里研究正好在纠正这个偏向上有重要意义,对杨万里的研究深入了以后,可以对南宋文学特别是诗歌的发展作一新的认识。

那么杨万里研究怎样进一步深入?我想,首先是继续加强文献整理,资料的整理是研究的基础和前提。这是"永垂不朽"的。但是真正要把宋代文学研究提高一个水平,把杨万里研究提高一个水平,我想最重要的要有问题意识,要能够善于发掘一些新的材料,找到一些新的问题。在这一方面,我想介绍一下钱锺书先生的杨万里观。钱锺书先生是一位博学和睿智的学者,恐怕当代是很少有人与他相比的。钱先生关于杨万里的一些论述,我们熟悉的是他的《宋诗选注》。《宋诗选注》里有一篇杨万里的小传,是篇幅较大的一篇。钱先生的《宋诗选注》一般人看起来,是一本普及性的读物,因为它选了300多首诗,81个作家。但据我看,这部书是宋代诗学的专著。特别是81篇作家小传,把它们连起来读,就是宋代诗歌发展史的纲要。它里面提出的很多观点,限于著作体例,没有充分地发挥。他提出的一些问题,是需要我们去接着发挥的。《宋诗选注》在正式出版以前,钱先生选了10篇作家小传在《文学研究》上发表,其中就有一篇杨万里的,这篇小传是钱先生十分看重的一篇。除了钱先生的《宋诗选注》以外,也可以从他的《谈艺录》等其他著作中看到对杨万里的论述。

钱先生故世以后,出版界出版了他的两部大书:一部是《宋诗纪事补订》,这是钱先生对清朝一个学者编的《宋诗纪事》的补订,这部书代表了钱先生在当时解放前夕,对宋诗的文献研究的成果;第二部是钱先生的《钱锺书手稿集》。《钱锺书手稿集》已经出版的三卷,每卷大概一百万字,是钱先生平时读书心得的记录。据说,全部的数量是四十五卷,这个规模非常了不起,现在还没有找到第二个人能保存如此数量的手稿。最近几年,我们看到盛宣怀档案的整理出版,规模也很大,但他的材料大多是他的文书给起草的,大多是公文。然而《钱锺书手稿集》是钱先生读书的笔记,是他一个字一个字写下的一座图书馆。从现在已经出版的三卷来看,有一个大的特点,就是论到宋代360个诗人的集子,每一个集子都作了笔记,其中北宋的70个左右,南宋的将近300个。我读了以后非常兴奋。可以说,没有第二个人对于宋人的集子读得那么多,那么仔细,那么深刻。他对300个南宋诗人的诗集都作了笔记。杨万里的那一条,我们整理出来了,大概有三四千字,这三四千字所提出的问题,是我们后辈人应加以消化、加以发挥的。所以我曾经提出,我们对钱先生留下的遗产,特别是《手稿集》,我们首先要继承,要"照着说",然后我们才能"接着说",进行对话与交流。这三四千字里面包含了很多问题,联系他以前发表过的著作,我想钱先生对杨万里的看法至少有两个问题,是有系统的看法的。

第一,杨万里在中国诗歌史上的地位。《宋诗选注》里说在中国诗歌史中,杨万里起了一个关键性的作用:"在当时,杨万里却是诗歌转变的主要枢纽,创辟了一种新鲜泼辣的写法,衬得陆(游)和范(成大)的风格都保守或者稳健。"他具体说了南宋的诗歌分成两派,一派是江西派,一派是晚唐体。最早是从杨万里开始有这两个走向的。《手稿集》里面进一步地说,曾幾的七律开了杨万里的先河。钱先生并没有简单地认同杨万里自述创作道路的话,杨曾说他首先是学江西诗,后来又学王安石,最后又面对生活从生活里学诗。但钱先生从杨万里的作品里分析得出,这话不完全如此,他认为杨万里是江西诗派的教外别传。

第二,他对杨万里的诗歌艺术作了细致的分析,有些非常精彩。钱先生手稿的主要形式是引一首诗加一些评语,另一种形式就是抄诗。他的抄诗,为什么抄这首诗,也是值得我们好好体会,刚才讲的三四千字的笔记主要是抄诗,在抄诗的过程中加以评点。比如说,他抄了一首诗,写热天的,"晚林不动蝉声苦,蝉亦无风可得餐"。题目叫做《深秋盛热》,说深秋热得很厉害,树林中没什么动静,没有风,蝉却觉得苦。为什么呢? 蝉已经无风可吃了。这是诚斋体的一首典型的诗。另外一首诗说:"小风不被蝉餐却,合有些凉到老夫。"他说风很小,期望蝉不要把风全部吃光,留一点凉快给他享受。成语中有所谓"餐风宿露"或"餐风饮露",杨万里却把"餐风"坐实,再加以引申发展,钱先生命名为"将错认真法",以获得别样的诗趣与情蕴。还有一种叫"倩女离魂法",杨万里的《登多稼亭》"偶见行人回首却,亦看老子立亭间",《上章戴滩》"回看他船上滩苦,方知他看我船时",都利用了双方视角的错位和对流,就像倩女离魂,自己离开了自己的灵魂,然后那灵魂来看我自己,就是这么一个方法。这让我很容易想起卞之琳有名的一首诗叫《断章》:"你站在桥上看风景,看风景的人在楼上看你。明月装饰了你的窗子,你装饰了别人的梦。"这样的写法与意境,最能体现诚斋体的特点,所以我觉得非常值得我们继续研究。我看了钱先生的著作,有一个突出的感觉,就是在南宋诗人当中,谁是钱先生最看重的诗人？是杨万里。这从钱先生经常把杨万里与陆游比较中可以证明。他在比较中,总是讲陆游的不足(当然这个观点人们不一定都能同意)。钱先生的艺术感受与品评我们不能等闲视之,因钱先生的观点中有深刻的诗学背景,这样的一些问题都对我们今后研究杨万里有很大的启发。

宋诗研究、杨万里研究,要寄希望于我们整个研究宋代文学的学者,特别要寄希望于江西的学者,能给我们带来更多的成果。我有一句话,宋代文学的半壁江山在江西。

【作者附记】 2007年10月30日在江西吉水县举行"纪念杨万里诞辰880周年学术研讨会",本文即据我在会上的发言稿修改而成。文中涉及的一些问题(如钱锺书先生论杨万里等),似未失去参考价值,故发表以求教正。2010年1月识。

(原载《江西师范大学学报》2010年第43卷第3期)

读中华版《家世旧闻》

《家世旧闻》是陆游的一部重要笔记,但最早仅著录于明代《文渊阁书目》,而原书久佚。明中期长洲袁褧曾藏有此书钞本,今亦不见。现孔凡礼先生据北京图书馆收藏邓邦述穴砚斋写本,校以社会科学院图书馆所藏萃闵堂钞本,整理出版(与《西溪丛语》合刊,中华书局1993年12月版),使这一尘封冷藏多年的珍籍重见于大陆学林,诚有功之举;且孔先生句读审慎、校勘亦称精细,整理质量颇高。

然而,此书在台湾"中央图书馆"尚藏有钞本一部,上、下两卷,共62页,每半页9行,每行18字,无界栏及中缝字,楷体工录。此本最后亦有何焯跋语云"乃六俊袁氏故物",知同是袁褧藏本的另一过录本。又据首尾各有一"吴兴张氏珍藏""希逸藏书"长方印,知曾为吴兴人张珩(字葱玉,号希逸)所藏。

此张珩藏本(简称张本)虽与穴砚斋本等均自袁褧藏本所出,但因抄写工整,保存完好,实比穴砚斋本优胜,具有很高的校勘价值,可供参酌之处甚多。

一、穴本残缺或文义疑异者,可据此本补全或校理。暂举十例。

(1)中华版第181页,卷上13条:"楚公仕宦四十年,意无屋庐。"孔先生校云:"疑应作'无意'。"按,张本作"竟无屋庐","意""竟"乃形近而误,作"竟"于义始通。

(2)第182页,16条:"楚公精于《礼》学,每摅经以破后世之妄。"按,"摅"为发抒、舒展等义,"摅经"似不词,张本作"据经",是。

(3)第187页,32条:"'……必是出□在此。'既检,果出此句注中。""出□",张本作"出处",是。

（4）第190页,43条:"忽见右□数十人列侍。"张本"右□"作"左右",不缺亦不误乙。

（5）第194页,53条:"朝循之治为先,诵楚公回师朴《谢入馆启》云。"孔校云:"此句文意难明,疑有讹脱。"按,张本作"胡循之治为先君诵楚公回师朴《谢入馆启》云"。此当作一句,谓胡治（字循之）为先君（陆宰）诵读楚公（陆佃）之文（《谢入馆启》）。师朴,指韩师朴,见本书前第50条。

又,本条《谢入馆启》云"而有寒峻之风"。"峻"字误,张本作"畯",是。

（6）第213页,卷下30条:"当时阿谀之士,翕然称其□□得《尚书》《春秋》之法。"按,据张本,此两脱字为"工""云",应分为上、下两句。

（7）第214页,34条:"初,安时妻与弟宽不相得,安时妻早死。"此谓黄宽叔嫂不和而致使嫂氏早死,似属少见;而据张本,"弟宽"下有一"妻"字,则指妯娌勃谿,较合情理。同条"安时不拘世俗如此"句,张本作"安时卓然不徇世俗如此",义亦较优。

（8）第216页,38条:记陆宰临终梦见陆佃:"楚公愿,又曰:'汝在此日,……'"孔校:"'愿'疑为'顾'之误。"张本此句作"楚公顾叹曰:'汝在此日,……'"则"顾"误作"愿","叹"又误作"又",两字并误。

（9）第217页,39条:"泰州徐神翁,能知前来物。""前来物"三字费解,孔校仅云:"《说郛》'前来'作'未来'。""未来物"于义亦欠妥;张本作"能前知未来事",则语意明白通畅。

（10）第221页,43条:"范忠宣叹曰:'□唐士宪、程伯淳不遽死,元祐之政,可以无憾,亦当□□今日之祸。"据张本,所缺三字,分别为"使""能弭",文义即周全矣。

二、凡孔先生校改之误字、脱字,此本大都不误、不脱。如此者颇夥,略举五则以示例。

（1）第177页,卷上6条:"太尉锁斤试两浙漕司。"孔校:"宋制,凡命士应举,谓之锁厅试",""疑'斤'字有误"。按,张本正作"厅"。

(2) 第 183 页,21 条:"色极不乐。"孔校:"'乐'后疑脱去一'日'字。"按,张本即有此"曰"字。

(3) 第 185 页,27 条:"私念秦陵终无嗣。"孔校:"'秦'当作'泰',"泰陵"乃谓哲宗。按,张本即作"泰",不误。

(4) 第 192 页,46 条:"妻刑,亦追封燕国夫人。"孔校:"'刑'疑为'邢'之误。"按,张本正作"邢"。

(5) 第 194 页,54 条:"介甫观书,一过目尽能。"孔校:"'能'后当脱去一字,其所脱之字或为'记'字。"按,张本正有"记"字,孔校所言极确。

三、其他异文可供参考者。

(1) 第 182 页,卷上 19 条:记苏轼守钱塘时商议筑堤西湖,陆游六叔祖陆傅以"工役甚大""费财动众"加以反对。苏轼怒斥其"小匄辄呶呶不已!""小匄"当为骂人口语,"匄"即"丐"字,义亦互通;而张本作"小勾",或指其时陆傅任"浙西转运司勾当公事"之"勾",可供再酌。顺便提及,孔先生认为此条说明"苏轼实有点自以为是、听不得不同意见的毛病。这,十分有助于对苏轼的全面了解"(见《〈家世旧闻〉是宋代史料笔记珍品》,《古籍整理出版情况简报》285 期)。则似不确。因该条下文陆傅即自云:"'小勾'盖指臣也。然是时岁凶民饥,得食其力以免于死、徙者颇众。臣所争亦未得为尽是。"苏轼整治西湖采取了"以工代赈"的正确方法,兼收治湖、赈济之利。其《申三省起请开湖六条状》云:"艰食之岁,使数千人得食其力以度凶年,亦归于赈济也。"《奏户部拘收度牒状》又云:"将前来度牒变转赈济外,所馀钱米,召募艰食之民,兴功开淘。今来才及一月,渐以见功。吏民踊跃从事,农工父老,无不感悦。"故此则若说成"记录下"苏轼的"自以为是、听不得不同意见"的"性格中的这一方面",毋宁说是表现他的"决断精敏"(苏辙语)以及陆傅的知错改过。

(2) 第 184 页,23 条:楚公"与诸公不合者实多"。张本在"诸公"下多出"议论"两字,似可增补。

（3）第185页，28条："元丰中，庚申冬。"张本作"元丰庚申冬"。"庚申"为元丰三年。"中"字当系衍文。

（4）第190页，41条："至崇宁后，群阉用事，遂改都知为知内侍省事、同知内侍省事。"按，"都知"改为"知内侍省事"，但不能同时又改为"同知内侍省事"；改为"同知内侍省事"的当是原"副都知"。张本在"同知内侍省事"前正有"副都知为"四字。

（5）第192页，48条："一鼎之内，以貊一脔投之，旋即糜烂。"张本作"一鼎之肉，以此物一脔投鼎中，旋即糜烂"。按，此句言陆佃从辽国所得"貊狸"，有"糜肉"之神奇性能。"貊狸"当系一兽，不能省称为"貊"，却可用"此物"代称。"一鼎之肉"亦比"一鼎之内"于义为长。

（6）第195页，58条：记陆佃为傅氏师，"傅氏孙兴祖，字仲修，实受业。为仲修不第，自号且翁"。按，"为仲修不第"，"为"字甚突兀；据张本，"为"乃"焉"之误，应属上句为"实受业焉"，然后再述其不第之事。

（7）第195页，60条："九月杜知婆"，又"先世以来，庶母皆称知婆"。按，此两"知婆"，据张本批语均应作"支婆"，即"支庶"、"支孽"之"支"。"知"恐是音近而讹。

（8）第205页，卷下13条："先君言：问贯、师成事用之由。"此句谓陆宰问邵成章、童贯、梁师成"用事"之缘由，作"事用"不妥，张本正作"用事"。同条言梁师成"自言母本文潞公侍儿，生己子外□者"，下一句殆不可解。张本作"生己于外舍者"，即谓梁师成冒充文彦博之子，语意始明。

（9）第209页，19条：记蜀人魏汉津"自言年九十五，得法于仙人李艮，艮盖年八百岁，谓之李八百者是也"。按，张本"岁"作"世"，当属下句："世谓之李八百者是也。"上文记魏汉津"年九十五"，亦无"岁"字。

（10）第221页，41条，记唐介被贬，朝士作送行诗，"李诚之作《山字韵》一篇"，"先夫人尝言李诚之诗本云'未死奸谀骨已寒'，盖畏祸者避斥潞公也，然不知如此则句乃不工"。据张本，"盖畏祸者"前，尚有

"世所传本乃曰'已死奸谀骨尚寒'"一句,则上下句因果关系始显。按,李师中,字诚之,时唐介因弹劾外戚张尧佐、宰相文彦博而被贬英州,李师中作《赠御史唐介贬英州别驾》诗,中有"并游英俊颜何厚,未死奸谀骨已寒"一联,据《东轩笔录》卷七,时谏官吴奎先助唐介同劾张尧佐,及至弹劾文彦博时,吴奎"畏缩不前",故"厚颜之句,为(吴)奎发也";而据本书,我们才知"未死"之句乃指文彦博。此为仁宗朝政争与诗歌之一大关涉,《家世旧闻》张本所载,对解读李诗很有帮助。又,今存此诗除《东轩笔录》外,尚见《宋朝事实类苑》卷三十六,"未死"句恰作"已死奸谀骨尚寒",与"世所传本"相同。对此异文,亦赖张本可得辨明渊源本末,乃是"畏祸者"所改。

张珩本虽也有个别舛误之处,但总体而言,远胜穴砚斋本。其原因之一,恐在于袁裒藏本之本身缮写颇劣。张本所附何焯跋语云:"陆放翁《家世旧闻》二卷,乃六俊袁氏故物,恨笔生太拙于书耳。"(此跋与中华版《家世旧闻》所附录之何焯跋语文字出入颇大,"恨笔生"句即无。)抄手书写拙劣,以致辨认为难;而张本之缮写者却甚细心严谨,错误较少;且遇宋帝必空格(穴本不空格),自称"游"时必作小字,似比穴本更多地保留了初钞本的原貌。胡适于1948年12月18日曾寓目此本,"敬记"有"此书似宜钞一本付影印流传"一语,继毛扆、缪荃孙、傅增湘之后,表达了出版此书的愿望,但当时亦未实现。

此书有九条正文之末注有入《笔记》等语,其中六条且作"入《笔记》讫"字样。此《笔记》即《老学庵笔记》。孔先生认为,这些都是"陆游自己加的",并说,"陆游原来有意把前者(《家世旧闻》)的一些条陆续经过考虑后收入后者(《老学庵笔记》)",得出了"前者大约是后者的初稿"的推断。此点尚可再酌。第一,此九条注文中,有的注云:"已入《笔记》,'天人五衰'《记》所无。"(卷上,44条)玩其语气,不类陆游本人,显是抄者所加。又如"《菊》诗人《笔记》"(卷上,46条),亦疑抄校者之语。第二,卷上第54条,记楚公尤爱《毛诗》及王安石熟读《诗正义》事,亦见《老学庵笔记》卷一,但文末无注,殆系抄校者失校;如此类注文为陆游自注,恐不致遗漏。第三,陆游于庆元四年春作有《戊午元日读书至夜分有感》一律云:"七十年来又四年,雨声灯影故依然。未收浮世风沤梦,尚了前生蠹简缘。《老学》辛勤那有补,《旧闻》零落恐无传。先师钵袋终当付,叹息谁能共著鞭?"此诗把《老学庵笔记》和《家世旧闻》两者对举,说明这是两部独立的著作,而不是一书之"初稿"和"定稿"的关系。两书虽有部分条目交叉,但不影响各自作为专书的性质,正如欧阳修的《六一诗话》和《归田录》亦有互见条目而仍各自成书一样。

(原载《书品》1995 年第 1 期)

王应麟的"词科"情结与《辞学指南》的双重意义

一

号称"通儒"的王应麟一生怀有"词科"情结,影响到他的行为选择和著述取向。他的父亲王撝,虽中进士却未能考取博学宏词科,终身抱憾,"他日必令二子业有成"①,他课子严苛,期待迫切,临终时犹以此事殷殷嘱咐应麟、应凤这对孪生儿子。② 王应麟于淳熙元年(1241)举进士,时年19岁,取得了参加博学宏词科考试的资格,就积极备考,广泛搜集资料,随时整理归类,"闭门发愤,誓以博学宏词科自见,假馆阁书读之"③,"每以小册纳袖中。入秘府,凡见典籍异文,则笔录之,复藏袖中而出"④,孜孜矻矻,毫不懈怠,终于在宝祐四年(1256)中科,践尝了这一夙愿,时年34岁,离中进士已足足15年。他的弟弟应凤也于开庆元年(1259)考取,成为现有资料最后一位博学宏词科中式者,兄

---

① 见《延祐四明志》卷五《王先生》,文渊阁四库全书本。
② 王应麟《浚仪遗民自志》云:"先君擢第之岁,与弟太常博士应凤生同日,嘉定癸未也。"其子王昌世《宋吏部尚书王公圹记》亦云"先公(应麟)于嘉定十六年七月庚午与叔父太常博士讳应凤同日",均明确说是孪生兄弟。(见《四明文献集》附录,中华书局2010年版,第570、572页)但钱大昕《深宁先生年谱》谓两人虽生于同日,但相差4岁,所据不详。(同上书,第530页)王应麟之弟子袁桷《挽伯厚先生诗》首云"秋水孕双莲,英英吐异芬"(同上书,第629页),亦以"双莲"隐喻孪生。
③ 《宋史》卷四三八王应麟本传,中华书局1977年版,第12988页。
④ 陈仪、张恕编:《王深宁先生年谱》引《至正直记》,见《四明文献集》附录,中华书局2010年版,第545页。

弟相踵，一时传为佳话。

　　王应麟的"词科"情结，促使他编撰了一系列有关词科的书籍，既为自我积累之用，又可应社会广大举子要求。《辞学指南》就是迄今唯一一部词科研究专书，附见于他的《玉海》之末。①《玉海》共200卷，是一部体大思精、搜讨宏富而又自具特色的类书。取名"玉海"，意指"若玉之珍贵，若海之浩瀚"，突出其内容之珍贵和蒐罗之广博，又云"玉以比德，海崇上善"，标举"德""善"等传统信条。它分天文、地理、官制、食货等二十一门，门下又细分若干二级小类，纲举目张，条理井然，不单是文献资料的排比辑录，也反映编者对世界万事万物的一种条理化的整体观念，努力使之成为在一定思想指导下的知识体系。比之一般的唐宋类书，此书有两点尤当注意。一是为"词科"应试服务。《四库全书总目》卷一三五即指出："其作此书，即为词科应用而设。故胪列条目，率巨典鸿章，其采录故实，亦皆吉祥善事，与他类书体例迥殊。""词科"考试制、诰等文体，大都为朝廷代笔，内容自然偏重于"巨典鸿章""吉祥善事"，在类书编纂取材时就对此有所突出和强调，以更切合实用。二是重视宋朝史料。《四库全书总目》又指出："然所引自经史子集、百家传记，无不赅具。而宋一代之掌故，率本诸实录、国史、日历，尤多后来史志所未详。其贯串奥博，唐宋诸大类书未有能过之者。"这是因为词科考试的内容，"古今杂出"，"每场一古一今"，古今史事并举，故在取材时又需注意本朝史料的摘取编辑。"尤多后来史志所未详"，是肯定其作为宋代史料的独特价值；阮元《学海堂集序》中说："多士或习经传，寻疏义于宋齐；或解文字，考故训于仓雅；或析道理，守晦庵之正传；或讨史志，求深宁之家法。"②也推崇王应麟对于"史志"处理的"家法"。至于"唐宋诸大类书未有能过之者"，则是对其总体的评价了。

　　除《辞学指南》《玉海》外，王应麟词科著作还有《词学题苑》40卷。

---

　　① 本文所引《辞学指南》一书，均据王水照所编《历代文话》本，复旦大学出版社2007年版。为避繁赘，不再一一出注。
　　② 阮元：《揅经室集·续集》卷四，中华书局1993年版，第1076页。

至于他的名著《困学纪闻》,博赡精深,涉及词科者亦随处可见,其卷十九为"评文",更富直接论述词科之材料。

同属浙东学派的章学诚,在论及王氏《玉海》时,曾指出"皆为制科对策,如峙糗粮,初亦未为著作。惟用功勤而征材富,亦遂自为一书"①,也注意到此书对于科举的实用性质,并因"用功勤而征材富"而自为一书。但章氏坚持"纂辑"与"著述"的区别,并引发出对王氏此类书籍负面作用的指责。他说:"王氏诸书,谓之纂辑可也,谓之著述,则不可也。谓之学者求知之功力可也,谓之成家之学术,则未可也。今之博雅君子,疲精劳神于经传子史,而终身无得于学者,正坐宗仰王氏,而误执求知之功力,以为学即在是耳。""指功力以谓学,是犹指秫黍以为酒也。"②章氏此论,渊源有自。他在同书《浙东学术》篇中,已指出"浙东贵专家,浙西尚博雅"的特点,"浙东、浙西,道并行而不悖也","各因其习而习也";但又说"整辑排比,谓之史纂;参互搜讨,谓之史考;皆非史学"③,在他的心目中,"史纂""史考""史学"是犁然有别的,应从这个角度来理解章氏对"宗仰王氏"的后学辈的批评。他对王应麟的《玉海》等书,还是怀抱敬意的,在同书《答客问下》中,论及"比次之书"时,认为有三种情况:"及时撰集以待后人之论定者","有陶冶专家,勒成鸿业者",还有一类即是如《玉海》之属,乃是"有志著述,先猎群书,以聚薪樢者"(《诗经·大雅·棫朴》"薪之樢之",樢,积也),正确地指明《玉海》等纂辑排比资料之书,乃是进行学术研究的基础与前提,两者既有层次差异又有循级前行、不断探索的密切关系。章学诚对王应麟的学术评价,是深刻而全面的。

王应麟"词科"情结之所以强烈,一是来自父命,此点毋庸赘述;二是出于对自身社会角色的认定,词科出身对政界、学界的自我形象塑造,关系重大;三是个人学术宗旨与文学志趣使然。南宋士人中虽不乏贬斥词科和词科出身者,然而在大部分士人中却颇获青睐。王明清

---

① 章学诚:《与林秀才书》,见刘承幹刻《章氏遗书》卷九。
② 章学诚:《文史通义校注·博约中》上册,中华书局1994年版,第161页。
③ 同上书,第524页。

《玉照新志》卷二云:"汤举者,处州缙云人,……遗泽遂沾其子,即进之思退也。后中词科,赐出身,尽历华要,位登元台,震耀一时。"①汤思退(字进之)历仕签书枢密院事、参知政事直至拜相,依附秦桧,丧权误国,但这条记载却反映出词科出身与他仕途顺遂的微妙关系。周密《齐东野语》记真德秀云"时倪文节(倪思)喜奖借后进,且知其(真德秀)才,意欲以词科衣钵传之",真德秀固然出类拔萃,倪思"与之延誉于朝,而继中词科,遂为世儒宗焉"②。这则材料则透露了词科与"儒宗"直接的隐性联系。无独有偶,王应麟登进士第后,自言:"今之事举子业者,沽名誉,得则一切委弃,制度典故漫不省,非国家所望于通儒。"③他发誓不能止步于进士科,为考中博学宏词科而"闭门发愤",在他看来,博学宏词科是达致"通儒"的必由之路。《四库全书总目》卷一六五在评其《四明文献集》时也说"应麟以词科起家,其《玉海》、《词学指南》诸书,剩馥残膏,尚多所沾溉;故所自作,无不典雅温丽,有承平馆阁之遗",颇为中肯地指明词科对王氏文学创作趋尚的具体影响。

二

要深入而具体地了解王应麟的学术宗旨与文学志趣,我们可通过对其《辞学指南》的研究,把握他的一个侧面。

《辞学指南》四卷,附刻于《玉海》之后,如果说《玉海》为应试词科者提供了丰富的素材,《辞学指南》就是有关词科肄习方法、考试试格,以及制度沿革的专门著作,两者互为表里,交相为用。不少词科出身者均热衷于编辑类书,如唐仲友即编有《帝王经世图谱》十卷,周必大谓其"凡天文地志、礼乐刑政、阴阳度数、兵农王伯,皆本之经典,兼采传注,类聚群分,旁通午贯,使事时相参,形声相配"④,说明此类类书的

---

① 王明清:《玉照新志》,上海古籍出版社1991年版,第24页。
② 周密:《齐东野语》卷一,中华书局1983年版,第12页。
③ 《宋史》卷438王应麟本传,中华书局1977年版,第12987页。
④ 周必大:《帝王经世图谱题辞》,《文忠集》卷五十四,文渊阁四库全书本。

编辑，其出发点是为自己迎考所作的肄习工夫，初不在为他人提供参酌，也就是说，首先是为己，其次才是为人。正因为有《玉海》作准备，王应麟的《辞学指南》才显得论述扎实，语无虚饰，超出于泛滥成灾的科举图书，而成为富有学术内涵的专著，在我国科举学史上有其价值与地位。①

《辞学指南》前有《自序》，言简意赅地论述两个问题。一是宋代词科设置、沿革大略，大致有三个阶段：（一）绍圣元年，"五月，中书言唐有辞藻宏丽、文章秀异之科，皆以众之所难劝率学者，于是始立宏辞科。二年正月，礼部立试格十条"。原来在进士科罢诗赋后，"纯用经术"，公文写作人才一度匮乏，朝廷文告的撰述成为"众之所难"，为了补缺纠偏，才决定设置"宏词科"；②（二）大观四年，"改为辞学兼茂科"；（三）绍兴三年，"七月诏以博学宏词为名"。随着这三次改名，考试的科目均有相应的变动。在宋人的用语中，把"宏辞科""辞学兼茂科""博学宏辞科"都统称为"词科"。但宋末嘉熙二年，另立"词学科"，考试难度降低，不久废置，"今唯存博宏一科"。前人一般对此短期存在的"词学科"忽略不计。王氏概括这三次改名的情况云："绍圣颛取华藻，大观俶尚淹该，爰暨中兴（即绍兴三年以后），程式始备，科目虽袭唐旧，而所试文则异矣。"也就是说，经历了一个先重华藻、"宏词"，继尚淹该、"博学"，最后达至"博学宏词"并重而又以"博学"为先之境，正与其科名相吻合。

二是提出衡文的标准。王应麟写道："朱文公谓是科习诡谀夸大之辞，竞骈俪刻雕之巧，当稍更文体，以深厚简严为主。然则学者必涵泳六经之文，以培其本云。"作为词科人，王应麟既怀自豪之感，又不讳言科举中的不良文风，他治学兼取朱、陆，自然尊重朱熹的批评意见，

---

① 当今尚无有关宋代词科的研究专著。聂崇岐《宋词科考》（载《宋史丛考》，中华书局，1980年）、祝尚书《宋代词科制度考论》（载《宋代科举与文学考论》，大象出版社，2006年）是两篇最见功力的论文。

② 洪迈《容斋三笔》卷一、毕沅《续资治通鉴》卷八十四均谓始立宏词科在绍圣二年，王应麟等认为在绍圣元年，是。次年正月，"礼部立试格十条"，已进入具体运作阶段；"始立宏辞科"，应在此前之绍圣元年。参见聂崇岐前揭文之考证。

并把"深厚简严"树为文章圭臬,纠正谄谀夸饰雕琢之时病,也是他编著本书的现实针对性之所在。

《辞学指南》正文四卷,第一卷讲叙肄习之法和作文门径,第二、三、四卷分论词科所试各个科目即各种文体的写作要领,最后附以《辞学题名》。内容重在指导学子的学习和写作,不专力于词科制度,但自具逻辑系统,编次井然有序。

在第一卷中,分编题、作文法、语忌、诵书、合诵、编文六个子题,王氏大量引用前人和时辈的名言隽语,而参以己意,使之相互阐释学习与写作之道,注意理论性解说与作品实例的结合,同时立"语忌"专节,注意正反两方面写作经验的对照,又设置"诵书"、"合诵"专节,使"读"与"写"能够统一起来。此卷以"编题"开篇,即是指导学子应在"编阅搜寻"、"俟诸书悉已抄遍"的基础上,编制文类门目,如天文、律历、浑仪等,他共列举了137门,这里有他自己编纂《玉海》的实践体会在内。他还引用"陆贽《备举文言》三十卷,摘经史为偶对类事共四百五十二门。李商隐《金钥》二卷,以帝室、职官、岁时、州府四部分门编类",又引传为韩愈所作《西掖雅言》五卷,晏殊《类要》"总七十四篇,皆公所手抄"等经典范例,导示学子,用心良苦。他在《自序》中主张"学者必涵泳六经之文,以培其本",把《六经》视为治学根本,自当涵泳精读,但在"诵书""合诵"等处,又主张广泛阅读,如"子书则《孟》《荀》《扬》《管》《淮南》《孔丛》《家语》《庄》《列》《文》《墨》《韩非》《华》《亢仓》《文中》《鹖》《刘》诸子,《汲冢周书》《吕氏春秋》、贾谊《新书》《说苑》《新序》,兵书则《六韬》《司马法》《孙吴》《尉缭》、李靖《问对》,皆有题目,须涉猎抄节",他还开列其他不少书目,视野开阔,博及群书。其中尤须注意的是《宏词总类》一书,此书为陆时雍所编,也是宋代有关词科的专书,陈振孙《直斋书录解题》卷十五曾予著录,但现已佚失。《辞学指南》却详细指示阅读、利用此书的方法和步骤,从其引用来看,此书主要是辑录宋代词科考取者的程文,在今天又有科举史料的价值。

作为科举学史上的一部重要著作,《辞学指南》在史料准确性上更具优长。王应麟是位严谨的文史学者,他的不少记述甚至比其他史书更可靠。《辞学题名》就充分体现出这个特点。《辞学题名》依次登录绍兴二年"宏辞"首科至大观三年末科取录共31人，政和元年"词学兼茂"首科至建炎二年末科取录共36人，绍兴五年"博学宏词"首科至开庆元年末科取录共40人，共计107人，这是宋代考取词科的全部名单（仅政和二年缺曹辅一人），基本完备。例如嘉定元年录取的"博学宏词"陈贵谊，《宋会要辑稿》选举一二之一至一二之二五，就失载了，以致影响今日有关著作也随之失载；祝尚书先生《宋代词科制度考论》曾勾稽史料，力图在嘉定以后"补史之阙"，共得六人，其中洪咨夔、李刘、郑思肖、杨攀龙四人仅为"欲应词科"或"试博学宏词"，实未最终中式，另两人即王应麟、王应凤兄弟，已见王应麟《辞学题名》的最后两名。至于聂崇岐先生《宋词科考》所补理宗嘉熙二年"词学科"林存、卢壮父两人，他已指出，此"词学科"与"宏词"、"词学兼茂"、"博学宏辞"三科不同，乃是"降等立科，止试文辞，不责记闻"（《续文献通考》卷三十七），"以所试较易，颇为学士大夫所轻"，且前后不过七年，开科仅五次，因而王应麟《辞学题名》不予收录，也是可以理解的。要之，名单基本完备，此其一。

这里附带讨论徐凤是否曾中词科的问题。王应麟《辞学题名》中未见徐凤，但据叶绍翁记载，他似亦中式。《四朝闻见录》甲集"词学"条云："徐（凤）、真（德秀）共习此科（博学宏辞科），且同砚席，文忠已中异等，为玉堂寓直，徐三试有司始中……徐后亦寓直玉堂，官至列监，迟速皆命也。"①"徐三试有司始中"，此文前已叙述徐凤曾两次应试被黜，似乎此次（即嘉定七年，1214年，详下）侥幸录取。此则记载，与王应麟有关记述不合。《辞学指南》卷四云："徐子仪（即徐凤）《甘石巫咸三家星图序》引《周礼·筮人》巫咸事，按本处注，巫字当为筮，非殷之所谓巫咸。贡院言：'是旁证，即非本处有差，未敢取放。'开院日，知举请与升擢。（原注：是年试者二十四人）""知举请与升擢"，结果是否中式，没有明确交代。《辞学指南》曾列历朝试"序"题目，此三家（甘

---

① 叶绍翁：《四朝闻见录》，中华书局，1989年，第21页。

公、石申夫、巫咸)星图序之试题,列于嘉定甲戌(七年);再检《辞学题名》,此年无人录取,二十四人全部落榜。说明王应麟对徐凤考词科情况十分了解,不可能发生遗漏之失。他在《困学纪闻》卷二十"杂识"中也记叙此事:"徐子仪嘉定中试宏辞《甘石巫咸三家星图序》引《周礼·簪人》'巫咸',本注'巫'当为'筮',非殷巫咸。主司黜之,而荐于朝。不数年,入馆掌制。"①徐凤过了数年才"入馆掌制",是在应试落榜而被人"荐于朝"以后的事情,他未被正式录取博学宏辞科应是确定的。真德秀为他所作的墓志铭《秘书少监直学士院徐公墓志铭》对这位"同习"词科的友人更有颇详记录:"始公(徐凤)试博学宏辞,垂中矣,以一字疑而黜,及是再试,又以一事疑而黜,朝论杂然称诎。知贡举曾公从龙帅其僚荐于朝,谓公词精记博,非作者不能及,……宜被褒擢,或籍记中书,备异时翰墨之选。明年,除吏部架阁。"②绝口未提考取词科之事。王氏《辞学题名》不收徐凤,是符合实情的。

其次是《辞学题名》记录的姓名准确。如崇宁元年之"石悉",《宋会要辑稿·选举》一二之二作"石忞",查《直斋书录解题》、民国《芜湖县志》等,均作"悉"。政和四年的"滕庚",《宋会要辑稿》误作"滕庚"。绍兴八年的"詹叔羲",《宋会要辑稿·选举》一二之一二、《建炎以来系年要录》卷一二〇均误作"詹叔义"。绍兴十八年之"季南寿",《建炎以来系年要录》卷一五七误作"李南寿"。乾道五年的"姜凯",《宋会要辑稿》误作"姜觊"等。王应麟在记录被录取者时,特别留心他们的家族背景,在这107人中,父子三人相继中式者有三陈:陈宗召、陈贵谦、陈贵谊;兄弟三人相踵者有三洪:洪遵、洪造(后改名适)、洪迈;兄弟二人荣登者更多,计六组:二吴(吴兹、吴开)、二滕(滕康、滕庚)、二李(李正民、李长民)、二袁(袁植、袁正功)、二莫(莫冲、莫济)以及王应麟、应凤二王兄弟自己。这一现象说明词科考试比起其他科目来,需要更广博的知识储备与更严格的文词训练,引导士子家庭作

---

① 王应麟:《困学纪闻》(全校本)下册,上海古籍出版社2008年版,第2093页。
② 曾枣庄、刘琳主编:《全宋文》第314册,上海古籍出版社、安徽教育出版社2006年版,第185页。

出针对性的应试反应,形成家学中某种专科化倾向,这是饶有兴趣的话题。

三

《辞学指南》是现存唯一一部研究宋代词科的专书,在中国科举学史上占有不可或缺的地位;而在本书卷二至卷四论述词科试格等部分,更在文体形态研究、骈文批评思想和文话著作类型特点等方面,为中国古代文章学史增添重要的篇章。这就是此书在学术史上的双重意义。

本书卷二至卷四论述词科试格,即考试科目,共制、诰、诏、表、露布、檄、箴、铭、记、赞、颂、序十二类,此实为本书重点所在,因而《辞学指南》也可视为文体学著作。据王应麟《自序》,绍圣元年始立"宏词科",次年礼部立试格十条,分为章表、赋、颂、箴、铭、诫谕、露布、檄书、序、记;后诏诰赦敕不试,"再立试格九条,曰章表、露布、檄书(以上用四六),颂、箴、铭、诫谕、序、记(以上依古今体,亦许用四六)"。大观四年改为"辞学兼茂科"时,除去檄书,增入制、诏。绍兴三年又改为"博学宏词科",定为十二条,即《辞学指南》所据以论列者。还规定"古今杂出,六题分为三场,每场一古一今,三岁一试,如旧制"。所谓"古今体"乃指内容,"古"指"以历代故事借拟为题","今"指"以本朝故事或时事为题","盖质之古以觇记览之博,参之今以观翰墨之华",测试考生学问是否淹博,文辞是否佳妙,考评其"学"和"辞"两方面的能力与水平。从"宏词科"一改为"辞学兼茂"再改为"博学宏辞",表示两者重心的进一步转移:"博学"优于"宏辞"。

刘勰《文心雕龙》为文体学的建立提出过明确的原则与完整的框架。在《序志》篇中,对《明诗》至《书记》二十篇分论各体文章时的写作思路,作过精到的概括:"原始以表末,释名以章义,选文以定篇,敷理以举统。"即探源溯流,解释文体名称和性质,评选代表作家作品,最后归纳该文体的体制特点与规格要求。这四项成为后世文体学著作大都遵循的准则。王应麟也不例外。如论"制",首叙"制"之源流:"唐虞至周皆曰命,秦改命为制,汉因之。"继叙"制"的功用:"制用四六以便宣读。"又叙"制"之作法,如论制头破题四句:"能包尽题意为佳(如题目有检校少保,又有仪同三司,又换节,又带军职,又作帅,四句中能包括尽此数件是也)。若铺排不尽,则当择题中体面重者说,其馀轻者于散语中说,亦无害(轻者如军职三司是也)。制起须用四六联,不可用七字。"交待细致。因"制"常须提到地名、郡名、节镇名等,他又制表详列,注出其别称。与一般文体学著作不同之处,在于格外关注其与词科的关系。故所举范文,均为词科人之作(如孙觌、洪遵、莫冲等),还列举自政和至咸淳历次考试"制"之题目,供学子参酌。在具体分析时也注意及此,如引真德秀语云:"辞科之文谓之古则不可,要之与时文亦复不同。盖十二体各有规式,曰制、曰诰,是王言也,贵乎典雅温润,用字不可深僻,造语不可尖新。"他还拈出制词写作的三要害:"制词三处最要用工:一曰破题,要包尽题目而不粗露(首四句体贴)。二曰叙新除处,欲其精当而忌语太繁。三曰戒辞,'於戏'而下是也,用事欲其精切。三处乃一篇眼目灯窗,平日用工先理会此等三处,场屋亦然。"所言切实中肯,便于初学。在选择可供学习追摹的前辈文人时,也着眼于此:"前辈制词惟王初寮、汪龙溪、周益公最为可法,盖其体格与场屋之文相近故也。其他如王荆公、岐公、元章简、翟忠惠、綦北海之文亦须编。《玉堂集》自建炎至淳熙制词具备,亦用详看。盖凡用事造语皆当祖述故也。"提示门径,颇具操作性。此书论及"制"体共占25页,比之后世文体学著作如明吴讷《文章辨体序说》、徐师曾《文体明辨序说》来,显得内容丰赡,论述详明,后来者未必居上。论及其他十一体也大致达此规模水平,故在文体学史上应居一席之地。

词科所试各体,主要是骈体文,因而《辞学指南》又可视作骈文论或四六话的一种。我曾把我国古代文话划分为四种类型:颇见系统性与原创性之理论专著(如陈骙《文则》);具有说部性质、随笔式的著作,即狭义的"文话";辑而不述的资料汇编式著作及有评有点之文章选集。① 在王应麟之前,有王铚《四六话》、谢伋《四六谈麈》、洪迈《容斋四六丛谈》及杨囷道《云庄四六馀话》等四种骈文话,前三种属于第二类(洪迈之书乃后人从《容斋随笔》中摘编而成),后一种属第三类。《辞学指南》中虽然大量引用各家论述(尤以吕祖谦、真德秀、周必大为多),但其书自有体系和编纂宗旨,作者独立论述的比重亦大,实已从第三类过渡到第一类,即从单纯的资料汇编优入著作之林了。

作为骈文话,此书关于骈文与古文关系的论述,颇堪重视。王氏首先看重骈文的自身特点,在论"表"时说:"大抵表文以简洁精致为先,用事不要深僻,造语不可尖新,铺叙不要繁冗,此表之大纲也。"这其实也是对骈文的一般要求。在论"赞"时说:"诵味吟哦,便句中有意,于铺张扬厉之中而有雍容俯仰、顿挫起伏之态,乃为佳作。若止将华言绮语一向堆叠,而无风味韵致,亦何足取哉?"也可引申为对骈文普遍适用的批评标准。至于所引"凡作四六须声律协和,若语工而不妥,不若少工而浏亮(上句有好语而下句偏枯,绝不相类,不若两句俱用常语)","四六宜警策精切","四六之工在于裁剪,若全句对全句,何以见工? 以经语对经语,史语对史语,方妥帖",这些对"四六文"的创作规定,确实切中了这一文学样式的特质之处。然而,王应麟同时主张骈文不应与古文绝然划界分疆,互不相涉,他引真德秀之语云:"凡作文之法,见行程文可为体式,须多读古文,则笔端自然可观。"又引陈晦语云:"读古文未多,终是文字体轻语弱,更多将古文涵泳方得。"他发挥柳宗元"参之《国语》以博其趣"时,专门选了《国语》十三则文字,叮嘱学子细读,他说:"古文中如《左传》、《国语》、西汉文最为紧切,其次则《选》、《粹》及韩柳等文。"他对骈、散两体相反相成的辩证见解,虽非创见,但结合词科来论述,亲切有裨实用。此书中数处对宋代作家骈文风格的具体评赏,有出自王氏引用的(如李汉老云"张乐全高简纯粹,王禹玉温润典裁,元厚之精丽稳密,苏东坡雄深秀伟,皆制词之杰

---

① 参看《历代文话序》,《历代文话》,复旦大学出版社2007年版。

然者"),也有他个人的(如"见行程文为格外,更将前辈制词,如张乐全、王荆公、岐公、元厚之、东坡、颍滨、曾曲阜、王初寮、汪龙溪、綦北海、周益公所作,裒集熟读,则下笔自中程度矣")作为本朝人对骈文创作的当下反馈,也是研究宋代骈文史的第一手材料,似尚未引起注意,也值得玩味。

对于宋代词科设置的得失功过,当时人就有不同的评论。公开声言要求取消词科的是著名学者叶适。他说:"绍圣初,既尽罢词赋,而患天下应用之文由此遂绝,始立博学宏词科,其后又为词学兼茂,其为法尤不切事实。"他进一步指出:"自词科之兴,其最贵者四六之文,然其文最为陋而无用。士大夫以对偶亲切、用事精的相夸,至有以一联之工而遂擅终身之官爵者。"这些会写"四六之文"的士人,"其人未尝知义也,其学未尝知方也,其才未尝中器也"。结论是:"进士制科,其法犹有可议而损益之者,至宏词则直罢之而已矣。"①

叶适的批评正好涉及制度和文章两个层面,很有讨论的必要。他要求科举制能有效地选拔出经世济时的实用之才,这代表着时代的呼声。但他立论的基础是反对"四六文",对"四六文"和擅长四六文的士人声罪致讨,把四六文归结为"最为陋而无用",四六作者则是不知义、不知方、不中器之人,这就偏激失当了。从当时社会思潮来看,对他的偏激也应采取"了解之同情"的态度,在上述文章中,他最后指责习词科者,"则其人已自绝于道德性命之本统","陷入于不肖而不可救"之境地。这就让人明白了:原来他是为当时"道德性命之本统"的道学派而立言的,有着深刻的思想背景和文化传统。

宋代词科考试,每科取士例为五名,但一般仅取一二名,选取颇为严格,不像进士科动辄每科高达五六百名。从全部录取人员来看,官至宰执者占相当比重。《辞学指南》引"水心曰:'宏词人,世号选定两制。'李微之曰:'自绍圣至绍熙,至宰执者十一人,绍熙后执政三人。'"

---

① 叶适:《水心别集》卷十三《外稿·宏词》,见《叶适集》,中华书局1961年版,第804页。

据聂崇岐先生文章的材料,可具体考实有王孝迪、孙近、滕康、卢益、费辅、孙傅、张守、范同、秦桧、洪遵、洪适、汤思退、周必大、傅伯寿、陈贵谊等十五人,表明所取不乏政治干才,并非全是"不知方、不中器"之庸人,即如秦桧也非无能之辈。《四库全书总目》卷一三五论宋代词科之设,"于是南宋一代通儒硕学多由是出,最号得人,而应麟尤为博洽",语或有夸饰,但对促成"博洽"学风确是起到一定作用的。

再若从文章学发展的角度看,其偏颇更为明显。谢伋《四六谈麈序》云:"朝廷以此取士,名为博学宏词,而内外两制用之。四六之艺,咸曰大矣! 下至往来笺记启状,皆有定式,故谓之应用,四方一律,可不习知?"①词科的制度设置,激发起士人社会对四六文的重视和普遍肄习,在此基础上,三洪、二王以及周必大、孙觌、倪思、吕祖谦、真德秀等,均由词科出身进而被称为四六名家,对南宋骈体文的繁荣与发展发挥了举足轻重的影响。

陈寅恪对汪藻的《代皇太后告天下手书》一文,更是推为极致:"其不可及之处,实在家国兴亡哀痛之情感,于一篇之中,能融化贯彻,而其所以能运用此情感,融化贯通无所阻滞者,又系乎思想之自由灵活。故此等之文,必思想自由灵活之人始得为之。"②陈振孙《直斋书录解题》卷十八称许汪藻为"四六偶俪之文"的"集大成者":"绍圣后置词科,习者益众,格律精严,一字不苟措,若浮溪,尤其集大成者也。"③即从"词科"背景中来追寻汪藻之所以获此成就的原因,尽管汪藻本人未曾中此科。钱锺书先生在论及汪藻时,则与曾中词科的孙觌作比较。他写道:"汪藻《浮溪集》三十二卷,十三年前过眼者也。彦章以俪语名,陈振孙《书录解题》推为集宋人四六之大成。其骈文对仗精切而意理洞达,自擅能事,然较之同时孙仲益无以远过。仲益属词比事,钩新摘异,取材之博似尚胜彦章也。"④他在汪藻与孙觌之间扬抑褒贬,用语

---

① 《历代文话》第 1 册,复旦大学出版社 2007 年版,第 33 页。
② 陈寅恪:《论再生缘》,《寒柳堂集》,三联书店 2001 年版,第 73 页。
③ 陈振孙:《直斋书录解题》卷十八,上海古籍出版社 1987 年版,第 526 页。
④ 钱锺书:《钱锺书手稿集·容安馆札记》卷一,第 246 则,商务印书馆 2003 年版,第 392 页。

审慎,但倾向性仍甚鲜明:他更肯定孙觌这位词学兼茂科出身的骈文家。

相较而言,南宋古文领域缺少像北宋"欧苏王曾"古文六大家那样的作者,南宋骈体文的成就则足以与古文并肩,甚或有所超越。在评估词科取士功过得失时,理应考虑到这一客观实况。

(原载《社会科学战线》2012年第1期)

第二辑

古代文章学研究

- 三个遮蔽:中国古代文章学遭遇"五四"
- 文话:古代文学批评的重要学术资源
- 宋代文学研究的思考
- 宋代散文的风格
- 宋代散文的技巧和样式的发展
- 欧阳修学古文于尹洙辨
- 欧阳修所作范《碑》尹《志》被拒之因发覆
- 欧阳修散文创作的发展道路
- 从《先君墓表》到《泷冈阡表》
- 苏轼散文艺术美的三个特征
- 曾巩及其散文的评价问题
- 曾巩的历史命运
- 陈绎曾:不应冷落的元代诗文批评大家

三个遮蔽：中国古代文章学遭遇"五四"

回望已矗立整整九十年的"五四"历史丰碑，再来观察中国古代文章学的曲折命运，探索这一目前尚处边缘化学科的发展新路径，虽仍充满迷惘和困惑，却更能激发起我们学术承担的责任感和使命感。

发生在上世纪初我国社会大转折时期的"五四"运动，既是救亡图存的爱国运动，又是提倡民主、科学、自由、平等的新文化运动。作为新文化运动重要的两翼，新文学运动和白话文运动，以摧枯拉朽之势席卷神州大地，对中国古代文章学的生存、衍化产生了直接的影响。参加"五四"当天游行的中坚人物罗家伦很早提出"五四运动"的名称，他可能还未意识到这将成为一个历史名词，更没有想到"运动"一词如何准确地反映出这一历史事件的全部复杂性：它的气吞山河的声势，对改变社会发展的方向起到了巨大的作用；它的顺存逆亡、睥睨一世的气概，又不免玉石俱焚、泥沙俱下。"矫枉过正"，原义指矫正错误、缺点时，不要超过"度"；这时却成了"矫枉必须过正，不过正不能矫枉"。激进的反传统姿态在"五四"时期如此显眼，广涉一切领域，以至于现代中国的所有学问，都必须从抛弃传统开始，这当然就为中国古代文章学唱起了挽歌。然而，从历史进程的总体而言，"五四"新文化运动又担负着近代以来中国传统学术向现代形态转型的任务，而且，如果相信许多当事人的事后说明，承认他们的某些过激言论是出于策略性的考虑，那么完成传统学术的现代转型才是真正的目标。在此意义上，我们可以检讨"五四"的观念和策略给中国古代文章学学科建设带来的一些负面作用，曰三个"遮蔽"。

一

　　第一个"遮蔽",文言文被白话文所代替,文言文所蕴含的中国民族文化深厚积淀未能被充分揭示和强调,中国学术文化的本土化追求受到忽视,阻断了中国古代文章学的建构过程。

　　"五四"以后,白话文取代文言文成为通用的书面语言,这本是历史发展的必然,更是中西文化激烈碰撞、融合的产物。早在光绪二十四年(1898),第一份白话文报纸《无锡白话报》创刊,其主编裘廷梁同年在《苏报》上发表《论白话为维新之本》一文,明确提出"崇白话而废文言"的口号。1917年,胡适、陈独秀等发动了轰轰烈烈的新文学运动和白话文运动,明言白话为文学的正宗,要以白话文取代文言文,白话文应是通用书面语的唯一工具。

　　语言是思想的直接现实,人对世界的认识无不受语言的左右。为了适应急剧变化的社会现实生活,表达人们的思想感知,必须变革语言。语言变革是一切思想、文化乃至文学变革所必需的前提。因此在"五四"那两年,白话报刊多达400种,犹如雨后春笋般纷纷涌现,极大地推动了文化知识的普及,适应时代发展的潮流。其历史正当性是毋庸置疑的。

　　然而,"运动"有自己的展开形态,有特殊的作派方式,它不会也不可能按照一个预先设定的步骤、方针循序循理循情推进,一切都在激进主义的刺激之下,其负面作用伴随而生。

　　陈独秀《文学革命论》"大书特书吾革命军三大主义",将中国传统文学斥为"贵族文学""古典文学""山林文学",必须一概"推倒",而把建设"国民文学""写实文学""社会文学",作为文学革命的目标。他在这篇讨伐传统文学的檄文中,历数明代前后七子与八家文派之归(有光)、方(苞)、刘(大櫆)、姚(鼐),捆绑成"十八妖魔"作为"宣战"的主要对象,其结语更是耸动天下:"有不顾迂儒之毁誉,明目张胆以与十八妖魔宣战者乎?予愿拖四十二生的大炮,为之前驱！"①此"四十二生的大炮",指威力震动当时的德国制 42 厘米口径的克虏伯火炮,这是在思想文化领域运用"炮打"一词的先例。

钱玄同在 1917 年 7 月 2 日致胡适信中,提出了"选学妖孽,桐城谬种"的口号,对"古文"作了更激烈、更彻底的攻击,将古文斥为文化暴政的工具,致"二千年来的文学被民贼和文妖弄坏"②。进而,他又从打倒文言发展为打倒汉字,说:"二千年来用汉字写的书籍,无论那一部,打开一看,不到半页,必有发昏做梦的话。"③

新文化运动的中坚人物,也并非不知他们的主张有过激之处。胡适在提出著名的"不用典""不用陈套语""不用对仗"等"八不主义"后说道:"以上所言,或有过激之处,然心所谓是,不敢不言。"而且还容许与对方做"平心静气"的讨论:"此事之是非,非一朝一夕所能定,亦非一二人所能定。甚愿国中人士能平心静气与吾辈同力研究此问题!讨论既熟,是非自明。吾辈已张革命之旗,虽不容退缩,然亦决不敢以吾辈所主张为必是而不容他人之匡正也。"④在答汪懋祖的"通信"中,胡适一再强调:"主张尽管趋于极端,议论必须平心静气。"并以此定为《新青年》"将来的政策"⑤。连蔡元培也不得不承认:"然革新一派,即偶有过激之论,苟于校课无涉,亦何必强以其责任归之于学校耶?"⑥

胡适对于自己追求的目标,认识尤为清醒。他对作为通用语的"白话"和作为古代文学、文化载体的"文言",有着明确的区分。他认为中国人用白话文、在学校中用"国语"作教科书,"这是一个问题";而"古文的文学应该占一个什么地位","我们研究文学的人是否应该研究中国的旧文学","这另是一个问题"。此与陈独秀文学"革命军三大主义"显然异趣。胡适还具体主张,高等小学可以"另加一两点钟的

---

① 陈独秀:《文学革命论》,《新青年》第 2 卷第 6 号,人民出版社影印本,1954 年 8 月。
② 钱玄同致胡适信,《新青年》第 3 卷第 6 号"通信"栏。
③ 钱玄同:《中国今后之文字问题》,《新青年》第 2 卷第 4 号。
④ 胡适致陈独秀信,《新青年》第 3 卷第 3 号"通信"栏。
⑤ 胡适致汪懋祖信,《新青年》第 5 卷第 1 号。
⑥ 蔡元培:《致〈公言报〉函并答林琴南函》,《蔡元培全集》第三卷,浙江教育出版社 1997 年版,第 576 页。

'古文'",中学堂"'古文'与'国语'平等",大学则"'古文'的文学成为专科,与欧美大学的'拉丁文学'、'希腊文学'占同等地位","古文文学的研究,是专门学者的事业",这是他1918年8月14日在白话文运动尚处高潮时答复一位同乡时所表达的意见。①

然而,这种理性的态度并没有在革命阵营中占上风。陈独秀回答胡适信中写道:"天经地义,尚有何种疑义必待讨论乎?""是非甚明,必不容反对者有讨论之馀地,必以吾辈所主张者为绝对之是,而不容他人之匡正也。"②手握"绝对之是",横扫一切。

无论是陈独秀、钱玄同,还是胡适等人,无一不是中国传统文化涵养深厚的人物,钱玄同是"章门"弟子,陈独秀对"小学"造诣亦深,胡适更是一代文史宗师。他们当时的立场和态度,一方面为社会情势所迫使,中国自戊戌变法、辛亥革命以来的所有革新几乎都失败了,而在他们提倡改革之初,社会反响冷落,于是采取"王敬轩"双簧手法,"引蛇出洞",以期引起人们的注意;另一方面,也由于论战双方意气用事,恶言相向,彼此都有将对方"妖魔化"的倾向。陈独秀提出"十八妖魔",林纾就作小说《荆生》《妖梦》,新派人物或被"伟丈夫"荆生毒打,或竟被阿修罗王"全部吃掉";钱玄同作"王敬轩书","敬轩"即影射"畏庐",林纾即在小说中采用同样的诡名托姓的手法。"荆生"原指经生,林纾有自喻之意,此点《新青年》同仁也心知肚明,但不久转口指为徐树铮,谓林纾欲借其军政权力迫害陈独秀等人,这些都使他们本人后来自感尴尬,纷纷悔恨。

"五四"文学革命和白话文运动在历史的吊诡中毕竟取得了成功:开启了中国现代文学的进程,白话文成为通用书面语言。而其所反对的"三种文学"并未"彻底"消灭,"八不主义"也无法兑现,古典诗词仍在各种中国文学史中雄踞重镇,学术研究正常开展,取消汉字的努力劳而无功,或将被证明为永无实现之可能的空想。受害最深、被打击

---

① 胡适:《附答黄觉僧君〈折衷的文学革命论〉》,《新青年》第5卷第3号。
② 陈独秀致胡适信,《新青年》第3卷第3号"通信"栏。

最重的就是文言文及以它为根基的中国古代文章学学科,长期处于边缘化地位。先由当时政府明令全国小学一律废除文言文教科书,继而白话文成为"国语"的代名词,文言文则标志着落后与腐朽,其影响直至今天。蔡元培在《致〈公言报〉函并答林琴南函》中,曾反驳北京大学"已尽废古文而专用白话"之谰言,主张"白话与文言,形式不同而已,内容一也"①,为古文保留一块地盘,于学理上也无懈可击,但他的观点,直到上世纪80年代出版的大学教材中,还被认为存在"较为严重的思想局限",表现出"白话文运动所具有的那种软弱性和妥协性",足证中国古代文章学发展所遭遇的严重困境,已经成为必须纠正和加强的课题,这对于中国文学史、中国文学批评史而言,是具有全局性意义的。

　　汉文字、汉语言、汉文体是最能体现中国文学民族特色的三个因素,可为今后的文学史书写提供开拓创新的巨大空间。文言文即古代汉语的书面化形态,其书写文本即文章。日本学者吉川幸次郎在其名作《中国文章论》中,开篇第一句话即说:"在中国人的意识里,做文章——即把想用语言表达出来的东西用文字写下来——是人间诸生活中最重要的事情。……由此而来的结果,文章作为人格的直接象征,在中国人的生活中,至少在已往的生活中,占有着极其重要的位置。"②此文对中国文章的两大特点即暗示性与装饰性,作了精到的分析,直到今天,我们在中国古代文学研究中还存在语言分析缺席化的情况,此文不失示范性。他在《中国散文论》一书的自序中还说:"借助修辞而达到高层次的语言,是中国文学史上的最显著事实。这一情况使得中国过去的文学在世界文学史上具有重大而且恐怕也是珍贵的意义。"③离开语言分析,离开文章写作,所谓中国古代文学史的民族特点,所谓中国文学史的世界性地位,将无从谈起。

---

　　① 蔡元培:《致〈公言报〉函并答林琴南函》,《蔡元培全集》第三卷,浙江教育出版社1997年版,第574—575页。
　　② 王水照、吴鸿春编选:《日本学者中国文章学论著选》,上海古籍出版社1994年版,第259页。
　　③ 参考上注所揭书序言。

精通外语者可能从异质语言的对比中,更能体悟到汉语尤其是古代汉语、文言文的民族特点和无穷魅力。吉川幸次郎是身为外国人而研究汉语,而这在精通外语的国人中也不乏其例。

文化怪杰辜鸿铭是一位精通十国外语的奇才,他在《中国语言》中说道:"汉语是一种心灵的语言,一种诗的语言,它具有诗意的韵味,这便是为什么即使是古代中国人的一封散文体书信,读起来也像一首诗的缘故。所以,要想懂得书面汉语,尤其是我所谓的高度优雅的汉语,你就必须使你的全部天赋——心灵和大脑,灵魂和智慧的发展齐头并进。"①他所谓"高度优雅的汉语",也就是吉川幸次郎所说"借助修辞而达到高层次的语言",无疑主要是指文言文,它积淀了中国文化之魂、之根,由于受到"五四"的打击影响,我们现代人对它的体认实在甚为肤浅,远未达到前辈的水平。另一位外语奇才就是钱锺书先生,杨绛先生如此解释钱氏在解放前夕"不愿去父母之邦"的原因:"一个重要的原因是他深爱祖国的语言——他的 mother tongue,他不愿用外文创作。"②这里的"祖国的语言",自然包括古代汉语。对我国古代文章,无论散体还是骈体,钱先生从早年学术发轫时期起,就寝馈日深,含玩日久。早在清华求学时,他在给父亲的一封信中就论述过骈体文的起源问题:"汉代无韵之文,不过为骈体之逐渐形成而已。"具体而言,由辞赋变而为骈体,其机制是"错落者渐变而为整齐,诘屈者渐变而为和谐;句则散长为短,意则化单成复",并指出"汉赋之要,在乎叠字;骈体之要,在乎叠词"。他还提出了"骈文定于蔡邕,弘于陆机"的论断,予以深入阐释。③ 这不奇怪,他来自清代骈文故乡常州,自幼耳濡目染,感受风会。正如他自己所说:"不才籍隶常州,骈文为吾乡夙习,少而好之,熟处迄今(指 1983 年)未忘。"④至于古代散体文,他特别拈出"家常体"一脉,从魏晋文章到六朝之"笔",笔记小说,再到宋人题跋、明清

---

① 辜鸿铭:《中国人的精神》,黄兴涛、宋小庆译,海南人民出版社 2007 年版,第 91 页。
② 汤晏:《一代才子钱锺书》卷首影印手迹,上海人民出版社 2005 年版。
③ 钱锺书:《上家大人论骈文流变书》,《光华大学半月刊》,1933 年 4 月。
④ 朱洪国选:《中国骈文选》卷首影印手迹,四川文艺出版社 1996 年版。

小品,其特点是"不衫不履得妙",与另一脉正统文之"蟒袍玉带踱着方步"者异趣。前一脉为"小品文",后一脉他戏称为"极品文",指"官居极品"之"极品",文有"纱帽气"。① 这些他大学时代的"少作",已表示出他对我国古代骈、散两体文的倾心关注和衷心赏会。"文言文"是我国一宗珍贵的民族文化遗产,并不因退出通用书写的舞台而失去它的价值和魅力。

二

第二个"遮蔽","杂文学"观念被"纯文学"观念所代替,无法真正把握中国文学史的民族特点,满足中国文学史主体性的追求。

鲁迅曾指出,新的文学观念,"是从日本输入,他们对于英文 literature 的译名"②。依据他的提示,我们在 1904 年开始编写的黄人《中国文学史》第四编"文学的起源"第一节"文学的定义"的"文与文学"小节中,果然看到黄人写道:"日本太田善男所著《文学概论》第三章第一节云:文学者,英语谓之利特拉夫(literature),自拉丁语 liter 出,其义为文典,为文字,又为学问,次第随应用而变。"③而太田善男的这一说法,以及对"文学特质"的具体讨论,他均直接引用烹苦斯德(今译朋科斯德)等多位西方学者的著述,黄人的这一"文与文学"小节的内容,几乎全袭自太田氏《文学概论》,"太田善男的著作充当了黄人移植或吸纳西方文学观念的'中间驿骑'之角色"。④

由此看来,中外对"文学"的概念,都有广狭两义,真所谓"东海西海,心理攸同",但西方较早地完成学科现代化的过程,形成对"文学"的相对明确定义,使其从混沌一片中初步分离出来;而我国在"五四"

---

① 钱锺书:《近代散文钞》,《新月月刊》4 卷 7 期,1933 年 6 月 1 日。
② 鲁迅:《且介亭杂文·门外文谈》"七、不识字的作家",人民文学出版社 1993 年版,第 87 页。
③ 黄人:《中国文学史》第三册,国学扶轮社本。
④ 陈广宏:《黄人的文学观念与 19 世纪英国文学批评资源》,《文学评论》2008 年第 6 期。

时期传统学术转向现代学术以前,虽然从魏晋时期起也开始这个分离过程,即世称"文学自觉时代",却始终并未走出"杂文学"观念的笼罩。这不是我国古代文学的落后或缺点,恰恰是我们应予充分重视并加以深入阐释的民族特点。

"中国文学史"一语可以有两种读法:"中国的文学史"和"中国文学的历史"。前者与英国文学史、法国文学史等,具有同一个"文学史"概念,不同的只是国别;后者与其相同的只是"史",只要求符合史书写作的共同规范,而"中国文学"作为一个独立概念,可以而且应该不同于其他国别的"文学"概念,其内涵和外延有所差别。

"杂文学"就是这样一个能够体现中国民族特点的概念,可在现代文学理论的观照下,对其重新阐释和评价。"中国文学"不是一个凝固不变的概念,它有一个动态的发展变化过程,从文史哲三位一体中逐渐分野的过程。中国文学史应该描述出"文学"从其他文类中剥离、分疏的轨迹。

例如"文"与"史"即文学与历史著作的分离过程。司马迁自我标举"究天人之际,通古今之变,成一家之言"(《报任安书》),从现代观念看来,表达的是一种哲学、历史和文学融为一体的文化理想,因而《史记》的基本定性虽然是历史著作,但也可以看做文学作品,正如鲁迅所言:"史家之绝唱,无韵之《离骚》。"(《汉文学史纲要》)但在班固《汉书·司马迁传》的"赞"语中,他引述汉人刘向、扬雄的话,赞扬司马迁"有良史之才,服其善序事理,辨而不华,质而不俚,其文直,其事核,不虚美,不隐恶,故谓之实录"。这个赞语,与其说是对《史记》的具体评论,不如说是他们对一切历史著作的核心特性即"实录"精神的强调。因为《史记》一书,在在体现出文学笔法,不乏想象、虚构,叙事并非全"核",语言风格多姿多彩,因为作者是将"没世而文采不表于后"引为可"鄙"的(《报任安书》)。事实上,《汉书》以后的纪传体史书,文学色彩逐渐淡化。至唐刘知幾《史通》出,对史书的宗旨、体例、笔法探讨更为深入,规定日趋严格,尊体意识日益自觉。他在《史通·叙事》中,强调"叙事之工者,以简要为主";虽然"史之为务,必籍于文",史与文有着不可分割的关系,但他更突出两者在体制上的区别:历史著作必须忠于史实,绝不能"虚加练饰,轻事雕彩;或体兼赋颂,词类俳优;文非文,史非史"。在《杂说上》中,他甚至不满司马迁叙事的委曲复沓,对刘向、扬雄推崇司马迁"善叙事"表示异议:"按迁之所述,多有此类,而刘、扬服其善叙事也何哉?"①在他看来,文是文,史是史,虽有关联却应分疆划界,不容混淆。在这部我国现存最早的史学理论名著以后,文、史之别的观念基本定型。

然而,仍有文学因素"侵入"历史著作的个别事例,这就是一人同时兼修官、私两种史书的欧阳修。他在刘知幾之后,又在官撰史书已经制度化的环境里,但其执笔修撰的《新唐书》本纪等部分,是一副笔墨;而在独撰的《新五代史》中,又是另一幅笔墨。大量虚字的运用,尤其是发论必以"呜呼"始,标志着这部史书对个性化和抒情性的强烈追求,突破了史书体例的规范,体现了他独特的"六一风神"散文风格。宋张九成云:"人言欧公《五代史》其间议论多感叹,又多设疑。盖感叹则动人,设疑则意广,此作文之法也。"②而章学诚作为一位严肃的文史学家,则一再批评欧阳修的《新五代史》。他说:"欧阳名贤,何可轻议?但其《五代史记》,实无足称。"③"虽有佳篇,不越文士学究之见,其于史学,未可言也。"④甚至说《新五代史》"只是一部吊祭哀婉文集",作为史书,体例不纯,"如何可称史才也"⑤。张、章二人各从"作文"和"作史"的不同角度作出褒贬迥异的评价,也说明文学从史学中剥离过程的曲折和反复。《新五代史》保持了更多的文学因素,与司马迁《史记》可谓异代承流接响。

"文"与"哲"即文学与哲学著作的分离过程,情况相类,且基本同步。我们可以从历代史志书目的编纂中看出这一趋向。我国第一部

---

① 刘知幾:《史通》卷十六,四部丛刊初编本。
② 王构:《修辞鉴衡》卷二引《张横浦日新》,《历代文话》第二册,复旦大学出版社2007年版,第1209页。
③ 章学诚:《史学例议上》,《文史通义·外篇一》,古籍出版社1956年版,第232页。
④ 章学诚:《上朱大司马论文》,《文史通义·补遗》,古籍出版社1956年版,第345页。
⑤ 章学诚:《信摭》,《章氏遗书》外编卷一,民国嘉业堂本。

史志目录是班固的《汉书·艺文志》,他在刘向、刘歆父子《七略》的基础上,把当时所存图书分为六艺、诸子、诗赋、兵书、数术、方技六类,标志着对学科分类的初步觉醒。后经三国魏郑默《中经》、西晋荀勖《中经新簿》等发展,至东晋李充正式提出四部之说:"五经为甲部,史记为乙部,诸子为丙部,诗赋为丁部。"后世遂演变为"经、史、子、集"四部,直至清《四库全书》,长期遵循,至今影响不衰。"集部"从"经部""子部"中分离出来,可以粗略地视为"文学"与"哲学"的初步分野。萧统《文选序》:"老庄之作,管孟之流,盖以立意为宗,不以能文为本;今之所撰,可以略诸。"姚鼐《古文辞类纂序目》分论辩、辞赋等十三类,他明确说:"自老庄以降,道有是非,文有工拙,今悉以子家不录,录自贾生始。"[①]他们对文学与哲学的分科意义,都有相当的自觉,"立意为宗"与"能文为本"更是用语简省、意味深永的分界定义,尽管他们对《老子》《庄子》《孟子》的"能文""工文"评估有待商榷。

  以审美价值为核心,重形象、重抒情的西方"纯文学"观念的传入,已为20世纪初国人开始编写的各类《中国文学史》所接受,编撰者们纷纷以这把标尺来衡量中国古代文本,符合者取之,不合者弃之,形成了文学史的文本系统。这是一次由"纯文学"观念全面掌控下的重新划分,诗词、小说、戏曲进入叙述系列自无问题,问题发生在如何处理中国古代文章上。一般只叙述先秦的诸子散文和历史散文,两汉以后,仅有散点叙述(如《史记》、唐宋八大家、明代唐宋派、清桐城派等)以及个别名篇的零星评赏,看不到中国散文史的线与面,这与我国学术史中文、史、哲分离过程的内在理路是完全脱节的。中国古代的作家和批评家,他们心目中的确逐渐形成与西方"纯文学"观念相类似的"文学"观念,"中国文学"这个概念的内涵特质,目前虽然很难明确定义,却是"固有定指"的,尚待我们进一步深入探讨。但我们原有的"杂文学"观念(包括政论、传记、学术等类应用文等),现在看来仍然具有生命力,我国古代丰富的文体论著作,都有大量的既具民族特性又有

---

① 姚鼐:《古文辞类纂》,上海古籍出版社1998年版,第1页。

理论深度的阐述,是探讨"中国文学"这个难题的有效资源。我国古代文体论的特点是对各种应用文体都提出艺术性、文学性的要求。刘勰《文心雕龙》讨论了三十多种文体(不包括小类),无一例外地都有文学因素的体例规定,在一定程度上已把它作为审美对象来看待,这对以后的文章理论和写作实践具有深远的影响。在总结我国古代文体论的基础上,正确认识"中国文学"这个对象,正确划分"中国文学"的范围,对认识中国文学的民族特点、提升研究水平具有重要的意义。

三

第三个"遮蔽",就是按"五四"新观念建构的文学批评史或学术史遮蔽了许多"旧派"的文章学批评专家和专书,这在清末民初尤为严重。"五四"狂飙对中国古代文章学的打击是致命性的,但并未完全窒息这一领域的声音,停止这个学科发展的步伐。仅拙编《历代文话》所收文章学专书,这一时期即达三十种左右,但除少数几种如林纾《春觉斋论文》、陈衍《石遗室论文》、刘师培《论文杂记》等为现今文学批评史所论析外,大多数已沉晦无闻。其人其书往往甫一问世,即被主流思潮视为落伍、反动而流传甚稀,不能进入中国古代文章学发展的谱系。这批著作既不能与历时性的同类著作进行对话、交融、接续、补益,形成学科发展的学术链,甚至又不能与共时性的学术观点、立场展开交锋互动,普遍为新派人士所轻视、鄙视乃至无视。而实际上,这批著作虽然在总体上站在"力延古文之一线"(林纾语)的立场上,但其内部却都呈现出多元拓展的倾向。或对传统文论进行系统梳理和总结,在古文理论和方法上有所推进;或进行中西文化融合的有益尝试,加强对古文的文学性、审美性的探索,力图在本土学术语境中实现最大限度的新变,它们理所当然地应在中国文学批评史中占一席之地。

王葆心《古文辞通义》就是突出的例子。此书实为古文理论的集大成性著作,全书二十卷,六十余万字,历十余年几经修订而成(从《汉黄德道师范学堂国文讲义》到《高等文学讲义》,再成此书)。此书问世之初,好评如潮,在清末京师的桐城派学术圈中,"咸深印可",马其昶、姚永朴、林纾、陈衍等都予以首肯,林纾赞为"百年无此作"。王先谦为之题耑,评为"今日确不可少之书"。当时"分科大学文科诸君多展转购求以去"①,风行一时。"五四"以后,却悄然淡出,印本稀觏,几乎无人问津。直至上世纪60年代台湾地区始见影印出版。

此书分六篇,先破后立,以《解蔽篇》开端,下列《究指》《识途》《总术》《关系》《义例》各篇,逐一研究文章学的各类专题。此书取材极为广博,尤对散见于序跋、书简、随笔、小品等单篇文话资料,几乎有一网打尽之概,正可弥补拙编《历代文话》只收专书和单独成卷者的缺憾。章学诚说过,"纂述非著述",王葆心此书却已从资料汇编式书籍而优入著作之林。

据其《例目》,此书的论述方式有两类:一是"先本己意以贯穿旧说",二是"先依据旧说而剖析、折衷以己意"。其共同点就是"旧说"与"己意"的融汇,文献资料和"每立一义"的互为依存,也即他引述达尔文《种源论》(今译《物种起源》)的话,要求"征引繁富,议论详明"。他要求自己的著作不止于"辑录旧说",还要加以"研究"和"融贯","每篇自为小结构,统众篇又成一大结构",提升著作的系统性和完整性。两种论述方式不易严格区别,但仍有着重点的不同。先介绍后一种"以己意折衷旧说"的论述方式。钱玄同曾高喊"桐城谬种,义法为臭",对"义法"声罪致讨。而在此书《总术篇》中,王葆心先列述"方望溪有物有序说",引述方苞"义即《易》所谓'言有物'也,法即《易》所谓'言有序'也"原文,加以发挥;然后依次引"陈兰甫(澧)有伦有脊说"(伦指层次,脊指主意)、"曾文正(国藩)知言善养气说"(知言在能识古义通世务,养气在能"无纤薄之响")、"郝兰皋(懿行)有故成理说"(有故,持论之有本;成理,谓其能成条理)、"李次青(元度)出词气远鄙倍说"(鄙、倍两病,一在词,一在气)。王葆心以方苞"义法"为主,广引陈、曾、郝、李的同类论说,最后概括其要旨为:"有物有脊有故,深言之,即合

---

① 均见书前作者自识,《历代文话》第八册,第7035页。

'义',即资于故实;浅言之,即有主意也。有序有伦成理,深言之,即有'法',即成条理;浅言之,即有层次也。必知言,则主意不乖而雅词远鄙;必养气,则层次能适而醇气远倍。定此主意以作文,则内律外象,关乎质干与枝叶者均有安宅而终身可循持。"①经过这样的融汇贯通,互释互训,丰富了义法说的内涵,绝不是一句"义法为臭"的口号所能抹杀推倒的。方苞"义法"说虽有崇奉程朱理学的思想背景,但它所关涉的,实是内容与形式相结合的一般论题,具有普泛的理论意义。

再介绍前一种"以旧说证己意"的论述方式,则更富独立见解。如"文之总以地域者"即从南北文风对举的角度论析我国历代文派的衍变,既具全景式,又有理论深度,有助于目前颇见活跃的地域文学研究。其要点有:(一)他指出,以南北不同论学,遍及各个领域,学派有南北之分,禅宗、道教均有南北之宗,书家、画家有南北对垒,词曲有南曲、北曲,甚至击技划分南拳北拳,连堪舆家也分南北,何以多分南北不言东西? 他认为:"文家地域,举北可以概西,举南可以概东。北方地域为黄河巨川所经,起关陇而迄齐鲁者也;南方地域为扬子江巨川所经,起蜀滇而迄吴越者也。以南北地域区列代之文,无宁以两巨渎区列代之文而已。"所谓南北文学乃指黄河流域文学和长江流域文学的区分;(二)中国文学发展的趋势是归向南方,这集中表现在他论宋代文风嬗变升降上。在宋初,虽有"南派"而非主流,如"西昆及四杰一派则肇自南方,杨大年、钱惟演、夏辣、盛度、路振、吴淑、陈彭年,皆南人,或法西昆,或宗四杰",但其时文坛主流是北方派:"是时北方文学最先力行,此旨由推演前代进而为反背前代,乃北方文家届末运时之一小振动。""故宋时反前代者以北方为之先导",柳开为北方第一支流,穆修为北方第二支流。至欧阳修、苏轼时,"南声最宏,在是时矣","是宋文开于北方而大于南方也","故南派迄宋末不亡",最后提出结论说:"推宋以后文事观之,吾华文家大统之归全在南方,而又能遥接北派前此说理叙事之坠绪,其盛始于宋时,迄今(指清末)犹炽,较之先

---

① 王葆心:《古文辞通义·总术篇》,《历代文话》第八册,第 7702 页。

汉以前又成一反背之势也。"①汉以前北派为盛，宋以后"吾华文家大统之归全在南方"，他的这个"己意"，由众多前贤论说作支撑，由他加以"贯串""综合"，具有相当的说服力。（三）他强调研究南北文派，不是强立门户，而是为了弄清文学家的地域分布，探究地域流派的特点，于作家而言，更应注意吸收异派之长，不能固步自封。他说："盖分派以示人者，无非欲人由门户从入之中，即此一派而更知有他派，更由彼派与此以观其通而会其源，若水之行地，必详其源流分合而始得其归墟。"②了解文派的源流分合，目的在于会通，那才能达到众水所归的大海深处。他又接着说："今余于《总术》一篇，前多言'统'而后多言'派'，皆所以详文家分合之观察也。"③在文章学中，他注重前后相承的诸多统一性命题，又关注各类不同派别、不同风格的分疏，达到相当精深的学术水平。总之，这部篇幅最大的文话著作，存在着深入发掘的巨大空间，理应作为文论名著，早日归位于中国文章学的序列，使受"五四"影响而中断的学术链恢复起来。

另一位值得注意的人物是唐文治，他在近代史上的地位和声誉广为人知，作为一位卓有成效的古文教育家也是众口称赞的，但似也未获得文学批评史家的关注，少有著述提及。《历代文话》收录他的《国文经纬贯通大义》等三种，在探求古文作法，揣摩文章章法、立意、布局、详略、顺逆、离合、虚实、收放、动静、神气、韵味等方面，虽不免求之过细，却多体会有得之言。另外，"以声求气"是他课堂教学的一大特色，为刘大櫆"学者求神气而得之于音节，求音节而得之于字句"的论述，提供生动而丰富的实证。

还有一位刘咸炘，这位僻居蜀中的罕见博学之士，享年仅36岁，其《推十书》收著作231种，涉及经学、史学、哲学、文学等领域，涉及之广、功底之深，令人叹为观止。我们在上面讨论过"文学"概念问题，他就有自己的见解。在《文学述林》的《文学正名》中，开端即云："文学一

---

① 以上均见《历代文话》第八册，第7776—7780页。
② 同上书，第7807页。
③ 同上书，第7807页。

科,与史、子诸学并立,沿称已久,而其定义范围,则古无详说,今亦不免含混,是不可不质定者也。"①他首先指出,《论语》中所说的"文学",乃"统言册籍之学";其后才有"专以文名者",则有四种说法:一是由"诗赋一流,扩为集部",以与史、子相区别;二是在齐梁时,有"文""笔"之分,"专以藻韵者为文";三是至唐时,因"藻韵之弊,复古反质,所谓'古文'者兴";至近世,又偏于"质",阮元等又申述文笔之说,而章太炎又"纠阮之偏","谓凡著于竹帛皆谓之文";四是最近,"专用西说,以抒情感人、有艺术者为主,诗歌、剧曲、小说为纯文学,史传、论文为杂文学"。然后他详加辩说,提出"体性""规式""格调"三项为"文"之标准,认为"齐梁之说不可用于今,则西人之说又安可用乎?"他对"四说"的历史叙述颇为明晰,但所立新说仍多难明之处,不过他力图从我国旧说和西方新说之外另求别解的努力,对解决"中国古代文学是什么"这个难题是有启发性的。刘咸炘的治学特点是坚守中国文化本位,但又积极而审慎地吸纳、融化西方新说,因而比较容易与现代学术接榫,在努力建构中国古代文章学的新体系、新规范乃至评赏话语系统的工作中,这是一位值得多加关注的学者。

以上将"五四"过激主张给今天的古代文章学学科建设带来的严重副作用,概括为三个"遮蔽"。在历史上,过激主张可能起到过积极作用,特别在社会危机和文化危机极度发展之际,不下猛药不足以警醒世人,但其改革的强烈力度又不易与社会、文化的承受能力取得协调。这是无法走出的历史悖论。后继者如不能及时补救,则必将付出沉重代价。本文追究了造成此种困境的历史原因,希望有利于我们走出困境。

(原载《文学评论》2010年第4期)

---

① 《历代文话》第十册,第9707页。

文话：古代文学批评的重要学术资源

文话，与诗话、词话一起，是中国古代文学批评的重要著作体裁，历来为研究者所重视。随笔体的诗话、词话和文话，均起源于宋代。欧阳修的《六一诗话》为诗话之鼻祖，作于宋神宗熙宁四年（1071）欧阳修致仕、退居汝阴时期；第一部词话应是杨绘《时贤本事曲子集》，约作于元丰初（元丰元年为1078），相距不到十年；今存第一部文话著作当推南宋乾道六年（1170）成书的陈骙《文则》，它也是我国最早的辞章学专著，实已不为说部性文话所限（说详下）；四六话则数王铚的《四六话》，成书于宣和四年（1122），还在《文则》之前。自开山林，径途日辟，历元明清而作者继踵，典籍洋洋大观，汗牛充栋，因而汇编之丛书应时而生。诗话方面有清何文焕《历代诗话》（二十七种）、丁福保《历代诗话续编》（二十九种）；丁氏又辑《清诗话》（四十三种），近人郭绍虞继辑《清诗话续编》（三十四种）。又有自署"不求闻达斋主人"所辑《古今诗话丛编》（三十三种）、《续编》（三十六种）。词话方面则有唐圭璋《词话丛编》（1934年初版六十种，1986年修订版收入八十五种）。唯独文话丛编汇刊之举却告阙如，长期以来，引为学界一大憾事。《历代文话》的编辑出版，实为填补我国古籍整理方面的重大空白，可以为中国文学史、中国文学批评史、中国修辞学史、中国语言学史等学科提供基础的文献资料，也能对当前的文章写作乃至一般的文化发展发挥相当的作用。

上述《历代诗话》《词话丛编》和《历代文话》，分别为中国古代诗学、词学和文章学的研究、评论资料的汇编，所收范围并不仅限于随笔体、说部性质之"话",只不过"话"以其形式自由、笔致轻松而为作者们所喜爱采用,因而更较常见而已。从论"文"方面而言,自先秦至魏晋,评论、研究文章之风日盛,但零锦片玉,散见于学术论述和各自文集之中。现存最早的论"文"之独立专著,当推《文心雕龙》。其前之挚虞《文章流别论》、李充《翰林论》、任昉《文章缘起》今均残逸。刘勰之书体大思周,笼圈条贯,其宗旨、其规模,实开后世文评的先声。然诗、文融而未分,其研究对象乃是"杂文学"整体。随着"文笔之辨"兴起,韵、散始区疆分界,文评亦渐趋独立。降至唐代,古文运动勃兴,"古文"概念在"骈散之辨"中始得确立。但其时论"文"之作,现存者均为单篇序跋书简;所著录之专书,如孙郃《文格》、冯鉴《修文要诀》、王瑜卿《文旨》、王贞范《文章龟鉴》、倪宥《文章龟鉴》等(见《宋史·艺文志》卷八),今皆逸失。

古文研究与批评之真正成为一门学科,即文章学之成立,殆在宋代。其主要标志在于专论文章的独立著作开始涌现,且著作体裁完备,几已囊括后世文论著作的各种类型:一是颇见系统性与原创性之理论专著,如陈骙《文则》,论述井然有序,体裁颇为严整,尤在修辞理论上更富开拓性。宋末人李淦《文章精义》以见解精当亦属此类。二即是具有说部性质、随笔式的著作,即狭义之"文话"。比之前类著作,内容广泛丛脞,大都信口说出,漫笔而成,于系统性、理论性有所不足。如周密《浩然斋雅谈》之卷上论文,以搜集遗闻逸事为主,兼及评骘文章优劣,形式自由,编次无序。楼昉《过庭录》仿此。《朱子语类》卷一三九《论文》亦可归入此类。三为"辑"而不述之资料汇编式著作。如王正德《馀师录》,杂辑前人论文之语,不加己意。张镃《仕学规范》之《作文》四卷,亦是如此。四为有评有点之文章选集。吕祖谦之《古文关键》首创古文评点之风,精选唐宋名家文,各标举其命意布局之处,卷首又列《看古文要法》,论述文章体式源流等;其门人楼昉《崇古文诀》增事踵华,扩大收文范围,点评别出新意;真德秀《文章正宗》以尚理为旨归,取径偏窄;宋末又有谢枋得《文章轨范》等。

此四类著作体裁成为后世文评著作的基本格式,未再出现新的品类,然亦有演变、发展。如第三类资料汇编式者,至明高琦《文章一贯》,始予前人论说材料类聚区分,纳入"立意""气象""篇法""章法""句法""字法"以及"起端""叙事""议论""引用""譬喻""含蓄""形容""过接""缴绪(结)"等十五子目,由"杂抄"进而为"类编",规矩粲然,且体现编者一定的文论思想。此法又为后人所采用并加以损益变化。

由于上述种种情况,《历代文话》所收文评资料(专著和单独成卷者)便断自宋代开始。何况宋以前兼论诗文的《文心雕龙》已广为流传,不难研习;《文章缘起》已见《历代文话》所收之明陈懋仁《文章缘起注》;其他几种或残或逸。因此,收书始于宋代是较为合理的。

自宋以后,明清两代是我国文评之大繁荣时期。现存之文评著作,绝大部分产生于此时。林林总总,目不暇接,如明有宋濂《文原》、吴讷《文章辨体序说》、徐师曾《文体明辨序说》、王文禄《文脉》、王世贞《文评》、谭浚《言文》、朱荃宰《文通》等;清有黄宗羲《论文管见》、方以智《文章薪火》、顾炎武《救文格论》、唐彪《读书作文谱》、魏际瑞《伯子论文》、魏禧《日录论文》、张谦宜《絸斋论文》、田同之《西圃文说》、刘大櫆《论文偶记》、王元启《惺斋论文》、吴德旋《初月楼古文绪论》、叶元垲《睿吾楼文话》、曾国藩《鸣原堂论文》、刘熙载《文概》、孙万春《缙山书院文话》等,均为其中较为重要者。繁荣之局乃由多种因素促成,其中有二因更可强调:一是受时文(八股)兴盛之刺激与驱动。明清以八股取士,为应举士子开示门径之指南性读物应运而生;"以古文说时文"或"以时文说古文"成为一时风尚。二是流派纷呈,作家群体鹊起。如明代前后七子、唐宋派、竟陵派各为自己主张而著书立说,编纂评点本的文章选集,尤能扩大社会影响,归有光《文章指南》、茅坤《唐宋八大家文钞》即是著例;清代更是桐城一脉占据坛坫,其理论层次更高,辨析作法更细更精,自方苞、刘大櫆、姚鼐,中经曾国藩承源异流之湘乡派,以迄出入桐城之吴汝纶、林纾等人,各有建树,林纾《春觉斋论文》等应是传统古文理论的总结。

以文评著作为载体之我国古代文章学,内涵丰富复杂,却自成体系,最具民族文化之特点。举其荦荦大端,则有:(一)文道论,即论文之根本与功能,属本体论范畴。《文心雕龙》首举原道、征圣、宗经,影响深远,既突出经世致用之意义,又因维护阐道翼教功能与重情、审美相冲突,对散文发展的作用,巨大、深刻而又正负兼具。(二)文气论,关涉作家之涵养、写作准备及"气"在作品中之表现。(三)文境论,包括境界、神、味等诸多文论范畴,探求作品的艺术灵魂与审美核心的构成。(四)文体论,论析文章各体之发生、规范与特点,文体流变过程中之正、变之辩。(五)文术论,有关写作技巧、手法之多方面探讨,以及"有法"与"无法"关系的研究。(六)品评论,评析作家作品之优劣得失及其各自特色。(七)文运论,研究文章之历史演变、流派发展等。以外,还包括作家行迹及其逸事等生平背景研究,以及考订、辨析、辑佚等文献方面的内容。以上即是我国文评著作内容的大致构成。其对散文功能的深入研讨,散文艺术的真知灼见,散文技法的全面阐发,其所蕴含的思想、智慧与艺术经验,足以启迪来者,于进一步发展、完善我国文章学具有重大价值,是一份珍贵的文化遗产。

　　文评著作以论析古文为重点,但也涉及骈文、时文与辞赋。魏晋六朝骈文兴盛,光耀文坛,却导致片面追求词藻、用事、对偶、声韵之美,唐代古文运动起而反拨,终成对垒之局。但古文家随即从反骈重散走向骈散统一,韩、柳、欧、苏的创作与理论均兼融骈散,不少四六话著作亦力主两者互摄并收的观点。虽亦有以骈文为文章正宗之说,但不占主导。宋代出现一批专论四六的专著,如王銍《四六话》、谢伋《四六谈麈》、杨囷道《云庄四六馀话》;至于洪迈的《容斋四六丛谈》乃是后人从其《容斋随笔》中摘抄而成,俨然成一独立论著。清人孙梅《四六丛话》则是集成性著作。论及时文之著作,纯为应试场屋服务,车载斗量,泥沙俱下,佳构颇少。但其研讨时文作法时,亦有与古文写作潜通暗合之处,不可一笔抹煞。明李叔元编《新锲诸名家前后场肆业精诀》,清梁章钜编《制义丛话》等,均有精言要语,不为举业所拘。辞赋介于诗、文之间,从先秦骚赋、两汉大赋、魏晋南北朝抒情小赋、唐代律赋至宋代文赋等,往往伴随同时代主要文学样式的更迭变化而变化。论赋之专书,以元祝尧《古赋辨体》为较早;明清时期又进入繁荣期,一时出现《历代赋汇》《七十家赋钞》《赋钞笺略》等大型赋选总集,也产生一批论赋著作。如清人李调元《赋话》、王芑孙《读赋卮言》、刘熙载《赋概》,或以博综资料见长,或以见解允当取胜。《历代文话》限于体例,酌收论骈文和时文的著作,但论赋之作暂不阑入。

　　文评著作,在充分估定其价值与意义的同时,也应认识到它的局限与不足:一是繁冗,一是重复,这是两个相当突出的缺点。我国可能是世界上最重视文体分类研究的国家。西晋挚虞的《文章流别论》、东晋李充的《翰林论》以及梁代任昉的《文章缘起》都是从文体论角度来论文的;《文心雕龙》在某种意义上也可称为文章文体学专著,刘勰在分类标准、源流演变、体制风格特点、选文示范等方面,建立了颇为严密的文体论体系。自任昉分八十五体(今本作八十四体)、《昭明文选》分三十七体、刘勰分三十三大类(又分不少细类)以来,后世此类著作层出不穷,推阐越加细密,乃至颇呈繁冗之弊。明吴讷《文章辨体》和徐师曾《文体明辨》,前者分五十九类,后者分一百三十六类,贺复征继又增修而成《文章辨体汇选》,亦达一百三十二类,陈懋仁《续文章缘起》竟达一百四十九类。诚如《四库全书总目提要》卷一九二评《文体明辨》时所云:"千条万绪,无复体例可求,所谓治丝而棼者欤!"后又有人自博返约,加以归纳合并,正是文体论发展的必然。如姚鼐《古文辞类纂》划为十三类,曾国藩《经史百家杂钞》分为三门十一类等。然而同时又有人坚持以细分详列为能事,如王之绩《铁立文起》分一百零九类,王兆芳《文章释》多达一百四十三类。在研讨为文之"法"方面也时有此弊。不少文评著作又表现出"辑"而不述的著作宗旨,其书实为编撰而非严格意义的论著,因而存在着陈陈相因、转相抄录的现象。

　　繁冗和重复都派生于这类著作的"尚用"这一撰写动机。为指导初学者入门,加强操作性、实践性,因而其性质偏重于写作学,而非古文理论与批评之系统化,于是毛举细末,纤悉无遗,强立名目,稗贩蹈袭,不一而足。然而,入门书中也不乏精到深微的艺术见解,示人以创作所应遵从的法度,并不完全等同于强人入牢的固定套式,这是需要细心辨别、不可一概否定的。而重复称引,从文章学史的角度来考察,某书或某类书被称引频率的多寡,适足以判定该书被接受度之广狭、深浅,以及时间的久远与短暂,从中还可研究各代文风的趋尚,这也是一个很有意义的题目。如在明清两代汇编类著作中,陈骙《文则》、李淦《文章精义》、陈绎曾《文章欧冶》等或许是被引用最为频繁的著作,对说明其价值、意义和影响,是很有说服力的。当然,繁冗意味着系统性、理论性的不足,重复则无疑是原创性、开拓性有缺。面对前贤这笔丰富的文化遗产,其时度金针,指途识津,探赜阐微,张皇幽妙处,已尽著述之职;而取舍斟酌、自具只眼为我所用,则责在后人了。

《四库全书总目提要》卷一八六总集类序云:"文籍日兴,散无统纪,于是总集作焉。一则网罗放佚,使零章残什,并有所归;一则删汰繁芜,使莠稗咸除,菁华毕出,是固文章之衡鉴,著作之渊薮矣。"此论"总集"编纂的两个原则,即"全"与"精",对编纂《历代文话》也有启示作用,即既求其全面性,凡属重要的、有代表性的著作,应该做到"应有尽有";同时,针对现存文评著作的复杂面貌,亦应稍作别择,应该做到"应无尽无"。这两个标准在实际操作时会产生矛盾,这只能权变斟酌用之。资料汇编书籍本宜不厌其"繁",故于后一点更需从严掌握。《历代文话》今收录专书和单独成卷之文评论著共一百四十三种,大致能达到集散见著述为一编的要求。

资料是研究的基础和前提。这些论著虽不是文评资料的全部(尚有大量序跋、书信、评点等),但将对有关学科的研究起到重要作用。传统古文理论的价值判断与"五四"前后新旧文化的冲突关系至巨。文言、白话之争,实质上是新旧两种文化之争。这在新文化运动策源地的北京大学,两军对垒之势更是形同水火,如收入《历代文话》的林纾《春觉斋论文》、姚永朴《文学研究法》、刘师培《汉魏六朝专家文研究》等都首先作为北京大学的讲义、教材问世,这在后来也任教于北大的陈独秀、胡适、钱玄同等人心目中,无疑正代表了"桐城谬种"和"选学妖孽"。而林纾更是自觉地站到了新文化运动的对立面。几经较量过招,林纾等人终于败下阵来。他们是这场斗争的失败者,这是历史的定谳,不能翻案也没有必要去翻这个案。但是,林纾等人的文评著作却随之遭到不应有的贬低,甚至整个中国古代文章学的地位也受到了影响。然而,当我在编定《历代文话》目录最后部分时,突出地发现"五四"前后出现三十种左右著作,都是我国文评发展史上的最重要成果。或许如有的学者所说,他们在文化上只是代表过去,而不像王国维那样能导示未来。此论虽不无道理,然而文化上的守先待后者与开风气之先者,实不能截然分开。如林纾本人的两大文化工作,即大量引进西洋小说和"力延古文之一线"(《送大学文科毕业诸学士序》)之间,果真新旧划然、彼此绝无潜通暗接之处吗?为中国近现代文学打开面向世界窗口的"林译小说",实际是林纾为了表明西洋小说"处处均得古文文法"的产物,尽管其文言译文算不得他心目中的真正"古文"(参看钱锺书《林纾的翻译》,见《七缀集》),新与旧,有时候是相反相成。《历代文话》录入的林纾、刘师培的各三种文评,名言要语,精彩纷呈,其对散文艺术的抉剔推阐,达到相当高的境界,其中不少内容是可以成为建立现代文章学的思想资源的。王国维在词学中创"境界"说(《人间词话》),被认为具有新的文学、美学观念,林纾在古文研究中也提出"意境"为"文之母"即文之艺术核心的见解(《春觉斋论文·应知八则·意境》),两者相通而呼应。姚永朴《文学研究法》和现时尚不受学者重视的王葆心《古文辞通义》、来裕恂《文章典》等,则以体系弘大、论述周全、首尾贯穿而优入现代著作之林,其中亦有借镜国外尤其是日本修辞学理论之处。陈康黼《古今文派述略》、胡朴安《历代文章略论》、陈衍《石遗室论文》均具有初步的文学史发展观念,可视作最早的"中国散文史"之雏形。吴曾祺《涵芬楼文谈》、唐恩溥《文章学》,直至褚傅诰《石桥文论》、陈怀孟《辛白论文》、刘咸炘《文学述林》等亦有可圈可点的地方。值得一提的是唐文治这位著名的古文教育家,近代江南文史名家多出其门,他所潜心撰著的《国文经纬贯通大义》等,提出四十四种古文作法,虽不免分类过细、求之过深,但其倾力玩索、细心揣摩的努力,在古文创作论上自有别具一格的贡献,似亦应引起研究者的注目。在对"五四"进行反思的热潮中,从文章学角度进行再研究与再探讨,看来也是有必要的。

《历代文话》是对文章学资料初步系统的搜集与整理，颇有一些传本较为稀见。例如从东瀛采入六种，即陈绎曾《文章欧冶》、曾鼎《文式》、高琦《文章一贯》、王世贞《文章九命》、王守谦《古今文评》、左培《书文式·文式》等，可以对中国散文史的认识提供一些新的视角。陈绎曾《文章欧冶》以及他的《文说》《静春堂诗集后序》等诗文评论著，确立了他在中国文学批评史上的历史地位，即元代诗文批评领域中重要的、甚至是第一位大家。由于《文章欧冶》国内仅存的两个抄本不易阅览，对陈绎曾的评价目前似有不足。高琦《文章一贯》亦颇重要，但国内不少学术专著只能依据转引的节本予以研究和评价，令人不无遗憾。王守谦《古今文评》等不仅中土久逸，且从《古今文评》在日本翻刻而一度受挫中可获知彼邦文派斗争的消息。王世贞《文章九命》，国内不乏传本，我们之所以采用和刻本，是因为从日人所作的序跋中可了解它在日本流布、接受的情况。至于采自国内各藏书单位的书籍，亦多有一些未经研究者使用过的。例如庄元臣《庄忠甫杂著》二十八种似颇罕觏，今从北京国家图书馆藏本中入录《论学须知》《行文须知》《文诀》三种。作者强调"文，心声也"，认为"天下至文""本乎自然"，应是无思无饰之文，于散文写作艺术多有自己见解。《论学须知》大都引苏轼之文为例证来说明其理论主张，不啻为苏轼散文研究之专著，值得苏轼研究者参酌。但对通行本也需作具体分析，如《四库全书》本历来颇受版本学家的质疑，我们经过仔细比照，发现多种文话却以四库本为优，因而仍选作底本，并分别说明入选之由。

（原载《四川大学学报（哲学社会科学版）》2005 年第 4 期）

宋代文学研究的思考
——北宋名臣文集五种出版感言

尽管没有事先的刻意筹划,四位北宋名臣文集的新整理本共五种,近年来陆续问世。它们是:(一)余靖(1000—1064)《武溪集校笺》(天津古籍出版社,2000年3月);(二)张方平(1007—1091)《张方平集》(中州古籍出版社,2000年10月);(三)韩琦(1008—1075)《安阳集编年笺注》(巴蜀书社,2000年10月);(四)蔡襄(1012—1067)《蔡襄集》(上海古籍出版社,1996年8月)、《蔡襄全集》(福建人民出版社,1999年7月)。不约而同地出版宋人文集,表现了人们对社会与学术的双重关怀:既说明它们与当今社会仍有割不断的精神联系,也反映了发展宋代文史之学的需要。他们四人虽都以功业为己任,"不以文章名世"(《四库全书总目》卷一五二《安阳集提要》),但对宋代文学研究而言,这次集中出版却在研究观念与视角上,提供了一些值得思考的东西。

一

四人中最年长的是余靖,他生于公元1000年,离今正好一千年。他们主要活动在北宋最盛的仁宗朝,大都与"庆历之治"密切相关。因而他们的主要身份是官僚。蔡襄最高官职为端明殿学士尚书礼部侍郎知杭州,余靖官至尚书左丞知广州、工部尚书,张方平一度出任参知政事,韩琦更是一代名相。而翻阅他们的文集,都是数十卷的皇皇巨著,内容淹博,格局宏大,充分体现出宋代士人集官僚、学者、文士三者于一身的复合型特点。文集中的作品,都为他们亲手所写,他人代笔之作概不阑入(如苏轼的《代张方平谏用兵书》《代张安道进功德疏文》,均不入张方平的原集《乐全集》),因而颇能真实地测试出这些部长级以上官员的综合文化素质以及他们健全完整的知识结构。宋人自己早就意识到士人才能和知识的分类。宋神宗欲重用王安石,唐介出面反对,神宗为其回护道:"文学不可任耶?吏事不可任耶?经术不可任耶?"(《宋史》卷三一六《唐介传》)苏轼称赞他的同年友、状元章衡,也突出他"文章之美,经术之富,政事之敏"三项(《送章子平诗叙》)。时代精英的理想标准是政治家、思想家和文学家的统一,这已成为宋代士论的共识和追求的目标。即以卷帙最少的余靖《武溪集校笺》二十卷为例(另辑佚二卷),共收诗文551篇。作为名臣,有奏议68篇、制诰101篇、判词53篇、表状56篇等;作为诗人,有古今体诗140首;不少书简、记、序、墓志、杂文,则表现出他作为古文家的业绩;作为学者,其中31篇"寺记"反映了他的佛学思想,尤堪注目;《契丹官仪》是他出使辽国的现场记录,保存了第一手历史资料。据有关书目,他尚有《三史刊误》40卷,《(新建县)西山记》《新建图经》等史学、地志著作,参加编纂的著作更多。欧阳修《余襄公神道碑》说他:"自少博学强记,至于历代史记、杂家小说、阴阳律历,外暨浮屠老子之书,无所不通。"所评确非虚言,而且可以移评其他一大批宋代士人。

韩琦被宋神宗赐予"两朝顾命定策元勋之碑";似算不得著名诗人,但收入《安阳集》中诗歌达20卷,计691首(另"补编"辑有6首);其30卷文(另"补编"文8卷)中,构成颇为复杂:有表现"儒学之臣"的奏状、表状、书启、书状、制词、册文等,也有显示其文章才华的记、序、杂文、墓志之类。这位在北宋政治舞台上勋业煊赫、军国大事的决策者,对自己的文章亦颇为自豪。"尝自谓:琦在政府,欧阳永叔在翰林,天下文章莫大乎是。"(《四库全书简明目录》卷十五)隐然与欧阳修并领天下文章。他还有一个好习惯,常将己作寄赠友人,以收切磋琢磨、彰显揄扬之效。如欧阳修《与韩忠献王书》(《欧阳文忠公集》卷一四四):"昨日辱以《相台园池记》(《相州新修园池记》)为贶,俾得拭目辞翰之雄,粲然如见众制高下映发之丽,而乐然如与都人士女游嬉于其间也,荣幸荣幸。"又:"近范纯仁寺丞见过,得睹所制《奏议集序》(《文正范公奏议集序》),岂胜荣幸。"又:"伏蒙宠示《阅古堂碑》三本,岂胜荣幸。"又:"昨承宠示《归荣》(《荣归堂》诗)第五篇刻石,俾遂拭目,岂胜荣幸。唐世勋德巨公为不少,而雄文逸翰,兼美独擅,孰能臻于斯也。"范仲淹也写过类似信函。《与韩魏公书》(《范文正集·尺牍卷中》)云:"颁示《北岳碑》(《定州重修北岳庙记》),真雄文健笔,高古相称,为不朽矣。钦服钦服!"又:"蒙赐教并示中山诗作,有以见大君子存诚风教,未尝空言,惟感服钦慕,老而不知其止。谨观《阅古堂》诗并记(《阅古堂八咏》),仰叹无已!"欧、范等人对韩琦诗文的评赏,不免带有应酬之际的夸饰成分,至今文学史中韩琦不占一席之地,并非无因;但也从侧面反映出韩琦诗文在当时的一般评价,特别是本人创作时的严肃认真、求精求好的态度,以及那一份获取社会好评的期待,都是研究当时文学背景的绝好材料。

还可说及,像韩琦的诗,在今人看来,可能不算上乘(但亦与今天的"老干部体"有别);而在当时,却是进入诗坛主流的,这只要看他的唱和对象,如欧阳修、石曼卿、富弼、杜衍、梅挚、赵概、王珪、滕达道等一大批名流就可以证明。要深入研究宋诗,实不能无视这些拥有极大影响力和传播控制权的诗人们的状况。否则,不少复杂的问题就不能得到切实的说明。

宋代士人文集的构成,其文体之众,作品之丰,卷帙之大,比之唐集,均有明显的发展。李白、杜甫集固然仅偏重于诗歌一体,即便是韩、柳、元、白集,也稍逊一等。这反映出宋代知识精英的文化素养和知识结构的一般水平,应视作时代文明的总体性特征,其深厚的文化底蕴不能不使后人产生敬畏之情。这一特征对于理解宋代诗歌特色与文章风貌是至关重要的。他们的文集众体皆备,不拘一格,但仍是一个整体,建立在作者同一的胸襟、理想、器识和文化修养的根基之上,有着同一的人文情怀和写作心理,又是运用同一的语言工具。其官僚、学者、文士的社会角色,毕竟不是划界分疆、毫不关联,在同一作者身上不能不是相通相融的。从复合型人才的角度,研究宋诗作为"学人之诗"的特点,宋文中文学与非文学交混一体的现象,或许能对宋诗宋文的理解和认识更富有历史感,能否作为一个继续开拓的课题?

二

韩琦、余靖、蔡襄都是"庆历新政"的重要人物,张方平也以经世济时为怀,然而都对诗文创作倾注了毕生精力,只是其文学方面的兴趣被对政治的热情关注所掩盖而已。其实,对他们而言,咏诗作文是一种更日常、更有兴味的生存方式,这与四人仕途中的一个共同经历有关,即他们都是经由进士而馆阁而知制诰、翰林学士直至宰执等权力中心的道路。四个台阶,步步擢升,是宋代士人入仕的最佳路线。陈寅恪先生指出,唐代"自德宗以后,其宰相大抵皆由当日文章之士由翰林学士升任者也"(《唐代政治史述论稿》)。此在宋代更发展为近乎制度性的了。据研究,两宋时由翰林学士位至宰执者,约占总数的49%(杨果《翰林学士与宋代政治初探》,《宋史研究论文集》,河北教育出版社1989年版)韩琦就是一个典型,张方平亦至副相(参知政事)。而北宋其他的大文学家如欧阳修、王安石、苏轼、苏辙兄弟等也是如此,我以为这也应进入文学研究的话题。

北宋前期,以昭文馆、史馆、集贤院为"三馆",加上秘阁,总名崇文院,亦称"馆阁"。馆阁之臣通常须经考试而后任命,所拭科目亦为诗赋策论,这对文官队伍的文化素质起了保证作用。馆阁是庋藏国家图书的渊薮,为这些馆阁之臣浏览攻读提供了优越条件;他们从事的"修撰""校理""检讨""编修"之类的本职工作,无疑会提高其文史水平;文酒诗会的频繁交际活动,更直接激活他们的文学创作。

至于翰林学士院,其成员本来就是"极天下文章之选"(綦崇礼《北海集》附录上《给事中可除翰林院学士制》),掌管起草朝廷各类诏书,且位居清要，近侍皇帝，实乃皇帝的私人秘书与智囊，是中枢政要的后备人才。馆阁、学士院与宋代文学发展的关系，现尚无研究专著，其实也是值得开掘的，至少能从一个方面展现宋代文人生活的具体历史环境。我们熟知钱惟演在天圣间任职洛阳时，曾举行过一次别开生面的"作文比赛"，请其幕下的欧阳修、尹洙（一说还有谢绛）同作一篇《临辕驿记》，欧凡千馀言，尹则五百字而成，欧"服其简古"，"自此始为古文"（《邵氏闻见录》卷八），这在宋代散文史上并非无足轻重；但我们大都忽略钱惟演此举的目的。他后来告诉他们说，"君辈台阁禁从之选也，当用意史学，以所闻见拟之"，把文章写作能力的锻炼，文风的矫正导示，与未来"台阁禁从"、"词学之臣"的人才培养联系起来。果然，欧阳修到了位高声隆，回忆自己六年的翰苑生活时，还念念不忘钱惟演"翰林学士，非文章不可"的教诲（欧阳修《内制集序》）。

韩琦四人文集中的大量内制、外制等各类功令文书，均为官样文章，并非文学作品；但是，也不是没有文学因素，其对精致文辞的讲究，用典运事的巧妙，布局谋篇的匠心，典雅风格的追崇，比起奏议、策论来，更显示出从应用性向文学性的侧重。毫无疑问，这些制诰作品，都是他们的精心之作，在他们的心目中，是比抒写性灵的诗文更为紧要的，其中的一些所谓"大手笔"，对于当时文风的好尚趋向，还发生一定的导向作用。

比如张方平所作的诰词，就称誉朝野，曾编为专集《玉堂集》二十卷，惜已散佚。今《张方平集》中仅辑得数篇。王巩《〈张方平〉行状》中评其"文既尔雅，济之雄赡，号令风采，焕然一新，庶几西汉之遗韵矣，至今天下推服。……自是两禁辞命有训诰之美，由公倡之"。他的诰词，神宗"置之卧内，时省阅之"，范仲淹主持"庆历新政"时，发布文告，必"伺公（张方平）入直"，由他起草，就因他"教化深"而又"妙于文辞"。王安石任知制诰时，曾翻检旧时诰词文献，独独赏识他的《除李昭亮殿前副都指挥使武宁军节度使制》中"世载其德，有狐、赵之旧勋；文定厥祥，乃姜、任之高姓"一联，认为"着题而语妙"（《续明道杂志》）。因李昭亮系外戚、重臣，建有功勋，故以狐偃、赵衰为喻（晋文公之舅狐偃、婿赵衰,辅其称霸天下),用古一如己出,而无牵缀之痕。后李昭亮拜同中书门下平章事、判大名府,仁宗以涂金纹罗书曰:"李昭亮亲贤勋旧。"即从此《制》上联"勋旧"、下联"高姓"之义中化出。这一背景不仅使我们理解张方平反对"日近诰命,或有浅鄙,传为口实"之风(见《请慎用两制资序事》),也理解他激烈反对"太学体"的用心。他指名道姓地斥责石介,认为"以怪诞诋讪为高,以流荡猥烦为赡"的"太学新体",是由石介的"益加崇长"而流行"成风"的(见《贡院请诫励天下举人文章》)。众所周知,"太学体"最后由欧阳修的排摈而衰落,并非张方平之功。虽然两人先后都利用了"知贡举"的行政权力(一在庆历六年,一在嘉祐二年),但效果不同。原因之一是张方平的出发点是维护骈体文的"旧格",反对"古文"这一"变体",仅着眼于文体问题;而欧阳修主要从文风上予以改革,提倡平易自然、流畅婉转的"古文"风格,以后成为宋人的群体风格。然而,张方平的反对"浅鄙"诰词,和他反对"怪诞""流荡"的太学体古文之间,实存在着内在的深刻一致性,这点似为研究者们所忽视。他有次与宋神宗讨论"文章":"上好文章,从容问及古今制诰优劣。公曰:'王言以简重为体。西汉制诰典雅深厚,辞约而意尽。故前史以为汉之文章与三代同风,以其与训诰近也。臣才学空疏,愧无以发明圣意,亦庶几取其尔雅而已。'"(王巩《行状》)原来他是赏爱于"与训诰近"的骈偶文体和"尔雅"的文风的,在宋代文章史上自成一系。

要之,馆阁、翰林学士院与宋代散文之间的关系,至今还是若明若暗的,有待深入地揭示。

三

从这四位名臣占籍的地理分布而言,也颇有象征意义。韩琦、张方平是中原人,来自传统的文化先进地区;余靖为粤人,而蔡襄乃闽产,则是宋代新兴的经济、人口、文化异军突起的发达地区。四人中南人占有一半,从一个特例标志着宋代整个社会重心南移的趋向。

据传，宋太祖曾刻石告诫"后世子孙无用南人作相"（见《邵氏闻见录》卷一）。江西人王钦若本来已为真宗物色欲拜为相，却被河北大名人王旦所阻，直至王旦死后，王钦若才如愿以偿，成为第一位南人宰相。以后南人为相的比例逐朝增长：仁宗朝占五分之二，神宗朝占五分之四，说明南方士人在宋朝整个政治结构中地位的加重。陆游早就看出这一转变。他在《选用西北士大夫札子》（《渭南文集》卷三）中说："伏闻天圣（宋仁宗年号）以前，选用人才，多取北人，寇准持之尤力，故南方士大夫沉抑者多。仁宗皇帝照知其弊，公听并观，兼收博采，无南北之异。于是范仲淹起于吴，欧阳修起于楚，蔡襄起于闽，杜衍起于会稽，余靖起于岭南，皆为一时名臣，号称圣宋得人之盛。及绍圣、崇宁间（宋哲宗、徽宗年号），取南人更多。"

出现这一转变的直接原因是南方士人在科举中日益占据全国领先的位置。科举取士是宋代文官政府的基础，在北宋百馀年间录取的六万多人中，南人占了绝对多数，为各级政府机构提供了源源不断的官员后备人选。我曾研究过嘉祐二年贡举的情况。此年共录各科388人，今可考知其姓名和乡贯者204人，其中以福建的进士为最（64人），其次是浙江（39人）、江西（38人）等地。最近欣闻傅璇琮、龚延明先生的《宋登科记考》即将完稿，搜讨更广，考证更精，考出此榜进士262人，以地域分布看，亦以福建、浙江、江西为次，结论是一致的。有趣的是围绕进士录取的一些争论。欧阳修抱怨说，"今东南州军进士取解者（地方级考试，合格者始能'解'送中央礼部），二三千人处只解二三十人，是百人取一人"，因考生多，取解者少，仅占百分之一；而"西北州军"却因考生少，取解者竟至十人取一，比例失衡，提出应按成绩高下的统一标准取解（《论逐路取人札子》），而司马光则坚持各州军仍按固定的相同数额进行录取，则表现出这位北方人（陕西）的偏袒立场。他后来与宋神宗论及用人时，竟说"闽人狡险，楚人轻易，今二相（指陈升之、曾公亮）皆闽人，二参政（指王安石、唐介）楚人，……天下风俗何以得更淳厚？"（《奏札并举苏轼等录》，见《增广司马温公全集》卷二）张方平则显得开放一些。在这部《张方平集》新排印本中，有《川岭举人便宜》一文(第115页),颇堪重视。他首先提出,宋朝以前,"闽岭黔峡,士人殊鲜",闽粤和川黔是两个士人稀少地区,但降及仁宗时,"风教遐被,海宇大同,曳博带于文身,诵圣言于鸠舌",文教儒术已广被于"百越文身之地"、"南蛮鸠舌之人"了。因而他继而提出应在广州、益州设立"分考场",以免远地考生"崎岖之劳":"岭南诸郡送广州,两川诸郡送益州,委二府如礼部式考试。"张方平虽占籍应天府宋城县(今商丘),但自幼居扬州,十三岁始返原籍,又在范仲淹主持的应天府书院中受业,因而不免影响其北人士子的立场。

南方举子的崛起,当然不是偶然的,而是植根于南方经济高涨和文化普及的基础之上的。研究宋代人口分布的成果表明:中国人口的南北比重,长期以北方居先;到了宋代才开始根本性转折,南方人口占全国人口一半以上,而且一直保持、延续到明、清时代。人口增长的适度压力,有利于经济的发展;人多地狭的生存环境,又促使人口脱离土地而向读书求仕、从事工商或遁身僧道等方面分流。南宋人曾丰《送缪帐幹解任诣铨改秩序》(《缘督集》卷十七)说:"居今之人,自农转而为士、为道、为释、为技艺者,在在有之,而唯闽为多。闽地褊不足以衣食之也,于是散而之四方。"蔡襄为他同乡廖某的《兴化军仙游县登第记》所作序中称"闽粤自唐欧阳詹始举进士",但后继沉寂;及至宋朝,"四方学士缅然而起"。仅以他家乡仙游县为例,"乡间右学,后生不儒衣冠,不得与良子弟齿"。由于乡风向慕习学,刻苦攻读,"其失中而莫售者鲜矣",中举率甚高。甚至"每朝廷取士,率登第言之,举天下郡县,无有绝过吾郡者。甚乎,其盛也哉!"仙游变成了全国最著名的"进士县"了。(直至当今全国统一高考中,福建仍居高考率之首。)这也是蔡襄科举入仕的乡邦文化背景。

至于说到余靖,他于天圣二年宋郊榜中进士,一同被录取者有他的老师王式和另一位老师兼舅父黄仲通及同乡梅鼎臣;天圣五年,王式之子王陶和同乡梅佐又复中举,两榜连中六人,传为美谈。余靖为王式所写的《故大理寺丞知梅州王君墓碣铭》中云:"曲江自文献公后,士大夫鲜复以科第取显爵于朝,岂南方以此选诱人为卑耶?"但至宋仁宗时,在王式的带动下,竟出现"曲江联翩六人中第"的盛况,韶州(曲江)位居由内地通往岭南的交通要冲,商贾阜通,人物富庶,地域文化渐次发达繁荣,两广地区的人口增长率在北宋时位居全国第二(仅次于湖南),难怪后来刘克庄有"番禺文物于今盛,闽浙彬彬未足夸。丞相宅曾住南郭,鼎魁坊只在东家"的"广州颂"了(《广州劝驾一首》,《后村集》卷十二)。

　　研究南北学风、文风的差异与相互影响,并不是新问题。学术界早就注意到《诗经》和《楚辞》代表先秦时南北诗风的对峙。褚季野和孙安国关于"北人学问渊综广博""南人学问清通简要"的讨论,支道林关于"北人看书,如显处视月,南人学问,如牖中窥日"的比拟(见《世说新语·文学篇》)也涉及这个课题。即在宋代文学研究中,南方士人的学术和文学如何推向并影响中原传统文化先进地区,我们也有一些初步成果。比如唐圭璋先生的《两宋词人占籍考》,按省统计,词人之众也以浙江、江西、福建三地占先,不仅表示三地词风的繁盛,亦显示出词体本质上的南国风味之由。继续探究宋代文学与南北地域文化的关系,努力使之具体化、精细化,这也是我粗读这些北宋名臣文集时联想所及的问题,写出以向同道求教。

(原载《文汇读书周报》2001 年 6 月 30 日)

宋代散文的风格
——宋代散文浅论之一

宋代散文是我国古典散文史上一个重要的发展阶段。在三百多年间出现了人数众多的散文作家，传统所谓的"唐宋古文八大家"①，宋人就占了六位。从《宋文鉴》（宋吕祖谦辑）、《南宋文范》（清庄仲方辑）、《宋文选》（清顾宸编选）等总集来看，写作的数量十分惊人，其中包括不少文学散文或带有文学性的散文，也有许多议论文的名作。散文的普遍繁荣影响到宋代文学的其他领域：宋诗的散文化是众所周知的现象，词在苏轼、辛弃疾手中也越来越多地加重了散文成分，对诗词创作发生好坏兼具的复杂作用；赋也从散文中得到启示而重获艺术生命，形成一种新颖的类似散文诗的赋体；甚至连骈文也不太追求辞藻和用典，采用散文的笔法和气势，带来一些新的面貌。

宋代散文的重要成就之一，在于建立了一种稳定而成熟的散文风格：平易自然，流畅婉转。这比之唐文更宜于说理、叙事和抒情，成为后世散文家和文章家学习的主要楷模。清蒋湘南在《与田叔子论古文第二书》中说："宋代诸公，变峭厉而为平畅：永叔情致纡徐，故虚字多；子瞻才气廉悍，故间架阔。……即作古文者，亦以两家为初桄。"（《七经楼文钞》卷四）是符合实际情形的。

---

① 《四库全书总目提要》卷一六九《白云稿五卷》条下云："明朱右撰。右字伯贤，临海人。……右为文不矫语秦汉，惟以唐宋为宗。尝选韩、柳、欧阳、曾、王、三苏为《八先生文集》，八家之目，实权舆于此。"但其所编《八先生文集》未传。后茅坤评选《八大家文钞》，这个称呼才广为流行。

这种散文风格的形成,既是传统散文发展的结果,也是北宋古文运动斗争的产物。

唐代的古文运动主要是文风、文体和文学语言的改革运动,因此,写作的"难"或"易"、"奇"或"平"自然地成为运动中注意的中心问题之一。韩愈的文论一方面要求"文从字顺各识职"(《南阳樊绍述墓志铭》),主张明白晓畅,另一方面又强调"惟陈言之务去"(《答李翊书》),崇尚戛戛独创,这里实际上包含着矛盾。他的《答刘正夫书》说,"(文)无难易,唯其是尔",企图把矛盾统一在"是"上。但是,在这封信中,他同时突出地强调了文章贵"异"贵"能",要求不同凡响,表现了他论文的重点和主要倾向,这也是他调和"难"、"易"的解说使人感到有些抽象和空泛的真正原因。在他的写作实践中,虽有不少平易浅显的名作,但偏重于雄健奇崛的方面,甚至有的流于"怪怪奇奇"(《送穷文》)。韩愈以后,"奇""平"两派并行发展,韩门弟子皇甫湜、李翱各是其中的代表。李翱《答朱载言书》中说:"其爱难者则曰文章宜深不当易,其爱易者则曰文章宜通不当难。"在理论上,一个容易走向平衍肤浅,一个往往趋于艰涩怪僻,其利弊似乎相等;但在晚唐五代的写作实践中,后者变本加厉,愈演愈烈,却暴露了更多的缺点。

宋代古文家们为了使文章更好地表达思想,在政治斗争和社会生活中发挥更大的作用,对这个传统进行了认真的分析取舍。刘熙载说:"昌黎与李习之(翱)书,纡馀澹折,便与习之同一意度,欧文若导源于此。"又说:"韩文出于《孟子》,李习之文出于《中庸》,宗李多于宗韩者,宋文也。"(《艺概·文概》)指出了他们抉择的方向。王禹偁最早肯定韩愈古文中"易"的一面。他说,"吾观吏部之文,未始句之难道也,未始义之难晓也"(《答张扶书》),再三地提出"句易道,义易晓"的要求(《再答张扶书》)。古文运动的领袖欧阳修虽以"尊韩"相号召,但他批判了为韩愈所称道的樊绍述的奇险文风:"异哉樊子怪可吁,心欲独出无古初;穷荒搜幽入有无,一语诘曲百盘纡。孰云己出不剽袭,句断欲学《盘庚》书。"(《绛守居园池》,《欧阳文忠公文集》卷二)他主张"其道易知而可法,其言易明而可行"(《答张秀才第二书》),认为作家可以

"各由其性而就于道"(《与乐秀才第一书》),反对逞奇炫巧,矫揉造作。苏轼论文也主张"自然""畅达"。他在《答谢民师书》中批评了扬雄"好为艰深之辞,以文浅易之说",而扬雄正是韩愈不止一次地称赞过的作家①。这反映了宋代古文家们的共同认识,也和宋代影响很大的道学家的文论有某种一致的地方。

欧阳修所领导的古文运动批判地继承了韩愈古文运动的精神,又有自己时代的内容。这还与这个运动的对立物的性质密切有关。通常流行的观点,把宋代的诗文革新运动仅仅归结为西昆体和反西昆的斗争,这是不够全面的(诗的问题,不是本文范围,姑置不论);或者说成是反对骈文的斗争,也不大符合实际情形。韩愈曾努力于文体变骈为散的改革,到了欧、苏等人,他们采用了韩愈已经创立的新型"古文"的形式,但并不反对骈文本身。欧阳修说过:"偶俪之文,苟合于理,未必为非,故不是此而非彼也。"(《欧阳文忠公文集》卷七十三《论尹师鲁墓志》)因为骈文在一定范围内应用(如诏、制、表、启、上梁文、乐语等),是当时既定的体制。欧、苏都是骈文的能手,他们倒是给骈文增加了散文的气息。陈善《扪虱新话》卷九说:"以文体为诗,自退之始;以文体为四六,自欧阳公始。"清程杲在《四六丛话·序》中说:"宋自庐陵、眉山,以散行之气,运对偶之文,在骈体中,另出机杼;而组织经传,陶冶成句,实足跨越前人。"欧阳修的《采桑子·西湖念语》、苏轼的《乞常州居住表》等都是写得相当出色的骈文。这样,宋代古文运动就把全部力量集中在文风的革新上了。

欧阳修和当时两种不良文风进行斗争。一种是沿袭唐末五代柔靡浮艳的文风。宋人叶涛在评述欧阳修对古文的贡献时,着重指出当时"文章专以声病对偶为工,剽剥故事,雕刻破碎,甚者若俳优之辞,如杨亿、刘筠辈,其学博矣,然其文亦不能自拔于流俗,反吹波扬澜,助其气势,一时慕效,谓其文为昆体。"②这种风气弥漫在所谓"时文"里,西

---

① 参见《进学解》《答刘正夫书》《答崔立之书》《与冯宿论文书》《送孟东野序》等文。
② 《重修实录本传》(朱本),见《欧阳文忠公文集·附录》卷三。

昆体文只是其中的重要代表。另一种是宋初古文作者在反对艳冶文风时所产生的新的流弊：由简要平拙、学古不化而流入艰涩和怪僻。前者连柳开、穆修、尹洙等人也不能避免，后者如宋祁的"涩体"。发展到欧阳修时，这一风气同样充斥文坛，引起他的竭力反对："嘉祐二年（1057），先公（欧阳修）知贡举，时学者为文，以新奇相尚，文体大坏。僻涩如'狼子豹孙，林林逐逐'之语，怪诞如'周公评图，禹操畚锸，傅说负版筑，来筑太平之基'之说。公深革其弊，一时以怪僻知名，在高等者，黜落几尽。"[①]苏轼在《上欧阳内翰书》中也指出当时存在"浮巧轻媚、丛错采绣之文"和"求深者或至于迂，务奇者怪僻而不可读"之文，并简明地概括为"馀风未殄，新弊复作"两个方面。这两位先后主持文坛的领袖，认识是完全一致的。正是从这两方面的斗争中，既清除了五代的浮艳馀风，又吸取了早期古文的失败经验，才把建立平易流畅的散文风格，作为宋代古文运动的基本目的。

这一风格是由哪些因素构成的呢？除了作家的气质、素养和美学理想等外，主要还由于结构和语言上的特点。

苏洵在评述韩、欧文风的区别时，有一段十分精彩的话。他说韩愈的文章，"如长江大河，浑浩流转，鱼鼋蛟龙，万怪惶惑，而抑遏蔽掩，不使自露；而人望见其渊然之光，苍然之色，亦自畏避，不敢迫视"。而欧阳修却是"纡馀委备，往复百折，而条达疏畅，无所间断；气尽语极，急言竭论，而容与闲易，无艰难劳苦之态"（《上欧阳内翰第一书》，《嘉祐集》卷十一）。这对理解唐宋文的区别同样适用。从布局谋篇上来说，大抵唐文重于纵横开合，突起突落，虽有"抑遏蔽掩"的起伏波澜，但于转接之间不可测识；宋文贵在曲折舒缓，藏锋敛锷，即使在"气尽语极，急言竭论"时，也是一片行去而少突兀奇峰。韩愈的《谏臣论》和欧阳修的《与范司谏书》都以劝戒对方应该负起谏官的职责为内容，但韩文劈头揭起"恶得为有道之士"的断语，以下三难三驳，穷追猛打，咄

---

① 欧阳发等：《事迹》，见《欧阳文忠公文集·附录》卷五；又参见《附录》卷四《四朝国史本传》（淳熙间进）、《附录》卷一吴充《欧阳公行状》、叶梦得《石林燕语》、《宋史》卷三一九《欧阳修传》等，文字略有不同。

咄逼人；欧文则前半不慌不忙地娓娓道来，阐明谏官"任天下之责，惧百世之讥"的重要地位，后来又委婉地陈述进谏不应待时的意见，字里行间才透露出期望的殷切。又如韩愈的《上兵部李侍郎书》和苏辙的《上枢密韩太尉书》都是"干谒"之文，韩文直来直往，一则说，"非言之难为，听而识之者难遇"，既则说，"不发于左右，则后而失其时矣"，锋芒外露，求助之情毫不掩饰；苏文却从文章修养说起，缓缓地归结到求见的本题。这是造成唐宋文不同风貌的一个因素。

　　唐代的古文家们大都致力于语言的锤炼，选择或熔铸色泽强烈的新颖词语。韩愈在这方面作出了惊人的努力。试以《进学解》这篇不到八百字的短文为例，就出现了像"业精于勤""爬罗剔抉""刮垢磨光""细大不捐""补苴罅漏""张皇幽眇""回狂澜于既倒""含英咀华""佶屈聱牙""同工异曲""动辄得咎""俱收并蓄"以及"焚膏油以继晷""闵其中而肆其外"等独创性词语，给人以面目一新的感觉。宋代的散文语言是明白如话的，朱熹说："欧公文章及三苏文好，只是平易说道理，初不曾使差异底字，换却那寻常底字。"（《朱子语类》卷一三九）这可以作为宋文的概评。即使像范仲淹《岳阳楼记》中的写景文字，虽被宋人"病其词气近小说家"，但只觉华美而非奇特，和柳宗元山水记的峭刻劲急的语言风格还是各异其趣的。他们又特别善于发挥虚字的作用。罗大经说，"韩柳犹用奇重字，欧苏惟用平常轻虚字"（《鹤林玉露》卷五）。欧阳修改"仕宦至将相，富贵归故乡"为"仕宦而至将相，富贵而归故乡"的故事①，就透露了其中的消息。虚字这种语言手段的适当运用，有助于造成纡徐圆畅的散文节奏。《醉翁亭记》连用二十一个"也"字结尾，就形成一种富有情韵的吟咏句调，而韩愈在《送孟东野序》中一连用四十个"鸣"字，却使人感到腔吻急迫，雄奇有力。这是造成唐、宋文不同风格的语言上的原因。

　　在平易、婉转的基本风格的基础上，宋代散文家又各具自己的特色。风格的多样化正是宋代散文走向成熟的标志之一。欧阳修是这

---

① 见《过庭录》。这两句是《相州昼锦堂记》的开头。

种共同风格最有代表性的作家,但他散文中富有抒情兴味的所谓"六一风神",就不是其他作家所共有。试以书序为例。欧阳修和宋代其他几位古文家都是作序的名手,但他在题材的处理和风格上很有独创。曾巩是善于目录序的,他的《战国策目录序》、《新序目录序》、《列女传目录序》都以议论为主,以儒家卫道者的热忱,或排斥战国时的游士之言和诸子百家的"异端邪说",或发挥君子"身修故家国天下治"的道理,劝戒国君重视内廷的教化。王安石是擅长序经义的,他的《周礼义序》《书义序》《诗义序》等,用简洁的文字,阐述它们跟当时施政的关系。朱熹为《诗经》《楚辞》《大学》《中庸》等古代典籍写的序,也常被一些古文选本所选录,其中颇有一些宝贵的艺术见解和治学心得。而欧阳修的诗文集序,却以浓厚的抒情性见长,具有更高的文学价值。如《苏氏文集序》《江邻几文集序》《梅圣俞诗集序》《释秘演文集序》《释惟俨文集序》等,都结合着作者和他们交游冷落、漂泊不偶的遭遇,抒发回肠荡气、呜咽凄楚的不平之感。这种低回婉转的抒情特点和欧阳修采用主客映衬的手法密切有关。《江邻几文集序》从作铭说到作序,又以梅尧臣、苏舜钦预示江邻几的影子,然后才说到本题,避免了浅露板直、一览无遗的缺点。两篇释序都以石曼卿作为陪衬,但不像前序那样逐段分写,而是主客一路滚滚并出,忽起忽落,烟波无际,使抒情更为含蓄和深沉了。

　　曾巩和苏辙的文风,大致和欧阳修相近。但他们二人之间仍有所区别,面目绝不混同。我们只要把曾巩的《寄欧阳舍人书》和前面已经提到的苏辙《上枢密韩太尉书》略作比较,就可以看出,尽管曾巩也采用了曲折迂回的结构方式,把酬谢的主旨放在史传和墓铭异同等议论之后,但他不像苏辙在汪洋淡泊之中仍有骏发蹈厉的气势,而表现出冲和整洁、醇厚质重的特色,别有一番平和雍容的意味。

　　苏轼是才情奔放、文思横溢的天才作家。他的议论文和苏洵是同一路数,学习了《战国策》纵横捭阖、辩丽恣肆的特点,其他文字也大都达到行云流水、舒卷自如的境界。他和欧阳修是宋代风格最鲜明的散文大家。王安石在欧、苏两家之外独辟蹊径。他虽然嘲笑过韩愈"力去陈言夸末俗,可怜无补费精神"(《临川集》卷三十四《韩子诗》),但在文章上实在深得韩愈拗劲逆折的特长,这在他的短文,如《读孟尝君传》《书刺客传后》等文中表现得更为突出。

南宋的文风基本上继承欧、苏的传统。由于道学家文论的进一步传播,欧阳修的影响似更大些,风格更趋明畅,文字更为醒豁。朱熹、陆九渊等道学家的某些有名的文章就是如此。苏轼的文集在北宋末年曾遭到过禁绝,南宋初期又盛行起来。陆游说,"建炎以来,尚苏氏文章,学者翕然从之"(《老学庵笔记》卷八),竟达到"家有眉山之书"的盛况。辛弃疾、陈亮的策论,叶适及宋末爱国志士如文天祥、谢枋得、郑思肖的文字,雄赡豪迈,是比较接近苏轼的。

宋代散文的成就和特点、继承和革新以及在我国文学史上地位和影响等,是一个值得广泛研究的课题。本文仅从散文风格方面作一些粗浅的论述,其他问题拟另作文探讨。

(原载《光明日报·文学遗产》1962年11月11日)

宋代散文的技巧和样式的发展
——宋代散文浅论之二

宋代散文在表现技巧上有哪些新的特色？在样式上又有哪些新的创造？这首先要求对宋代散文进行必要的分类研究。散文的分类问题至今还没有得到科学的解决，我在这里不得不走一条老路：按照政论、史论、书序；记；赋、随笔、书简、题跋等不同文体，作一些初步的探索。以下行文时又分成三个部分，大致各以议论、叙事、抒情为主要因素（当然，其中有些文章，或夹叙夹议，或亦情亦理，或融人、事、景、物、情、理于一炉，是不易严格归类的）；而就文学价值而言，则是从带有一定文学性的文章谈到真正的文学散文。

一

先秦的诸子散文和历史散文中有不少议论时政的文字（如《韩非子》《战国策》等），从汉代贾谊、司马迁、班固等人起，我国更有了独立成篇的史论的传统。到了唐代，韩愈、柳宗元的政论文一般都在千字以内，较少繁譬博引，史论如韩愈的《伯夷颂》、柳宗元的《桐叶封弟辨》，更是判断短截，不枝不蔓。宋代议论文的共同趋势是展开铺排，条分缕析，论辩滔滔，一泻千里。这是为了适应内容的需要。策论如苏轼《上皇帝书》、王安石《上仁宗皇帝言事书》、胡铨《上高宗封事》、辛弃疾《美芹十论》、陈亮《上孝宗皇帝书》和朱熹《戊午说议序》等，都是有名的长篇力作。有的引古证今，统论天下时政，有的专对某事进行细致入微的探究。欧阳修、苏洵、苏轼等都写过不少史论。苏氏父子尤其擅长翻案文章，摆脱传统说法，时有新见；虽也有强词夺理之处，但在文章的命意、布局和文辞上都给我们有益的启示。南宋吕祖谦的《东莱先生左氏博议》更以好发异议、长于辨析为特色，对后世文章家影响很大。

议论文中的语言风格的要素是很复杂的，它有一般的说明、推理和论证的语言，也有艺术性的叙述、生活形象的描写、抒情的感叹以及其他加强文章生动性和具体性的修辞手段和语言手段（如比喻、对比、各种不同句型的特殊应用等）。所以，把议论文笼统地看作文学散文是不很妥当的；然而分析后者在文章中所起的作用，应该是文学研究者的任务。宋代古文家写的议论文，和其他古典散文名作一样，不仅要求以理服人，而且注意文章的抒情性和形象性。如欧阳修的《五代史伶官传序》就具有以情动人的特点。这篇文章旨在总结历史教训，在结构上也可分为提出命题、论证、结论三个部分，和一般议论文的三段论式似无二致，但从"呜呼！盛衰之理，虽曰天命，岂非人事哉！"的开头，读到"夫祸患常积于忽微，而智勇多困于所溺，岂独伶人也哉！"的结尾，我们不仅了解到作者所要表达的"忧劳可以兴国，逸豫可以亡身"的道理，而且感受到作者内心的激动。"呜呼"等感叹词以及"何其壮哉""何其衰也"等咏叹句式的运用，使叙述或议论中平添了一种感喟俯仰的情调。文中有关史实的叙述，还采用人物的对话，也增加了历史生活的具体感觉。

比喻、夸张和渲染等是宋代议论文中常用的艺术手段，那类寓言式的杂说（如苏轼的《日喻》、王安石的《伤仲永》等）更把一定的形象和哲理意味的议论结合起来，具有较大的概括力量，这都是人所熟知的。我在这里想谈谈另一种常见的表现手段：引证。

写文章举例子，这原是很普通的现象，但宋人特别讲究引证的"艺术"，在不同文章中产生不同的作用。我们试想把欧阳修《朋党论》后半部分的引证"腰斩"掉，对他所要表达的意思可说没有什么大影响，因为前半议论大致已把主题说清楚了，但那会变成一篇毫无光彩和力量的文字。欧阳修却先按时代顺序，从尧、舜、殷、周直到汉、唐，一一举例叙述；然后又分别归纳为正反两面的历史经验加以总结。这种重复引证的手法，使文章更加雄辩有力，还使论点有所发展：君子之朋，"虽多而不厌"，越多越好。司马光《训俭示康》的后半部分也是引证，然而别有一番布置匠心。他先从本朝人中举出李沆、鲁宗道、张知白三个"以俭素为美"的例子，后又从古今七个具体人物身上看出正面的或反面的经验教训，这两段中间又插入一段根据春秋时御孙的话而发挥的议论，把"俭"和"侈"的对立，提到善恶的伦理高度。前段引证结合着具体的描写，后段引证包含着鲜明的对比。可以看出，这里的引证不仅仅作为论点的印证，而且是论点借以推进和深化的杠杆。苏轼的《志林·平王》，这个特点表现得更为突出。这篇文章不到七百字，然而一连引证十三个有关迁都的史实，拉杂写来，句式各异，乍看似乎散不可收，细加复按，无一不是围绕"东迁之谬"而发：一类是并非惧怕外族侵略而迁都的，一类是虽有外族威胁而终不迁都的，它们结果都是兴盛的国家；另一类是象周平王那样迁而后亡的。这样，从各个角度证明了平王的失策，并使文气旺盛、富赡炫目，如用单文孤证就不可能具有这样的力量。欧阳修的《为君难论》、苏洵的《权书》《衡论》、苏轼的《上皇帝书》等也是如此。在这里，引证不单是作为逻辑论证中的论据出现，而且有助于造成精细严整的布局、汪洋恣肆的文势，成为文章结构和风格的重要手段，并表示出政论和史论相结合的倾向。

  书序在宋代议论文中占有重要的地位，比之唐代是一个引人注目的收获。除了欧阳修、曾巩、王安石、朱熹等人的一般性书序以外，应该着重提出的是一种描写人物的书序。这恰好填补了宋代传记文的空白。用散文写人物，不能像小说那样具有完整的情节和故事，也不能对人物作着力的刻画，它只能选择一二个典型事件大致勾勒人物的轮廓，或者甚至只能信手点染几笔，留下一些身影，但仍能达到生动性和形象性的要求。陈亮的《中兴遗传序》和陆游的《师伯浑文集序》就是如此。他们写的都是南宋投降集团压抑下的爱国志士，陈序实际上是龙伯康和赵次张二人的小传，突出了他们的神奇狂傲或机智才略。

其中写二人射箭处尤较精彩：次张先射，十中六七，"心颇自喜"；继而"伯康拾矢而射，一发中的，矢矢相属，十发亡一差者"，不禁使次张一"惊"；然后补出伯康"此亦何足道"的议论，使"次张吐其舌不能收"，层层深入地从人物的相互关系中写出伯康的磊落不凡。陆游的笔触似更凝练，他写师伯浑的满腔抑郁愤懑：

> 予既行，伯浑饯予于青衣江上。酒酣浩歌，声摇江山，水鸟皆惊起。伯浑饮至斗许，予素不善饮，亦不觉大醉。夜且半，舟始发去。至平羌，酒解，得大轴于舟中，则伯浑醉书，纸穷墨燥，如春龙奋蛰，奇鬼搏人，何其壮也。

这里虽然不可能有典型性格的深刻发掘，甚至算不上对人物有什么正面的描写，就在生动的叙事中，使人对师伯浑留下难忘的印象。

李清照的《金石录后序》和文天祥的《指南录后序》是两篇带有自传性质的优美散文。尽管文章都以叙事为主，但李清照并不放弃描写，如夫妇猜书品茶和途中离别等段，写得颇有情韵；而文天祥气势奔放，笔墨淋漓，特别是一连例举二十种濒于死亡险境的那段文字，融注着作者强烈的悲愤和赤胆忠心，跟他的为人一样，光照千古。加强形象性和抒情性，提高文章的文学价值，这正是宋代书序发展中的一个特点。

二

"记"这种体裁，原来只是客观记事的应用文字。宋李耆卿《文章缘起》注中说："《禹贡》《顾命》乃记之祖，记所以叙事识物，非常议论。"唐代韩、柳以后，"记"就突破了原来"叙事识物"的范围，或借以议论感慨，或工于景物刻画。到了宋代，进一步扩大了这种文体的社会内容，加强了它的文学因素，成为文学散文的一种重要形式。其中尤以亭楼台院记和游记散文取得更大的成就。

方苞在《答程夔州书》中说:"散体文惟记难撰结,论辨书疏有所言之事,志传表状则行谊显然,惟记无质干可立,徒具工筑兴作之程期,殿观楼台之位置,雷同铺序,使览者厌倦,甚无谓也。"(《方苞集》卷六)这在一定程度上概括了"记"的一般流弊,但宋代优秀的散文家们自有解决这个通病的办法。他们把叙事、描写和议论熔为一炉,腾挪变化,涉笔成趣。这类"记"最一般的构成形式是先叙事、次描写,最后以议论作结。议论部分常常是作者思想的集中表现,写景部分却往往是他们用力的重点。王禹偁的《黄冈竹楼记》、范仲淹的《岳阳楼记》、欧阳修的《醉翁亭记》等都是如此;苏舜钦的《沧浪亭记》、苏辙的《武昌九曲亭记》、韩元吉的《武夷精舍记》等,只是前段叙事和写景参用,稍有变化而已。这种相似的结构并没有束缚他们思想性格的表露和艺术独创性的发挥。范仲淹和欧阳修都是在仕途不得意时写了上述两篇名作的,但范仲淹提出了"先天下之忧而忧,后天下之乐而乐"的宏大抱负,作为自己谪居生活中的鞭策,也是对朋友的勉励。欧阳修却与自然美景怡然心会,表现出洒脱淡逸的神态。在写景手法上,范仲淹是把分类摹写、对比和文字上的排比结合起来。一阴一晴,互相映衬。写晴处,又分写春晴、秋夜的风光,而"浮光跃金"和"静影沉璧"又分别概括出秋夜中有风或无风时的江上景色,构思是十分细密的。可以看出,范仲淹致力于选择最有典型性的景物,否则这种写法是较易流于呆板的。欧阳修用的是移步换形的手法。开头一段交代醉翁亭的位置,写来由大及小,层层深入,从所见的山峦到所闻的泉声,几经回环,才在"峰回路转"之后出现了一座玲珑剔透的亭子,引起读者身临其境的感觉和探胜索幽的兴趣。后面写山中朝暮、四季景物的变幻,乡人的和平恬静和宴游的欢乐喧闹,也属分类描写之法,但笔意飞洒,摇曳多姿,与范仲淹各擅其美。

苏轼的亭台堂阁记却不死按上述的"三段论式",而把叙述、描写、议论错杂并用,极富灵活变化之能事。《超然台记》《放鹤亭记》《凌虚台记》都不外是老庄出世哲学的表现,但议论或前或中或后,不拘一格,在结构中发挥不同的作用。如《超然台记》劈头一段长达二百多字的"游于物外"的议论,首先造成一种与主题相适应的飘渺超脱的意绪,然后进入叙事;而《放鹤亭记》先写亭址和命名,文章的意图已经完成,似乎难以为继,他却顺手拈出国君好鹤和隐士好酒作对比,反衬出"隐居之乐"的可贵。最后又加《放鹤》《招鹤》两段歌词,增添不少抒情气氛。他的许多记都能从相似的题材中,写得各具面目和兴味。

宋代的游记散文,学习了柳宗元山水记的文字凝炼简短、风格峭拔遒劲的特点,一般都按照游踪的线索,采用移步换形的手法,具有一种引人入胜的魅力。我国的写景文字大致可分三类:一种偏重于对自然景物客观的、准确的刻画;另一种把这种刻画跟作者对景色的诗意感受结合起来,读后见物又见人;第三种是把这两种写法交错参用。宋代游记继承了这个传统并加以发展。朱熹的《百丈山记》和邓牧的《雪窦志游》都是偏重客观描绘的,写得回环曲折,体现了东南山水"山重水复疑无路,柳暗花明又一村"的特色。朱熹在介绍百丈山的六处胜景时,层次分明,有主有客;邓牧喜欢偶而点缀一些人事,如轿夫的答语,野僧的留客,烘托出淳朴深厚的泥土气息,跟山水描写又很和谐。王质有几篇十分出色的游记,但向来不为人们所注意。像他的《游东林山水记》:

> 又三四曲折,乃得大溪,一色荷花,风自两岸来,红披绿偃,摇荡葳蕤,香气勃郁,冲怀罥袖,掩苒不脱。小驻古柳根,得酒两罂,菱芡数种。复引舟入荷花中,歌豪笑剧,响震溪谷。风起水面,细生鳞甲,流萤班班,若骇若惊,奄忽去来。夜既深,山益高且近,森森欲下搏人。天无一点云,星斗张明,错落水中,如珠走镜,不可收拾。

作者在荷溪边展开了一片多么爽心快目的天地!色、香、饮、歌、縠纹、流萤,写得清丽诱人,把普通景色提高到诗情画意的境界;晚上,星儿映入荷溪中,"如珠走镜,不可收拾",又是多么新鲜、生动!自然景色处处是在作者的审美情趣的映照下再现出来,比之客观描写更易在情绪上感染读者。这篇文章不只这一段写得好,全文都达到相当高的水平。晁补之的《新城游北山记》前半着力于景物的准确描摹,特点还不甚显明;后半则结合着主观感受,写出了一个凄神寒骨的可怖境界,在艺术上似更出色些。这对我们今天游记散文的写作,提供了很可思索的艺术经验。

在原以议论为主的"书序"中,我们发现了讲究描写和抒情的"别格";在原以叙述为主的"记"中,又有一种旨在议论的"异体"。议论成分的加重,也是宋代许多散文的共同趋势之一。如王禹偁的《待漏院记》,完全撇开有关建筑物本身的修建、位置等情况,而是一篇"借题发挥"的告诫宰执大臣的政论。他向他们提出了"勤"和"慎"的要求,希望他们为国为民做些好事。文中以贤相、奸相、庸相作对比,使是非邪正的区别更加明白清楚。贤相、奸相作比时,文字上也是两两相对,在整齐的形式中取得强烈的效果。这完全是种议论文的写法了。在游记散文中也有类似的情形。例子可举有名的《石钟山记》和《游褒禅山记》。作者苏轼和王安石都用游记的题材,生动地说明了有关思想方法和学习方法的重要见解,是两篇很别致的说理文。

三

宋代散文在样式上还有一些发展和革新。

赋是从《楚辞》发展而成的传统诗体之一。经过"汉赋"、魏晋时的"抒情小赋"直到唐代"律赋"的曲折发展,赋的创作颇为沉寂。欧、苏沿袭传统格式所写的几篇赋,在艺术上没有特色,这正酝酿着改革的要求。于是,在散文普遍繁荣的形势下,赋也走上散文化的道路。它一方面吸取赋的某些特点和手法,保持诗的特质和情韵;另一方面又采取散文的笔势笔调,多用虚字,少用对偶,打破原来固定的句式、韵律,形成了中国文学史上罕见的散文诗。欧阳修的《秋声赋》、苏轼的《前赤壁赋》《后赤壁赋》《秋阳赋》《黠鼠赋》等就是这种改革的积极成果。它们都适当地运用了传统赋的铺张排比的手法,明丽绚烂的辞采,铿锵和谐的语言,还错落地押了大致相同的韵脚,这些都是诗的因素;但更为重要的是驰骋着优美的想象,饱和着丰富的感情,这才构成了真正的诗意。欧阳修对于无形秋声的渲染,苏轼对江上美景的描绘,都笼罩着一层诗意的纱幕。散文中常见的说理,在这些赋中也被抒情化了,特别是《前赤壁赋》,叙事、写景、抒情和说理浑然一体,相互渗透,在艺术上达到了很高的境界。

宋代的散文赋在我国文学史上没有发展成一个传统,对后世发生巨大影响的倒是另一种文体——随笔。

笔记文滥觞于魏晋,在宋代蔚为盛观。说部之作成批出现,不下六十余种;诗话、词话也大都采取笔记的形式和写法。其中有些具有一定的文学价值。如欧阳修的《归田录》《笔说》、沈括的《梦溪笔谈》、庄季裕的《鸡肋编》、周煇的《清波杂志》、陆游的《老学庵笔记》、周密的《癸辛杂识》《武林旧事》等。它们一般以记事为主,题材十分广泛,正像很多书名所标示的:"杂"、"漫"、"琐"、"随"。或记遗闻佚事,或述风土人情,信手拈来,随口说出,漫笔写成,特饶一种质朴自然的情味。

苏轼《志林》中的一些篇章,却不讲求记事的生动、准确,而是在自己日常生活片断的叙述中,坦率地表现了封建文人落拓不羁、随缘自适的个性。这种抒情小品是随笔的一大发展。对晚明公安、竟陵派和清代袁枚、郑板桥等的小品文有过直接的影响。明王舜俞在选辑《苏长公小品》时说"文至东坡直是不须作文,只随笔记录便是文"(见《书天庆观壁》眉批),倒很通俗地说出了这种小品的特点:不刻意为文,只是信手点染,努力在三笔两笔中写出一种情调或一片心境。

书简和题跋也是随笔中两类重要的文字。苏轼、黄庭坚、陆游等尤擅胜场。《苏黄尺牍》中收录不少表现他们性情和风致的小简,大致苏轼轻逸洒脱,黄庭坚较为谨严冲和。苏轼的题跋也很有特色,如《题凤翔东院王画壁》:

嘉祐癸卯上元夜,来观王维摩诘笔,时夜已阑,残灯耿然,画僧踽踽欲动,恍然久之。

在迷离恍惚中,写出了栩栩如生的画面。陆游有时在疏淡的笔墨中,陡然泼上一堆浓点,照映得全文光彩夺目。如《跋李庄简公家书》:

> 李丈参政罢政归乡里时,某年二十矣。时时来访先君,剧谈终日。每言秦氏,必曰咸阳,愤切慨慷,形于色辞。一日平旦来,共饭,谓先君曰:"闻赵相过岭,悲忧出涕;仆不然,谪命下,青鞋布袜行矣。岂能作儿女态耶?"方言此时,目如炬,声如钟,其英伟刚毅之气,使人兴起。后四十年,偶读公家书,虽徙海表,气不少衰,丁宁训戒之语,皆足垂范百世,犹想见其道青鞋布袜时也。

这类文艺性的题跋和书简对后世也具有深远的影响。

宋代的散文,在继承前代散文的基础上,充分发挥题材广泛、笔法自由的特点,加强了议论性、形象性和抒情性,丰富了表现技巧和手段,在样式上也作了新的开拓和改革,从而在我国散文史上奠定了重要的地位。但一般说来,宋人好议论的特点有时不免流于空泛和迂阔,也缺少唐代战斗性的讽刺散文,抒情中也夹杂不少消极因素,不少文章写得冗长和粗率。这在评价它的成就时也是应该注意的。

(原载《光明日报·文学遗产》1963 年 3 月 31 日)

欧阳修学古文于尹洙辨

现存欧阳修"手定"的《居士集》表明,他是从宋仁宗天圣九年(1031)在洛阳任西京留守推官时起,才真正开始诗文创作的。苏辙《欧阳文忠公神道碑》云:欧氏"补西京留守推官。始从尹师鲁游,为古文,议论当世事,迭相师友;与梅圣俞游,为歌诗相倡和。遂以文章名冠天下"。指出欧氏初学古文于尹洙、学诗歌于梅尧臣的事实。这段记述为《宋史·欧阳修传》等不少史书所采录,影响至深,几乎成为定论。欧学诗初以梅为师,已为欧本人一再确认;但就尹、欧古文关系而言,却颇为胶葛复杂,其中不少细微曲折之处,还涉及宋代散文发展的一些重大问题,有待我们深入探讨。

在当时以钱惟演、谢绛为首的洛阳幕府僚佐集团中,尹洙(时任山南东道掌书记、知伊阳县等职)是专擅古文写作的重要作家。他早年从穆修游,打下了古文写作的深厚基础。在洛阳时期,他的古文作品流布遐迩,声名突过侪辈。今存他这时期的作品有《巩县孔子庙记》《志古堂记》《张氏会隐园记》《伊阙县筑堤记》《书禹庙碑阴》《题杨少师书后》等,大都简洁明快,章法严谨,吐属饶有新意,实比穆修所作高出一头。其时发生的尹、欧等人同作《双桂楼临辕阁记》的故事,最能反映出欧学于尹的具体情况:

> 钱思公镇洛,所辟僚属尽一时俊彦,时河南以陪都之要,驿舍常阙,公大创一馆,榜曰"临辕"。既成,命谢希深、尹师鲁、欧阳公三人者各撰一记曰:"奉诸君三日期,后日攀请水榭小饮,希示

及!"三子相掎角以成其文。文就,出之相较:希深之文仅五百字,欧公之文五百馀字。独师鲁止用三百八十馀字而成,语简事备,复典重有法。欧、谢二公缩袖曰:"止以师鲁之作纳丞相可也,吾二人者当匿之。"丞相果召,独师鲁献文,二公辞以他事。思公曰:"何见忽之深,已耷三石奉候。"不得已俱纳之。然欧公终未伏在师鲁之下,独载酒往之,通夕讲摩,师鲁曰:"大抵文字所忌者格弱字冗,诸君文格诚高,然少未至者字冗尔。"永叔奋然持此说,别作一记,更减师鲁文廿字而成之,尤完粹有法。师鲁谓人曰:"欧九真一日千里也。"

——释文莹《湘山野录》卷中

这则记载比《邵氏闻见录》卷八所记稍详,并互有异同。文莹曾因苏舜钦书荐而结识欧阳修,而且"蒙诗见送"(《湘山野录》卷上),其所记应属大致可信。这里说明欧阳修初学古文是以尹洙为师的,"通夕讲摩",还接受了尹洙的写作主张:崇尚"简古","完粹有法",力忌"格弱字冗"。这也确实成为欧阳修日后文论思想的一个要点,也是他散文风格的特点之一。如他在洛阳时期所作的三十多篇文章,大都篇幅较短,文字洗炼简洁,要言不烦。《戕竹记》结尾云"推类而广之,则竹事犹末",由小引大,从戕竹之祸推向更大的政治弊端,笔意颇深;《养鱼记》结尾云"感之而作《养鱼记》",所"感"为何,不明言而妙在不言之中,具见格高字简之趣。

然而,文人之间的切磋交流,往往具有多方面的机制:既有相互学习、取长补短的一面,又常不可避免地引入竞争的因子。这两个方面都有利于各自文学创作、文学思想的发展。如果只有单向的施受而没有双向的质疑、诘难和批评,文学的交流关系就不是全面的。这一点在宋代士子中间已逐渐养成一种风气。就连秉性诚笃宽和的司马光也一再强调:不同意见的论争正是"朋友之道"。他在《答韩秉国书》中说:"示喻见与景仁(范镇)书,似怪论议有所不同,此何言哉!朋友道废久矣。光述中和论,所以必欲呈秉国者,正为求切磋琢磨,庶几近是耳,岂欲秉国雷同而已。雅闻秉国有论,光不胜其喜,故因景仁请见之,何谓怪也。"现保存在司马光集子中的三人(司马光、范镇、韩秉国)讨论"中和"的来往信函共二十二通,就是一份往复论难、充分发抒己见的珍贵史料,也是士风的生动写照。在古文写作和古文理论问题上,欧阳修之于尹洙,实经历了由"未伏"至"伏"而又"不伏"的过程。这实际上反映出宋代古文运动中两种不同的"古文观",两种不同的散文风格的追求。

明代的杨慎较早地留意到欧、尹之间的这一隐秘。他说:"或曰'晦翁(朱熹)必欲以大颠书为韩之真,何也?'予曰:'此殆难言也,可以意喻。昔欧阳公不以始倡古文许尹师鲁,评者谓如善弈者常留一着。欧公之于尹师鲁,留一着也;然则朱子之于韩公,亦犹欧阳之于师鲁乎?"(《丹铅总录》卷十"大颠"条)他这里说的是关于《尹师鲁墓志铭》的一桩公案。

庆历八年(1048),即尹洙死后第二年,欧阳修写了这篇墓志铭,对其一生行事、成就作了简要的评述;然而此文却遭到尹洙遗属的非难,欧于次年又作《论尹师鲁墓志》予以辩解。从欧阳修的这篇辩解之文中,可以看出,尹洙家属的责难,牵涉到有关古文写作和历史发展的重大问题:(一)尹洙以古文名世,而《墓志铭》只说了"简而有法"四个字的评语,甚嫌评价不足;(二)尹洙破骈为散,厥功甚伟,《墓志铭》未给予充分肯定;(三)认为"作古文自师鲁始",而《墓志铭》未提到尹洙在宋代古文运动中这一倡导地位。欧阳修在答辩中逐一予以说明:(一)"'简而有法'此一句,在孔子六经,惟《春秋》可当之。其他经非孔子自作文章,故虽有法,而不简也。修于师鲁之文不薄矣。而世之无识者,不考文之轻重,但责言之多少,云师鲁文章不合只著一句道了。"就是说,"简而有法"四字的分量极重,只有孔子亲自所作的《春秋》才当得起,他用以称尹洙之文,已是极高的评价了。(二)"偶俪之文,苟合于理,未必为非,故不是此而非彼也。"就是说,单从文体而言,古文固然好,但骈文也未必一概皆坏。破骈为散的本身,实不必特别予以揄扬。(三)"若作古文自师鲁始,则前有穆修、郑条辈,及有大宋先达甚多,不敢断自师鲁始也。"就是说,宋初以来写作古文者甚众,并非尹洙首倡。欧阳修的辩解似也理直气壮,言之成理,且又不乏动之以情:"又思平生作文,惟师鲁一见,展卷疾读,五行俱下,便晓人深处。因谓死者有知,必受此文,所以慰我亡友尔,岂恤小子辈哉!"然而,尹洙的遗属"小子辈"仍不领情,"卒请韩太尉别为墓表"(欧阳修《与杜䜣论祁公墓志书》),欧氏的这篇墓志铭终究废弃不用。欧、尹的友人也不予谅解。如孔嗣宗即反复致函欧氏质疑,提出应表彰尹洙的倡"道"之功。欧氏又采用辩解"尹洙首倡古文"时的同一手法,抬出石介在东方诸生中倡"道""有大功"。"若言师鲁倡道,则当举天下言之,石(介)遂见掩,于义可乎?"他还不无感叹地说:"尹君志文,前所辩释详矣。某于师鲁,岂有所惜,而待门生亲友勤勤然以书之邪?幸无他疑也。馀俟他时相见可道,不欲切切于笔墨。"(《答孔嗣宗》)其实,欧、尹之间隐藏着一些更深层次的原则分歧,并不是"幸无他疑"一语所可消解尽释的。

先论繁简问题。前已提及,欧阳修在洛阳时期从尹洙学习古文,崇尚"简古",并贯彻于他的写作实践之中。但是,即便在这一时期,"简古"也不能规范他的所有文章。如他当时写给富弼的书信:

某顿首白:彦国自西归,于今已逾月,无由一致书,盖相别后患一大疽为苦久之,不暇求西人行者。然亦时时有客自西来,独怪彦国了无一书。又疑其人不的,于段氏仆夫来致几道(即王复)书,此人最的,宜有书,又无,然后果可怪也。始与足下相别时,屡邀圣俞书,谓书者,虽于交朋间不以疏数为厚薄,然既不得群居相笑语尽心,有此犹足以通相思、知动静,是不可忽;苟不能具寸纸,数行亦可;易致则可频致,犹胜都不致也。当时相顾切切,用要约如此,谓今别后,宜马朝西而书夕东也。不意足下自执牛耳,登坛先喵,降坛而吐之,何邪?平生与足下语,思欲力行者事何限,此尺寸纸,为俗累牵之,不能勉强,而所云云,使仆何望哉?洛阳去京为僻远,孰与绛之去京师也,今尚尔,至绛又可知矣。自相别后,非见圣俞无一可语者,思得足下一书,不啻饥渴,故不能不切切也。秋暑差盛,千万自爱。

——《与富文忠公》

絮絮叨叨,只有一个意思,责其久不寄书,却用了 302 个字。然而主旨单纯而文意几经曲折,意味悠长,责备怨望而深婉不迫,入情合理,是欧氏以阴柔美为特征的散文主体风格的最早体现,与"简古"则是大异其趣了。

在以后作于皇祐元年(1049)的《论尹师鲁墓志》等文中,欧阳修对"简古"问题既有所发挥又有所变化。第一,他仍然推重"简而有法"的文风,但主要限于碑志、史传等文体,这是承袭刘知幾《史通·叙事》"叙事之工者以简要为主"的观点。而且,他自述《尹师鲁墓志铭》之所以写得"用意特深而语简",是因为仿效尹洙的"文简而意深"的结果,这是旧时文人习俗使然。也就是说,欧阳修此时不仅在写作实践上而且在理论认识上,并不把"简古"作为一切文体的标的。与《论尹师鲁墓志》写于同时的一些重要作品,如《醉翁亭记》《丰乐亭记》《菱溪石记》《偃虹堤记》《真州东园记》《送杨寘序》《送秘书丞宋君归太学序》《苏氏文集序》乃至《新五代史》等序论,也都与"简古"迥然有别。《容斋三笔》卷一"韩欧文语"条认为,《醉翁亭记》中的"野芳发而幽香,佳木秀而繁荫""临溪而渔,溪深而鱼肥;酿泉为酒,泉香而酒洌。山肴野蔌,杂然而前陈"等句,乃是化用韩愈《送李愿归盘谷序》的"坐茂树以终日,濯清泉以自洁。采于山,美可茹;钓于水,鲜可食"数句,但韩简欧繁,"烦简工夫,则有不侔",就是一例。即使是碑传文,他虽然一再主张"其事不可遍举,故举其要者一两事以取信"(《论尹师鲁墓志书》),"有意于传久,则须纪大而略小"(《与杜䜣论祁公墓志》),但后来在《集古录跋尾》卷七《唐张中丞传》中,却指责唐书张中丞传"最为疏略",李翰所作"诚为太繁,然广记备言,所以备史官之采",较为可取,还指出对"史家当记大节"的写作原则不能绝对化。而他的《泷冈阡表》等碑志文,偏偏以详写小事、常事而取得亲切感人的效果。欧氏的辩解中还有一点小小的漏洞,即《尹师鲁墓志铭》也并不完全符合"简而有法"的要求。文中既称尹洙"为《叙燕》《息戍》二篇行于世",后文又称其"欲训土兵代戍卒以减边用,为御戎长久之策"云云,这段话正是《息戍》篇所论的主旨。重复论述,岂非繁而不简?(参见清人光聪谐《有不为斋随笔》卷辛)事实上,欧阳修关于碑志、史传文应尚"简古"的主张,也给他的写作艺术带来一定的损害。如他为岳父薛奎所作的墓志铭《资政殿学士尚书户部侍郎简肃薛公墓志铭》,记载真宗妻刘太后一事云:"明道二年,庄献明肃太后欲以天子衮冕见太庙,臣下依违不决。公(薛奎)独争之,曰:'太后必若王服见祖宗,若何而拜乎?'太后不能夺,为改他服。"庄献明肃太后即刘太后,当时仁宗初即位,年仅十三,由她听政。这位有"帝王大度"之誉的皇后,也颇为骄恣,她谒太庙,欲穿戴天子冠服,只有薛奎一人奋起谏阻。但"若何而拜乎"一语,不知所云。《湘山野录·续录》记此同一事件云:"赖薛简肃公以关右人语气明直,不文其谈,帘外口奏曰:'陛下大谒之日,还作汉儿拜邪?女儿拜邪?'明肃无答,是夕报罢。"这就不仅语意醒豁,而且口吻毕肖了。至于欧阳修主持的《新唐书》,为遵循"其事则增于前,其文则省于旧"(曾公亮《进(新)唐书表》)的编写原则,造成许多简而未融、以简害意的疵病,更为人们所指摘。(刊行后,吴缜即作《新唐书纠谬》二十卷。)此书列传部分虽出于宋祁之手,但欧氏也不能辞其主编之咎。(他亲自编撰的帝纪部分仅九万馀字,而《旧唐书》则达三十万言,也有因简致误之处。)

第二,作为尹洙"简古"主张的补充,欧阳修又提出了不能片面求简的思想。《与渑池徐宰(无党)》说:"然著撰苟多,他日更自精择,少去其繁,则峻洁矣。然不必勉强,勉强简节之,则不流畅,须待自然之至。"要求简约峻洁必须服从于自然流畅这一宋代散文的群体风格,"简"是属于第二位的。他还要求言简意赅、语少而义丰,保持尺幅千里的文势。他称赞吴充的文字"浩乎若千万言之多,及少定而视焉,才数百言尔。非夫辞丰意雄,霈然有不可御之势,何以至此!"(《答吴充秀才书》)正因为如此,他对尹洙的"简古"日益感到不满。他曾对苏洵说:"吾阅文士多矣。独喜尹师鲁、石守道,然意犹有所未足。今见子之文,吾意足矣。"(《邵氏闻见后录》卷十五)苏洵之文以驰骋纵横见称,而这正是尹洙之所短。我们试比较欧氏的《释秘演诗集序》和尹洙的《浮图秘演诗集序》:

浮屠秘演者,与曼卿交最久,亦能遗外世俗,以气节相高,二人欢然无所间。曼卿隐于酒,秘演隐于浮屠,皆奇男子也。然喜为歌诗以自娱,当其极饮大醉,歌吟笑呼,以适天下之乐,何其壮也! 一时贤士皆愿从其游,予亦时至其室。十年之间,秘演北渡河,东之济、郓,无所合,困而归。曼卿已死,秘演亦老病。嗟夫,二人者予乃见其盛衰,则余亦将老矣夫!

曼卿诗辞清绝,尤称秘演之作,以为雅健,有诗人之意。秘演状貌雄杰,其胸中浩然,既习于佛,无所用,独其诗可行于世,而懒不自惜。已老,胠其橐,尚得三四百篇,皆可喜者。曼卿死,秘演漠然无所向,闻东南多山水,其巅崖崛峍,江涛汹涌,甚可壮也,遂欲往游焉,足以知其老而志在也。

——欧阳修《释秘演诗集序》

予识演二十年,当初见时,多与穆伯长游。伯长明峻,人罕能与之合,独喜演。演善诗,复辨驳好论天下事,自谓浮图其服而儒其心,若当世有势力者冠衣而振起之,必荦荦取奇节,今老且穷,其为佛缚,讵得已耶?伯长小州参军,已死;演老浮图,固其分。

——尹洙《浮图秘演诗集序》

以上是两篇同题之作的节选。欧氏采取以客映主的手法,用石曼卿衬托秘演;又以充盈畅达的笔势刻画出秘演和石曼卿两人桀骜磊落、不同流俗的个性,抒写了盛衰递变、怀才不售的感慨。尹文作于欧文之后,也以穆修陪说秘演,语简意明,全文整300字(欧文共446字),就没有欧文摇曳多姿、俯仰掩抑的风致了。要之,这不难见出欧阳修对待"简古"前后有所变化的消息。简洁是中国古代散文的一大优点,但人们常常忽略它有时是以牺牲散文自由挥洒以获得形象性、抒情性为代价的。

次论骈散问题。欧阳修在洛阳时期对"简古"风格的崇尚,主要基于对骈偶文的藻饰繁缛的厌倦和排拒。但是,骈偶排比与单句散行原来同是语言中的自然现象,反对"五代体""西昆体"并不意味着否定骈偶文体甚或骈偶的语言成分。因此,在欧阳修洛阳时期的文章中就有不少骈偶句式,如"且戕且桴,不竭不止""服上官为慢,齿王民为悖"(《戕竹记》),"不方不圆,任其地形;不甃不筑,全其自然"(《养鱼记》)。如果说,这时期文章中的这些骈偶成分,大抵受积习所使,摇笔自来的话,那么,在以后的写作中,他更自觉地吸取骈文的艺术长处,达到另一境界。欧阳修说过,"况今世人所谓四六者,非修所好。少为进士时,不免作之。自及第,遂弃不复作。在西京,佐三相幕府,于职当作,亦不为作"(《答陕西安抚使范龙图辞辟命书》)。明言在洛不作骈文,但事实上并非完全如此。如作于明道二年(1033)十二月的《上随州钱相公启》就是一篇开创宋骈风气的名作。钱惟演离洛阳后,贬任崇信军节度使,居随州。这封给他的书信共分三段:一是回忆洛阳钱幕时的生活,二是写钱离洛后自己冷落无依的境况,三是规劝钱氏达观处世,静待复出。这是此信主旨所在。下引第一段:

> 相公坐于雅俗,镇以无为。民丰四辅之年,市息三丸之盗。行郊憩树,绝无两造之辞;托乘载宾,惟奉百金之宴。而况西河幕府,最盛于文章;南国兰台,莫非乎英俊。岂伊末迹,首玷初筵?至于怜嵇懒之无能,容祢狂而不辱。告休漳浦,许淹卧以弥旬;偶造习家,或忘归而终日。但觉从军之乐,岂知为吏之劳?

这是洛阳文人集团的一段形象写照。首叙钱氏镇洛之安定富庶,继叙幕府文士之盛,末叙自己"懒""狂"性格和游乐生活,字里行间透露出对钱氏宽容"无为"、优待幕僚的颂扬和追怀。全文均以四、六、五句式组成对偶,大都使事运典,注重声律,韵字音位较宽,这都符合传统骈文的要求。但通篇以达意为主,条畅流转,辞藻色泽较为素淡。高步瀛《唐宋文举要》乙编卷四云:"永叔四六,情韵俱佳,不尚藻丽,一出自然,遂开宋代之体。"又云:"言情运事皆佳,然已纯为宋调矣。"所言颇为中肯。

因此,他以后对骈文更有了进一步的认识。如前所述,在《论尹师鲁墓志》中,他明确宣称:"偶俪之文,苟合于理,未必为非,故不是此而非彼也。"他称赞苏洵父子"以四六述叙,委曲精尽,不减古文"(《试笔·苏氏四六》)。《吕氏家塾记》更说欧阳修等从"为古文以变西昆体"开始,而最后"复主杨大年(亿)"。的确,他的成熟时期的散文,是融化、涵摄、整合了骈文某些特点的新型"古文"。从《醉翁亭记》《丰乐亭记》《真州东园记》等文来看,他有意识地运用古文的笔势笔调来组织骈偶排比等语言成分,形成一种似骈非骈、亦骈亦散的文体,散句和骈句水乳交融而又灵活变化,极大地加强了表现力。如《醉翁亭记》中既有上下单句相对(如"日出而林霏开,云归而岩穴暝")、双句相对(如"临溪而渔,溪深而鱼肥;酿泉为酒,泉香而酒洌"),更有少量的三句相对的句型(如"夕阳在山,人影散乱,太守归而宾客从也;树林阴翳,鸣声上下,游人去而禽鸟乐也"),造成错综多变的节奏效果。而像"野芳发而幽香,佳木秀而繁荫,风霜高洁,水落而石出者,山间之四时也"一段,其中形容秋、冬两句,原应以"风高霜洁"与"水落石出"作对,却故意打破整齐划一,注入散文长短随意、摇曳灵动的精神。这都说明他的引骈入散是自觉的。

末论尹洙在宋代古文运动中的历史地位问题。尹洙的知友范仲淹在庆历七年(1047)所作的《祭尹师鲁舍人文》中说:"呜呼!天生师鲁,有益当世。为学之初,时文方丽。子师何人,独有古意。韩柳宗经,班马序事。众莫子知,子特弗移。是非乃定,英俊乃随。圣朝之文,与唐等夷。繄子之功,多士所推。"极力推崇尹洙确立"时文"之"非"、古文之"是"的首倡之功,以及他领袖"英俊"的引导作用。在庆历八年所作的《尹师鲁〈河南集〉序》中,他概述宋初以来文坛大势说:

"懿、僖以降,寖及五代,其体薄弱。皇朝柳仲塗(柳开)起而麾之,髦俊率从焉。""洛阳尹师鲁少有高识,不逐时辈。从穆伯长游,力为古文。而师鲁深于《春秋》,故其文谨严,辞约而理精。章奏疏议,大见风采,士林方耸慕焉。遽得欧阳永叔从而大振之,由是天下之文一变。"他从文坛全局立论,突出尹洙以其杰出的写作成就,使"士林耸慕",产生了重大的社会影响;然后才是欧阳修追随其后,"从而大振之",导致文风丕变。尹为主、欧为从,在范仲淹的心目中,这一主从次序是明确而不含糊的。欧阳修虽然不乏对尹洙的仰慕钦佩,但在他的有关尹洙的诗文中,对于各自在文坛的地位则始终出语审慎。在范仲淹作《祭尹师鲁舍人文》以后,欧氏于庆历八年所作的《尹师鲁墓志铭》中,称自己与尹洙为"兄弟交",而他学诗倒并不讳言以梅尧臣为师;同年作《祭尹师鲁文》,讲到尹洙的文学成就,也只有"尤于文章,焯若星日。子之所为,后世师法"四句,虽也评价不低,比之范氏祭文,毕竟较为空泛。而在治平年间的《记旧本韩文后》中,他追述自己"官于洛阳,而尹师鲁之徒皆在,遂相与作为古文"。说的是"相与",而不是范氏的"乃随"或"从而"。"相与"者,并肩齐驱之谓也。"与"和"随""从",一字之差,含意殊深。其实,早在宝元二年(1039),当谢绛去世后,欧氏在《答梅圣俞寺丞见寄》诗中,公然声称"文会忝予盟,诗坛推子将",和梅尧臣二人分别负起"文会""诗坛"的领导责任,而其时尹洙仍健在,他的心曲可说是昭然若揭了。

由此可见,欧阳修对"作古文自师鲁始"这一看法的辩驳,如果仅仅停留在是否符合史实上来判断,是很不够的;应该看到,在他的内心深处,确对尹洙古文理论和写作实绩多所保留,因而对他在古文发展中的历史地位始终未多肯定。明乎此,我们还可以进一步剖析另一桩公案。《神宗旧史(欧阳修)本传》云:"是时,尹洙与修亦皆以古文倡率学者,然洙材下,人莫之与。至修文一出,天下士皆向慕,为之唯恐不及。一时文章大变,庶几乎西汉之盛者,由修发之。"这里一方面说尹、欧"皆以古文倡率学者",即共同提倡引导;一方面又抑尹扬欧,促使"一时文章大变"者,是欧而非尹,且对尹之才能更多贬语。这段记载引起邵伯温的不满。他认为"公（欧阳修）与师鲁于文虽不同，公为古文则居师鲁后也"；他认为欧的"简而有法"一语，确能证明"欧阳于师鲁不薄"；他批评崇宁间《神宗旧史》于《欧阳公传》乃云'同时有尹洙者，亦为古文，然洙之才不足以望修'"的记述，是由于"史官皆晚学小生，不知前辈文字渊源自有次第"的缘故（《邵氏闻见录》卷十五）。这里的"次第"，包括时间上的先后和地位的高下两层意思。其实，恰恰是邵伯温混淆了两个事实：一是欧氏学古文，确在尹洙之后，且曾从尹洙处领受过教益；二是尹、欧的古文理论和写作才能确有高下之殊，只有欧阳修才促使宋代散文风气的真正"大变"，尹洙是无法与之匹敌的。《神宗旧史》的记载，倒是"渊源有自"的，反映了当时不少人的共同看法。最有兴味的是韩琦。他为尹洙和欧阳修各写过一篇墓碑文和祭文。前已说过，欧阳修为尹洙作的墓志铭被其家属所拒绝，"小子辈""卒请韩太尉别为墓表"，这给韩琦出了个难题。作为尹洙的"知之深者"，他在《祭龙图尹公师鲁文》中，不得不俯徇尹家"小子辈"所请，说过尹洙"首倡古文，三代是追，学者翕从，圣道乃夷"的话；但在《故崇信军节度副使检校尚书工部员外郎尹公墓表》中，他却写道："天圣初，公（尹洙）独与穆参军伯长矫时所尚，力以古文为主。次得欧阳永叔以雄词鼓动之，于是后学大悟，文风一变。"这里先叙尹、穆"力以古文为主"，次叙欧氏"雄词鼓动"之功。"次得欧阳永叔"的"次"，仅指时间先后而言；至于功之大小，仍隐然推欧氏为首。这段文字，可以看出韩琦努力在欧、尹两家间平衡弭怨，但看法并不含糊徇情，可谓煞费苦心。及至他为欧阳修写墓铭和祭文时，就直截了当了：《故观文殿学士太子少师致仕赠太子太师欧阳公墓志铭》云："景祐初，公（欧阳修）与尹师鲁专以古文相尚，而公得之自然，非学所至，超然独骛，众莫能及"，"于是文风一变，时人竞为模范"。在《祭少师欧阳永叔文》中又云："公之文章，独步当世"，"复古之功，在时莫二"。平心而论，这才是符合宋文发展实际的历史公评。

繁简、骈散、历史地位这三个问题之争，最终归结到尹、欧两人古文观的歧异上来。在北宋主张"复古"、反对"五代体"或"西昆体"的古文家中，存在着两个不同的谱系：一是柳开、孙复、石介等人，一是穆修、苏舜钦兄弟、尹洙兄弟、欧阳修等人。前者是古文运动中的重道派，他们崇奉道统文学观，仅仅着眼于从文体上恢复"古文"，漠视甚或否定文学的独立价值，宣扬功利主义的文学工具论；后者是古文运动中的重文派，在鼓吹"古道"的同时，却极力追求古文的写作技巧和审美价值，从单纯文体的改革扩大到文风、文学语言等多方面的改革和创新。然而，同属穆修一系的作者，他们的古文观也并非完全一致。尹洙主张"简而有法""完粹有法"，是讲究文章的法度和章法的，因而他应属重文一派，从师承交游关系上也能证实。但他实际上只是追求语言的简洁、高古、单一和叙述的单线性，不容许多种语言成分的融摄整合和结构上回环起伏、随意抒写，不容许琐笔、闲笔、补笔、插笔、排笔等多种笔法。只要浏览一下《河南先生文集》和《欧阳文忠公文集》，就能突出地感受到两人散文风格的不同：前者篇幅简短，行文紧凑，但不免局促板滞，质朴少变；后者畅遂舒展，唱叹有情，于闲暇中具规矩，从参差中见整饬，或许可以概括为"敛"和"放"两途。

我们还要举数事佐证。欧阳修曾告诉苏洵，他对尹洙的作品"意犹有所未足"；尹洙则直接写信给欧氏，表示他对欧氏文章的不满：

> 见河东使还所奏罢下等科率一事，不谓留意"文业"乃得详尽至是。昔柳州见韩文公所作《毛颖传》，叹称不已。韩之文无不商者，颇怪柳何独如此为异。见永叔所作奏记，把玩骇叹者累日，盖非意之所期，乃尔益知柳言为过。
>
> ——《答河北都转运欧阳永叔龙图书》

欧阳修这篇使尹洙大失所望的奏记，见欧氏《河东奉使奏章》卷下《乞免浮客及下等人户差科札子》，该文详细叙述各户家业钱文之数："据州状称检估得第七等一户高荣家业共直十四贯文省，其人卖松明为活；第五等一户韩嗣家业二十七贯文；第八等一户韩秘家业九贯文；

第四等一户,开饼店为活,日掠房钱六文……"尹洙的"文业"一词即此意,造词已颇显生硬;我们如对读尹洙自己的奏疏,大都要言不烦,留主干而不留枝叶,宜其不满欧文如此了。

尹洙在这封信中,还表示了对韩愈的近乎传奇体作品《毛颖传》的非难。柳宗元在《读韩愈所著毛颖传后题》中却被此文"若捕龙蛇、搏虎豹,急与之角而力不敢暇"的奇诡豪健风格所倾服;在《与杨晦之书》中又云:"仆甚奇其书(指《毛颖传》),恐世人非之,今作数百言(即《读韩愈所著毛颖传后题》),知前圣不必罪俳也。"对此尹洙也认为"柳言为过",鲜明地表现了他对传奇体文的排斥态度。无独有偶,他还指责过范仲淹的名文《岳阳楼记》为"《传奇》体":

> 范文正公为《岳阳楼记》,用对语说时景,世以为奇。尹师鲁读之曰:"《传奇》体耳。"《传奇》,唐裴铏所著小说也。
>
> ——陈师道《后山诗话》

此则又见宋毕仲询《幕府燕闲录》(见四部丛刊本《河南先生文集》附录)、陈振孙《直斋书录解题》卷十一《传奇》条。所谓"用对语说时景",是指《岳阳楼记》中"淫雨霏霏""春和景明"两大段分写雨、晴景物的文字,一是多用四字一句的骈语,二是放笔挥洒,极尽情态,文采斐然。这两个特点恰深为尹洙所非,不合他的"古文"标准。其实,这种写法早已有之(如张衡《归田赋》、陶渊明《游斜川》诗序等),并不直接导源于唐传奇。钱锺书先生评论说:"尹洙抗志希古,糠秕六代,唐人舍韩柳外,亦视同部下,故睹范《记》而不识本原;'《传奇》体'者,强作解事之轻薄语尔,陈氏(师道)亦未辨也。"(《管锥编》第四册,第1409页)正指出尹洙古文观中保守、褊狭的一面。他对韩柳,也只是肯定其恢复"古文"的功绩,而于《毛颖传》《石鼎联句诗序》《圬者王承福传》《河间传》《种树郭橐驼传》等近乎小说之作,也是摈斥不容的,这就把韩柳的散文遗产抛弃了很有特色的一部分。

可以设想,如果遵循尹洙的古文理论的指导,宋代散文就不可形成平易自然、流畅婉转的群体风格,从而谱写出中国散文史上别放异彩的新篇章。奠定这种群体风格和局面的,只能首推欧阳修。在这个根本点上,这两位好友之间看来是无法调和的。

(原载南京大学中文系编《文学研究》第一辑,1992年5月)

欧阳修所作范《碑》尹《志》被拒之因发覆

今年(2007)八月六日是欧阳修千年诞辰纪念日,不知何故,我首先想到的却是他的两篇引起纠纷的碑志文:一为范仲淹所写的《范文正公神道碑》,一为尹洙的《尹师鲁墓志铭》。① 欧氏是以文字为生命、也以文字立命的大古文家,这两篇精心撰作的文章,竟遭墓主家属的排拒和名臣硕儒的质疑。问题的焦点是追叙往事的态度问题,也见出"修辞立其诚"的古训,在具体实践时会受到怎样的环境困扰和精神压力。而更为重要的,在维护"信史"原则的背后,又蕴含着政治的或文学的更深层的内涵,关涉到党争和古文发展史的重大问题,值得探寻。

一

宋仁宗皇祐四年(1052)五月,范仲淹病逝,他的儿子范纯仁请富弼和欧阳修分撰《墓志铭》和《神道碑》,富氏于十一月前写成上石,纳入墓中,按常规顺利完成;欧氏却延宕一年多以后始得完稿。这不仅因为《神道碑》立于地上,供万人拜阅,影响更大,而且因为要总结范仲淹的一生活动,无异于要梳理一部近三十年的现代政治史,尤其是党争的历史;而党争的另一方当时仍然人众势大,拥有不可轻视的政治能量,稍有不慎,极易引发事端。欧氏在给姚辟的信中说,他在富弼之

---

① 《资政殿学士户部侍郎文正范公神道碑铭》,《欧阳修全集》(以下简称《欧集》)卷二十一,中华书局2001年版,第332页。《尹师鲁墓志铭》,《欧集》卷二十八,第432页。

后作《神道碑》:

> 中怀亦自有千万端事待要舒写,极不惮作也。……为他记述,只是迟着十五个月尔。此文出来,任他奸邪谤议近我不得也。要得挺然自立,彻头须步步作把道理事,任人道过当,方得恰好。……所以迟作者,本要言语无屈,准备仇家争理尔。如此,须先自执道理也。
>
> ——《与姚编礼辟》其一①

欧氏是范仲淹志同道合的政治盟友,"庆历新政"的倡导者和参与者。为范氏立传,也是为欧氏自己写照,因而他心中有"千万端事待要舒写";而要写好这篇文章,其关键是"须先自执道理"才能"挺然自立",使政敌们无可置喙。为达到这个要求,"迟着十五个月"也是可以谅解的了。或谓欧氏为母守丧例不作文,因而导致延宕,此殆非主因。初稿写成,他先送韩琦审阅:"惟公(韩琦)于文正(范仲淹)契至深厚,出入同于尽瘁。窃虑有纪述未详及所差误,敢乞指谕教之。"(《与韩忠献王稚圭》其十五)韩的意见反馈后,欧"悉已改正"(同前,其十六)。事情进展至此,可谓一马平川,波澜不起;连反改革派方面也未发出不同声音,欧氏原先的顾虑也可打消了。不料到了富弼、范纯仁那里,却引发激烈反应,酿成轩然大波。富弼也是推行"庆历新政"的名臣之一,他对欧文的意见,见于《邵氏闻见后录》卷二十一:

> 大都作文字,其间有干着说善恶,可以为劝戒者,必当明白其词,善恶焕然,使为恶者稍知戒,为善者稍知劝,是亦文章之用也。……弼常病今之人,作文字无所发明,但依违模棱而已。……褒善贬恶,使善人贵,恶人贱,善人生,恶人死,须是由我始得,不可更有所畏怯

---

① 《欧集》卷一五〇,第 2482 页。

而嚌嚜,受不快活也。向作希文(范仲淹)《墓志》,盖用此法。①

他自己所作的范仲淹《墓志铭》采用的是务使善恶分明、善贵恶贱、善生恶死的痛快淋漓的态度,含蓄地批评欧阳修的《神道碑》却是"依违模棱"、调和折衷,实不足取;他进而明言,他写的《墓志铭》"所诋奸人皆指事据实,尽是天下人闻知者,即非创意为之,彼家数子皆有权位,必大起谤议,断不恤也"。即使引起吕夷简等家族子弟的群起谤议,他也无所顾惜,一派势不两立的阵势。

对于富弼的这个批评,欧阳修直截了当地予以拒绝,他请友人徐无党转告富弼:

于吕公(夷简)事各纪实,则万世取信。非如两仇相讼,各过其实,使后世不信,以为偏辞也。大抵某(欧阳修)之《碑》,无情之语平;富(弼)之《志》,嫉恶之心胜。后世得此二文虽不同,以此推之,亦不作怪也。……幸为一一白富公,如必要换,则请他别命人作尔。

——《与渑池徐宰无党书》其四②

欧阳修这里所说的"吕公事",正是双方矛盾的焦点,乃指宝元元年西夏战争爆发后的一桩史实:景祐年间,党争初起,范仲淹等人先后被贬,不久吕夷简也被罢去相位。西夏战争爆发,吕夷简再次为相,推荐范仲淹为陕西经略安抚副使。大敌当前需要一出新的"将相和",范仲淹主动写信给吕夷简表示和解。欧阳修在《神道碑》中如实地记叙了这桩史实:

自公(范仲淹)坐吕公(夷简)贬,群士大夫各持二公曲直,吕

---

① 邵博:《邵氏闻见后录》卷二十一,中华书局1983年版,第163页。
② 《欧集》卷一五〇,第2474页。

公患之,凡直公者,皆指为党,或坐窜逐。及吕公复相,公亦再起被用,于是二公欢然相约戮力平贼。天下之士皆以此多二公。

看来,欧、富二人都主张碑志文应"指事据实""万世取信";但究竟什么才是"事实",如何叙事才能取信后代？他们之间实存在着真正的分歧。激烈的党派争斗,无休止地相互弹劾惩治,贬黜迁徙,不可避免地日趋情绪化,极易导致碑志文的写作出现"两仇相讼,各过其实"的偏向,离开了"信史"的基本原则。欧阳修说得好:他与富弼的区别在于"无情之语平"与"嫉恶之心胜"的不同。他对待历史要取公平、客观、冷静的态度,勿任一己感情好恶的驱使而背离真实。这一条传记写作的指针,具有普适性。

墓主家属范纯仁的态度,与富弼一致,对欧氏碑文也不能认同。他不像富弼那样着重于碑志写作的基本原则的讨论,而主要辩白上述的那桩史实。他坚持说"我父至死未尝解仇",否认确有其事。欧阳修回应说:

> 我亦得罪于吕丞相者。惟其言公,所以信于后世也。吾尝闻范公自言,平生无怨恶于一人,兼其与吕公解仇书,见在范集中,岂有父自言无怨恶于一人,而其子不使解仇于地下！父子之性,相远如此？①

《避暑录话》卷二亦载:

> 碑载初为西帅时与许公(吕夷简)释憾事曰:"二公欢然相约平贼。"丞相(范纯仁)得之曰:"无是。吾翁未尝与吕公平也。"请文忠(欧阳修)易之。文忠怫然曰:"此吾所目击,公等少年,何从

---

① 张邦基:《墨庄漫录》卷八,中华书局 2002 年版,第 226 页。

知之？"①

他以第一证人的身份引证范仲淹的当日言论，更用范氏和解信件"见于范集"为物证，充分证明范纯仁的不敢面对现实，颇有说服力。

吕、范和解一事，还见于当时人的记载。如司马光《涑水纪闻》卷八云："范文正公于景祐三年言吕相之短，坐落职、知饶州，徙越州。康定元年，复天章阁待制、知永兴军，寻改陕西都转运使。会许公自大名复入相，言于仁宗曰：'范仲淹贤者，朝廷将用之，岂可但除旧职耶？'即除龙图阁直学士、陕西经略安抚副使。上以许公为长者。天下皆以许公为不念旧恶。文正面谢曰：'向以公事忤犯相公，不意相公乃尔奖拔！'许公曰：'夷简岂敢复以旧事为念耶？'"②作为史家的司马光颇为详细地记录了事件的全过程，见出吕、范二人的政治风范一样崇高。苏辙《龙川别志》卷上也有记述：范仲淹"自越州还朝，出镇西事，恐许公不为之地，无以成功，乃为书自咎，解仇而去"③。这里明确记叙"为书自咎"，即可与欧氏的"与吕公解仇书见在范集中"相印证。司马光与苏辙二人的记载，具体细节容有出入，但与欧氏"二公欢然相约戮力平贼"的概述，基本内容与精神都是一致的。

更重要的是，范仲淹这封《上吕相公书》，今日尚能在吕祖谦所编的《皇朝文鉴》卷一一三中见到全文。这封和解信件，欧阳修虽说"见于范集"，但到朱熹时，"范集"中已不收此文，大概已被家人删去。范氏在此信中，首先感谢吕夷简的"褒许之意，重如金石，不任荣惧！不任荣惧！"自责往昔"情既龃龉，词乃睽戾，至有忤天子大臣之威"，然后写道：

　　昔郭汾阳（郭子仪）与李临淮（李光弼）有隙，不交一言；及讨禄山之乱，则执手泣别，勉以忠义，终平剧盗，实二公之力。今相

---

① 叶梦得：《避暑录话》卷二，《宋元笔记小说大观》，上海古籍出版社2001年版，第2609页。
② 司马光：《涑水纪闻》卷八，中华书局1989年版，第162页。
③ 苏辙：《龙川别志》卷上，中华书局1982年版，第83页。

公有汾阳之心之言,仲淹无临淮之才之力,夙夜尽瘁,恐不副朝廷委之之意。①

欧阳修据此而谓"二公欢然相约戮力平贼",完全符合实际,准确无误。

这场文字风波的结局是:富弼当然不敢"别命人作"来全盘否定欧作;范纯仁却断然删去范吕和解的一段文字,"即自刊去二十馀字乃入石";欧阳修的态度是:拒绝接受范纯仁所送碑文的拓片,声称此"非吾文也"(见《避暑录话》卷二),还特意提醒人们:若要读这篇碑文,请以他的家集本为准(欧氏《与杜䜣论祁公墓志书》②)。双方互不退让,各执己见。

欧阳修并不认为他的碑文字字正确,无一瑕疵,不能改动。比如碑文中写到,有次仁宗母亲章献太后临朝,仁宗欲率百官朝拜太后,范仲淹认为不合礼制,力争乃罢。后来苏洵奉诏编纂《太常因革礼》时,得见政府所藏官方案牍,发现"无谏止之事",便告诉欧氏。欧氏说:"文正公实谏而卒不从,《墓碑》误也,当以案牍为正耳。"可谓从善如流(见苏轼《范文正谏止朝正》③)。又如碑中对范氏任官履历的叙述,有人怀疑先后次序不当,他则解释道:"某官序非差,但略尔,其后已自解云'居官之次第不书',则后人不于此求官次也。"可谓耐心细密(见欧氏《与渑池徐宰无党书》其四)。

那么,为什么在涉及与党争有关的史实上,欧阳修旗帜鲜明,寸步不让呢?似有更深层的原因在。"二公欢然"虽然只有短短两句,却是欧阳修亲历激烈党争后的新思考的结果,是对他《朋党论》思想的新调整,甚至标志着范仲淹一派人士"跳出自身反观自身"的集体反思,意味深长。

从根本上说,任何政治性团体与专制主义中央集权的君主政体是互不相容的,皇权不容许党争的合法存在,以防止对皇权的干扰与削

---

① 吕祖谦编、齐治平点校:《宋文鉴》下册,中华书局1992年版,第1578页。
② 《欧集》卷七十,第1020页。
③ 《苏轼文集》卷七十二,中华书局1986年版,第2284页。

弱。因而指斥对方结党，成了党争中打击政敌的有力武器。然而，政治派别的纷争又无时不在，贯穿于君主专制时代的始终，最高统治者又将其当作政治制衡的手段来掌控，允许"异论相搅"（宋真宗语），广开言路，兼听并闻，防范重臣独断专行。

北宋的庆历新政和熙宁变法的前期，都产生过不同政治派别之间的"党争"，但与汉代"党锢之祸"和唐代"牛李党争"不同，它们是"君子"之间政见的歧异，而非单纯的争权夺利、相互倾轧，因而具有某些现代政党的色彩。李纲在绍兴二年《昧死上条六事》中，第三事即为"变革士风"。他说："何谓变革士风？……士风厚则议论正而是非明，朝廷赏罚当功罪而人心服，考之本朝嘉祐、治平以前可知已。数十年来奔竞日进，论议徇私，邪说利口，是以惑人主之听。""士风"就是包括党争在内的"政风"，士大夫们的从政作风。据李纲的观察，"嘉祐、治平以前"的士风是健康的，"议论正而是非明，赏罚当功罪而人心服"；到了元祐以后，才"颠倒是非，政事大坏，驯致靖康之变"。① 这从侧面说明庆历党争时，政见之争压过意气之争、权力之争，积极健康的一面还是占主流的。这一估计与《宋史》编纂者一致。《宋史》卷四四六《忠义传序》云："真仁之世，田锡、王禹偁、范仲淹、欧阳修、唐介诸贤，以直言谠论倡于朝。于是中外缙绅知以名节相高，廉耻相尚，尽去五季之陋矣。"②

然而两派对阵，各为自己的政治主张而相争，又极易导致意气用事，不择手段，演出种种你死我活的惨酷场面。今日我们耳熟能详的词语，如"一网打尽""不知人间有羞耻事""笑骂由汝，好官我自为之"等，均出于北宋政争之时。党争的排他性可谓与生俱来。北宋党争的正面和负面的作用，均严重影响其时中枢政权的运作和发展趋向，也引起当时和后世人们的思考。

北宋的一批名臣国老，大都信奉"立朝大节"，昌公论而杜私情，也不断地注意从党争实际中总结经验和吸取教训，逐渐地具有防止党争

---

① 脱脱等：《宋史》卷三五九《李纲传》，中华书局1977年版，第11267—11268页。
② 《宋史》卷四四六，第13149页。

失范的自觉意识。试以两个以诗文干政的显例作些分析。

景祐三年,蔡襄作《四贤一不肖诗》,传诵四方,名重一时。《渑水燕谈录》卷二在记此事始末后云:"永叔复与师鲁书云:'五六十年来,此辈沉默畏惧,布在世间,忽见吾辈作此事,下至灶间老婢亦为惊怪。'时蔡君谟为《四贤一不肖诗》,布在都下,人争传写,鬻书者市之,颇获厚利。虏使至,密市以还。"①在当时因循苟且、难于改作的士风背景下,采取警世骇俗之举,尚具有矫枉过正的某种合理性,欧氏似是认同的。蔡襄的这五首七古,推范仲淹、余靖、尹洙、欧阳修为"四贤",斥高若讷为"不肖",旗帜鲜明,褒贬犁然,虽仍以君子小人之辨为立论标准,但叙述如实,评骘合理,不作人身攻击,不以政治道德审判者自居,把以诗文干政控制在正常的政争范围之内。因而当有人上章弹劾蔡襄时,自然引起革新派阵营的反击。《续资治通鉴长编》卷一一八云:"仙游蔡襄作《四贤一不肖诗》传于时,……泗州通判陈恢寻上章,乞根究作诗者罪。左司谏韩琦劾恢越职希恩,宜重行贬黜,庶绝奸谀。不报,而襄事亦寝。"②但随着时间的推移,他们的认识也有所变化。欧阳修在作《端明殿学士蔡公墓志铭》③时,却绝口不提蔡襄此件大事,其自编《居士集》,也不收《与高司谏书》,其间消息,不难寻味。

到了庆历三年,石介作《庆历圣德颂》,却遭到范仲淹、韩琦等人明确而强烈的反对。当时宋仁宗起用杜衍、范仲淹、韩琦、富弼以及王素、欧阳修、余靖、蔡襄等人,罢夏竦枢密使,锐意求治,政局为之一新。石介此颂明言仿韩愈《元和圣德颂》,从"千二百言"到"凡九百六十字"④,篇幅大致相埒。此颂明为歌颂仁宗,却落实在《序》所言的"皇帝

---

① 王辟之:《渑水燕谈录》卷二,中华书局1981年版,第15页。
② 李焘:《续资治通鉴长编》卷一一八,中华书局1985年版,第2787页。
③ 《欧集》卷三十五,第520页。
④ 石介《庆历圣德颂》之《序》云"四言,凡九百六十字";宋王辟之《渑水燕谈录》卷三《奇节》云"乃作《庆历圣德诗》五百言","五百言"恐误,或其所见为五百字之删节本;而今通行本如陈植锷点校本(中华书局,1984)实为七百馀字。从宋人笔记所载,一些更尖锐的句子,确已被删去,如"惟竦若讷,一妖一孽"(见王铚《默记》卷中),"乃有'手锄奸柄'之句"(见魏泰《东轩笔录》卷九)。参看李强博士论文《庆历士风与文学》,华东师范大学。叶适《习学记言序目》卷四十九《皇朝文鉴》三指出,石介此颂,"乃以二十年间否泰消长之形,与当时用舍进退之迹,尽于一颂",今本亦无与此相关文字。

退奸进贤"的"陟黜之明,赏罚之公"上,并摹拟仁宗的口吻,逐一称赞范仲淹、韩琦等人,把"众贤之进,如茅斯拔;大奸之去,如距斯脱"的主旨发挥到极致。范仲淹、韩琦在读到石介的《庆历圣德颂》时,因其一味丑化政敌以逞一时之忿,大为不满。范曰:"为此怪鬼辈坏之也。"韩曰"天下事不可如此,必坏"(《枫窗小牍》卷上),辱骂丑诋不是政争的正常手法。诚如苏辙所言,范氏"早岁排吕许公(夷简),勇于立事,其徒因之,矫厉过直,公亦不喜也"。欧阳修后作《徂徕石先生墓志铭》时,不像为蔡襄作墓志铭而讳言《四贤一不肖诗》那样,倒是提到石介此事,却用曲笔:"乃作《庆历圣德诗》以襃贬大臣,分别邪正,累数百言。诗出,太山孙明复曰:'子祸始于此矣。'……其后,所谓奸人作奇祸者,乃诗之所斥也。"①着眼点在于表扬孙复的先见之明,在表扬中暗寓他此时对石介此举的一定保留。

从宋代朋党政治理论发展的层面上,结合党争从政见之争蜕变为意气、权力之争的发展阶段,对欧阳修的这场文字风波当有更深入的认识。

我曾在一篇文章中讨论过宋代有关《朋党论》前后相继的一批系列论文,从王禹偁《朋党论》、欧阳修《朋党论》、司马光《朋党论》到苏轼的《续欧阳子朋党论》、秦观《朋党论》上下篇等,指出严君子小人之辨是他们衡量党争问题的唯一的是非标准,也是其朋党论思想的核心。②王禹偁提出首要分清"君子之党"与"小人之党"的界域,这是认识朋党问题的关键。他的这一思想影响深远。至欧阳修,进一步提出"君子有党,小人无党"的观点,③公开亮出君子立党的正当性和必要性,体现了忠诚谋国、光明磊落的政治风范,但也很容易把二元对立思想导致极端。他当时攻击吕夷简的言论就是实例。欧氏庆历三年的《论吕夷

---

① 《欧集》卷三十四,页507。
② 见拙作《北宋的文学结盟与尚"统"的社会思潮》,《王水照自选集》,上海教育出版社2000年版,第105页。
③ 《续资治通鉴长编》卷一四八,庆历四年四月戊戌条,记范仲淹面对宋仁宗的"亦有君子党乎"的提问,作了明确的肯定答复。欧阳修进呈《朋党论》即在同一天,说明"君子有党"的思想并非欧氏一己之见。

简札子》①，痛责吕氏"二十四年间坏了天下。人臣大富贵，夷简享之而去；天下大忧患，留与陛下当之"，直斥"罪恶满盈，事迹昭著"，显然有失公道了。

更值得注意的是苏轼《续欧阳子朋党论》。明茅坤《宋大家苏文忠公文钞》的评语敏锐地指出："长公此论，真可以补欧阳子之不足。"②"不足"何谓？茅氏未加申说。清姚范在《援鹑堂笔记》卷五十中却作过具体分析。他说：

> 欧公盖有感于庆历间范、吕二公朋党之论，故于《史记》亦多致意。东坡则言君子小人各自为党，祸及于国，而君子当"《萧》、《勺》群慝"，为调剂之术，不为已甚耳。与欧公"小人以君子为朋党"者，其意殊也。或绍圣以后，元丰旧党恣其辛螫，而公鉴之，为是言欤？抑元祐初众正汇进，公料群小已有茅茹之象，而为此先事之虑与？③

从两文的内容而言，欧氏《朋党论》阐述"君子有党，小人无党"的见解，苏氏"续论"则申说"君子之党易尽""小人之党必胜"的看法。王世贞《读朋党论》概括两文之异在于"欧阳氏之说虑君子之党见疑于人主而求所以释之，苏氏之说则虑小人之党见信于人主而求所以胜之"④，所言颇有眼光。这也可以看出，欧、苏两人都没有跳出以君子、小人论党争的基本思路，但立意却颇异其趣。

从两人的立意而言，苏轼显然着重阐释"调停"之说。"《萧》《勺》群慝"是汉《安世房中歌》的成句："行乐交逆，《萧》《勺》群慝。"（《汉书·礼乐志二》）《萧》，舜乐；《勺》，周乐。据师古注"言制定新乐，教化流行，则逆乱之徒尽交欢也"，即谓用音乐教化而使匈奴臣服。姚范借

---

① 《欧集》卷一百，第1453页。
② 拙编《历代文话》第2册，复旦大学出版社2007年版，第1983页。
③ 清道光刻本，见《续修四库全书》1149册，上海古籍出版社2002年版，第188页。
④ 王世贞：《读书后》卷三，清乾隆刊本。

以表达苏轼此文的思想重点：强调"调剂之术"，努力防止党争双方行为的失控与过激，"不为已甚耳"。这是深中肯綮的。苏轼文中明言"愚以谓治道去泰甚耳"，好走极端，黑白太分明，并非"治道"。苏轼甚至认为"奸固不可长，而亦不可不容也；若奸无所容，君子岂久安之道哉！"①

苏轼此语，绝不能理解为姑息养奸、是非不分，而是对他自身几起几落、大起大落党争经历的总结，这个总结是伴随着血和泪的，因而也是深刻的。对宋代政治史具有精深研究的王夫之，在他的《宋论》中痛切地指出党争对宋朝政局的严重危害："朋党之兴，始于君子，而终不胜于小人，害乃及于宗社生民，不亡而不息。宋之有此也，盛于熙、丰，交争于元祐、绍圣，而祸烈于徽宗之世，其始则景祐诸公开之也。"②并进而指出，党争双方势如水火，但所采取的政争手段，即所谓"术"却如出一辙，韩、富、范等人采用的仍是吕夷简之"术"，"反其所为者，固师其所为也"，对立双方在斗争手段上走到了一起。他写道：

> （吕）夷简固以讪之不怒、逐之不耻、为上下交顺之术，而其心之不可问者多矣。其继起当国能守正而无倾险者，文彦博也，而亦利用夷简之术，以自挫其刚方之气，乃恐其志不足以行，则旁求助于才辩有馀之士，群起以折异己而得伸。韩、富、范、马诸公，虽以天下为己任，而不能自超出于此术之上。于是石介、苏舜钦之流，矫起于庶僚，而王素、唐介、蔡襄、余靖一唱百和，唯力是视，抑此伸彼，唯胜是求。③

二元对立的党争思维，一旦形成牢不可破的党派性，把狭隘的派性利益置于公共利益之上，极易把原来正常的政见之争丢之脑后，一味党同伐异，"唯胜是求"。其结果，"寥寥焉无一实政之见于设施"，"未见

---

① 《苏轼文集》卷四，第129页。
② 王夫之：《宋论》卷四，中华书局1964年版，第86页。
③ 同上书，第87页。

其有所谓理也,气而已矣。气一动而不可止,于是吕、范不协于黄扉,雒、蜀、朔党不协于群署,一人茕立于上,百尹类从于下,尚恶得谓元祐之犹有君,宋之犹有国也"①。这里的"气",殆与"意气"相类。"气"取代了"理",造成了君将不君、国将不国的严重后果。王夫之对党争的批判是犀利的,而他提出的朋党之争"君子终不胜于小人"的观点是与苏轼一脉相承的。

由此可见,欧阳修在《范文正公神道碑》中之所以叙述范吕和解一事,并不是一时兴到的率意之笔。他的初衷是为了突出"二人之贤能,释私憾而共力于国家"的政治风范(《墨庄漫录》卷八),"述吕公事,于范公见德量包宇宙,忠义先国家"(欧氏《与渑池徐宰无党书》其四),从而倡导从政为公的政治操守,防止无节制的党同伐异之风的滋长;然而这番用心却不被沉溺党派偏见的富弼们所体谅,难怪欧氏对苏洵说:"《范公碑》,为其子弟擅于石本改动文字,令人恨之。"(《邵氏闻见后录》卷二十一)将此文字风波置于北宋党争实况和朋党理论发展中来考察,更能显示出特殊的意义。

到了南宋,欧阳修获得了一位知音,就是朱熹。他与周必大曾为此桩公案展开争论,给周氏写过多封长信,认为"范、欧二公之心,明白洞达,无纤芥可疑。吕公前过后功,瑕瑜自不相掩"②。对吕夷简的"前过"与"后功",应采取分别对待之法:"盖吕公前日之贬范公,自为可罪;而今日之起范公,自为可书。二者各记其实,而美恶初不相掩,则又可见欧公之心,亦非浅之为丈夫矣。"对欧氏深致仰佩之意。至于范仲淹,他主动与吕氏和解,朱熹认为正见出"其正大光明,固无宿怨,而惓惓之义,实在国家","此最为范公之盛德,而他人之难者",他还直接引用范氏给吕氏的和解书信的内容,即有所谓"相公(吕夷简)有汾阳(郭子仪)之心之德,仲淹无临淮(李光弼)之才之力"之句,并随手指出,"此书今不见于集中,恐亦以忠宣(范纯仁)刊去而不传也"③。朱熹

---

① 《宋论》卷七,第142—143页。
② 《答周益公(第一书)》,《晦庵先生朱文公集》卷三十八,四部丛刊本。
③ 《答周益公(第二书)》,《晦庵先生朱文公集》卷三十八,四部丛刊本。

的这几封信件,持论平和,剖析入微,表现出他政见的成熟和对史事的透彻观察,基本上可看作本案的定谳。

周必大否认范、吕和解,确与基本事实不符。他曾编刻《欧阳文忠公集》,对欧氏作品之本末了解甚稔;又奉旨撰写《皇朝文鉴》之《序》,必见过该书所收范仲淹《上吕相公书》,对此确证何以视而不见?至于范纯仁,史载其"用心平直",处事慎重。元祐四年"车盖亭诗案"时,他反对惩处蔡确而牵连新党。他上疏云:"窃以朋党之起,盖因趋向异同。同我者谓之正人,异我者疑为邪党。既恶其异我,则逆耳之言难至;既喜其同我,则迎合之佞日亲。以至真伪莫知,贤愚倒置,国家之患,何莫由斯。""今来蔡确之罪,自有国家典刑,不必推治党人,旁及枝叶。"①说明他的党派对立思想较为淡薄,但又何以坚认其父"未尝与吕公平也"? 其实,这里忽略了两个不同层面的区别:从政治道德、立朝人格、施政取向而论,吕夷简年长范仲淹整整十岁,是位老成持重、圆滑稳健的官场老手,他的"屈伸舒卷,动有操术"(《宋史》本传)的作风,乃至患忠贤之异己、举措多出于私心等行为方式,范仲淹始终未予认同,不可能在短时间内填平彼此鸿沟。他们是两代不同的官僚类型。作为其子的范纯仁自然深知熟察,他之所以毅然删削碑文,自信是不违父志的。但从党派政治斗争的策略而论,大乱当前,握手言和,并在一定程度上化解党争排他性的痼疾,和解又是事实。"前过"和"后功",功者自功,过者自过,看来,朱、周之争也存在调和折衷的空间,范纯仁的态度和行为也是可以理解的。

二

尹洙是欧阳修政见相契的文友,庆历七年(1047)不幸去世,欧氏受范仲淹之托,撰写了《尹师鲁墓志铭》。欧氏出于对文友的敬意,追

---

① 《上哲宗论不宜分辨党人有伤仁化》,《宋朝诸臣奏议》卷七十六,上海古籍出版社1999年版,第829页。

摹尹洙简古的文风,用精练准确的语言,评述亡友一生的行事和业绩,欧氏自感能告慰亡友于地下。不料招来尹洙家属和欧、尹友人孔嗣宗的非难,欧氏又作《论尹师鲁墓志》一文予以辩解。从这篇文章中,可以看出双方意见分歧,主要集中在如下三点:(一)尹洙以古文名世,而《墓志铭》只说了"简而有法"四个字的评语,甚嫌评价不足。欧答云:"简而有法"四字的分量极重,只有孔子亲自所作的《春秋》才当得起,我用以称尹洙之文,已是极高评价,"修于师鲁之文不薄矣"。(二)尹洙破骈为散,厥功甚伟,《墓志铭》未给予充分肯定。欧答云:"偶俪之文,苟合于理,未必为非,故不是此而非彼也。"就文体而言,古文固然好,但骈文也未必一概皆坏。(三)尹洙家属认为"作古文自师鲁始",而《墓志铭》未提到尹洙在宋代古文运动中的这一首倡地位。欧答云:"若作古文自师鲁始,则前有穆修、郑条辈,及有大宋先达甚多,不敢断自师鲁始也。"①三条意见,前两条属于事理辨析,后一条又关涉于事实的有无了。欧氏的辩解应该说是合乎情理和实际的。

然而,事情的结局是"尹氏子卒请韩太尉(韩琦)别为墓表"(欧氏《与杜䜣论祁公墓志书》)。韩氏之《表》洋洋洒洒超过欧《志》二三倍之多,欧《志》却遭遇冷落。② 欧阳修颇为感伤地说:"又思平生作文,惟师鲁一见,展卷疾读,五行俱下,便晓人深处。因谓死者有知,必受此文,所以慰我亡友尔,岂恤小子辈哉!"(《论尹师鲁墓志》)

欧阳修说是尹洙家的"小子辈""卒请韩太尉别为墓表",这是不确的,似乎他也不明白内情,这又要说到这场文字风波的另一位人物了。他不是别人,就是范仲淹。尹洙临终时,范仲淹在现场。范对行将辞世的尹洙说:"足下平生节行用心,待与韩公、欧阳公各做文字,垂于不朽。"尹洙"举手叩头",表示同意与感谢。范氏决定了具体分工:"永叔作墓志,明公(韩琦)可与他作墓表也。"(范仲淹《与韩魏公书》其一)可

---

① 《论尹师鲁墓志》,《欧集》卷七十二,第 1045 页。
② 或谓欧氏此志"终究废弃不用",似尚需考核。欧氏《答尹材书》云:"墓铭刻石时,首尾更不要留官衔、题目及撰人。书人、刻字人等姓名,只依此写。晋以前碑,皆不著撰人姓名,此古人有深意,况久远自知。篆盖只著'尹师鲁墓'四字。"此虽未能遽定已经上石入墓,但也不可径言"废弃不用"。见《欧集》卷一五〇,第 2484 页。

见韩琦作《墓表》是范仲淹的主意。欧氏《墓志》作成而非议随起,这个难题又到了范氏那里。范氏给韩琦信(《与韩魏公》其二〇)云:

> 近永叔寄到师鲁墓志,词意高妙,固可传于来代。然后书事实处,亦恐不满人意,请明公更指出,少修之。永叔书意,不许人改也。然他人为之虽备,却恐其文不传于后。或有未尽事,请明公于《墓表》中书之,亦不遗其美。又不可太高,恐为人攻剥,则反有损师鲁之名也。乞审之。人事如此,台候与贵属并万福。①

范氏既肯定欧文"词意高妙,固可传于来代",但又说讲事实处,"恐不满人意",这或许在为尹洙家属代言。对这个"不足",欧氏拒绝修改,而若换别人写作,又"恐其文不传于后",真是两难。因而请韩琦在作《墓表》时弥补、充实,这样,对欧氏和尹洙家属的意见都能兼顾,且又能保持文字的身价与声誉,表现出范仲淹处理难题的老到达练。现在我们读到的韩琦这篇墓表,事迹详备,叙事酣畅,尤在政治评价上更为充分,但也注意不拔高虚美。他对欧、尹分歧的前两条即"简而有法""破骈为散"绝口不提;对于第三条"事实"问题,他写道:

> 本朝柳公仲涂(柳开)始以古道发明之,后卒不能振。天圣初,公(尹洙)独与穆参军伯长(穆修)矫时所尚,力以古文为主。次得欧阳永叔以雄词鼓动之,于是后学大悟,文风一变,使我宋之文章,将逾唐、汉而蹑三代者,公之功为最多。②

韩琦以柳开—穆修、尹洙—欧阳修来概括宋初以来古文运动的发展脉络,既肯定了尹洙的地位与贡献,也明显吸取了欧阳修的"作古文不自师鲁始"的见解,使争论双方都能接受,并为后世学者所普遍认

---

① 《范文正公尺牍》卷中,《范仲淹全集》,凤凰出版社2004年版,第613页。
② 《故崇信军节度副使检校尚书工部员外郎尹公墓表》,《安阳集编年笺注》卷四十七,巴蜀书社2000年版,第1458页。

同。几乎同时,范仲淹为尹洙文集作序(《尹师鲁河南集序》),也复述这一由柳、穆、尹、欧所构成的发展脉络,只是点明尹洙是"从穆伯长游"的,属于追随穆修之列,而且改"公(尹洙)之功为最多"为"深有功于道",删去"最多"二字,体现他评价尹洙"不可太高"的主张。而韩琦处理问题的深思熟虑,面面俱到,也丝毫不让范仲淹。他们二人可能已看出,欧阳修拒绝修改的根本原因,在于这既关乎古文的写作及其历史发展的重大问题,又是关乎传记写作的"信史"原则。欧氏的坚持,理应得到尊重。

两次文字风波都给欧阳修造成一定的伤害,两篇原无问题的作品成了"问题"文章,受到不公平的对待;但他所坚持的思想、观念和原则,仍给后人以启迪,至今尚未过时。

(原载《江西社会科学》2007 年第 9 期)

欧阳修散文创作的发展道路

中国传统文化发展到宋代,达到了高度繁荣的新的质变点。其标志之一就是涌现了一批具有多方面成就的文化名人。他们视野开阔,通古博今,占领了一个又一个文化领域的巅峰,其本身往往是一代文化的结晶和代表。欧阳修就是北宋前期最早升起的一颗文化巨星。他作为当时文坛盟主,领导了宋代的古文运动,奠定了宋代散文的群体风格。他和梅尧臣、苏舜钦一起,开创了有宋一代诗歌的新面貌。在宋初词坛上,他和晏殊所组成的晏欧词派居主导地位。他又主持《新唐书》的编撰,并独立完成《新五代史》,在我国众多的史学家中,成就卓著。他以《易童子问》《诗本义》等经学著作,开创了以务明大义、疑古辨伪为特征的"宋学",与传统的神化经典、恪守传注的"汉学"相抗衡。他又是金石考古学的开拓者,我国第一部诗话著作的作者。他可以当之无愧地荣膺散文家、诗人、词家、历史学家、经学家、考古学家、诗歌评论家等多种称号。而作为散文家的欧阳修,他流传至今的五百馀篇作品,是他文学创作中成就最高的部分,其重要的历史地位,尤引人注目。

一 古文创作初露锋芒(1031—1034)

欧阳修(1007—1072)现存的最早散文作品,写于宋仁宗天圣年间,在六十六年的人生历程中,他勤奋地写了近半个世纪。他的散文创作道路、散文特点的形成和成就的获得,跟北宋古文运动的发展直接关联,也跟北宋的整个政治环境和社会情势密不可分。也就是说,散文创作、古文运动和政治革新三者在他身上是交互影响、同步行进的。

引导欧阳修走上古文写作之途的是韩愈。欧阳修四岁丧父,随母去随州投靠在那里任推官的叔父欧阳晔,遂长居该地。他在城南李尧辅家,第一次得见韩愈的文集:"见有弊筐贮故书在壁间,发而视之,得唐《昌黎先生文集》六卷,脱落颠倒无次序。因乞李氏以归,读之,见其言深厚而雄博。然予犹少,未能悉究其义,徒见其浩然无涯若可爱。"(《记旧本韩文后》)韩文在他孤贫力学的生活中不啻展现了一个崭新的世界。原来唐中叶韩愈、柳宗元的古文运动成就突出却后继乏人,不久骈文重又抬头,到五代乃至宋初,浮泛靡丽的骈文占据了文坛的统治地位:一切官场应用文字,上起诏敕,下至判辞书牍,以及科举程文等皆用骈文。欧阳修为准备应举,自然也把学习骈文作为重要日课。他追述说:"仆少孤贫,贪禄仕以养亲,不暇就师穷经,以学圣人之遗业,而涉猎书史。姑随世俗作所谓时文者,皆穿蠹经传,移此俪彼,以为浮薄,惟恐不悦于时人,非有卓然自立之言,如古人然。"(《与荆南乐秀才书》)正是以以"顺时取誉"为目的的僵死卑弱的骈文为参照物,韩文"深厚而雄博""浩然无涯"的美学特征才对他产生了巨大的吸引力和感染力。

天圣元年(1023),17岁的欧阳修参加随州州试,试题是《左氏失之诬论》。他的答卷尽管有"石言于宋,神降于莘。外蛇斗而内蛇伤,新鬼大而故鬼小"等"奇警之句"流传后世(《东轩笔录》卷十二),却以落官韵被黜。复又重读韩集,"喟然叹曰:学者当至于是而止尔。……以谓方从进士干禄以养亲,苟得禄矣,当尽力于斯文以偿其素志"(《记旧本韩文后》)。立下了尽早摒弃骈文这块敲门砖,潜心研治韩文的志愿。这表明欧阳修领导的古文运动,固然跟唐代古文运动一样,也标举明道师经的旗帜,但更具诱惑力的契机却是对韩文艺术特性、美学风范的钦羡和认同,这也预示着欧阳修今后的文论思想朝"重道更重文"的方向发展。

天圣八年,他终于进士及第,次年三月到洛阳出任西京留守推官,直至景祐元年(1034)秩满。这三年间,他积极参与了洛阳文人集团的诗文革新活动,是他古文创作的发轫期,并在文坛上崭露头角。

当时钱惟演任西京留守,大批文人学士聚集在他周围。欧阳修的《七交·自叙》《书怀感事寄梅圣俞》等诗,充分反映出名士荟萃的盛况。这个具有大致相同文学好尚的文人集团,其实际领袖是通判谢绛,重要成员有尹洙、梅尧臣、欧阳修等。梅尧臣《依韵和答王安之因石榴诗见赠》云:"是时交朋最为盛,连值三相(指李迪、钱惟演、王曙)更保釐。谢公主盟文变古,欧阳才大何可涯。我于其间不量力,岂异鹏抟蒿鹦随。"在《依韵和王平甫见寄》中又说"谢公唱西都,予预欧尹观。乃复元和盛,一变将为难",俨然与韩柳元白的元和时代先后媲美,蔚成文学史上的大观。

这个颇为松散的文人群体虽然主要活动不过是"文酒聊相欢""崎岖寻石泉"的宴游生活,且尚未提出明确的诗文革新纲领,但毕竟是依照一定的文学趋尚而发生互动关系的共同体,也不能离开宋初以来诗文革新运动的整体发展。柳开、王禹偁等人首先对浮艳空泛的"五代体"发起攻击,提出复兴"古文"的要求。然而,以大中祥符年间《西昆酬唱集》结集为标志,西昆体时文又逐渐取代宋初早期古文的地位。这又引起孙复、石介、穆修、苏舜钦等人的反对,西昆体时文的影响遂日趋减弱。更加上天圣七年仁宗下《贡举诏》戒除文弊,"比来流风之弊,至于荟萃小说,磔裂前言,竞为浮夸靡蔓之文,无益治道",要求"学者务明先圣之道"(《续资治通鉴长编》卷一〇八)。(以后明道二年、庆历四年又下诏重申)。这一行政措施跟文坛发展要求完全吻合,因而产生了重大的社会影响,正如欧阳修一再指出,皇帝下诏后,"由是其风渐息,而学者稍趋于古焉"(《苏氏文集序》)。"其后风俗大变。今时之士大夫所为,彬彬有西汉之风矣。"(《与荆南乐秀才书》)可以说,欧阳修是在比较顺利的条件下开展古文运动和从事古文写作的,比起韩愈面临的"挽狂澜于既倒""摧陷廓清"的严峻任务来,他的困难和阻力要小,这也直接有助于他的中和之性、情韵之美的散文精神的形成。

洛中三年对欧阳修的散文创作道路发生过一锤定音式的重要作用。第一，编校韩集，写作古文。他自述："举进士及第，官于洛阳，而尹师鲁之徒皆在，遂相与作为古文。因出所藏《昌黎集》而补缀之，求人家所有旧本而校定之。其后天下学者亦渐趋于古，而韩文遂行于世。"（《记旧本韩文后》）而欧阳修本人也从此学为古文，摒绝骈文。他说："今世人所谓四六者，非修所好。少为进士时，不免作之。自及第，遂弃不复作。在西京佐三相幕府，于职当作，亦不为作。"（《答陕西安抚使范龙图辞辟命书》）从此，古文成为他抒情述志、驰骋才华的理想领域，终生未渝。

第二，崇尚"道"的实践性性格。文道合一、以道为主是唐代古文运动的理论基石。韩愈论"道"，主要指儒家的礼治秩序、伦理关系，高言宏论，神圣莫犯。欧阳修却强调"切于事实"，突出"道"的实践性性格，大大缩短了"道"和人们的心理距离。洛阳时期他表达文论思想的文字不多，但已初露端倪。如明道二年写给求教者张秉的《与张秀才第二书》指出："君子之于学也务为道，为道必求知古。知古明道，而后履之以身，施之于事，而又见于文章而发之，以信后世。"又说："孔子之后，惟孟轲最知道，然其言不过于教人树桑麻、畜鸡豚，以谓养生送死为王道之本。……而其事乃世人之甚易知而近者，盖切于事实而已。"从一开始就表现出对空谈性理或放言圣道的厌弃，表现出贴近现实政治和实际生活的倾向。

第三，提高知名度，声誉鹊起，为日后主盟文坛创造条件。一切文学作品只有被人阅读时才是有实际意义的存在，文人集团作用之一，在于加强了这种文学交流的过程，扩大了作品的影响，从而帮助自己的成员获得社会的认可。苏辙《欧阳文忠公神道碑》说：欧阳修"补西京留守推官，始从尹师鲁游，为古文，议论当世事，迭相师友。与梅圣俞游，为歌诗相倡和。遂以文章名冠天下"。由此而增强了他在文坛的号召力和威望。

第四，孕育了他独特散文风格的胚芽。文学创作是文人集团活动的中心，在互相切磋、激励、竞争中，往往培养出一种新的欣赏习惯，使之成为较稳定的审美爱好。邵伯温《邵氏闻见录》卷八云：钱惟演"因府第起双桂楼,西城建阁临圆驿,命永叔、师鲁作记。永叔文先成,凡千余言。师鲁曰：'某止用五百字可记。'及成,永叔服其简古。永叔自此始为古文"。释文莹《湘山野录》卷中记此事略有差异,他说："欧公终未伏在师鲁之下,独载酒欲（往）之,通夕讲摩。师鲁曰：'大抵文字所忌者,格弱字冗。……'永叔奋然持此说,别作一记,更减师鲁文二十字而成之,尤完粹有法。师鲁谓人曰：'欧九真一日千里也。'"这两则文坛逸事,具体细节容有出入,但崇尚"简古""完粹有法",力忌"格弱字冗"确是欧阳修散文风格的特点之一,也是他文论思想的一个要点。（以后在《论尹师鲁墓志》等文中还有更多的发挥。）同时,文友间的切磋琢磨也有助于他散文风格的日趋成熟。他在嘉祐八年《集古录目录》自跋中说："昔在洛阳,与余游者,皆一时豪隽之士也。而陈郡谢希深善评文章,河南尹师鲁辨论精博,余每有所作,二人者必伸纸疾读,便得余深意。以示他人,亦或时有所称,皆非余所自得者也。"时隔三十年,对"谢、尹之知音"仍拳拳于怀如此,足证切磋之功。尤应强调指出,对洛阳文人集团的追念成为欧阳修巨大的精神财富,这对形成他散文主体风格即"六一风神"产生了不容忽视的作用。"六一风神"的审美核心,就是抚追今昔、俯仰盛衰、沉吟哀乐的情韵意趣,这集中表现在他为洛阳友人所作的墓志、祭文之中。如果不是以存亡离合感叹成文,不是把作者自身纳入其中,就不可能把这些实用性的墓志、祭文写成情辞并茂、声泪俱下的绝妙文字。《张子野墓志铭》等就是佳例。近代文学家林纾说："欧文之多神韵,盖得一'追'字诀。追者,追怀前事也。"又说："欧公一生本领,无论何等文字,皆寓抚今追昔之感。"（《选评古文辞类纂》）堪称一语中的。对洛阳盛游的追思,对今昔盛衰悲剧性的人生体验,已成为形成他主体风格的切入口和契合点。

洛中三年是欧阳修散文创作的初步丰收时期。现存这时期各类文章三十多篇,其中有不少富于文学性的散文。与上述情况相对应,这些散文的显著特点,一是学韩。如《杂说三首》《伐树记》《戕竹记》《非非堂记》《养鱼记》等,不仅《杂说三首》沿袭韩愈《杂说四首》的题目和手法,而且其他几篇"记"实质上也属特殊的"杂说"寓言,都借用具体事例阐发某种哲理或人生思想,而这又承受了《庄子》的思想熏陶。二是崇尚简古的风格。这些文章大都篇幅较短,文字洗炼简洁,要言不烦。《戕竹记》结尾云"推类而广之,则竹事犹末",由小引大,含意颇深;《养鱼记》结尾云"感之而作《养鱼记》",所"感"为何,不明言而妙在不言之中。三是多骈偶句式。如"且戕且桴,不竭不止","服上官为慢,齿王民为悖"(《戕竹记》)。"不方不圆,任其地形;不甃不筑,全其自然。"(《养鱼记》)大抵受积习所使,摇笔自来,他后来才自觉吸收骈文的艺术长处,达到另一境界。总之,这时的散文还处在练笔阶段(这可能是大都未收入他亲自审定的《居士集》、而被后人编入《居士外集》的原因),但已初步显露出构思运笔的较高才能和自己的独特风格。

二 革新弊政的志士,振兴文运的宗师(1034—1045)

从景祐元年(1034)到庆历五年(1045),是欧阳修政治道路和文学道路上又一个重要时期。他历任馆阁校勘,夷陵令、乾德令、滑州通判,知谏院、知制诰等职,经历了在朝—外贬—在朝的曲折过程。两次在朝,他积极参加了范仲淹等革新派和吕夷简、夏竦等守旧派的激烈的政治斗争,而第一次夷陵被贬对他的思想、性格和创作发生了深刻的影响。

宋朝比之以往的几个统一王朝,是中央集权程度最高的朝代。这一方面对于巩固宋王朝的统一、安定社会秩序、发展经济和抵御少数民族统治者的侵扰,起了一定的积极作用;另一方面,军权集中带来了宋朝军队训练不良、战斗力削弱;政权集中带来了官僚机构庞大臃肿、腐败无能;财权集中又刺激了统治者的穷奢极欲、挥霍享受,再加上每年向辽、西夏输币纳绢,造成沉重的财政负担。开国不过三十多年,宋太宗时就爆发了王小波、李顺的农民起义,人数达几十万。正是在积贫积弱局势逐渐形成、内外社会矛盾急剧发展的情况下,封建士大夫中有些改革家就出来倡导"变法",改革弊政,形成了变法运动。范仲淹的"庆历新政"就是最初掀起的一场政治改革。欧阳修在景祐年间严斥附和吕夷简的谏官高若讷,为范仲淹贬官饶州鸣不平,因而自己也遭外贬夷陵的打击;而在庆历新政期间,他更积极出谋划策,努力舆论宣传,与参政范仲淹、枢密副使富弼、韩琦一起,成为新政的核心人物。这是他一生中政治上最为进取的时期。

宋代的古文运动一开始就是作为政治革新运动的一翼而出现的,因此具有鲜明的教化辅政的目的。范仲淹早在天圣三年的《奏上时务书》中,就提出"国之文章,应于风化;风化厚薄,见乎文章",强调文章与社会教化的密切关系,要求在政治改革的同时,"兴复古道","救斯文之薄"。在庆历新政时,更兴建太学,改革科举,改变专以诗赋墨义取士的旧制,注重策论经义,使"天下学者日盛,务通经术,多作古文"(欧阳修《条约举人怀挟文字札子》)。随着政治革新浪潮的推进,古文运动也随之扩大了社会影响,吸引了众多的士人从事古文的写作。同时,欧阳修在文坛的地位也日益提高,终于成为公认的领袖。他自己在宝元二年所作的《答梅圣俞寺丞见寄》诗云"文会忝予盟,诗坛推子将",大概因该年谢绛死去,故而和梅尧臣二人分别负起"文会""诗坛"的领导责任,这可能还属于某一局部的文人范围之内。而范仲淹于庆历八年所作的《尹师鲁〈河南集〉序》,则概述宋初以来文坛大势说:"懿、僖以降,寖及五代,其体薄弱。皇朝柳仲涂(柳开)起而麾之,髦俊率从焉。""洛阳尹师鲁少有高识,不逐时辈。从穆伯长(穆修)游,力为古文。而师鲁深于《春秋》,故其文谨严,辞约而理精。章奏疏议,大见风采,士林方耸慕焉。邃得欧阳永叔从而大振之,由是天下之文一变。"他是从文坛全局立论,肯定欧阳修在当时转变文风中的关键性作用。

与这种社会思潮和欧阳修文坛地位相适应,他的文论思想也臻于成熟。《与荆南乐秀才书》《答孙正之第二书》《答吴充秀才书》《答祖择之书》这些指导各地士子的书简以及随后的《苏氏文集序》《送徐无党南归序》《答宋咸书》等文,都是有代表性的文论之作。他仍然标举"我所谓文,必与道俱"(苏轼《祭欧阳文忠公夫人文》引)的重道旗帜,但对"道"的内涵作了新的阐述:一是继续发挥《与张秀才第二书》中"道"必"切于事实"的思想,强调"道"必须和实际生活中的"百事"相联系,反对"弃百事不关心"(《答吴充秀才书》),重视"道"的实践性性格;二是提出"圣人之言,在人情不远"的思想(《答宋咸书》),对"圣人之言",其着眼点不在它所规定的人伦关系中尊卑名分的等级性,而是突出其中的感情联系和交流,不使感情因素被强制性的行为规范所吞噬。这就把抽象的、理念性的"道",转换成具体的、实在的、充满情性内涵的"道",与他散文中"信实性"和"抒情性"的特点正复一致。

其次,强调"文"的独立价值和作用。他说:"古人之学者非一家,其为道虽同,言语文章未尝相似。"(《与乐秀才第一书》)又说:"其见于言者,则又有能有不能也。"(《送徐无党南归序》)都从作家才能或文体、风格的不同,来说明道是不能完全代替文的。他还说:"君子之所学也,言以载事而文以饰言,事信言文,乃能表见于后世。《诗》《书》《易》《春秋》,皆善载事而尤文者,故其传尤远。"(《代人上王枢密求先集序书》)提出"事信言文"兼重的命题,肯定"文采"对传之久远的重要作用。这里有必要弄清"道胜者文不难而自至"(《答吴充秀才书》)和"勤一世以尽心于文字间者,皆可悲也"(《送徐无党南归序》)两句话的含义。前句来源于"有德者必有言"(《论语·宪问》)的古训,后句又与道学家"玩物丧志"说相类。实际上,前句主要是"充道为文"之意。他说:"道纯则充于中者实,中充实则发为文章辉光。"(《答祖择之书》)这是对韩愈《答李翊书》"根之茂者其实遂,膏之沃者其光晔"的发挥,其主旨在于从文人修养的角度来讲文学才能的提高、作品艺术感染力的获得。后句是从整篇文章"三不朽"的题旨出发,强调"立德、立功、立言"三者必须以"立德"为本,而且徐无党已有文名,"予欲摧其盛气而勉其思也",同时"予固亦喜为文辞者,亦因以自警焉"。在他心目中,首先应以道德家、政治家自期,其次才是文学家,但这并不意味着对"文"的轻视和否定。他后来在论及为杜衍作墓志时说过:"平生知己,先相公(杜衍)最深,别无报答,只有文字是本职,固不辞。"(《与杜䜣论祁公墓志书》)说明他终究是位毕生"尽心于文字"的文人。

这时期的散文创作有几点值得注意。第一,与他的政治活动紧密配合,他写了不少有关政治革新的文章,仅奏议就多达六七十篇,政论有《原弊》《纵囚论》《本论》等,《与高司谏书》《朋党论》更是传诵一时的名作。这些文章,词气严正,说理透辟,表现了一位政治家凛然的气节和不屈的斗争精神,也是庆历新政的可贵的历史文献。第二,由于文名卓著,他应请写了不少墓碑文。这时期有名的有《张子野墓志铭》《黄梦升墓志铭》《南阳县君谢氏墓志铭》等,这些墓主大都很少有勋业政绩可以称述,他因而采取从虚处落笔的手法,或以交游聚散感叹著文,或从亲人口述笔录成篇,充满了缠绵呜咽的情韵,为墓志铭的写作别辟一途。他以后写的《尹师鲁墓志铭》《资政殿学士户部侍郎文正范公神道碑并序》等,则强调简古的文字风格和突出大节的写作原则。然而,精心选择富有生活气息的典型事例,以表现人物的精神性格,则是他墓碑文的共同特点。第三,与曾巩擅长目录序、王安石工于经义序各异其趣,欧阳修以精于诗文集序著称。这时期所写的《释惟演文集序》《释秘演诗集序》开了此类书序的先河。这两篇为佛门中人所作的诗文集序,颇受韩愈《送高闲上人序》以客映主手法的影响,但已显出学韩能化的境界。以后他又陆续写了不少书序名篇,对这一文体的写作提供了多方面的艺术经验。

三 宦途的再贬,风格的成熟(1045—1054)

从庆历五年(1045)到至和元年(1054),是欧阳修第二次被贬外任时期。范仲淹为首的"新政"在守旧派的攻击下不幸失败。庆历五年,欧阳修又以"盗甥"的流言不明不白地贬知滁州,继知扬州、颍州、应天府,直到至和元年返京任职。滁州之贬是他人生思想转折变化的分界线,而他的散文主体风格却由此走向成熟。

两次被贬,欧阳修的心态并不相同。他前次贬赴夷陵途中写的《与尹师鲁书》,仍以到贬所后"勿作戚戚之文"相戒,保持不畏诛死、慷慨刚直的献身精神；然而，庆历新政的失败促进了他对政局的深刻反思和忧苦，"盗甥"流言的人格污辱更增加了他的心理重负，于是他从前期的果敢进取转而为畏祸徘徊，直到以后发展为一再要求提前"致仕"、急流勇退的决绝态度。

然而，这种由激进到消极的政治态度的转变，在他身上仅只是表面的、浅层的，其实他的政治思想和人生思想中有一以贯之的深刻的、内在的动因。他在为庆历新政辩护时说："仲淹深练世事，必知凡百难猛更张，故其所陈，志在远大而多若迂缓，但欲渐而行之以久，冀皆有效。"（《论杜衍范仲淹等罢政事状》）其实，"渐"也是他自己的主张。《本论》讲以"礼义"辟佛，也应"莫若为之以渐，使其（指众民）不知而趣焉可也"。因此，他政治思想的核心是渐变而非突变，因循保守则恐国势日危，改革旧章又怕另滋扰乱，矫枉不能过正，力图掌握分寸和限度。因而在前期他虽果敢而不叫嚣跋扈，在后期虽畏祸而不颓丧绝望。他的人生哲学是崇尚这种中和之性，沉稳平静，时刻保持心理的平衡。

南宋韩淲《涧泉日记》卷下说："欧阳公自《醉翁亭》后，文字极老。"他把滁州所作的《醉翁亭记》作为欧文风格成熟的标志，是颇堪玩索的。在前人对欧文主体风格的众多评论中，要数苏洵最早也最为确当。他在嘉祐元年（1056）的《上欧阳内翰第一书》中说："韩子之文，如长江大河，浑浩流转，鱼鼋蛟龙，万怪惶惑，而抑遏蔽掩，不使自露；而人望见其渊然之光，苍然之色，亦自畏避，不敢迫视。执事（欧阳修）之文，纡馀委备，往复百折，而条达疏畅，无所间断，气尽语极，急言竭论，而容与闲易，无艰难劳苦之态。"这里他首先正确地指出了从韩文到欧文审美旨趣的变化，即从崇尚骨力到倾心于风神姿态的转变。林纾《春觉斋论文》"情韵"条云："世之论文者恒以风神推六一，殆即服其情韵之美。"甚至有个专门概念："六一风神"。（《石遗室论文》卷五）这是构成欧文风格的美学层次，也是它的核心。《醉翁亭记》正是体现"风神"的代表作品。该文说："饮少辄醉，而年又最高，故自号曰醉翁也。"这当然不是对"醉翁"含义的真实自白：既非嗜酒，年又仅四十，何得谓之"醉翁"？他的《题滁州醉翁亭》诗说："四十未为老，醉翁偶题篇。醉中遗万物，岂复记吾年。"借酒解愁，忘却万物，才是它的底蕴。《醉翁亭记》原是以"乐"为全篇之目，但既含有离开政治漩涡之后的自适，又有排遣贬谪苦闷的自悲和自忧，感情体验不是单一的。其实，乐与悲、昔与今、理与情，在他的内心世界中是不可分解的并存结构，既各自肯定，又互相否定，痛苦可以化解，欢乐也不必过于欣喜，时间和空间的重叠、渗透使他不断品味往昔的愉悦和现今的悲哀，但他炽热的感情始终受到理智的节制，因而保持一种徐缓平和的节律和恬淡俯仰的感情定势。这就是"六一风神"的精髓。清散文家方苞等人也从墓碑文写作的角度论及此点。方苞《古文约选序例》说："退之、永叔、介甫俱以志铭擅长。但序事之文，义法备于《左》《史》。退之变《左》《史》之格调，而阴用其义法；永叔摹《史记》之格调，而曲得其风神；介甫变退之之壁垒，而阴用其步伐。"姚永朴《文学研究法》卷二补充说："退之变偶为奇，而谋篇变化，造句奇崛，遂为第一大手笔。宋诸家惟欧公有其情韵不匮处。故《援鹑堂笔记》云：欧文黄梦升、张子野墓志最工，而《黄志》(《黄梦升墓志铭》)尤风神发越，兴会淋漓。"这是欣赏欧文时最突出的艺术感受。

其次是结构层次。苏洵说："纡馀委备，往复百折。"清魏禧《魏叔子日录》卷二说："欧文之妙，只是说而不说，说而又说，是以极吞吐往复参差离合之致。"都说出了欧文结构上回环曲折、吞吐掩抑的特点。魏禧还指出韩欧文起法不同："韩文入手多特起，故雄奇有力；欧文入手多配说，故委迤不穷。"这也是符合实际的。但《醉翁亭记》删去初稿数十字，改用"环滁皆山也"突兀开端，收到了奇警之效；然而以下行文由山而西南诸峰，而琅琊山，而酿泉，才出现醉翁亭，由大而小，逐层推进，这仍是"力避本位"的结撰之法。从全篇来看，更从山林之乐，到游人、宾客之乐，到太守之乐，行进舒缓，颇富悠长之趣。滁州所写的另一篇《送杨寘序》，与韩愈《送孟东野序》都为慰解对方之作，抒写怀才不遇之感。但韩文劈头以"大凡物不得其平则鸣"领起，一口气列举历史上种种不平事例，连用四十个"鸣"字，音节强劲急促，真令人"不敢迫视";欧文却从自己有"幽忧之疾"、以琴治之叙起,并以"疾""琴"为全文眼目;中间一大段恣意描摹琴声,类似《琴赋》;最后才归结为以琴为杨寘散愁解郁之药石,说明他从韩入、由韩出,从而表露出自家的本来面目。

最后是语言层次。韩愈主张"词必己出""戛戛独创",在选择和熔铸词语上用力极勤,创获甚巨。欧阳修却以平易自然为其散文语言的特征。南宋罗大经《鹤林玉露》甲编卷五说:"韩柳犹用奇重字,欧苏惟用平常轻虚字,而妙丽古雅,自不可及,此又韩柳所无也。"多用和善用虚词更是他一大本领。《醉翁亭记》以二十一个"也"字结尾,就形成了一种一唱三叹的吟咏句调,虽然个别之处不免令人感到矜持作态,但这二十一个陈述句,其语气仍各有差别,整篇运笔又多转折,故而不像有些模拟者那样堕入庸调。他又喜用"呜呼"。如作《新五代史》赞,凡乎每篇如此。原因如他自己所述:"五代之乱可谓极矣,五十三年之间易五姓十三君,而亡国被弑者八,长者不过十馀岁,甚者三四岁而亡。"(《本论》)因而"发论必以'呜呼',曰:'此乱世之书也'"(欧阳发《事迹》)。可见不单纯是个语言运用问题。南宋李淦《文章精义》就说"欧阳永叔《五代史》赞首必有'呜呼'二字,固是世变可叹,亦是此老文字,遇感慨处便精神",正确地指出他用语特点是形成"六一风神"的一个因素。

这时期的重要作品,除《醉翁亭记》外,如《丰乐亭记》《菱溪石记》《偃虹堤记》《真州东园记》诸记,《送杨寘序》《送秘书丞宋君归太学序》《苏氏文集序》和《新五代史》所作序论,以及为尹洙、范仲淹、苏舜钦等人所作的墓志、祭文,都不同程度地体现了上述独特风格。

四　主盟文坛,力挫颓风,古文运动的
　　全面成功(1054—1067)

从至和元年(1054)到治平四年(1067)这十三年间是欧阳修又一在朝任职时期。他离京已整整九年,被召回时已满头白发,连仁宗见了也不免凄然。先任权判流内铨（掌管官员的铨选、任命、升降等事），历任翰林学士、知礼部贡举、知开封府、礼部侍郎、枢密副使，直至参知政事，仕途顺遂，位高声隆。虽然不改忧国忧民的初衷，不时有所建言期望刷新弊政，但与庆历时期相比，锐于进取的势头毕竟大为减弱。其时的《读书》诗写道："自从中年来，人事攻百箭""形骸苦衰病，心志亦退懦""何时乞残骸，万一免罪遣"，竟变成一位畏缩退避的衰翁，很难想象出自仕途得意者之口。这与庆历新政后弥漫整个朝廷的蹈故循常的政治空气是息息相关的。

然而在文坛上他却极其活跃，形成了以他为盟主的嘉祐文人集团，其规模、影响和历史作用，比之洛阳文人集团都大大超过。特别是他趁知贡举之机，对当时流行的"太学体"进行了坚决的斗争，终于奠定了宋代散文平易自然、流畅婉转的群体风格，取得了古文运动的全面胜利。

韩琦《欧阳公墓志铭》说："嘉祐初，(修)权知贡举。时举者务为险怪之语，号'太学体'。公一切黜去。取其平淡造理者，即预奏名。初虽怨谤纷纭，而文格终以复古者，公之力也。"关于"黜去"的具体情形，《梦溪笔谈》卷九说："嘉祐中，士人刘几，累为国学第一人，骤为怪险之语，学者翕然效之，遂成风俗，欧阳公深恶之。会公主文，决意痛惩，凡为新文者，一切弃黜，时体为之一变，欧阳之功也。有一举人论曰：'天地轧，万物茁，圣人发。'公曰：'此必刘几也。'戏续之曰：'秀才剌，试官刷。'乃以大朱笔横抹之，自首至尾，谓之'红勒帛'，判大'紕缪'字榜之。既而果几也。"关于"怨谤纷纭"的具体情形，《续资治通鉴长编》卷一八五说，"嚣薄之士候修晨朝，群聚诋斥之，至街司逻吏不能止，或为《祭欧阳修文》投其家"，以发泄愤恨。足以见出斗争相当激烈的态势。

"太学体"的始作俑者，是反对西昆体的健将、欧阳修的同年友好石介。庆历二年，他因杜衍之荐，任国子监直讲；庆历四年设太学后，他又任博士。欧阳修《徂徕石先生墓志铭》说"太学之兴，自先生始"，揭示出石介对太学发展的关键作用。据《湘山野录》卷中载，他"主盟上庠，酷愤时文之弊，力振古道"。有位学生作赋，有"今国家始建十亲之宅,新封八大之王"(是年造十王宫,又封八大王元俨为荆王)之句,他"鸣鼓于堂",严予呵责。但他在反对时文的拼凑对偶的同时,却助长僻涩怪诞文风的滋长。欧阳发《事迹》中也曾举例揭橥:太学体"僻涩如'狼子豹孙,林林逐逐'之语,怪诞如'周公伻图,禹操畚锸,傅说负版筑,来筑太平之基'之说",的确已走到了文字的绝路。

欧阳修继承宋初王禹偁"句易道、义易晓"(《再答张扶书》)的主张,对这种文风一直采取毫不妥协的批判态度。明道二年(1033)《与张秀才第二书》就提出"其道易知而可法,其言易明而可行。及诞者言之,乃以混蒙虚无为道,洪荒广略为古,其道难法,其言难行"。景祐二年(1035)他批评石介"好异以取高"的个性,而又"端然居乎学舍,以教人为师",必将对学子产生不良影响(《与石推官第一书》)。庆历四年(1044)作《绛守居园池》诗又斥责被韩愈所称道的樊绍述的奇险文风:"异哉樊子怪可吁,心欲独出无古初,穷荒搜幽入有无,一语诘曲百盘纡,孰云己出不剽袭,句断欲学《盘庚》书。"庆历七年(1047)他又告诫王安石"勿用造语",不要模拟韩文(曾巩《与王介甫第一书》引)。嘉祐、治平间,他再次批评元结和樊绍述:"余尝患文士不能有所发明以警未悟,而好为新奇以自异,欲以怪而取名,如元结之徒是也。至于樊宗师,遂不胜其弊矣。"(《集古录跋尾》卷六《唐韦维善政论》)他与宋祁同修《新唐书》,对宋的"涩体"也以"宵寐匪祯,札闼洪庥"的戏书相揶揄,不满他喜用僻字:实仅"夜梦不祥,书门大吉"之意(见《涵芬楼文谈》五),使宋祁晚年"每见旧所作文章,憎之必欲烧弃"(《宋景文公笔记》卷下)。嘉祐二年"知贡举"事件正是他一贯思想的必然结果。

欧阳修经过二三十年的不懈努力,既反对"剽剥故事,雕刻破碎"的西昆体骈文的流弊(前此是浮艳卑弱的五代体),又吸取宋初以来古文家写作的失败经验,才把建立平易自然、流畅婉转的风格,作为宋代古文运动的基本目标。他开创了一代文风,这是他对中国散文史的最突出的贡献。

苏轼《居士文集叙》中说:"至嘉祐末,号称多士,欧阳子之功为多。"嘉祐时的汴京,全国的文学精英几乎都聚集在欧阳修的门下。苏洵、苏轼、苏辙父子于嘉祐元年进京,二苏即被欧阳修、梅尧臣等录取高等,同榜中试者还有曾巩等人。苏洵为欧氏激赏,王安石也由曾巩推荐而结识欧公。《冷斋夜话》卷二说:"欧阳文忠喜士,为天下第一。尝好诵孔北海'坐上客常满,樽中酒不空'。"他奖掖后进惟恐不及,一时名士云集,叹为观止,苏轼甚至有"醉翁门下士,杂遝难为贤"的感叹(《送曾子固倅越得燕字》)。嘉祐文人集团的功绩在于使整整一代的后起之秀由此得到全社会的重视和承认,出现了宋六家并峙争胜的繁荣局面,还酝酿推出了文坛的下一位领袖苏轼。宋代古文运动至此已取得完全的成功。

这时期他的散文创作仍沿着既已形成的个体风格继续发展。《浮槎山水记》《有美堂记》《相州昼锦堂记》诸记,《梅圣俞诗集序》《廖氏文集序》《集古录自序》等书序,以及《秋声赋》等,都是代表作品。特别是《秋声赋》在我国赋史上有重要地位。赋从骚赋、辞赋、骈赋直到唐代律赋的曲折发展,创作已趋强弩之末。而《秋声赋》作为宋代散文赋的典范之作,既吸取赋的某些特点和手法,保持了诗的特质和情韵,又采取散文的笔势笔调,打破原来固定的句式、韵律,形成一种亦诗亦文、情韵不匮的新型赋体——散文诗,丰富了中国文学的样式。

五 晚年的迟暮心态和创作的新收获(1067—1072)

从治平四年(1067)到熙宁五年(1072),这是欧阳修又一次离京在外时期。由于卷入"濮议"之争(对英宗生父濮安懿王称"皇考"或"皇伯"之争),再遭流言构陷,他辞去参知政事,出知亳州。后又转知青、蔡两州,终于获准退居颍州。一年后病逝。

这生命旅程的最后五年,他似乎更多地表现出对政治的退避,对回归自然、保持自我生活情趣的追求。他在治平四年九月所写的《归田录序》中,对近几年来的政治生涯作了一番反思:"幸蒙人主之知,备位朝廷与闻国论者,盖八年于兹矣。既不能因时奋身,遇事发愤,有所建明以为补益，又不能依阿取容以徇世俗，使怨嫉谤怒丛于一身，以受侮于群小。""宜乞身于朝，退避荣宠，而优游田亩，尽其天年。"他果然一再坚持要求致仕，先后编辑《思颍诗》《续思颍诗》，归颍占据了他整个心灵的注意中心。

这时期的散文作品集中地表达了这种迟暮之感。他的《六一居士传》说，"吾家藏书一万卷，集录三代以来金石遗文一千卷，有琴一张，有棋一局，而常置酒一壶"，又"以吾一翁，老于此五物之间，是岂不为六一乎？"从"醉翁"到"六一居士"自号的改变，反映了他对自我情趣追求的递进。《题青州山斋》对"将吾老矣，文思之衰邪"的自叹，《岘山亭记》对"汲汲于后世之名"的讥悯，都在崇尚自我情趣之中，流露出老之将至的迟暮心态。至于名篇《泷冈阡表》写追念亡父，时已六十四岁，父死达六十年，离初稿《先君墓表》的写作也近二十年，时间的长期间隔，更使他百感交集：时而对乃父孝行和仁心的衷心敬仰，时而对不愧有待的自满自足，时而对一生波折的黯然神伤，似赞似叹，如诉如泣。而出语重复，乃至老人式的细事絮叨，也反而增添了文章感人的力量。

《归田录》和《六一诗话》是这时期散文的另一收获。《归田录》是宋代较早的一部笔记，《六一诗话》也采取笔记的形式和写法，都为宋代大量笔记和诗话著作的涌现导夫先路。前者或记遗闻逸事，或述风土人情，融注着这位元老重臣对朝廷往事的温馨回忆。后者或品鉴赏析诗义，或记诗人轶闻、士林掌故，颇多甘苦之言，而娓娓道来，如亲謦欬。其文风质朴自然，简洁隽永，达到了很高的文字功力。苏轼在欧阳修《试笔》后跋云："此数十纸，皆文忠公冲口而得，信手而成，初不加意者也。其文采字画，皆有自然绝人之姿。"欧阳修的《试笔》与《归田录》《六一诗话》性质相同，有几则甚至互见，苏轼之语可以移作对欧阳修所有这些笔记小品文的概评。

欧阳修领导的北宋古文运动的完全成功，结束了骈文从南北朝以来长达六百年的统治地位，为以后元明清（五四运动以前）九百年间提供了一种便于论事说理、抒情述志的新型"古文"。作为一代文章宗师,他的丰富的散文作品直到今天还能满足我们认识历史、陶冶情操、审美鉴赏等多方面的需要,对当前的散文写作乃至一般文化的发展仍没有失去它的借鉴和启迪作用。这是一份值得研究和学习的宝贵遗产。

(原载《社会科学战线》1991 年第 1 期)

从《先君墓表》到《泷冈阡表》
——欧阳修修改文章一例

《泷冈阡表》是宋代杰出散文家欧阳修的名作之一。这篇墓碑碑文通过对他亡父欧阳观事迹的记叙，抒写作者的哀悼之情和褒扬先人之意。它是在初稿《先君墓表》的基础上修改而成的。《先君墓表》也收在他的文集中。将两文进行对照比较，修改的地方很多，处处表现出欧阳修在用字遣句、布局谋篇及突出题旨等方面的艺术匠心。现仅举两项略加辨析。这两项都跟形成他的纡徐婉转、唱叹有情的独特艺术风格有着密切的关系。

一是善用虚词。林纾《春觉斋论文·用字四法》中说："留心古文者，断不能将虚字略过。须知有用一语助之辞，足使全神灵活者，消息极微，读者隅反可也。"《泷冈阡表》的改定，就提供了很好的例证。

例一：《先君墓表》求其生而不得，则死者与我皆无恨。

　　　《泷冈阡表》求其生而不得，则死者与我皆无恨也。

例二：《先君墓表》其心诚厚于仁者也。

　　　《泷冈阡表》呜呼！其心厚于仁者耶！

这两例都是添加语气词。第一例讲欧阳观当地方官时，处理"死狱"极其审慎、谨严，他对要判处死刑的案件总是从另一角度去考虑能否减刑；经过这番考虑仍然不能减刑，才算对死者和审判者都没有遗恨。初稿只是一般叙述句，加一"也"字，就更准确地传达出欧阳观说话时的肯定语气。第二例讲作者母亲郑氏对此事的评论。初稿只是一般判断句，定稿前加"呜呼"，后改"也"为"耶"，一变而为感叹句式：

"啊,他的心是重在仁爱的啊!"加重了赞颂的感情色彩,与全文强烈的抒情气氛相协调。

例三:《先君墓表》此死狱也,我求其生不得也!

《泷冈阡表》此死狱也,我求其生不得尔!

例四:《先君墓表》而其为如此,是其发于中者也。

《泷冈阡表》而所为如此,是真发于中者耶!

这两例显示出选用语气词的精当。第三例初稿用了两个"也"字,定稿把后一"也"字改为"尔",不仅避免了用字犯重,更重要的是表达出欧阳观在经过再三考虑而仍不能免判死刑时的无能为力、无可奈何的口吻。第四例讲母亲赞叹欧阳观的所作所为(指养亲以"孝",待人以"仁"),是真正从内心里自然流露出来的。初稿用字重复(两个"其"字),语句平淡,定稿以咏叹句式出之,饶有一唱三叹的情韵。

例五:《先君墓表》以其尝有得,知其不求而死者恨也。

《泷冈阡表》以其有得,则知不求而死者恨也。

例六:《先君墓表》回顾乳者,抱汝而立于旁,指而叹曰……

《泷冈阡表》回顾乳者,剑汝而立于旁,因指而叹曰……

这两例是添加连词和介词。第五例记叙欧阳观的感触:原判死刑的人经过一番"求生"的考虑后,有能免死而活下来的,那么,明知有这种可能而不替他寻求,被处死的人是有遗恨的了。第六例讲欧阳观回顾奶娘抱着稚子欧阳修在旁,因而引发出一段议论。这两例各加连词"则"和介词"因",分别表示出上下句之间的顺承关系或因果关系。在这里,虚词的有无,在文气转接之间确有畅达和板滞的区别。

清人蒋湘南《与田叔子论古文第二书》中说,"宋代诸公,变峭厉而为平畅。永叔(欧阳修)情致纤徐,故虚字多",颇有见地。但多用和善用虚词是构成欧阳修散文平易流畅风格的一个因素,蒋湘南所说略有因果倒置之病。

二是善用复笔,即同一字、句、段的反复运用。《先君墓表》记母亲郑氏对作者说:"吾于汝父,知其一二而已也,此吾之所恃也。"《泷冈阡表》改为:"吾于汝父,知其一二,以有待于汝也。"这样一改,从母亲对儿子的期待，变为从母亲口中转述父亲对他的期待。这一点实是《泷冈阡表》行文脉理的关捩。改"恃"为"待"，既呼应开头"非敢缓也，盖有待也"，并为结尾"又载我皇考崇公（欧阳观封崇国公）之遗训，太夫人之所以教而有待于修（欧阳修）者，并揭于阡（立碑揭示在墓道上）"伏笔，三个"待"字隐然贯穿全文，成为行文的中心线索。而这首尾都是新加的，开头一句是解释欧阳观死后60年才立墓碑、写成本文的原因：不是有心拖延，而是有所"待"；结尾处即历数欧阳修一家所受皇恩封赏，表示"待"果然有了着落，没有成为空待，用以进一步赞美亡父的仁德。这虽是一般墓表的题中应有之义，其观点不能为今人所认同，但从写作技巧的角度看，这类复笔，既能保持文气浩瀚如行云流水，又能在节骨点上作呼应或小顿，使文气凝聚不散，这在长篇散文中尤见功效。顺便说明，初稿和定稿的主要文字都是借母亲之口述说亡父事迹，但定稿更突出父对子的"待"，其他几处的修改也服从于这点。如记父亲说："术者谓我岁行在戌将死（在戌年将死去），使其言然，吾不及见儿之立也。"这段话初稿原是："岁行在戌，我将死，不及见儿之立也。"初稿把话说得太实，又没提及这是根据算命人的推测，使人感到突兀；定稿语意合情合理，态度委婉沉痛，更流露出对儿子期待的殷切。又如在母亲述说父亲事迹以后，母亲总结式地说道："吾不能教汝，此汝父之志也。"这两句也是初稿所没有的。加上这两句，一方面使母亲的长篇讲述有个相应的收束，也与紧接的下文"修泣而志之（记住它），不敢忘"，绾合密切，语气一贯；另一方面也为了把这长篇讲述归结为"汝父之志"，强调这是父亲生前对他的教诲和期待。

三个"待"字的前后反复是为了突出题意，句和段的重复也是如此。在上引"吾于汝父"那段话以后，定稿添加了一大段文字："自吾为汝家妇，不及事吾姑，然知汝父之能养也。汝孤而幼，吾不能知汝之必有立，然知汝父之必将有后也。"讲他母亲嫁到欧阳家，婆母已死，不及侍奉，但知道欧阳观奉养其母至孝；欧阳修虽然年幼丧父，日后不一定有所成就，但欧阳观行事如此，一定会有好后代的。母亲的这段话进一步表达"待"意，并引出下面欧阳观每逢祭祀或有时进用酒食总是流泪怀念亡母的事迹,最后结束道:"吾虽不及事姑,而以此知汝父之能养也。"这句话初稿仅仅说:"此吾知汝父之能养也。"定稿有意与上文重复一遍(字句稍有不同,"然知"变为"而以此知",更符合结束语的口气)。遥相照应,造成回环往复的艺术效果。

初稿和定稿都着重写欧阳观的两个事例来突出人物的精神风貌:从父亲追怀祖母的几个片断,来表彰他的"孝";又从尽力开脱"死狱"事,来表彰他的"仁"。在叙述这两个事例后,初稿写道:"其心诚厚于仁者也。……夫士有用舍、志之得施与否,不在己;而为仁与孝,不取于人也。"这里只是说,一个人的或好或坏的命运不由自己掌握,但为仁为孝却决定于自己。定稿改成:"呜呼! 其心厚于仁者耶! ……夫养不必丰,要于孝;利虽不得博于物,要其心之厚于仁。"这就贴切、有力地收束前述两大事例,呼应上文而又推进论点:养亲不必定要丰盛,重要的在于孝;施利虽不能普及到万事万物,重要的是他的心重在仁爱。"要其心之厚于仁"一句,又是上文"其心厚于仁者耶"的反复申说,表示对这个意思的特别强调。

这里的"呜呼! 其心厚于仁者耶!"一句中的"呜呼"是新加的,我们在讲善用虚词时已说过。其实,定稿加了三处"呜呼":全文即以"呜呼"两字开头,结尾又有"呜呼,为善无不报,而迟速有时,此理之常也"。这也是一种以重复字句来求呼应并加强咏叹语调的写法。这类例子还有,如"然知汝父之必将有后也"与"此吾知汝父之必将有后也"的前呼后应:前一句是新加的;后一句初稿作"此吾之知汝父之得有后也",定稿将"得有后"改为"必将有后",以求与前面一句的用语完全一致。这都说明欧阳修是自觉地运用"反复"这种修辞手段来加强文章的表现力的。

欧阳修以善于修改文章闻名于世。有个故事说,他晚年改定自己文章,"用思甚苦,其夫人止之曰:'何自苦如此? 尚畏先生嗔耶?'"他笑着回答说:"不畏先生嗔,却怕后生笑!"(见沈作喆《寓简》卷八)这个笑话包含着一条深刻的艺术经验:文章不厌千回改,名篇佳作离不开锤炼工夫。

(原载《文史知识》1981年第 2 期)

苏轼散文艺术美的三个特征

一 圆活流转之美

苏轼喜欢用"行云流水"来评文。《答谢民师书》说："大略如行云流水，初无定质，但常行于所当行，常止于不可不止，文理自然，姿态横生。"云、水两物，都具有流动性和多变性的特点，而其流动性、多变性又以自然本色、绝无雕饰的形态表现出来，这正是苏轼在散文写作中所追求的艺术美的三个特质：圆活流转之美、错综变化之美和自然真率之美。宋初田锡《贻宋小著书》已说："微风动水，了无定文；太虚浮云，莫有常态，则文章之有生气也，不亦宜哉！"（《咸平集》卷二）苏洵亦谓："'风行水上涣'，此亦天下之至文也。"（《仲兄字文甫说》）似是苏轼以云、水喻文的先导。他的《中山松醪赋》云"遂从此而入海，渺翻天之云涛"，以云涛形容水势的浩荡，《滟滪堆赋》云"天下之至信者，唯水而已。江河之大与海之深，而可以意揣；唯其不自为形，而因物以赋形，是故千变万化而有必然之理"，都可以理解为他写作的文境。他的《文说》以"万斛泉源"自夸，也是对自己散文特色的确切评语。

诵读苏轼的各体文章，一种奔腾不息、波澜迭起的气势迎面而来，使人们亲切地感受到他写作时挥洒自如、左右逢源的快感。前人也常用水来评赏苏文："其文涣然如水之质，漫衍浩荡，则其波亦自然而成文"（释惠洪《跋东坡忆池录》，《石门文字禅》卷二十七），"苏如潮"（《文章精义》），"东坡之文浩如河汉"（元王构《修辞鉴衡》引《横浦日新》），

"笔端浩渺"(元刘壎《隐居通议》卷四),"大苏文一泻千里"(《艺概》卷一),等等,表达了人们的共同感受。

苏文的流动性首先表现在笔法的灵活。真是天生健笔一枝,如夭矫龙舞,如弹丸脱手,纵横驰骋,杳不可测。以下谈谈苏文常用的四种笔法。

借笔。一题到手,苏轼往往不就题论题,粘死题意,而是借客形主,回旋进退,使文情摇曳生姿,增加流动感。《书韩魏公黄州诗后》论述的对象是韩琦所作的黄州诗,却以王禹偁之知黄州陪说,说明黄州"闾巷小民,知尊爱贤者",这是从黄州人方面说;然后叙出韩琦离黄州四十馀年"而思之不忘,至以为诗",这是从韩琦方面说;最后才说到韩琦门客孙贲和韩琦门人作者自己,一原为黄州人,一将为黄州人,两人共刻韩诗上石,"以为黄人无穷之思"。苏轼特意点明孙贲和作者自己与"黄人""韩琦"的关系,又是一种陪说,而绾合前两层文意,使文章回环往复而又主旨集中。《钱塘勤上人诗集序》的借笔形式更复杂一些。此文讲欧阳修和惠勤之间的关系:欧公之待人忠厚,惠勤之不负欧公。但苏轼却以汉代翟公任廷尉时宾客盈门、罢廷尉时门可罗雀的炎凉世态作陪说。先以翟公与欧阳修比,翟公复职后曾用"一贫一富,乃知交态"等语大书其门,以羞辱宾客,苏轼认为其客虽陋,而翟公器度亦"小",不如欧阳修对负己者的宽厚态度;继论惠勤之没世不忘欧公,暗中又时时与翟公之客对衬。一事陪说两主,抑扬褒贬之间,见出欧阳修与惠勤契合相得之可贵。还应指出,本篇的主要题旨是讲惠勤之不负欧公,而欧公待人之厚是来申说这一层的,这又是借客形主的手法。他的《传神记》与此相反,采取以两客形一主的写法:文章先写顾恺之或以画睛传神,或以颊加三毛传神,继写僧惟真画曾鲁公以眉后三纹传神,畅论传神必须根据人物形象的多样性,突出各自的特征部位,以求得"其人之天",把人物最自然、最真实的精神特质加以突出的再现;然后才说到程怀立为作者画像,"于传吾神大得其全"。对怀立画像极致赞颂之意,是本文的主旨,但仅在文末几句了结,粗读似觉宾重主轻,实则前面论赞顾恺之、僧惟真处,已隐然在赞程怀立了。与前文的一事陪说两主的手法,各极其妙。

虚笔。苏轼善于运用空灵虚拟之笔,使行文驾空流走,滂沛疏宕,而无窒塞拘滞之病。《上梅直讲书》是他嘉祐二年(公元1057年)中举后给编排评定官梅尧臣的感谢信,抒发知己之感。全文以"乐"字为眼目。开头提出周公遭管、蔡之流言,召公之疑忌,不能乐其富贵,而孔子师生虽厄于陈蔡,却相乐不衰。这"乐"是从师生间的戏笑语中想象而来,暗中比拟欧、梅和作者之间的相知之乐。继写欧、梅"脱去世俗之乐,而自乐其乐",这"乐"是从欧、梅平日的文章中体认而来。然后写自己受欧、梅激赏,"一朝为知己",成为"大贤"的门生,其乐何似!这"乐"才正面实写自己的切身感受。最后写梅尧臣名高位下,然而"容色温然""文章宽厚""必有所乐乎斯道"。这"乐"是全文的馀波,又是此信颂扬对方的题中应有之义,却是从梅尧臣的容色、文章中推断而来。全文四处"乐"事,除写自己者外,都以虚拟、想象、推演出之,虚实相映,极潇洒变态之妙。金圣叹《天下才子必读书》卷十四评此文云:"空中忽然纵臆而谈,劣周公、优孔子,岂不大奇","文态如天际白云,飘然从风,自成卷舒。人固不知其胡为而然云,亦不自知其所以然。"颇具眼力。他的《范增论》《伊尹论》《荀卿论》等史论,也多这类虚实相映之笔。《范增论》讲范增遭陈平离间计而离楚,为时太晚,应早在项羽杀卿子冠军宋义时离去。此文前半叙述历史事实,多从实处下论,后半却多推想、拟测之语。如推测项羽怀疑范增必早在弑义帝之时:范增"将必力争而不听也,不用其言,而弑其所立,羽之疑增必自是始矣",这并无史实根据,但颇辩而可信。而这一虚笔在本文的论证中却起了关键作用:宋义是义帝的亲信,杀宋义是弑义帝的前奏,因此范增应在杀宋义时当机立断,"力能诛羽则诛之,不能则去之"。驾虚得实,以虚证实,弥见运笔自如。善用虚笔,使人们往往为其腾挪变化、翻空出奇之趣所吸引,甚至忽略了他时或存在的强词夺理之弊。

闲笔。作文最忌慵散,但如篇篇论题、论据、结论,一论到底,或节奏过于急促,也易造成平板粗豪,影响文势的圆活。闲笔、正笔的配合巧妙,缓急相济,主次相辅,也是力避行文板滞的有效手段。苏轼文集中最长的一篇文章《上神宗皇帝书》,乃"思之经月,夜以继日,书成复毁,至于再三"的精心结撰的力作,其政治见解不免保守,但在写作技巧上确有一些匠心独运之处。文章的主旨在于"结人心,厚风俗,存纪纲"三语,主要结构也依此分为三大段,是为正笔。但开头陈述谏买灯事,在全文属于闲笔,却起了先颂后谏、渐次引入正题的作用,文情委婉而又流转;结尾处两段:一段讲他"非敢历诋新政,苟为异论,如近日减皇族恩例"等皆为善政,在全文亦属馀波;一段抒写自己进言时思想矛盾,忽说有罪,忽说无罪,忽说不惧,忽说可惧,转转折折,含情不绝。如此长篇,允有此类结句才能轻重相匹。正文三大段中也有不少闲笔。楼昉评此文云"一篇之文几万馀言,精采处都在闲语上"(《崇古文诀》卷二十三),所见甚是。

一意反复之笔。苏轼的不少名作往往围绕一个题旨,作多层次、多侧面的反复"皴染",笔力既放得开,又挖得深,以其波摇浪起,浩渺无垠,而炫人眼目,启迪心智。他的成名作《刑赏忠厚之至论》是应举时的一份试卷,题旨实已规定,论证统治者掌握刑赏应该本着"忠厚"的原则。这类命题作文,用他自己的话来说,当是难度较大的"节目文字",不易措手(《又答王庠书》),但他却写得"高下抑扬,如龙蛇捉不住"(《与侄论文书》)。原因即在于思路活跃,将一意翻作数层。开头破题一段,即从赏、罚两端分别说出:尧舜等人赏善是为了"乐其始而勉其终",罚不善是为了"弃其旧而开其新",都体现"君子长者之道"。然后他不再泛说,而是专从"疑"字发论。先引《传》"赏疑从与""罚疑从去"之语立案,说明可赏可不赏者,赏;可罚可不罚者,不罚。又以尧不听皋陶之杀人为"去",听从四岳之用鲧为"与"作为例证。又引《尚书》"罪疑惟轻,功疑惟重"进一步推进论点。然后再展开正面议论,归结为"是故疑则举而归之于仁"。这样,一个"疑"字,据之以先儒经典,证之以圣君史事,辨之以宏议谠论,有力地阐明了开端"以君子长者之道待天下,使天下相率而归于君子长者之道"的命题。最后以引用《诗》《春秋》作结。引《诗》是为了引《春秋》,借客形主;而整个结尾又是闲笔,因上文题旨已完,这个引证不过是呼应开头"见于虞、夏、商、周之书"一语,且使结尾馀味无穷而已。前人评此文"文势如川云岭月,其言不穷""圆熟流美"(沈德潜《唐宋八家文读本》卷二十),"横说竖说,惟意所到,俊辨痛快,无复滞碍"(罗大经《鹤林玉露》乙编卷三),"自然圆畅"(张伯行《唐宋八大家文钞》卷八)等,其故即在于用了一意反复的笔法。

《留侯论》是另一篇在体现流动性特点上备受前人赞赏的名文。杨慎说:"东坡文如长江大河,一泻千里,至其浑浩流转,曲折变化之妙,则无复可以名状,而尤长于陈述叙事。留侯一论,其立论超卓如此。"(《三苏文范》卷七引)此文层波叠浪,滔滔奔流,但仍是可以"名状"的。苏轼对于传以为真的黄石公赐书张良的故事,一扫它神奇的乃至迷信的色彩,回到人事上来找原因:"其意不在书",而在于教育张良能"忍"。"忍"字即为一篇之主。文章就从"忍"与"不忍"两端交错发论,而又想落天外。博浪击秦与圯上授书原是了不相关的两事,苏轼却从"不忍"这点上奇妙而贴切地绾合起来;先说张良不能忍,却以郑伯肉袒迎楚、勾践臣妾于吴两个能"忍"之例逆承反接;然后归结到楚汉相争项败刘胜在于"能忍与不能忍之间而已矣",汉高祖之由"刚强不忍"到"忍之养其全锋"的转变,是由从不忍转为能忍的张良劝导的结果。张良一变椎击时的"不忍忿忿之心"则又是黄石公教导所致,这就是圯桥授书事件的实质。一意反复——"意"要集中单一,运笔却反复多变,形成了苏轼政论、史论文纵横捭阖、汪洋恣肆的总特点。

苏文的流动性又表现在句式的丰富多变。苏轼的散文语言,以散行单句为主,但又融合不少骈偶、排比成分,骈散结合,错落有致,张弛互节,节奏感强。试以几篇碑记文为例:

《潮州韩文公庙碑》

是气也,寓于寻常之中,而塞乎天地之间。卒然遇之,则王公失其贵,晋楚失其富,良平失其智,贲育失其勇,仪秦失其辩。是孰使之然哉?其必有不依形而立,不恃力而行,不待生而存,不随死而忘者矣。故在天为星辰,在地为河岳;幽则为鬼神,而明则复为人。此理之常，无足怪者。

这段话，归有光《文章指南》评为"句法连下，一句紧一句，是谓破竹势也"。其句式特点，即在多用排句，前有五"失"，四"不"，后有四"为"，形成一气贯注的雄健文势。但如句式过于整齐，也会流于平衍而失去流动感。这里不仅这三组句子各自有异，而且四"为"句的句式也有变化（"在天""在地"与"幽则""明则"此四句实从韩愈《上兵部李侍郎书》"大之为河海，高之为山岳，明之为日月，幽之为鬼神"化出而加以变化）。本文又云：

  盖尝论天人之辨，以谓人无所不至，惟天不容伪，智可以欺王公，不可以欺豚鱼；力可以得天下，不可以得匹夫匹妇之心。故公之精诚，能开衡山之云，而不能回宪宗之惑；能驯鳄鱼之暴，而不能弭皇甫镈、李逢吉之谤；能信于南海之民，庙食百世，而不能使其身一日安之于朝廷之上。盖公之所能者天也，其所不能者人也。

这段排句，以"可以、不可以"两叠，"能、不能"三叠的复合句组成，句子长短错落，吟诵时自有一种急忙追赶、不能暂停的急迫腔吻。赖山阳云："能、不能"三叠，"当言'不能、能'则顺矣。然句势不得不如此"。孤立来看，"不能、能"确较通顺，苏轼安排为"能、不能"，重点在强调"不能"，特别用"不能使其身一日安之于朝廷之上"一句煞尾，是融注着他自己的愤懑和感喟的。我们知道，韩愈调离潮州后，官运尚佳，未尝不安于朝，这句实乃苏轼的"夫子自道"！这说明句式的安排不是随意的，是跟他对韩愈的深切同情和崇敬以及盘郁自己心头的身世感叹完全合拍的。《超然台记》叙登台眺望所见云：

  南望马耳、常山，出没隐见，若近若远，庶几有隐君子乎？而其东则卢山，秦人卢敖之所以遁也。西望穆陵，隐然如城郭，师尚父、齐桓公之遗烈,犹有存者。北俯潍水,慨然太息,思淮阴之功,而吊其不终。

"四望法"是不少文章中常用的,有时会觉得"肤套"。此段从南、东、西、北逐次叙述看,自较整齐,但句式却无对偶排比成分,仍富圆转流走之势。这说明排偶句固然常常造成文气的充沛,散句也能别具一种疏宕流畅的情韵,与他借眺望而发"超然"之意是吻合的。连接词"而"的使用,也起了上下贯串、一气呵成的作用。

苏文圆活流转的特点,表现了苏轼在博厚才识基础上思维的敏锐和联想的丰富。他总是能一下子在复杂的内外关系中抓住所论事理或所记事、物的特点,加以生动而鲜明的表现。《日喻》开头写"盲人识日"一段,盘、钟、烛、龠,妙喻叠出,如吐珠走丸,抓住事物间的某种关联进行类比,环环层递而出。《胜相院经藏记》云:"我观大宝藏,如以蜜说甜。众生未喻故,复以甜说蜜。甜蜜更相说,千劫无穷尽。自蜜及甘蔗,查梨与橘柚,说甜而得酸,以及咸辛苦。"《梦斋铭》云:"人有牧羊而寝者,因羊而念马,因马而念车,因车而念盖,遂梦曲盖鼓吹,身为王公。夫牧羊之于王公亦远矣,想之所因,岂足怪乎?"文思泉涌,辩才无碍,在苏轼这里,似乎不知道思维的苦涩,联想的贫乏,不知道"意不称物、文不逮意"的苦恼。

苏轼这种思维和联想的特点,得自《战国策》的纵横捭阖,得自《庄子》的汪洋恣肆,更得自佛经的熏陶。刘善泽《五灯会元跋》曾指出"禅门古德问答机缘,有正说,有反说,有庄说,有谐说,有横说,有竖说,有显说,有密说"。苏轼自称"楞严在床头,妙偈时仰读"(《次韵子由浴罢》),自然深得这种妙悟机锋、空灵圆通之趣。早在北宋,惠洪已指出苏文"自非从般若中来,其何以臻此!"(《跋东坡悦池录》)。李淦《文章精义》指出苏文来源之一为《楞严经》,并指出"子瞻文字到穷处,便济之以此一著,所以千万人过他关不得"。袁桷《书东坡凉热偈》(《清容居士集》卷四十六)说:"释氏之书,皆自梁隋诸臣翻译,故语质而文窘。至若《楞严》,由房融笔授,始觉畅朗。公(苏轼)文如万斛泉,风至水涌,……则房融文体一规近之。"钱谦益《读苏长公文》(《初学集》卷八十三)则指出苏文学《华严经》:"吾读子瞻《司马温公行状》《富郑公神道碑》之类,平铺直叙,如万斛水银,随地涌出,以为古今未有此体,茫然莫得其涯涘也。晚读《华严经》,称性而谈,浩如烟海,无所不有,无所不尽,乃喟然叹曰:'子瞻之文,其有得于此乎?'"还是袁枚说得概括:"苏长公通禅理,故其文荡。"(《与友人论文书》)这些前人都一致指出佛经与苏文流动性的密切关系,是有见地的。

二 错综变化之美

苏轼在《书蒲永升画后》中称赞画家孙位"始出新意,画奔湍巨浪,与山石曲折,随物赋形,尽水之变,号称神逸"。在《晁君成诗集引》中又称赞晁君成(端友)的作品"每篇辄出新意奇语,宜为人所共爱"。这两段称赞别人的话,实可移评苏轼自己散文的错综变化之美。他的艺术个性的重要特点是追求创新。他要求"每篇"作品都自具面目,"新意"迭出,唯其如此才能尽万事万物万理之"变",体现客观世界美的多样性。他的各体散文力反呆板蹈袭、千人一面、千部一腔之病,极尽腾挪变化之能事,突出一个"变"字。

文体之变。自曹丕《典论·论文》以来,前人对于各类文体的体制特点论述甚多,要求越来越严,逐渐演为格套。连宋代的一些文章大家也坚持文体正、变之说,严守体制界限。如:"荆公评文章,常先体制,而后文之工拙。尝观苏子瞻《醉白堂记》,戏曰:'文词虽极工,然不是《醉白堂记》,乃是《韩白优劣论》耳。'"(黄庭坚《书王元之竹楼记后》)陈师道说:"退之作记,记其事尔;今之记乃论也。"(《后山诗话》)真德秀也说:"记以善叙事为主。《禹贡》《顾命》,乃记之祖。后人作记,未免杂以议论。"(见《文章辨体序说》引)他们都把议论性的记视作别体而深致不满。苏轼却不拘成法,别出机杼。即以记为例,他一方面巧妙融化叙述以外的成分(议论、抒情),一方面适当吸取其他文体的特点,使他的杂记文呈现多姿多态的风貌。苏轼继承欧阳修的写法,把大量议论成分带入记中。《韩魏公醉白堂记》《李太白碑阴记》《石钟山记》都可看作特殊性质的议论文。

一为辩疑:韩琦勋望著于三朝,因何钦羡白居易?文中先说白之勋业不如韩,韩之山水园池之乐不如白,但两人的忠言嘉谟、文采、操守、道德则又是相同的;然后发挥"醉"字,说韩琦并非欲与白相比,实乃欲"与造物者游",又引古人自比于人、常自谦抑的事例,使"天下之士"的疑问涣然冰释。

二为辩诬:李白"尝失节于永王璘,此岂济世之人哉?"针对这一言论,苏轼拈出"气""识"两端,以李白"戏万乘若僚友,视俦列为草芥"之气,证其必不肯"从君于昏";以其识未显时之郭子仪为人杰,证其必知永王之无成。于是有力地得出李白从璘乃由于"迫胁"的论断。

三为辩误:对石钟山命名的含义,既驳郦道元之"简",只说"水石相搏",语焉不详;又驳李渤之"陋",竟用潭上双石之声求命名来由。苏轼经过实地考察,得出自己的结论。

三篇文章又同中有异:第一篇纯以议论出之,第二篇多引证,引李白的具体行实,引夏侯湛的评语等,而第三篇中间一大段却是神采飞动的记叙描写,但又与前后议论融为一体。他的《文与可画筼筜谷偃竹记》等融入十分浓重的抒情成分,至于《记承天寺夜游》《记游沙湖》《记游庐山》等记游小品,更坦露出作者洒脱不羁的真率个性。所有这些,无疑扩大了"记"这种文体的容量,丰富了它的表现手段。

苏轼还有意打破文体的严格界限,使之互相吸取。如《张君宝墨堂记》用赠序体,对张希元之"好书"隐含讽喻,可与韩愈《赠高闲上人序》媲美;《墨君堂记》用传奇体,为文同的墨作颂,涉笔成趣,类似韩愈《毛颖传》;《盖公堂记》用寓言体,以谢医却药喻无为而治,《表忠观碑》通篇用赵汴的奏疏,也别出一格。这类有关营建的记,按照常规,"当记月日之久远,工费之多少,主佐之姓名,叙事之后,略作议论以结之,此为正体"(《文章辨体序说》)。苏轼笔下都为变体。对记以外的文体体制,他也有所突破。如他继承欧阳修《秋声赋》而所作的前后《赤壁赋》《黠鼠赋》等,使赋从楚辞、汉赋、魏晋时骈赋、唐代律赋而一变为宋代的散文赋；他的人物传记，常不及传主的世系和生平大概，被前人评为"变传之体"（李卓吾语，《苏长公合作》补下卷引）、"传中变调"（沈德潜《唐宋八家文读本》卷二十四）；他的《刚说》为孙立节传神写照，而按其文体却是"杂说"。

命题立意之变。艺术贵独创，忌雷同。但由于不少文章的实用酬世性质，不仅很难避免与前人重复，也难避免与自己重复。苏轼的写作经验是：力避犯重，但也不避重复，在表面雷同中，强化、渲染事、理的不同特点，从而使他的文章几乎篇篇光景常新。一曰同题异作。《六一居士集叙》与《范文正公文集叙》是为他一生所崇奉的两位前辈欧阳修和范仲淹的文集作序。他没有采取常见的条举伟人立德、立功、立言的写法，但取旨又不离开"文集"。前一篇序突出欧阳修的学术和文学地位，后一篇则着重于范仲淹的政治业绩。前序推尊欧阳修足以追配韩愈，上继大禹孔孟之传；又以"自欧阳子之存""自欧阳子出""欧阳子没"三层驾驭驰骋，充分肯定他在反对伪学和不良文风中的作用。后序却先抒写自己从八岁起对范公的仰慕，收束以平生不识其风仪为恨；然后点出范公的"万言书"为其一生政治行动的纲要，又以伊尹、太公、管仲、乐毅，特别是韩信、诸葛亮互相比勘，充分肯定他的政治识见和品格。前序结构整饬，后序似散非散，更富抒情意味，从而成为两篇各具内容和风格的书序。《墨妙亭记》和《宝绘堂记》《墨宝堂记》，一亭二堂，同为庋藏书画文物之所，都有"物必归于尽"、不能"留意于物"之类的低沉感叹，但苏轼根据主人孙莘老、王诜、张希元的不同情况而各取题旨：前篇是赞颂，次篇是劝箴，后篇是讽喻，委婉地希望他不要玩物丧志，而力求在政治上有所作为。

二曰同一或类似事件因不同体裁而写法有异。苏轼的从表兄文同死后，他曾作《祭文与可文》《文与可画筼筜谷偃竹记》两文。前文纯用抒情笔触，抒发自己的深切哀感。文中以几个"呜呼哀哉"分成四层意思，或叙文同平日所好之酒、诗、琴，或述朋友间死生睽离，或颂文同的政绩和文学成就，或抒痛失知己之感。此乃乍闻讣告后所作，哀情迸发，回肠荡气。文多排句，音节琅然。《文与可画筼筜谷偃竹记》作于文同死后半年多，痛定思痛，感情趋于深沉。文章以画为线索，追记文同"成竹在胸"的精辟艺术见解，更以错落有致的笔法，历叙两人昔日交往的琐琐细事，却产生扣人心弦、催人泪下的感染力。

三曰正题反作。《思堂记》和《牡丹记叙》一为杂记文，一为书序文。章楶（质夫）筑思堂，以"思而后行"自勉，请苏轼作记；杭州知州沈立爱好牡丹，作《牡丹记》十卷，请苏轼作序。但这两篇文章都反其意而为之。前文分几段申说"不思"之妙：自己无思，"遇事则发，不暇思也"；君子非临事而思；引隐者"思之害甚于欲"之论；然后得出"不思之乐，不可名也"的结论。文章到此，全与《思堂记》题意相悖。苏轼这才挽回一笔，谓章楶所言之思，不是世俗营营之思，乃是不思之思，才归结到题旨。姜凤阿评此文云："记思堂而专说无思之妙，辞若相缪，而意实相通，所谓无中生有、以死作活射雕手也。"（《三苏文范》卷十四引）甚中肯綮。后文在记叙杭州观花盛况后，突然说："盖此花见重于世三百馀年，穷妖极丽，以擅天下之观美，而近岁犹复变态百出，务为新奇以追逐时好者，不可胜纪。此草木之智巧便佞者也。"竟把牡丹比作小人；然后说太守"耆老重德"，而自己"方憃迂阔"，都与此花此书不称。文情至此似离题太远，难乎为继，他却借宋广平（宋璟）为人"铁心石肠"，而所作《梅花赋》却"清便艳发"之例，谓不必故托"椎陋以眩世"，因而才"为公记之"。结尾又宕开一笔："公家书三万卷，博览强记，遇事成书，非独牡丹也。"点明《牡丹记》并非严肃的精心经营之作，隐寓作者对为牡丹著书的非议之意。其他如《大臣论上》提出"大臣"的准则应是"以义正君而无害于国"，但全文都从反面展开论述，也是正题反作之例。

袁宏道在评苏轼《王定国砚铭》等六铭时说："六砚铭，俱相题发挥，无中生有。熟看之，悟作文法，自然小题大做、枯题润做、俗题雅做者，勿以铭言轻视之。"（《三苏文范》卷十五引）这对理解苏文命题立意的多变性是有帮助的。

章法之变。苏文的结构安排，既遵守布局谋篇对于首尾照应、纵横开合、脉理贯通等的一般要求，又自出机杼，不落窠臼，无棼丝之乱，有耳目一新之致。试以两段式为例。从结构艺术而言，前后两段应该紧密关联，浑然一体，但苏轼却有多种结撰之法。《孙武论下》主要阐述两个论点："天子之兵，莫大于御将"和"天下之势，莫大于使天下乐战而不好战"。在布局上即以两幅分说，甚至连一个总收的结尾也没有。但两幅之间仍有内在联系：反对大将拥兵自重，借敌慑主和教化人们爱君恨敌，为我而战，一将一民，皆属君主统御之道。这是属于平列而又有错综联系的结构形式。《上韩太尉书》是向韩琦请见的书信，前幅却大谈古史，论"西汉之衰，其大臣守寻常而不务大略"，一味求田问舍，苟且岁月；又论"东汉之末，士大夫多奇节而不循正道"，一味"力为险怪惊世之行，而不求治国根本"。似乎与颂美韩琦离题。但后幅讲韩琦"刚毅正直而守之以宽，忠恕仁厚而发之以义"，既非循循无所作为，又非翘翘只求新异，兼有两汉"大臣""士大夫"之长而无其短。这才知道前幅论说越详，后幅反照越明，也才知道前幅长、后幅短的原因所在。这是属于明似不连而实连的结构形式。《练军实》则属于前后分层呼应的结构形式：此篇提倡寓兵于农，反对士兵的职业化和终身制。他从军费巨大和牺牲惨重两个角度展开议论，前段讲"兵民永久分离"之害，分五层意思说出，后段讲"兵老复而为民"之利，也分五层照应，细针密缝，丝丝入扣，却又不妨害文气的畅通，别是一种格式。除了前后两段以互相关联为主的结构形式以外，还有在内容、风格、手法上相反却又相成的形式。如《应制举上两制书》是他嘉祐六年(1061)应制举时上书翰林学士、中书舍人所作。前段是将欲进言前的引言，泛论"贵贱之际""圣贤之分"，隐然以子思、孟轲等先贤自负，使两制诸公不能以人微言轻视之，但缓缓叙来，藏锋不露；后段进入时事，则激昂慷慨，提出"治事不若治人，治人不若治法，治法不若治时"的纲领，并明确指斥"用法太密而不求情""好名太高而不适实"两端，针砭时弊，不假辞色。如果没有前段的纡回婉曲，后段就会显得突兀了。

至于三段式的结构，变化更多更复杂。有三段平列却围绕一个中心而展开的。如《思治论》，主旨讲丰财、强兵、择吏问题，却以"规模"（治国方案）二字统率全篇。首段讲三患（无财、无兵、无吏）在于其始未立"规模";次段讲当时"规模"未定;末段讲定"规模"必须专一("其人专,其政一")、能收(收实效)、黜浮议。篇中忽引证,忽设喻,有正说,有反说,驰骋回旋,不受羁制,而其骨骼血脉却又清晰分明。有三段平列成犄角之势但又分主从的。如《上神宗皇帝万言书》其主要部分是按"结人心,厚风俗,立纪纲"分为三段,但以"结人心"为重心;《代滕甫论西夏书》的主旨是讲对西夏用兵应缓而图之的方针。第一段设喻,引医者治病、彭祖观井两喻;第二段用典,引曹操取袁氏的史事;第三段始正面分析西夏情势,提出乘间取之的策略。前两段是为第三段服务的。有先立一柱然后平列两扇成文的。如《范文子论》首先提出论断:战国晋楚鄢陵之战开始前,晋范文子反对此战,结果晋胜楚败,但最后晋国却因胜而乱,证明范文子的远见卓识。然后分论议和史例两段展开,一论一史,交相辩证,推出"治乱之兆,盖有胜而亡、有败而兴者矣"的论点,照应开头。除了平列式以外,也有三段段段顺接或逆接成文的。如《潮州韩文公庙碑》首段发大议论,畅论"浩然之气",暗指韩愈即具此至刚至大之气;次段叙韩愈生平实事,暗示此皆浩然之气所致;末段叙潮州人民立庙之意。孙琮说,三段之间,"前一段议论因为公实事而发,说公实事处正以起潮人立庙。截然分段中,气脉自联络一片"(《山晓阁选宋大家苏东坡全集》卷五),说中了段段衔接钩连的结构特点。

手法之变。苏文之所以几乎篇篇面目迥异,各不雷同,原因之一在于他不拘成法,追求最大的表达自由。孙琮说:"尝闻汉以前之文,未尝无法而未尝有法,法寓于无法之中,故其为法密而不可窥;唐以后之文,不能无法而能不失乎法,故其为法严而不可犯。密则疑于无所谓法,严则疑于有法而可窥。(按,此段为唐顺之《董中峰侍郎文集序》中语。)至眉山父子,有法不拘于法,无法而能自为法,此其所以独有千古。"(《山晓阁选宋大家苏东坡全集目》序)苏轼作文之法,大都是无法之法,即不同于严格的规范化乃至程式化,也不完全同于自然天籁,神明难求。杨慎评三苏文,谓其"奇正相生,冥明互藏,虚实代投,疾徐错行,岐合迭乘,顺逆旋宫,方圆递施,有无相君"(《三苏文范》卷首引)。

茅维(孝若)云:"长公文,犹云霞在天,江河在地,日遇之而日新,家取之而家足。若无意而意合,若无法而法随。其亢不迫,其隐无讳,淡而腴,浅而蓄,奇不诡于正,激不乖于和,虚者有实功,泛者有专指。"(同上)这些散文艺术辩证法的范畴尚待深入研究和阐明,而他们所描述的苏文手法上错综变化的面貌,跟我们读后的感性印象是符合的。上面所论,已可见一斑。这里再举用喻为例。从用喻类别说,苏文有明喻、暗喻、借喻、博喻等,尤以博喻为多,以呈奔放畅达之势,如《上神宗皇帝书》:"人心之于人主也,如木之有根,如灯之有膏,如鱼之有水,如农夫之有田,如商贾之有财。"从在文中的地位说,有喻起,如《代张方平谏用兵书》开篇云:"臣闻好兵犹好色也。伤生之事非一,而好色者必死;贼民之事非一,而好兵者必亡,此理之必然也。"《代滕甫论西夏书》却连用医者治病、彭祖观井两喻开篇,反对急于求功,主张慎于用兵。也有喻结,如《祭欧阳文忠公文》讲欧公之生死对君子、小人的影响两段,各以一喻煞尾。前段云:"譬如大川乔岳,虽不见其运动,而功利之及于物者,盖不可数计而周知。"后段云:"譬如深山大泽,龙亡大虎逝,则变怪百出,舞鳝鳝而号狐狸。"其取喻的形象,旗鼓相当,但用意却正相反。特别是文中插喻,更是俯拾皆是,层出不穷。有的三言两语,有的带有一定的情节性。《上曾丞相书》讲士人不应向"王公大人"夸词求售:"鬻千金之璧者,不之于肆,而愿观者塞其门,观者叹息,而主人无言焉;非不能言,知言之无加也。今也不幸而坐于五达之衢,又呶呶焉自以因希世之珍,过者不顾,执其裾而强观之,则其所鬻者可知矣。"一喻而用对比,使事理引向深刻。苏文中有的全文以喻为主干,用生动的故事来指喻事理,如《日喻》《稼说》《黠鼠赋》等,实是独立成篇的优秀寓言。而其比喻的新颖贴切,且又善于从日常生活中取材,尤为一大特色。如用医作喻。《上神宗皇帝书》以"人之寿夭在元气,国之长短在风俗"设喻,一再引申养生之法喻治国之道。《思治论》反对为政求新求奇,说:"窃谓人臣之纳忠,譬如医者之用药,药虽进于医手,方多传于古人。若已经效于世间,不必皆从于己出。"这些养生医病的比喻,随题生意,自然妥贴,生动易懂,具见其手法的变幻莫测。

风格之变。作为一个散文大家,总是表现出独特而成熟的基本风格以及在此基础上的风格多样化。方孝孺《张彦辉文集序》在评论欧、苏文风时说:"永叔厚重渊洁,故其文委曲平和,不为斩绝诡怪之状,而穆穆有馀韵;子瞻魁梧宏博,气高力雄,故其文常惊绝一世,不为婉昵细语。"我们不妨将《醉翁亭记》(秦观称作"赋体")和《前赤壁赋》加以比较。欧"记"以"乐"字贯串全文:首段写"醉翁亭"命名来由,次段写朝暮四时之景,三段写游人、宾宴,末段写醉归,或明或暗,字字着"乐",运笔行文,委曲容与,特别是二十一个"也"字平添一种语缓气舒的风神;苏"赋"却忽写游赏之乐,忽写人生不永之悲,忽写旷达解脱之乐,突起突落,乐悲交错,文情勃郁顿挫,显出与欧"记"不同的艺术风貌。苏轼散文以雄迈奔放、波澜迭起为基本风格,但又不拘一格。明杨士奇评云:"高山巨川,巉岩万状,浩漫千顷,可望而不可竟者,苏之大也;名园曲槛,绕翠环碧,十步一停,百步一止,而不欲去者,苏之细也;疏雨微云啜清茗,白雪浓淡总相宜者,苏之闲雅也;风涛烟树晓夕百变,刿峦夷曲转入转佳,令人惊顾错愕而莫可控揣者,苏之奇怪也。"(《三苏文范》卷首引)他指出苏文宏伟、深曲、闲雅、奇怪等多种风格。商辂则从苏轼学习传统的角度立论,认为"庄之幻,马之核,陶之逸,白之超,苏氏盖集大成云"(同上)。也讲了奇幻、翔实、飘逸、超脱等多种审美特性。前人的这些品评都是鉴赏苏文的经验之谈,值得重视。

三 自然真率之美

袁宏道说:"余尝谓坡公一切杂文,圆融精妙,千古无匹活祖师也。惟说道理、评人物,脱不得宋人气习。"(《三苏文范》卷首引)他甚至认为"东坡之可爱者,多其小文小说,使尽去之,而独存其高文大册,岂复有坡公哉!"(《苏长公合作》引)刘士鏻《文致序》也说:"予犹忆儿时,诵坡公海外游戏诸篇,意趣猛跃,以对正心诚意之言,痛哭流涕之论,则脾缓筋懒,昏昏欲倦。夫所贵读古人书者,借彼笔舌活我心灵,亦安取已腐之陈言、字数而句衡之哉!"第一位编选苏轼随笔小品集的王纳谏

(圣俞)也说"余读古文辞,诸舂容大篇者,辄览弗竟去之",而对苏轼随笔小品备致倾慕(《苏长公小品序》)。这几位明人的评论不无偏激之处,但反映出当时的文学好尚,也说明苏轼两类文字的不同审美感受:其随笔小品比之"高文大册""舂容大篇"来,具有"圆融精妙""意趣猛跃""活我心灵"的艺术魅力,是苏轼散文中文学性更强的品种,也是其自然真率之美的典型代表。

苏轼的随笔小品大都作于他贬谪黄州、惠州、儋州时期。其文体样式主要是杂记、题跋、书简,其构成因素有议论、叙事、抒情,其写作特点是信手拈来,随口说出,漫笔写成,而其总的内容是突现一个历经磨难而旷放豁达、富有生活情趣的心灵,是他性格的升华,思想的结晶。日人布川通璞说:"参五祖戒和尚后身者,先从小品始之。"(《苏长公小品序》)即指出以小品见人品的特点,确切地说,是以自然的小品写出真率的人品。

他的记游文字,不论是黄州时的《记承天寺夜游》《记游定惠院》《书临皋亭》《游沙湖》,惠州时的《题罗浮》《记游松风亭》《游白水书付过》,儋州时的《书上元夜游》等,都不作模山范水的铺陈,而是随笔点染,情境宛然;尤其善于表现对自然景物的赏会和对人生哲理领悟之间的融合。下面是一再被称道的《记承天寺夜游》:

> 元丰六年十月十二日,夜。解衣欲睡;月色入户,欣然起行,念无与为乐者。遂至承天寺,寻张怀民。怀民亦未寝,相与步于中庭。
> 庭下如积水空明,水中藻、荇交横,盖竹柏影也。
> 何夜无月,何处无竹柏,但少闲人如吾两人耳。

这篇八十四字的短记,俨然也是先叙事、继写景、结抒慨,但这样冷静乃至冷漠的分析,未必符合作者写作和读者欣赏时内心的波澜。不错,不少论者指出其中"庭下"一句景物描写的入神,但类似描写在他的《月夜与客饮杏花下》这类作品中也有("褰衣步月踏花影,炯如流水涵青苹"），未必获得在本文中的艺术效果。这篇短记激动人们之处在于认识了一个既寂寞又自悦、生活遭际上困于他人，但在精神生活上超出常人的灵魂。胸怀大志却落得有闲之身固然引起千愁万恨，但正是"闲人"才是无主江山的真正主人，多少佳景胜概被"忙人"匆匆错过。"庭下"一句的描写正是在这个意义上取得了诗意和哲理，使人玩味不尽。这是一种对人的精神世界丰富性的发现的乐趣。同样，他的《书临皋亭》写"酒醉饭饱，倚于几上，白云左缭，清江右洄。重门洞开，林峦坌人"之际，"若有思而无所思，以受万物之备"，既使文情推向寥廓，又表现出活泼的生活情趣。《记游松风亭》谓本欲纵步亭顶，因足力疲乏，正在畏难之际，突然想道："此间有什么歇不得处？由是如挂钩之鱼，忽得解脱。"这种妙悟之后的痛快使读者深窥作者的内心底奥，得到欣赏上的某种满足。平心而论，苏轼所写之地，景物都很平常，几乎随处可见，但他在平常的景物中发现了美，或领悟到人生的某些哲理，使人们认识到发现这些自然美和人生哲理的心灵的丰富性。这是不少读者喜爱乃至偏爱这类作品的重要原因。

他的题跋以笔致萧疏见称，用他自己的话是"本不求工，所以能工"（《跋王巩所收藏真书》）。有的以议论为主，如《书六一居士传后》《书柳子厚牛赋后》《书蒲永升画后》等，或阐佛老玄理，或逞机智才辩，或述艺事真谛，幅短意深，言少境多，寸山而有五岳之势，一窬而具九鼎之美。有的以记人物为主，如《跋送石昌言引》《题李岩老》《书刘庭式事》《外曾祖程公逸事》等。顺便指出，苏轼一生不为他人作志铭（只有少数几人是例外），不愿迁就墓主、强为吹嘘而束缚自己的手脚，但他留下的不少人物速写（除题跋外，还有《方山子传》《张憨子》《率子廉传》《郭忠恕画赞》等），同样表现出他描写人物的才能。这些人物速写的特点是不作人物生平的全面叙述，只选取一二典型事例突出人物的主要精神面貌；而其选取的角度又往往返照出作者的性格好尚，并笼罩着作者的感情色彩。《方山子传》《跋送石昌言引》是写两位任侠之士陈慥、石昌言，《题李岩老》《张憨子》《率子廉传》《郭忠恕画赞》四个人物身份不同，但都带有一个"狂"字：李岩老是个嗜睡者，张憨子是个"见人辄骂"的狂乞丐,率子廉是个"愚朴不逊"的狂道士,郭忠恕是位不喜为富人绘画,竟在画纸上叫"小童持线车,放风鸢,引线数丈满之"的狂画家,都有着作者自己的投影。有的以记事为主的题跋,尤其是一二句的短跋,更可见出作者的功力。如《题凤翔东院王画壁》云:

> 嘉祐癸卯上元夜,来观王维摩诘笔。时夜已阑,残灯耿然,画僧踽踽欲动,恍然久之。

杜甫题画诗名句有云"堂上不合生枫树,怪底江山起烟雾"(《奉先刘少府新画山水障歌》),与苏轼此跋都写栩栩如生的画境,但杜诗着力于形容和渲染,苏跋极不经意,杜诗明言"不合""怪底",反知其为夸张手法,苏跋朦胧竟能疑其为真,两者是各异其趣的。

苏轼书简的写作特点是"信笔书意,不觉累幅"(《答李端叔书》),故娓娓动人,不觉其长;其短柬更常省去首尾称谓,倍觉亲切,比之杂记、题跋更直接地坦露一个封建时代落拓不羁的知识分子的儻然胸襟。《答秦太虚书》云:

> 初到黄,廪入既绝,人口不少,私甚忧之。但痛自节俭,日用不得过百五十,每月朔便取四千五百钱,断为三十块,挂屋梁上,平旦用画叉挑取一块,即藏去叉;仍以大竹筒别贮用不尽者,以待宾客,此贾耘老法也。度囊中尚可支一岁有余,至时别作经画,水到渠成,不须豫虑。以此胸中都无一事。

此写家用,以下写交游、土产、物价。司空见惯的琐事,一泻无馀的叙述,却蕴含着隽永的情韵、复杂的情绪:戏谑中饱含辛酸,悲苦中又有怡然自乐,却偏偏说是"胸中都无一事""掀髯一笑"。清吕葆中评此书云:"无一毫装点,纯是真率。他文如说官话,此等文如打乡谈。官话可学,乡谈不可强也。"(《晚村精选八大家古文》)确是从肺腑中自然流出的至文。他短柬的妙处在于记事简而又转换多,令人想见其落笔挥毫时意随笔出、淋漓酣畅的境界：

《与徐得之》

得之晚得子，闻之喜慰可知，不敢以俗物为贺，所用砚一枚送上。须是学书时矣，如似太早，然俯仰间便自见其成立，但催促吾侪日益潦倒耳。恐得之惜别，又复前去，家中阙人抱孩儿，深为不皇，呵呵。

此柬谓友人得子，送砚致贺为不俗，一折；婴儿得砚，太早，二折；俯仰之间婴儿长大即能学书，又不算早，三折；如此，却似在催促父执辈年老潦倒，四折。小事一桩，随手写出，却有千溪万壑之妙。陆游的两句诗："文章本天成，妙手偶得之。"（《文章》）炉火纯青的"妙"手和无意成文的"偶"得的结合，才能造成自然天成的作品，用以评价苏轼的随笔小品，极为确当。

"东坡多雅谑。"（曾敏行《独醒杂志》卷五）他的随笔小品常是谐趣满纸，这是他真率个性的突出表现。他的谐趣，不是存心去追求笑的效果，而是他屡经贬抑、备受折磨后在佛老思想影响下对人生的一种了悟，穷达得丧，置之度外，仍然坚持对生活的信心和乐趣。他的谐趣是迎战折磨、屈辱、厄运的武器。李渔《闲情偶寄·词曲部·科诨》说："于嬉笑诙谐之处包含绝大文章"，"我本无心说笑话，谁知笑话逼人来"。如他初至惠州，心头不免涌起一丝愁云，但说"譬如原是惠州秀才，累举不第，有何不可！"（《与程正辅提刑》）初至海南岛，正忧"何时得出此岛？"但转念一想："天地在积水中，九州在大瀛海中，中国在四海中，有生孰不在岛者？"（《在儋耳书》）天地、九州、中国皆在"岛"中，遑论海南？这些自譬自解自嘲的话头显然带有佛老思想的烙印，但使他蹈险如夷，处危如安，保持乐观的人生态度。因此，这种有思想深度和生活深度的谐趣，就不同于油滑，不同于单纯具有可笑性的俏皮、滑稽，它时时表现出"含着眼泪的微笑"的特点，趣语往往是愤世语，达语往往是自悼语。如《答参寥简》中，他把穷乡僻壤的贬所当成名城显邦的风景胜地:"只似灵隐天竺和尚退院后,却在一个小村院子,折足铛中,罨糙米饭吃,便过一生也得。"《文与可画筼筜谷偃竹记》先写与文同的戏谑琐事,以致"失笑"喷饭满案,正跌出后面悼念时废卷痛哭"失声"时的悲哀之深。朱熹《跋张以道家藏东坡枯木怪石》中说:"苏公此纸出于一时滑稽诙笑之馀,初不经意,而其傲风霆、阅古今之气,犹足以想见其人也。"他的谐趣的确是含蕴丰富,耐人咀嚼的。

苏轼的谐趣有时针对某种现象进行讽谕,但"谑而不虐",微讽而非讥刺;而其中时时闪发出智慧的光芒,显出其善譬巧喻、颖悟过人的才辩,引起读者触处逢春的美感。如《记与欧阳公语》记有因乘船遇风惊而得病者,医者"取多年柂牙,为柂工手汗所渍处,刮末,杂丹砂、茯神之流",竟把病治愈。苏轼写道:"予因谓公:以笔墨烧灰饮学者,当治昏惰邪?推此而广之,则饮伯夷之盥水,可以疗贪;食比干之馂馀,可以已佞;舐樊哙之盾,可以治怯;嗅西子之珥,可以疗恶疾矣。"妙语连类不穷,使人叹其巧、服其辩。他的《梦中作祭春牛文》讲泥制春牛"衣被丹青之好,本出泥涂;成毁须臾之间,谁为喜愠",这两联显含深意,揶揄那些金玉其表、败絮其中而又昙花一现的人物,因而"吏微笑曰:'此两句复当有怒者。'旁一吏曰:'不妨,此是唤醒他!'"妙在末句:既说"泥牛"好梦不长,又说自己"梦中"作文讽世,平生已累遭口祸,正需喝醒。

南宋戴复古在《论诗十绝》其二中说:"古今胸次浩江河,才比诸公十倍过。时把文章供戏谑,不知此体误人多。"清宗廷辅认为是指苏轼(见其《古今论诗绝句》)。苏轼笔下固然也有一些流于庸滑浅薄的作品,但其谐趣的主导方面乃是表现他阅世既深后的超旷胸次,在困境中仍然坚持对美好事物的追求,不倦地去发现精神生活的新天地,体现出自然真率之美。这使他跟当时、后世的读者产生一种亲切动人的关系。苏轼在人们心目中的形象,很大程度上是由他的随笔小品建立起来的。

(原载《社会科学战线》1985年第3期)

曾巩及其散文的评价问题

曾巩是一位擅名两宋、沾丐明清、却暗于现今的作家。庆历元年他始识欧阳修时，欧便"见其文奇之"（《宋史·曾巩传》）；次年曾巩落第南归，欧作《送曾巩秀才序》说："曾生之业，其大者固已魁垒，其于小者，亦可以中尺度，而有司弃之，可怪也。"惋惜抱屈之情，溢于言表。他并认为："过吾门者百千人，独于得生（曾巩）为喜。"（曾巩《上欧阳学士第二书》）他曝书得王安石《许氏世谱》，忘其谁作，说："介甫不解做得恁地，恐是曾子固所作。"（《朱子语类》卷一三九引）无独有偶，在知贡举时，他得苏轼《刑赏忠厚之至论》，大为激赏，也以为是曾巩所作。（苏辙《东坡先生墓志铭》）在这位一代文宗的心目中，似乎凡有杰构佳篇必出曾巩之手。他的两位门生王安石和苏轼对曾巩也推崇备至。王安石《答王景山书》说："足下又以江南士大夫为无能文者，而李泰伯、曾子固豪士，某与纳焉。"《与段逢书》说："巩文学议论，在某交游中不见可敌。"他的《赠曾子固》诗写道："曾子文章众无有，水之江汉星之斗。挟才乘气不媚柔，群儿谤伤均一口。"并说即使曾巩贫贱早死，也已可与班固、扬雄并肩了。苏轼则在《送曾子固倅越得燕字》中说，"醉翁门下士，杂遝难为贤，曾子独超轶，孤芳陋群妍"，还把他比作邀游"万顷池"的横海鱣鲸。而作为"苏门六君子"之一的陈师道，实仅独师曾巩，甚至把他与孔子并称。曾巩的座师、至友、门生的这些评价，反映出曾巩生前享有崇高的文学声誉和学术声誉，诚如《宋史·曾巩传》所云："巩一出其力为文章，……一时工作文词者，鲜能过也。"

降及南宋，盛誉不衰。朱熹独服膺曾巩，他的《跋曾南丰帖》云：

"余年二十许时,便喜读南丰先生之文,而窃慕效之,竟以才力浅短,不能遂其所愿。"吕祖谦在编选《古文关键》时,只取曾巩,不取王安石,可见时尚。元末明初人朱右始选他与韩柳欧苏王等八家文为《八先生文集》,后衍为"唐宋古文八大家"之称,更奠定了他在散文史上的重要地位。明代的王慎中、唐顺之、茅坤、归有光,清代的方苞、刘大櫆、姚鼐等大都师范曾氏,奉为圭臬。自宋至清,虽也有个别贬抑曾巩的言论,但不占主导。

在新中国成立以来的古典文学研究中,曾巩却颇遭冷落。几部文学史大都一笔带过,研究论著竟付诸阙如。尽管其间不为无因,但与他的"大家"地位总是很不相称的。朱熹曾说过:"予读曾氏书,未尝不掩卷废书而叹,何世之知公浅也。"(《南丰先生年谱序》)加深对曾巩的认识和研究,在今天看来仍然是必要的。

一

曾巩在《祭欧阳少师文》中说:"言由公诲,行由公率。"的确,他以欧阳修为自己的楷模和表率,其思想特点和散文艺术都深受欧氏的影响。叶适《习学记言序目》卷四十七指出:"以经为正,而不汩于章读笺诂,此欧阳氏读书法也。"这跟"庆历以前,学者尚文辞,多守章句注疏之学"(《能改斋漫录》卷二引《国史》)的时风各异其趣,也不同于宋初以来古文家单纯以儒学相号召而缺乏现实内容的复古倾向。根于早期儒学,注重经世实用,欧阳修的这一思想是曾巩一生奉行不懈的指导原则。庆历二年他在《上欧阳学士第二书》中回忆欧"坐而与之言,未尝不以前古圣人之至德要道、可行于当今之世者,使巩薰蒸渐渍,忽不自知其益,而及于中庸之门户,受赐甚大,且感且喜"。谆谆师教,铭刻在心,使他对"今世布衣多不谈治道"(《上田正言书》)深致不满。他的《筠州学记》反对汉儒"争为章句训诂之学,以其私见妄臆穿凿为说,故先王之道不明",《王深甫文集序》推重王回能复先王之道,"破去百家传注",《新序目录序》也指斥汉儒"传记百家"之学,并指出"其弊至今尚在"。这符合当时学术思想的发展潮流,即从汉代的章句笺注经学到宋代务明大义的义理之学,对于用儒家之道来研究治乱、重视世用,是有积极意义的。所以,曾巩的文章固然打上了重重叠叠的"至德要道"的儒学烙印,但不能概以"迂腐之谈"目之,而是包含着相当丰富的"可行于当今之世"的现实内容。

一、发扬民本思想,重视民生疾苦。曾巩吸取早期儒家"民惟邦本""民为贵"的思想,把人民的祸福利害作为衡量治道得失的主要标准。他的《洪范传》在哲学的思辨方面虽然不及王安石同题著作细致、深刻,但在社会政治思想方面却有更多的发挥。如释"王省惟岁,卿士惟月,师尹惟日"三句,王安石仅解为"言自王至于师尹,犹岁月日三者相系属也",并无多少内容;曾氏却说"王计一岁之征而省之,卿士计一月之征而省之,师尹计一日之征而省之。所省多者,其任责重;所省少者,其任责轻,其所处之分然也",指出人君比之臣下负有更大的治国安邦的责任。又如释"五福""六极",他说:"福极者,人君所以考己之得失于民。福之在于民,则人君之所当向;极(指穷极祸事)之在于民,则人君之所当畏。"这就是说,人民的福祸是人君决定去取的唯一准则。作为人君,人民的安乐或祸患才是"考吾之得失者尽矣,贵贱非考吾之得失者也。"正是在这种思想基础上,曾巩一生在做地方官任上,都竭力为人民消灾弭难,政绩卓著,他的一些文章也是如此。《越州赵公救灾记》详细记载赵抃于熙宁八年在越州救灾的经过。先写赵抃对"灾所被者几乡?民能自食者有几?"等七个方面问题的摸底调查;继写他对各类灾民的不同赈救措施:孤老疾弱不能自食者,筹集廪粟救济之,能自食者给以平籴粮,又用以工代赈的办法增加其收入,对负债者、弃男女者、患病者等都有相应的措置。最后曾巩自称,他之所以把这场特大灾害的救治过程,写得"委曲纤悉,无不备者",是因为"其施虽在越,其仁足以示天下;其事虽行于一时,其法足以传后世"。《救灾议》写曾巩提出有关救济办法的一项具体建议:是每天发放口粮、单纯活口好,还是一次性高额赈贷,生产救灾好?文章设想周到,议论深微。这些都是他"有志于民"思想的反映。

二、研讨治国之道，关心吏治，砥砺臣节。他的《本朝政要策》一文，系统地考察了宋朝考课、贡举、诠选、学校、训兵、任将、南蛮、契丹、户口版图、钱币、赋税、边籴等五十事项，涉及政治、军事、财政等各个方面，反映出他的政治视野比较广阔。而吏治问题尤其是他注意的中心。友人赴外任，他总是以恪尽职守相期待。《送江任序》《送李材叔知柳州序》两文，一是送临川人江任赴任丰城令，做本地"父母官"，一是送中原人李材叔去边缘柳州任知州。前篇对比中原人去边地任职之难和本地人任职本地之易指出，由于本地官熟悉风土人情，人们理所当然地盼望丰城大治局面的出现。后篇则指出南越（南粤）长期落后是由于历来官吏"倾摇懈弛，无忧且勤之心"的缘故，继而剖析南越的有利条件：交通方便，民风淳厚，物产丰富，只要官吏有"久居之心又不小其官"，"为越人涤其陋俗而驱于治"，是指日可待的。前后两篇论题看来似有矛盾，但曾巩要求所有地方官吏恪尽职守的思想则是一致的，因而他根据不同对象的具体处境着重阐述能够达于至治的各种条件，渴望吏治清明，其中融注了他对人民生活的深切关怀。

对于在朝任职的官吏，他常强调诤谏应具的品质和原则。他的二序一跋《范贯之奏议集序》《先大夫集后序》《书魏郑公传后》都以此为题。如果说，他推崇范师道（贯之）的直气切谏，是因他是为《奏议集》作序，尚属题中应有之义的话，那么，他为祖父曾致尧的文集作序，独独从"勇言当世得失"这点来概括他的生平大概，足见他的属意所在了。他说："公于是勇言当世之得失，其在朝廷，疾当事者不忠，故凡言天下之要，必本天子忧怜百姓、劳心万事之意，而推大臣从官执事之人，观望怀奸，不称天子属任之心，故治久未洽。至其难言，则人有所不敢言者。虽屡不合而出，而所言益切，不以利害祸福动其意也。"在他看来，直言进谏是臣下义不容辞的天职，因为它直接关系到治乱；而要尽此职责，必须有不计个人利害之心，才能言人所不敢言，才能在受到打击后"所言益切"，不变初衷。因而他对祖父的"语斥大臣尤切，故卒以龃龉终"的一生悲剧，既流露出深深的感叹，又表示出莫大的光荣。我们读苏轼的《田表圣奏议叙》，文章写得俊爽快利，但仅只阐发

"君子必忧治世,而危明主"之义,就不如曾巩两文对诤谏问题的意气急切和充满激情。至于《书魏郑公传后》一文,更对魏征坚持把诤谏内容交由史官记录、而被唐太宗疏远的历史故事,反复致意,寄慨遥深;他驳斥"为尊亲贤者讳"等封建说教,主张公开诤谏内容以"告万世",实际上即是公开帝王的缺失或错误,这是需要一定的勇气和识见的。

"养士"即如何培养吏才,是封建官僚制度的一个迫切问题。吏治的好坏,臣节的依违,往往直接取决于吏才的培养。王安石在熙宁元年所写的《本朝百年无事札子》中,已指责"以诗赋记诵求天下之士,而无学校养成之法"的现状,他在次年开始的变法运动即从改革科举入手,改诗赋取士为考试策论,以选拔懂得经世济时的真才实学之士。曾巩的几篇学记从论述学校制度着眼,其精神与王安石变法是完全一致的。《宜黄县学记》揭出当时吏治败坏的现实:"盖以不学未成之材而为天下之吏,又承衰敝之后,而治不教之民。呜呼!仁政之所以不行,盗贼刑罚之所以积,其不以此也欤?"他之所以强调"学校养成之法"者即此。《筠州学记》则把"笃于自修""笃于所学"的问题,直接跟"不乱于百家,不蔽于传疏"相联系,实是从汉学向宋学过渡的先声。据传他十八岁时替父所作的《南丰县学记》,有"不本之道,民成化而主于辞"等语,也是有感于科目辞章之弊而发的(见《隐居通议》卷十四)。朱熹说:"南丰作《宜黄》《筠州》二学记好,说得古人教学意出。"(《朱子语类》卷一三九)林纾评《筠州学记》云:"一套陈旧话,却说得深入腠理,能发明其所以然。"(《林氏选评元丰类稿》)褒贬分寸有殊,但似都未把握曾巩借古老经典以言当世时事的这个特点。

三、因时制宜,反对墨守经学成规。前人评论曾巩,总说他是"醇乎其醇"(宋陈宗礼《曾南丰先生祠堂记》)的儒者,事实上他尊经而不完全泥经,在儒学经典允许的范围内,有所变通和突破。一是有因有革的思想。他的《洪范传》提出"有常有变"的命题:"建用皇极"当然是"常",但"立中以为常,而未能适度,则犹之执一也"。这与他《战国策目录序》的"盖法者,所以适变也,不必尽同;道者,所以立本也,不可不一"的著名论断一样,都含有朴素的辩证法因素。韦公肃所著《礼阁新仪》主要记载变礼,曾巩的《礼阁新仪目录序》就着重论述礼的因革问题。他认为:"古今之变不同,而俗之便习亦异,则法制数度其久而不能无弊者,势固然也。故为礼者其始莫不宜于当世,而其后多失而难遵,亦其理然也,失则必改制以求其当。"换言之,由于客观情况的不断变化,法令礼仪制度不会永远适用,必须随之而改变,这是"势"和"理"的必然。他还指出,这是符合"先王之意"的。对"先王之意"这种比较圆通的解释,使他有别于一般食古不化的迂儒。二是法后王的思想。他曾说,"明圣人之心于百世之上,明圣人之心于百世之下"(《上欧阳学士第一书》),先王之道和三代之政似是不可企及的典范;但他又认为后世"可以损益",从而制定出有助于"遂成太平之功"典章制度,可供效法。在"法先王"的口号下,实际上隐藏着"法后王"的思想。他对唐代制度的反复叹慕就是一例。如《唐令目录序》云:"《唐令》三十篇,以常员定职官之任,以府卫设师徒之备,以口分永业为授田之法,以租庸调为敛财役民之制,虽未及三代之政,亦庶几乎先王之意矣。"能"庶几乎先王之意",在曾巩已是最高的褒扬了。《唐论》对唐太宗为政"有天下之志,有天下之材,又有治天下之效",极其倾倒。正如他在《上欧蔡书》中所说的,他对贞观之治"未尝不反复欣慕",甚至"自恨不幸不生于其时,亲见其事歌颂推说以饱足其心",其热情实不在"三代""先王"之下。

这里还需辩明两个问题:一是理学先驱问题,一是为扬雄仕莽辩护问题。

元刘壎《隐居通议》卷十四"南丰先生学问"条,提出曾巩"议论文章,根据性理。论治道则必本于正心诚意,论礼乐则本于性情,论学必主于务内,论制度必本之先王之法,……此朱文公评文,专以南丰为法者,盖以其于周程之先,首明理学也。"后人多以曾巩为程朱理学先驱,借以抬高其学术地位,其实是不确的。作为我国哲学史上的宋明理学,虽有其继承关系,但有自己的特定内涵。理是程朱哲学体系中最高和最基本的范畴,是世界万物的根本,"在天为命,在义为理,在人为性,主于身为心,其实一也"(《河南程氏遗书》第十八)。程氏把这套唯心主义一元论的心性命理之学,视作自己的独创,程颢说:"吾学虽有所受,天理二字,却是自家体贴出来。"(《河南程氏外书》卷十二)曾巩也讲"性理""性情""正心诚意"之类,对《大学》《中庸》多有推阐,但主要是凭借经典来论述现实问题,对这些概念本身并未加进多少思辨内容,更未像程朱那样从宇宙本体论等角度作过系统的改造。例如《宜黄县学记》讲学校教化,"其大要,则务使人人学其性,不独防其邪僻放肆也"。这里讲"性"就与程氏不同。程氏的"性"是先验的,是先天就有的,所以不存在"学其性"的问题。曾巩讲"理",只是事物的道理、原理,如《王子直文集序》所说的"理当无二"的"理",《先大夫集后序》的"所学已皆知治乱得失兴坏之理"以及《南齐书目录序》的"其明必足以周万事之理"等;而程氏认为"性即理也,所谓理性也","其实只能穷理便尽性至命也"(《河南程氏遗书》第二十二上),理和性是合二而一的东西,与曾巩言"理"又是互不相侔的。我们知道,程朱理学多方吸取、融合佛学来构筑其哲学体系,而曾巩一生坚决排佛。《梁书目录序》是倡言辟佛的,《冷斋夜话》卷六有"曾子固讽舒王嗜佛"条,亦见曾王学术志趣之异。此外,只要举一个例子就够了:他的不少佛院记如《分宁县云峰院记》《鹅湖院佛殿记》《兜率院记》等,无一例外都是反佛的,真是"对着和尚骂贼秃"了。对他推崇备至的朱熹说:曾文"只是关键紧要处,也说得宽缓不分明。缘他见处不彻,本无根本工夫,所以如此"(《朱子语类》卷一三九)。清代徐乾学《重刻震川先生全集序》也说:"宋之推经术者,惟曾南丰氏,然以较于程朱之旨,不侔矣。"都说明他和程朱理学的学术性格是大相径庭的。曾巩的重道而不轻文的古文理论,也与道学家重道轻文、废文乃至作文害道的观点不同。

曾巩在《答王深甫论扬雄书》中,提出"扬雄处于王莽之际合于箕子之明夷(注)"的看法。他说:"雄遭王莽之际,有所不得去,又不必死,辱于仕莽而就之,固所谓明夷也。"古人认为,箕子和微子、比干三人对商纣王具体态度不同,或离去,或就任,或谏死,但都各尽其志,箕子就任不过是权宜韬晦而已。曾巩把扬雄拟于箕子,引起后人非议。刘壎斥扬为"臣节不终",对曾巩"许其文字,略其名节"表示大惑不解

(《隐居通议》卷十一);何焯认为,"欲出雄而不顾厚诬箕子",将会导致"弃礼义、捐廉耻,流于小人无忌惮矣"(《何义门读书记》)。但不少学者指出,从扬雄当时及至北宋,都没有把仕莽看成失节问题。《汉书·扬雄传》赞已说,成、哀、平帝时扬雄"三世不徙官",他之仕莽为大夫,是以三朝耆老的资历而提升,并非阿谀逢迎所致"以耆老久次转为大夫,恬于势利乃如是",反而称许他淡泊自守。曾巩同时人如司马光、王安石等也是极其推尊扬雄的。元丰时,扬雄还与孟轲、荀况、韩愈从祀孔庙。洪迈《容斋随笔》卷十三说他是"退托其身于列大夫中",叶适说他是"巽(儒弱)而不谄"(《习学记言序目》卷四十五),曾巩的看法实不足为奇。不仅如此,曾巩自称:"巩自度学每有所进,则于雄书每有所得。介甫亦以为然。则雄之言不几于'测之而愈深,穷之而愈远者'乎?故于雄之事有所不通,必且求其意,……"玩其语意,他也感到仕莽之事"有所不通",但经过一番"求其意",才用"明夷"之说来圆场。所以,问题的关键在于他和扬雄思想上的共鸣。扬雄"少不师章句"(《答刘歆书》),正是冲破当时章句笺注经学而务明儒道的一位学人,他的"明道""征圣""宗经"的思想,他的道"可则因,否则革"(《法言·问道》)的观点,都可以在曾巩身上找到踪迹。这是他为扬雄仕莽辩护的深层思想根源。

总之,曾巩作为一个"渊源圣贤,表里经术"(陈宗礼语)的儒者,免不了一些"迂腐之谈",但他不是拘执不化的泥古迂儒,而是双目注视现实、知权达变的通儒。这是不应忽视的。

二

曾巩的文章大多为议论文,借用萧统论子书的话,大要"以立意为宗,不以能文为本"(《文选序》)。这就关涉到对其散文艺术性的评价。文学以形象地反映生活为特性,散文的艺术性即文学性,主要表现在形象性和抒情性上,自不待言;但是,从我国古代散文历史形成的具体特点出发,似不宜把散文艺术性理解得太狭窄。我国古代文论家强调文章的神理、气味、格律、声色，强调结构、剪裁、用笔、用字，强调间架、枢纽、脉络、眼目等等，对于述意、状物、表情都是极其重要的表现手段，理应属于艺术性的范围。即以议论文而言，我们不应把一切议论文字都归入散文之列，但如砍去议论文，无异取消了大半部中国散文史。林纾说，"论之为体，包括弥广"，连赠序、书序、山水记、厅壁记等都有"论"（《春觉斋论文》），所言甚是。曾巩正是围绕着长于说理而形成自己的散文风格和写作特色的，从而为我国散文史作出了贡献。

以欧阳修为首的北宋古文运动的主要功绩之一，在于建立了一种稳定而成熟的散文风格，即平易自然、流畅婉转。但在北宋六大家中，又各呈异彩。欧、曾、苏辙大致是纡徐平和、温醇典重，苏洵、苏轼则是汪洋恣肆、雄健奔放，王安石却别有一种拗折峭刻之趣。晁公武说："欧公门下士，多为世显人。议者独以子固为得其传，犹学浮屠者所谓嫡嗣。"（《群斋读书志》卷十九）但欧、曾并称，又同中有异。姚鼐《复鲁絜非书》云："宋朝欧阳、曾公之文，其才皆偏于柔之美者也。欧公能取异己者之长而时济之，曾公能避所短而不犯。"欧文富于情韵，形成一唱三叹的"六一风神"，发挥了"异己者"浑浩流转的长处；曾文却"平平说去，亹亹不断，最淡而古"（《文章精义》），而力避板滞少变、质木少文之病。

一、敛气蓄势，藏锋不露。林纾说："文之雄健，全在气势。气不王，则读者固索然；势不蓄，则读之亦易尽。故深于文者，必敛气而蓄势"。（《春觉斋论文》）曾文就满足了林纾的这种要求。

敛气蓄势，首先取决于作者思想的深沉、感情的凝炼。如《赠黎安二生序》《王平甫文集序》两文，都为怀才不遇者吐气，融注着作者自己的愤懑和不平，但他没让感情一泻无馀地迸发，而是把心头的波涛洊湎以后用平缓的语调出之。黎、安二位士子因乡人讥其"迂阔"，请求曾巩为之辩驳。曾巩却说：

> 余闻之，自顾而笑。夫世之迂阔，孰有甚于余乎？知信乎古而不知合乎世，知志乎道而不知同乎俗，此余所以困于今而不自

知也,世之迂阔孰有甚于余乎?今生之迂,特以文不近俗,迂之小者耳,患为笑于里之人;若余之迂大矣。使生持吾言而归,且重得罪,庸讵止于笑乎?然则若余之于生,将何言哉?谓余之迂为善,则其患若此;谓为不善,则有以合乎世、必违乎古,有以同乎俗、必离乎道矣!

他没有正面驳斥"迂阔"之诬,却拈来这二字,作了三层转折:自己亦"迂阔","迂阔"比二生者为甚,"迂阔"之善与不善。委婉曲折、吞吐抑扬之中微露出勃郁之气。《王平甫文集序》以"人才难得"为主干,纵论周秦以来人才之少,埋没人才之多,峰回路转以后,才为王平甫一抒同情之慨。我们不妨将此两序与韩愈《送孟东野序》比较,韩文劈头就以"大凡物不得其平则鸣"喝起大旨,以下连下三十八个鸣字,滚滚而出,犹如翻江倒海,与曾文春蚕抽丝、春云出岫的纡馀婉转,是各尽其妙的。

敛气蓄势还体现在行文脉理的绾连、手法句法的运用等方面。曾巩从嘉祐五年至治平四年在馆阁校理书籍时所写的十几篇目录序,历来为世所重。方苞说:"南丰之文,长于道古,故序古书尤佳。而此篇(《战国策目录序》)及《列女传》《新序》目录序尤胜,淳古明洁,所以能与欧王并驱,而争先于苏氏也。"(《唐宋文举要》甲编卷七引)"争先于苏氏"未免过誉,但确是曾巩专擅的文体。(欧阳修长于诗文集序,王安石则工经义序。)一般目录序大都介绍书籍内容或考订缺失,曾巩的这些文章却篇篇是专论,篇篇有见解。平平叙来,明明说出,畅达其辞而又有伦有脊,结构整饬而又富于变化。如《战国策目录序》《梁书目录序》乃是驳难之作,前篇批驳刘向认为战国游士的纵横之风是"不得不然"的看法,后篇批驳佛家以为"独得于内"的观点。前篇未驳之前,欲擒先纵,肯定刘向所说"周之先,明教化,修法度,所以大治;及其后,谋诈用,而仁义之路塞,所以大乱",是"其说既美",略作褒扬之后转入痛抑;但痛抑处又不像韩、苏等文剑拔弩张,声罪致讨,而是先借孔孟论述"法以适变,不必同,道以立本,不可改"的思想原则,然后才论到战国游士光逞口辩投合人君,背弃"道"的根本,从而造成"大祸"。他对刘向的具体指责是"惑于流俗,而不笃于自信",但后面两段不再指名批驳,而用暗收法:论孔孟处的结语是"不惑于流俗,而笃于自信者也",论战国游士处的结语是"而俗犹莫之寤也"。这两处结语都是暗中打着刘向,但一经暗点即戛然而止,没有顺着文势对刘向穷追猛打。如是韩、苏,此等处是不会放过机会的。《古文关键》卷二评云:"此篇节奏从容和缓,且有条理,又藏锋不露。""藏锋不露"正是表面上从容和缓、骨子里毫不宽贷的统一,是行文中敛气蓄势的结果。后篇辟佛,讲的是比较精微的哲理,娓娓而谈,不迫不躁,特别是多用"也"字句,平添一种低徊咏叹的情调,同样达到有力批判的目的,但不像韩愈《原道》那样堂堂正正、发扬蹈厉的辟佛之作了。他的一些文章还讲究每一小段的结句。如《宜黄县学记》文分四段,先叙古人建学之完备,收句为:"为教之极至此,鼓舞天下,而人不知其从之,岂用力也哉!"次叙后代废学之祸害,收句为:"呜呼!仁政之所以不行,盗贼刑罚之所以积,其不以此也欤?"继叙宜黄建学之迅速,收句为:"其相基会作之本末,总为日若干而已,何其周且速也?"末以勉励士人进学作结,收句为:"教化之行,道德之归,非远人也,可不勉欤?"这些收句一方面总结本段文义,使文气能直贯而下;另一方面又全以咏叹语调出之,兼收停顿舒展之功,避免一泻无馀之弊。名作《墨池记》在每层意思之末,几乎都用设问句或感叹句,如"岂信然邪?""又尝自休于此邪?""况欲深造道德者邪?"等也起同类作用。这样,即使在布局谋篇上并无出奇制胜的地方,但全文诵读一过,仍觉味淡而甘,掩抑多姿而非"直头布袋"。

如果说,文章可分敛、放两派,曾巩应属前者。但他早期为文并不如此。欧阳修《送吴生南归诗》云:"我始见曾子,文章初亦然。昆仑倾黄河,渺漫盈百川。决疏以道之,渐敛收横澜。东溟知所识,归路到不难。"曾巩之文原是写得放写得尽的,经欧阳修的指点才趋于敛气蓄势、藏锋不露一路。因此,他的敛蓄就不是平衍板滞、软弱无力,正如苏轼从绚烂而出的平淡不是枯淡一样。

二、善于立意,精选"文眼"。曾文长于说理,做到论而不落常套,议而时见警策,一个重要原因在于善于立意。立意,即选取一个观察点作为议论的中心。唐代的颜真卿是以气节名世的伟人,前人颂赞之文已经很多,大都褒扬其抗击安史叛军的忠烈精神,曾巩的《抚州颜鲁公祠堂记》先叙其生平大概,继作评赞,结述建祠经过,也是此类记文的常见结构。但他选取一个新的视点,即突出其"起且仆以至于七八,遂死而不自悔"这一崇高品德,并以此来贯串全文:叙生平大概处只叙其忤杨国忠、忤肃宗时宰相、忤御史唐旻、忤李辅国、忤元载、忤杨炎、卢杞而连遭罢斥乃至缢死的过程;评赞处即指出"能处其死不足以观公之大","历忤大奸,颠跌撼顿至于七八,而始终不以死生祸福为秋毫顾虑",才是他真正伟大之所在;述建祠经过处即说明建祠乃为向往其节,以激励"当世"。一意翻作数层,曲折尽意,这就不同于一般碑版文字了。《先大夫集后序》是为乃祖文集作序,理应介绍生平,并抒写思亲之念。但欧阳修的《尚书户部郎中赠右谏议大夫曾公神道碑铭》、王安石的《赠谏议大夫曾公墓志铭》,对曾致尧已记叙很详,曾文就只择取曾致尧"勇言得失"这一点,来逐次叙其仕宦政绩,且笔带感情。《何义门读书记》引明王慎中云:"先生之文,如此篇之委曲感慨,而气不迫晦者,亦不多有。"这与立意新颖是分不开的。他的几篇反佛的佛院记,更是致力于新角度、新题意的选择。如《分宁县云峰院记》,按题应是阐扬佛理之作,曾巩却是这样开头的:

> 分宁人勤生而啬施,薄义而喜争,其土俗然也。自府来,抵其县五百里,在山谷穷处。其人修农桑之务,率数口之家,留一人守舍行馈,其外尽在田。田高下硗腴,随所宜杂殖五谷,无废壤。女妇蚕杼,无懈人。茶盐蜜纸竹箭材苇之货,无有纤钜,治咸尽其身力。其勤如此。富者兼田千亩,廪实藏钱;至累岁不发;然视捐一钱,可以易死,宁死无所捐,其于施何如也。其间利害,不能以稊米。

这是讲"勤生""啬施"两项,下面接讲"薄义""喜争"两项。这段穷形极相、刻画入微的文字,原与佛院记了不相关,他笔锋一转说,云峰院主持道常"索其学,其归未能当义",但此公勤生而不啬施,义虽未当却不喜争。如果他"不汩溺其所学,其归一当于义",那就高出于乡人了。读者至此才恍然:他从题外拈出分宁土俗,原是为了借以表达和尚不要"汩溺其所学"的希望,换言之,要求佛徒不要沉溺于佛理。借题辟佛,令人解颐。这种"无中生有"的借题法,曾文常用。这种顺手拈来、随事兴感而引入正题的手法,能使文章自然妥溜,增强亲切近人之感。

文章不仅立意要新,而且要善于展开又善于集中,最忌漫汗无根。曾巩的手法之一就是精心择取"文眼"。所谓"文眼",指揭示全文主题的字眼。它可以在篇首,也可以在篇中或篇末,但前后必须一再呼应,这样使整篇文章主旨集中,神聚形完。前述《赠黎安二生序》以"迂阔"二字为文眼,就是一例。《书魏郑公传后》则抓住"其书存也"一句,反复论证魏征要把劝谏之词付之史官的正确。文中一则说,唐太宗之为后世认识,称其为"贤主",是"以其书存也";二则说,至今称美伊尹、周公之劝谏太甲、成王,乃是"以其书可见也";三则说,桀纣幽厉始皇时的谏词,"无传"于书,则是"益暴其恶"的明证;最后辩驳《春秋》"为尊亲贤者讳"、汉孔光"焚稿"(应为"削稿")之说,也隐然照应"其书存也"一语。这样,才使"益知郑公之贤"的结论坚确不刊。又如《寄欧阳舍人书》原是一封感谢信,感谢欧阳修为其祖曾致尧作碑铭。文章先突出铭文的重要作用,然后慨叹当时铭文的卑下阿谀,才提出作铭者必须具备"蓄道德而能文章"这两个条件。这句话在文中先后出现三次,每次都推进论点的发展和深化,最后推美欧公具此条件,为其祖作铭:"况其子孙也哉!况巩也哉!"两个"况"字,前一个是指一般人都会产生的感激心情;后一个更谓曾巩自亦能文,深知铭文写作之不易,道德文章兼美之难得,其感激之情理当深于平常人了。可见"蓄道德而能文章"一句对全文脉理所起的重要组织作用。其他如《南齐书目录序》把论良史的四个条件(明、道、智、文)重复三次,突出史传文作者的难得,可与《寄欧阳舍人书》论碑铭文参看。王构《修辞鉴衡》引《童蒙训》云:曾文"纡馀委曲,说尽事情。加以字字有法度,无遗恨矣"。朱自清先生《经典常谈·文第十三》说曾巩"学问有根柢,他的文确实而谨严"("确实",朱熹语,见《朱子语类》卷一三九;"谨严",刘壎语,见《隐居通议》卷十四)。所谓"法度""确实""谨严",得力于"文眼"者不少。

三、议论与叙事、写景、抒情的结合。曾巩的说理才能见称于世,人们往往忽视他叙事、写景和抒情的功力。他的不少论说文是夹叙夹议、以叙出论的。如《与孙司封书》,是写给广西转运使孙抗为孔宗旦辩诬的书信。宋仁宗时,广源州少数民族首领侬智高叛乱反宋,邕州司户参军孔宗旦在他叛乱以前,连写七信给知州陈珙指明乱象,早作准备,陈珙不听;叛军兵临城下,内外变乱,他却奋勇"力守南门",后他被侬智高擒获,侬"喜欲用之",他怒斥道:"贼汝今立死,吾岂可污耶?"终于慷慨就义。但朝廷却不予奖邮。曾巩满怀激情为他雪冤。对孔的明察于前、勇守于中、死节于后,横说竖说,左叙右议,叙议一路双笔兼行,并对"曲突徙薪无恩泽,焦头烂额为上客"(引《汉书·霍光传》语)的赏罚不平深表不满。韩愈的《张中丞传后叙》也有以叙事来辩诬的内容(如辩许远不畏死等),叙议结合,文情豪恣,颇可互相比美。《越州赵公救灾记》《叙越州鉴湖图》更见出曾文叙事条贯细致的特点。他善于将纷繁杂乱的事件,交代得一清二楚,详赡周匝,了无賸义。方苞说:"凡叙事之文,义法未有外于《左》《史》者。《左传》详简断续,变化无方;《史记》纵衡分合,布勒有体。如此文(指后篇)在子固记事文为第一,欧公以下无能颉颃者,其实不过明于纵衡分合耳。"(《广注古文辞类篡》卷五十五引)如此长篇,若无"纵衡分合"的章法变化,是会筋慵肉缓、沉闷寡味的。至于《洪偓传》《徐复传》《秃秃记》等人物描写,大都从琐细事情中肖貌传神,给人留下难忘的印象。

曾巩写景文字颇有柳宗元峻洁峭刻的特点。《道山亭记》开端云:

> 其路在闽者,陆出则阸于两山之间,山相属无间断,累数驿乃一得平地,小为县,大为州,然其四顾亦山也。其途或逆坂如缘絙,或垂崖如一发,或侧径钩出于不测之豀上,皆石芒峭发,择然后可投步;负戴者,虽其土人,犹侧足然后能进,非其土人,罕不蹎

也。其豀行则水皆自高泻下,石错出其间,如林立,如士骑满野,千里上下,不见首尾;水行其隙间,或衡缩蟉糅,或逆走旁射,其状若蚓结,若虫镂,其旋若轮,其激若矢;舟沂沿者,投便利,失毫分辄破溺,虽其土长川居之人,非生而习水事者,不敢以舟楫自任也。

前状山行之奇,后摹水行之险。他用移步换形的手法,险状迭出,炫人眼目;又从高处俯视,洞见全貌。文多短句,用字尖新峥刻,一如其景。元代刘埙、清代陆文裕、林纾等人都以亲历其地赞扬这段文字"穷形尽相,毫发不谬"(见《隐居通议》卷二十九、《何义门读书记》《林氏选评元丰类稿》),应是的评。道山亭是以道家蓬莱三山而命名,本身实无从落笔,这段景物描写,却使全文"于无出色处求出色"(沈德潜《唐宋八家文读本》卷二十八),取得良好的艺术效果。他如《拟岘台记》描摹登台所览景象,《读贾谊传》用自然景色来形容读"三代两汉之书"的感受,时见精彩,值得讽读。

曾巩的不少说理文写得唱叹有情,颇得欧阳修"六一风神"的神理。有的文章全篇笼罩着一种低徊咏叹的抒情气氛,如《先大夫集后序》《范贯之奏议集序》《齐州杂诗序》等;有的是插入抒情段落,又与全篇和谐统一,使文情摇曳多姿。如《陈书目录序》阐述《陈书》的价值,除了证明"兴亡之端,莫非自己",可作后世借鉴外,还在于陈朝的"安贫乐义之士"足供人们景仰。他说:"若此人者可谓笃于善矣。盖古人之所思见而不可得,《风雨》之诗(《诗经·郑风》)所为作者也,安可使之泯泯,不少概见于天下哉?则陈之史其可废乎?"当时"争夺诈伪、苟得偷合之徒"充斥于世,使曾巩对于这些安贫乐义、不苟去就之士,表达了由衷的钦慕,笔端凝聚着感情。《张文叔文集序》为其学生张彦博的文集作序,除了称赞张"其辞精深雅赡"外,又因其子来请作序事,随笔点染:"有子复能读书就笔砚矣,则余其能不老乎?既为之评其文而序之,又历道其父子事反复如此者,所以致余情于故旧,而又以见余之老也。"怀旧叹老,真情坦露,凄然感人。

议论、记叙、抒情三种因素,对于一个散文大家来说,总是兼擅并长、融为一体,使之相得益彰的。曾巩也是如此。说他"质木少文""寡情乏味"是不符实际的,只不过以说理为主罢了。如他的《福州上执政书》,请求归养老母,是他的《陈情表》,按题旨应是抒情文。但他一开头引了十四处《诗经》中关于"先王养士之法"的内容,当然引用手法又有变化:有八例是用自己语言概述《诗经》大意,并加以贯串;三例是直接引用《诗经》原句;另三例是引述《诗经》篇目主旨,不啻一篇《诗经》论"养士"的材料汇编。这些引证,目的是引起下文:作者年已六十,老母年八十有八,自己历仕多年,今又治闽粗定,理应归养,以符"先王养士之法"。这部分叙事、抒情、议论兼出,把一片拳拳养亲之意和盘托出。这与李密《陈情表》纯以历叙情事、真率无饰者,情趣不同:一纯以情动人,一情理并具而以理为主,表现出曾文以议论见长的主要特色。

  曾巩的散文成就虽然不及韩柳欧苏,但他在风格、手法、技巧等方面都有自己的特点和长处。他的写作经验是我们今天不应忘却而应认真吸取、利用的宝贵财富。

(原载《复旦学报(社会科学版)》1984年第4期)

曾巩的历史命运
——《曾巩研究专辑》代序

作为北宋的一位文化名人,曾巩流传至今的全部诗文,包含着明道、宗经、征圣即"渊源圣贤、表里经术"的正统儒家政治社会思想,沉稳凝重、不迫不躁的文化性格,严谨平实、细密条畅的审美旨趣,为他的当时和后世提供了文化选择的可能性。

从一定意义上说,文化和文明的嬗变发展也是一个历史选择的过程和结果。任何时代的读者和作者总是根据自己的时代需要和文化发展的趋向来取舍传统。因而使传统文化有的盛誉不衰,有的冷落遗弃,或者是同一对象的某些部分光景常新,另一些部分却黯然失色。对这种结果的惋惜或抱憾并非必要,对原因的探究和反思却是意义深长的,因为文化和文明正是在严格的历史选择中不断地刷新自己,开辟新的天地和境界。

我在一篇文章中说过,曾巩是一位擅名两宋、沾丐明清、却暗于现今的作家。这只是一个大致的概括,且未作进一步探本的说明。日本江户时代学者斋藤正谦(1797~1865)在其《拙堂文话》卷四中说:"曾南丰之文,典雅有馀,而精彩不足。当时为苏氏兄弟所掩,虽朱子称扬之,不必置于欧苏之列,故未甚显。及明王遵岩出,喜之如渴者饮金茎露。钱牧斋辈继之,以至清朝诸作家,多宗南丰。盖南丰学术醇正,格律谨严,譬之犹无盐(齐宣王后)、孟光,虽外貌不扬,而资质淑美,必遇齐宣、佰鸾(梁鸿)而后得识矣。"他也论及曾巩在宋明清的历史遭际,并对其原因作了某些探索。

曾巩从登上北宋文坛之日起,就遇到了社会选择。也许可以说,第一个有影响的选择者就是他的老师欧阳修。欧阳修是嘉祐时一位著名的文坛领袖,他有着十分自觉的主盟意识。这种主盟意识,不仅来自他在天圣时列于以钱惟演为首的洛阳文人集团的亲身体验,而且也是当时社会思潮影响的结果。我们读《徂徕集》,就可以发现石介为纠正不良文风,如何苦心孤诣地寻找文坛领袖,为扩大集团性、加强战斗性而竭尽全力。石介曾尊奉柳开、孙复为盟主,又推崇士建中、赵先生、王君贶为宗主,甚至把自己或自己的学生张绩许为领袖,目的是"主盟于上,以恢张斯文"(《与君贶学士书》)。欧阳修正是从主盟后继者的角度来对待曾巩的。我们现在虽然很难确切地捕捉到欧阳修当时对曾巩和苏轼这两位门生的选择心理,但他在遇到苏轼以前,倾心瞩望于曾巩,则是无疑的。他说:"过吾门者百千人,独于得生(曾巩)为喜。"(曾巩《上欧阳学士第二书》引)又说:"吾奇曾生者,始得之太学;初谓独轩然,百鸟而一鹗。"(《送杨辟秀才》诗)曾肇在《亡兄行状》中说,"欧阳文忠公赫然特起,为学者宗师。公(曾巩)稍后出,遂与文忠公齐名。……其所为文,落纸辄为人传去,不旬月而周天下。学士大夫手抄口诵,唯恐得之晚也",则径以曾继欧、欧曾并称,可见曾巩地位。苏轼在熙宁初年所作《送曾子固倅越得燕字》诗中,也说:"醉翁门下士,杂遝难为贤。曾子独超轶,孤芳陋群妍。"俨然以欧门颜回视之。然而,苏轼却后来居上,成为欧阳修心目中的真正传人和事实上的继任者。欧阳修知贡举时,在读了苏轼的试卷和感谢信后,惊喜地说:"不觉汗出。快哉,快哉!老夫当避路,放他出一头地也。可喜,可喜!"(《与梅圣俞》)后并预言"三十年后世上人更不道着我",未来的文坛将属于苏轼(朱弁《风月堂诗话》卷上,又见《曲洧旧闻》卷八)。他于是明确地把"文章盟主"之任,"付与"苏轼(《师友谈记》)。

　　欧阳修选择的变向,反映了这位文坛耆老对两位后辈已经表露的文学才能的估价和预测。第一,曾巩和苏轼一样,都已达到或将达到当时的第一流的文学水平,都具有领袖群彦的资格;第二,尽管从个人才性来看,欧与曾更为接近,正如晁公武所说,"欧公门下士,多为世显人。议者独以子固为得其传,犹学浮屠者所谓嫡嗣"(《郡斋读书志》卷十九)。但时代的需要和客观的美学标准却使曾巩为苏轼"所掩","精彩不足"而缺乏竞争能力。欧阳修的选择体现了历史的选择,自有深刻的原因。

曾巩和宋代的许多文化名人一样,也具有多方面的才能:他的诗"远比苏洵、苏辙父子的诗好"(钱锺书先生《宋诗选注》);他的词惜亡佚殆尽,但在李清照眼中,则是与王安石并提的不拘于传统词风的词家。然而,他提供人们文化选择的却主要在散文方面。第一是他以"经术"为根底而又主张"有因有革"的政治社会思想。他宗儒,严格维护原始儒学的正宗性和纯洁性,绝不浸染当时士大夫几乎不能摆脱的佛老思想;但又主张通变,具有密切关注现实的实践性性格,因此形成切实严密的政论风格,决无空谈性理的弊病。然而,他通变的程度又有相当大的限度,这对于纠正当时积贫积弱的时弊,冲破因循保守、暮气沉沉的政治局面,就缺乏摧陷廓清的力量。第二是他的散文写作艺术。他的散文以实用达意为目的。在宋代平易自然、流畅婉转的主体风格基础上,他既不同于苏洵、苏轼的汪洋恣肆、雄健奔放,也不同于王安石的拗折峭刻、斩截有力,即使与欧阳修、苏辙都大致倾向于纡徐平和、温醇典重,但也同中有异。质言之,他在我国古代散文的价值体系中,提供了一种严谨平实、"一字挨一字"的最适宜于实用的散文风范。

曾巩作品的这些内在因素,一方面使他在当时不能不屈居于苏轼之后,比之苏轼思想的通脱敏锐、博大睿智,时时超越传统而又重视散文的文学性,以及他作品的新鲜感、个性化和感染力来,曾巩自然不免逊色;另一方面,确又包含为后世文化选择所不可忽略的不少有益的内容,具有独特的价值和深远的影响。

但他在后世的影响却颇为复杂。他的思想特点首先得到南宋道学家的推崇。朱熹对"宋古文六家"中的其他五位,一一严加抨击,于苏轼攻诋尤力,独对曾巩多所赞许。这反衬出曾巩信奉正统儒学的保守和封闭的一面。一般说来,南宋散文向加强说理和思辨的方向发展,朱熹本人也不例外。因此,他又从这个角度肯定曾巩的写作艺术。他说:"公(曾巩)之文高矣,自孟、韩子以来,作者之盛未有至于斯。"(《曾南丰先生年谱序》)他特别赞赏曾文语言风格的"峻洁""平正"(《朱子语类》卷一三九)、"简庄静重"(《跋曾南丰帖》)。茅坤曾说,"今观朱子之文,波澜矩度似亦从南丰来"(《唐宋八大家文钞·曾文引》),点出了他们之间的传承关系。但朱熹毕竟是道学家中深谙散文写作艺术的作家,因而又对曾文多所保留。《拙堂文话》卷四说:"朱子不喜三苏,不喜其议论耳,非必不喜其文词也;其喜南丰,喜其议论耳,非必喜其文词也。"这有一定道理。朱熹对曾文仍使"难字"的不满,对他不及欧阳修"纡徐曲折"的指责,对他"谨严、然太迫"的评论,都透露出曾巩散文写作艺术上的一些局限。然而值得玩味的是,当他需要对曾巩和苏轼的写作艺术进行选择时,于曾文又多维护。《朱子语类》卷一三九载:"或言陈蕃叟(武)不喜坡文,戴肖望(溪)不喜南丰文,先生(朱熹)曰:二家之文虽不同,使二公相见,曾公须道坡公底好,坡公须道曾公底是。"又说:"人有才性者,不可令读东坡等文,有才性人便须取入规矩,不然荡将去。"表面上不偏不倚,骨子里却左袒南丰,这又曲折地反映出南宋文坛的时代风气。这里还可以顺便介绍两位古代朝鲜人的"曾苏比较论"。金昌协(1651—1708)说:"曾文似荀卿,而苏文似孟子。盖荀文丰博有委致,孟文简直有锋锐,二子之于文亦然。"(《农岩集》第613页)嗣后黄玹在《答李石亭书》中说:"北宋多大家,而法胜者莫如南丰,以无法胜者莫如东坡。"(《梅泉集》卷六)他们对曾苏文的感受体会比较深微,把握了对象各自的特点,特别是论及曾苏依违规矩的不同之点,几与朱熹异口同声。不同国度文化背景中的评论者,他们的相似结论,应该是具有客观性和说服力的。

曾巩的思想特点又常常在社会相对安定的历史时期中被广泛揄扬。明代的唐宋派和清代的桐城派就是在这种社会背景和思想前提下来发掘曾文写作艺术的一些特点的。以王慎中、唐顺之、归有光、茅坤为代表的唐宋派,反对前后七子"文必秦汉"的拟古主张,提倡作文应从学习唐宋文章的法度中而自具面目。他们在取法唐宋诸家中尤其推重欧曾,王、唐二人则更倾心于曾巩。《明史·王慎中传》云:"慎中为文,初主秦汉,谓东京下无可取。已悟欧、曾作文之法,乃尽焚旧作,一意师仿,尤得力于曾巩。顺之初不服,久亦变而从之。壮年废弃,益肆力古文,演迤详赡,卓然成家。"茅坤在《八大家文钞论例》中说:"近年晋江王道思(王慎中)始知读而酷好之(指曾巩之文),如渴者之饮金茎露也。"王慎中自己在《曾南丰文粹序》中更说"予推曾氏之文至矣",把曾文视作文章的极致。他们推重曾巩之文,主要借以改变当时秦汉派远拟往古的文风,并从中总结出"作文之法",这在我国文学史上有一定的进步作用;但他们又强调曾文"议论必本于六经""会通于圣人之旨",这种以儒家之"旨"为古文核心的文论思想,又表现出忽视或轻视散文写作艺术的倾向。

降及清代,钱谦益在《读南丰集》中说:"余每读子固文,浩汗演迤,不知其所自来。"他也从流畅婉转的角度肯定曾文,取径正与王慎中相同。嗣后,以方苞、刘大櫆、姚鼐为首的桐城派,更奉曾巩为圭臬。方苞提出的著名的"义法"说,最早即见于王慎中的《曾南丰文粹序》一文:"盖此道不明,士之才庶可以有言矣,而病于法之难入,困于义之难精。"方苞又提出"雅洁"的文字标准,曾巩正是其心目中的典范之一。姚鼐"所为文高简深古,尤近欧阳修、曾巩"(《清史稿·姚鼐传》)。他的阳刚之美和阴柔之美的著名见解,尽管在理论上似崇尚阳刚之文,但实际上却以阴柔之文为重,其《古文辞类纂》中欧曾之作所选甚多。桐城派对曾巩的推重,也有借以鼓吹"原本经术""长于道古"以适应当时政治需要的一面,但对曾巩散文的作法和风格的研究却有所促进。

从五四运动迄今,我国社会历史经历了一个翻天覆地的巨变,曾巩的文化遗产也经受了严峻的审察。在"打倒孔家店""选学妖孽""桐城谬种"的时代呼声中,曾巩崇奉正统儒学的思想面貌自然不会引起人们的兴趣。但在实际上,曾巩的思想遗产经过一代又一代人的评论,有的部分被强调,有的被忽略,虽不乏正确的阐发也不免有失误和差谬,我们面对的已是它的第二存在,并不符合它的原始面貌。在历代众多评论所塑造的"醇儒"乃至"迂儒"的形象中,人们往往忽视曾巩儒学的实践性品格和他要求通变的观点,这是我们今天重新研究曾巩思想时所应注意之点。其次,新的文学观念的引进,更对包括曾巩在内、以说理为主的古典散文,几乎在整体生存上提出了怀疑。但实际上恐怕更需要我们调整对"中国古典散文"的观念,采取多元取向的态度,对传统进行准确的选择。

"古典散文"的界说是目前学术界尚在探讨的疑难未决的问题。困难在于,如依新的文学观念,用形象性、抒情性作标准,则只允许书序记传、随笔小品等类品种进入文学的殿堂,这种"循名责实"又很难符合中国古典散文发展的实际,因而也很难为大多数研究者所接受。我们是否可以采取另一途径:在新的文学观念的观照下,主要从清理和总结我国古典散文的理论成果和写作经验,来确立"古典散文"的新界说。

我们知道,散文学作为我国文学理论批评史中的一个分支,实肇始于唐宋时代。唐顺之《董中峰侍郎文集序》中说:"汉以前之文,未尝无法,而未尝有法,法寓于无法之中,故其为法也,密而不可窥。唐与近代之文,不能无法,而能毫厘不失乎法,以有法为法,故其为法也严而不可犯。"这里所自觉提出的"文"之"法",即散文写作规律,是包括说理文在内的"杂文学"的概念。以后桐城派方苞提出以"义法"作为文章纲领,而刘大櫆以"神气""音节""字句"分别为文之"最精者""稍粗者""最粗者",企图建立我国古文理论的大致框架。姚鼐则在《古文辞类纂》中把古文分为13类,"而所以为文者八,曰神、理、气、味、格、律、声、色。神、理、气、味者,文之精也;格、律、声、色者,文之粗也"。这就是说,古文的写作规律,既有结构、剪裁、调声、音韵、用笔、用字等浅层次的具体作法,也有洋溢于文中的神理气味等所体现的风格特征,这应是深层次的总体领悟和把握。毫无疑问,这两类都蕴涵着丰富的美学内容,而其对象则是包括说理文在内的全部"古文"。深入研究我国古代散文理论的独特概念系统和整个理论体系,或许更能把握我国包括说理文在内的古典散文的美学特征和艺术技巧。对我国古典散文的多种美学风貌,也应作多层次、多角度的剖析和探讨,不宜专取一种，自毁取径。明乎此，则曾巩所代表的实用性的古典散文，仍有可供今天文化选择的价值。朱自清评曾巩"学问有根柢，他的文确实而谨严"（《经典常谈·文第十三》），其实，这位现代文学史上的散文大师的风格不是也有"确实而谨严"的特点吗？郁达夫评叶绍钧散文为"风格谨严""脚踏实地，造次不苟。我以为一般高中学生，学他最好"（《现代散文导论》）。对于曾巩，不是也可以说类似的话吗？所以，曾巩在我国古代散文审美体系中所提供的具有一定典范性的一种类型，直至今天仍然具有相当强的文化感染力和竞争力，就推动民族语言和一般文化的发展而言，也具有比"纯"文学创作更为广泛的意义。

我高兴地看到，在1983年江西省纪念曾巩逝世900周年学术讨论会以后，出版了《曾巩研究论文集》及其他研究论著，初步冲破了新中国成立后曾巩研究沉寂的局面；现在，抚州师专学报编辑部和南丰社联又联合出版了《曾巩研究专辑》，对曾巩进行了多方面的深入探讨：从文学样式来说，包括了曾巩的文、诗、词等作品；从内容来说，涉及学术思想、艺术成就乃至传记、交游、辑佚等；从研究视角来说，既有从新观念、新角度来探讨曾巩的心理机制和性格心态，也有运用行之有效的传统方法而作的论析或者考辨。总的看来，研究水平有所提高，研究领域日趋拓展，这是可喜的新收获。这也有力地证明：曾巩的文化遗产在今天建构民族新文化的过程中，并没有失去它的意义和价值。

（原载《曾巩研究专辑》，《抚州师专学报》1988年第4期）

陈绎曾：不应冷落的元代诗文批评大家

元朝立国不足百年，算不得中国文学批评史上的繁荣时期，出现的诗文评类专著更少，大都是单篇批评文字。元中叶的陈绎曾却是拥有多种论著的批评家，今存《文章欧冶》（一名《文筌》）《文说》《古文矜式》《诗谱》四种，另有《静春堂诗集后序》一文，论及影响文学的环境因素，提出"居"（固定性、长期性之环境）和"遇"（变化性、短期性之环境）两个新颖概念，颇有见地。此外，他还编选文章总集《诸儒奥论策学统宗》，精选宋人议论之文。他还是一位书学理论家，今存《翰林要诀》一种，惜其他三种书学论著早已亡佚。

然而，在以往出版的各种中国文学批评史著作中，很少介绍陈绎曾的文论，甚至连他的名字也不见。最近我高兴地看到复旦大学七卷本《中国文学批评通史》，把他和王沂合为一个子目予以评述，说明他已开始引起当代学者们的注意。但如何对他作出应有的历史定位，似仍可探讨。

造成这种被冷落的直接原因，是陈绎曾最重要的著作《文章欧冶》在国内传本稀少（据我所知，仅有两部抄本），但在韩国、日本却颇为流行，说来也是"墙内开花墙外香"了。早在明嘉靖二十九年（1550）已有朝鲜光州刊本，刊行者为全罗道监司南宫淑、大司谏尹春年等。尹春年是位"以声论诗"的学者，有《学音稿》行世。他在《文筌序》中，特别指出"欲求诗声，当从《文筌》而入"。他自述10多年来，从中国古诗和诗话《诗人玉屑》《诗家一指》中探寻诗歌声律，"然未得要领"。其后幸获《文筌》，反复参究，积有岁月，恍然有悟，始知此书之精善。他还对

《文筌》论诗、文的声律部分,特加注释予以阐发。到了日本元禄元年(1688),日人伊藤长胤又将此朝鲜刊本重刻于京都,是为此书传入日本之始。他在《后序》中说"《文章欧冶》者,作文之规矩准绳也。凡学为文者,不可不本之于《六经》,而参之于此书",把此书的地位提到与《六经》并论的高度;还认为吴讷《文章辨体》、徐师曾《文体明辨》两书只局限于论述文体,"至于作文之法,则未若此书之纤悉无遗也"。此书在东瀛流布甚广,也引起学术界的高度重视。早在20世纪30年代,日本学者竹友藻风著《文学总论》,他把陈绎曾论文章体制的起、承、铺、叙、过、结的六节说,与古希腊西西里亚派修辞学创始人科拉克斯提出的绪言、叙述、论证、补说、结语五段说,详加比勘,辨析异同,借以说明中西文心之相通,饶有趣味(中译文载《微音月刊》1931年第1卷第1期)。晚近著名版本学家长泽规矩也氏又把此书收入《和刻本汉籍随笔集》第16辑,更使珍本稀本化身千百成为普及书了。此本共142页,包括《古文谱》七卷,附录有《四六附说》《楚辞谱》《汉赋谱》《唐赋附说》《古文矜式》《诗谱》六种,其中的《古文矜式》《诗谱》曾单行别出而被著录于公私书目。在我国宋元以前的诗文评类著作中,除了《文心雕龙》外,此书内容之丰富、篇幅之巨大,或可称为首屈一指。单凭此点,也是不应被忽视的。

　　陈绎曾被冷落的另一原因,在于他的著作大多属于指导初学入门的普及性质,以及采取"诗格"类的著述形式。这类书往往有"强立名目"、琐碎固陋之讥,实不可一概而论。如皎然《诗式》的四不、四深、二要、二废、四离、六迷、六至、七德、五格,齐己《风骚旨格》的六诗、六义、十体、十势、二十式、四十门、六断、三格等,陈绎曾也有抱题十四法、用笔九十法、造句十四法、下字四法、用事十八法、描写七法、叙事十一法、议论七法、养气八法、起端八法、结尾九法等等,名目繁多,穷竭变化,极尽条列化之能事。这里有两个评估原则应予注意,一是初学者之阶梯与深造艺术真谛殿堂的关系,一是有法与无法的关系。入门书中也不乏精到深微的艺术见解,示人以创作所应遵从的法度,并不等同于强人入牢的固定套式,两者不是截然对立的。就陈绎曾而言,从文学门类看,古文、诗、赋、骈文均在其研究范围之内;从文论思想格局看,文学本体论、修养论、创作论、鉴赏论、文体论、风格论悉有论列,视野开阔,框架完整,论述详备细密,多有体悟有得的看法,不但在元代是位居于领先地位的诗文批评大家(尤在古文理论方面),即在整个中国文学批评史上也是并不多见的。他的文论思想的完整体系,这里不能详述,当另撰文阐明。今仅举一二以见一斑。陈氏说:"文者何?理之至精者也。"(《文筌序》)他与前辈的"以文明道""文以载道"论不同,特意不言"道"而言"理"。他把"理"分成四目:神理、天理、事理、物理,并分别予以界说。这显与宋儒二程(程颢、程颐)论"理"不同。二程论"理"主要有两个命题,一是"天下只有一个理",一是"一物须有一理",前者指天理,乃宇宙万物的一个抽象的共源性之根本,后者的理即指具体事物的规定性。两者综合,即是"理一分殊"的著名论断。但在陈氏的分类中,赫然把"天理"与其他三理(神、事、物)并列,使"天理"与万事万物处在同一层次上。其最突出的文学理论上的意义,在于强调了文学所要表达之"理"的丰富性和宽泛性,突破了把文学作为理学附庸的束缚。此例略见陈氏在理论思辨上的高水平。他在审美鉴赏上也有不俗的表现。如论《老子》:"《老子》善议论,精极无言;不得已而言之,言犹无言也,故妙。老于世故,故高。"论《庄子》:"《庄子》善议论,见识高妙,机轴圆活,情性滑稽。故肆口安言亦妙,缄口不言亦妙,开口正言亦妙。"《老》《庄》同属道家,陈氏论两家"议论"之同中之异,可谓抉剔入微。被称为"元代馆阁巨手"的许有壬有言:"江南陈绎曾,博学能文,怀才抱艺,挺身自拔乎流俗,立志尚友乎古人。"(《荐吴炳陈绎曾》,见《至正集》卷七五)陈氏确是"学""文""才""艺"兼擅的文学批评家。

　　陈绎曾的文论在元明清三代不乏称述者。何人把《文筌》改名为《文章欧冶》,已不可确考,或许是明人朱权,见其所刻《文章欧冶》,今藏山东省图书馆,其序后有行书"神"字等他个人的特别标识。(明周弘祖所撰《古今书刻》上编,载各直省所刊书籍,在"江西弋阳王府"下已有《文章欧冶》一书。)此人在《文章欧冶序》中亟称此书之"奇":"世之奇者,奇莫奇于是书尔。所奇者几近道矣。汶阳陈绎曾演先圣之未发,泄英华之秘藏,撰为是书,名曰《文筌》,可谓奇也;然出乎才学,见乎制作规模,又可谓宏远矣。"从文学功用论和文术论两端对该书给予崇高评价。尤其指出"不知体制,不知用字之法,失于文体,去道远也","孰不知文章制作五十有一,各有体制,起承铺叙过结,皆有法度,稍失其真,则不为文",最后他说,他之所以重予刊行,是使后学"知夫文章体制有如此法度,庶不失其规矩也。更其名曰《文章欧冶》。以奇益奇,不亦奇乎?"说明此书从艺术上阐发"蕴奥精微之旨",乃是其主要价值所在。明初赵㧑谦(1352—1395)的《学范》,共分六门,其第四门《作范》,就引用陈氏《文说》的不少言论。另一明人高琦在《文章一贯》中也引述《文筌》中论"实体""虚体"之别:"实体:体物之实形,如人之眉目手足,木之花叶根实,鸟兽之羽毛骨角,宫室之门墙栋宇也(惟天文题以声色字为实体)。""虚体:体物之虚象,如心意声色、长短、动静之类是也。心意声色,为死虚体;长短高下,为半虚体;动静飞走,为活虚体。"他的论"虚实",有自己的思考成果,为艺术理论的丰富提供思想资料。许学夷(1563—1633)的《诗源辩体》卷三十五,评论陈氏《诗谱》云:"'东都以上主情,建安以下主意',卷中惟此论最妙,前人未尝道破。"也给予称赞。降及清代,有托名陈维崧(1625—1682)的《四六金针》一书,完全是袭取陈绎曾论四六之文编缀而成(见《四库全书总目提要》卷一九七),倒从一个特殊侧面反映陈氏此书影响甚巨。

早在1 400多年以前,刘勰在《文心雕龙》中特置《知音》篇,开端即有"知音其难哉"的感叹。回视陈绎曾在中国文学批评史上的显晦浮沉,不禁怃然惘然。

(原载《新民晚报》"半肖居笔记"专栏,1997年10月5日)

第三辑

钱锺书与宋诗研究

- 《宋诗选注》删落左纬之因及其他
- 《正气歌》所本与《宋诗选注》"钱氏手校增注本"
- 关于《宋诗选注》的对话
- 《宋诗选注》的一段荣辱升沉
- 祝《宋诗选注》走出国门
- 读《钱锺书手稿集》札记
- 钱锺书先生与宋诗研究
- 钱锺书先生与宋词研究

《宋诗选注》删落左纬之因及其他
——初读《钱锺书手稿集》

一

钱锺书先生的《宋诗选注》出版于1958年9月,共选诗人八十一家,到1963年11月第二次印刷时删去左纬一家,存八十家;同时删去的还有刘攽《蛮请降》二首、刘克庄《国殇行》、文天祥《安庆府》等诗。其中的曲折,借用他自己的话,是可以"作为当时气候的原来物证——更确切地说,作为当时我自己尽可能适应气候的原来物证"[①]。钱先生此语,原来主要是针对初版本的选目等情况而言,但也完全适用于这项"删落",而且更为突出。表面平和的语气掩盖不住他割爱的无奈与沉重,好在已成为过去;而其对《宋诗选注》学术内容的损害,即这些"删落"所包含的他对宋诗发展的一些独特见解,我们却不能忽略。尤其是新近出版的《钱锺书手稿集·容安馆札记》中论证左纬的长篇专条(约1500字),更揭示其学术思考与观察的心迹。

左纬是南北宋之交一位名位卑微的诗人,台州黄岩人,一生未仕,生平资料极少,《徐氏笔精》卷四说他"宣和间以诗名",《宋诗纪事》卷四十说他"政和中以诗鸣",可见在徽宗时的诗坛上有一定的地位,但其诗集不传。直到民国时,其故里黄岩杨氏刊行《台州丛书》后集,始

---

① 《模糊的铜镜》,见《钱锺书散文》,浙江文艺出版社1997年版。

收有王棻所辑《委羽居士集》本,才较便于阅览。钱先生所读也是此辑本。在他的《宋诗选注》以前,左纬不见于其他选本,如张景星、姚培谦、王永祺合编的《宋诗别裁集》(原名《宋诗百钞》)、陈衍的《宋诗精华录》等均不选左纬作品(仅《后村千家诗》卷一"春暮"类选其诗一首,《宋诗纪事》为该诗题作《春晚》)。钱先生却选取三题九首,这在《宋诗选注》中占有一个颇大的份额,连黄庭坚也只入选三题五首,其他如王禹偁、梅尧臣、苏舜钦、欧阳修、陈师道、尤袤、刘克庄、文天祥等名家都在九首以内。尤堪注目的,是钱先生为左纬所写的近1 000字的小传,提出了启人心思的重要问题。夏承焘先生那篇因《宋诗选注》横遭"批判"而为之"平反"的论文《如何评价〈宋诗选注〉》①中也说"《选注》中所采的如左纬、董颖、吴涛诸家,都丰富了宋诗,开了读者的眼界",特意指出了选录左纬等人在全面认识宋诗上的开掘意义。

　　钱先生对左纬的青睐和夏先生的认同,为什么在重印时反遭删削呢?原因很简单,因为选了左纬的《避贼书事》和《避寇即事》。钱先生后来回答一位问学的后辈学人时明言:"左纬诗中之'寇',不知何指,恐惹是非,遂尔删去。胆小如鼠,思之自哂。"②钱先生曾说,他的文字"不易读者,非'全由援引之繁,文词之古',而半由弟之滑稽游戏,贯穿潜伏耳"③。这里说左纬诗中之"寇","不知何指",实际上是打了埋伏的。明眼人一见即知与方腊事有关。金性尧先生在《选本的时间性》④一文中已点明此点,今再作具体论证。

　　左纬《会佺誉》诗云:"忆昨宣和末,群凶聚韦羌(自注:洞名)""我时遭劫逐,与子(左誉)空相望",这里的"群凶",即《避贼书事》、《避寇

---

① 《光明日报·文学遗产》1959 年 8 月 2 日,收入《夏承焘集》第八册,浙江古籍出版社、浙江教育出版社 1997 年版。
② 《致黄任轲》,见张文江《营造巴比塔的智者·钱锺书传》第 103 页所引,上海文艺出版社 1993 年版。
③ 《与周振甫》,见蔡田明《〈管锥编〉述说》第 93 页所引,中国友谊出版公司 1991 年版。
④ 《文汇读书周报》2003 年 6 月 6 日,收入《闭关录》,上海古籍出版社 2004 年版。

即事》两组组诗中的"贼"与"寇"。发生在宣和年间、聚集于浙江仙居韦羌洞(亦作峒,民居地,方腊亦在浙江淳安帮源洞起兵)的"群凶",是指仙居人吕师囊为首的民变部众。据《续资治通鉴长编拾补》《续通鉴长编纪事本末》《皇宋十朝纲要》及《台州府志》等史籍、方志所述,吕师囊部于宣和三年三月十日起兵响应方腊,攻打台州,连下天台、黄岩、温州、乐清等县,与方腊主力军之攻破睦、歙、杭、处等地东西呼应;后方腊失败,吕师囊收拾馀部,继续抗击宋朝官军,至宣和三年十月被扑灭。① 刘一止在为宋朝将领杨震所写的墓碑中还提到杨震随从折可存攻占韦羌洞并于黄岩境内生擒吕师囊的情况:"宣和三年,方腊据杭、睦,朝廷姚平仲为都统征之。公(杨震)从折可存自浙东追击至三界河镇,与贼遇,斩首八千馀级。追袭至剡、上虞、天台、乐清四县,取韦羌、朝贤、六远三洞。至黄岩,贼帅吕师囊据断头山扼险拒,我前辄下石,死伤者众,累日不能进。"经过设计苦战,"生得师囊,乃斩贼首三千馀人"②。此与左纬诗完全吻合。《避贼书事十三首》其四云"贼来属初夏,逃去穷幽荒",其三云"及至出山日,秋风吹树枝",他从初夏逃入山中隐匿,至秋天事平出山,与吕师囊部三月起兵、十月被歼一致,也可证左纬这两组组诗当作于宣和三年(1121),具有一定的史料价值。

中国历史上的农民战争以及与其相关的"让步政策"问题的争论,是新中国成立后50、60年代历史学界所谓"五朵金花"之一③。这场争论带有强烈的意识形态色彩,具有敏感的政治性,日益变成学术"雷区",连钱先生也因"恐惹是非"而"删去"所选左纬之诗,以"胆小如鼠""自哂",但这场争论虽然过分拔高农民战争的所谓"革命性",倒也激

---

① 方勺《青溪寇轨》谓方腊全部部众于"(宣和)四年三月讨平之",此据陆树仑先生考证,应为三年十月,见《关于历史上宋江的两三事》,收入《冯梦龙散论》,上海古籍出版社1993年版。
② 《宋故敦武郎知麟州建宁寨累赠秦国公杨公墓碑》,《苕溪集》卷四十八,四库全书本。
③ 其他"四朵金花"是指中国古代史分期问题、中国封建土地所有制形式问题、中国资本主义萌芽问题和汉民族形成问题。

发学者们去深入地发掘和搜集社会底层的材料,了解一般民众的生存状况和思想动态,也为我们今天以平和客观的心态去观察这一历史现象,提供了前提和基础。

以方腊事件而言,仅从方勺《青溪寇轨》的记载来看,他原为不满"赋役繁重,官吏侵渔"、抗拒朱勔"花石纲"之役而起事。方腊声言:"三十年来,元老旧臣贬死殆尽,当轴者皆龌龊邪佞之徒,但知以声色土木淫蛊上心耳。朝廷大政事,一切弗恤也。在外监司、牧守,亦皆贪鄙成风,不以地方为意,东南之民,苦于剥削久矣。近岁花石之扰,尤所弗堪。诸君若能仗义而起,四方必闻风响应,旬日之间,万众可集。"在这番义正辞严的号召下,果然"连陷郡县数十,众殆百万,四方大震"。这说明方腊起事的历史正当性,自应与一般打家劫舍的暴民相区别。然而,百万之众的巨流一旦涌动,种种利益、欲望、情绪的交杂冲突其间,又不可避免地颠覆社会的正常秩序;原始性的报复欲望的无限膨胀,玉石俱焚,更造成时局的普遍动乱和生产力的极度破坏。"焚民居,掠金帛子女",并非意外,"渠魁未授首间,所掠妇女自洞逃出,倮而雉经于林中者,由汤岩、榴树岭一带凡八十五里,九村山谷相望,不知其数",这是方勺据"深入贼境,亲睹其事"的目击者所述而记录的,也不能贸然断言为士人的造谣污蔑(《宋史》卷四六八《童贯传·方腊附》所记亦同)。在歌颂所谓"革命暴力"的年代,无视或抹煞弱势人群在离乱中所承受的一切痛苦,被认为是理所当然;描写和反映这种痛苦却成为大逆不道,这是不正常的。

面对兵连祸结、动荡不安的局势,左纬身不由己地落入当时的弱势群体,"举家如奔鹿","但冀免杀戮",本能地表达最低的生存要求,表达对破坏正常生活的愤恨和谴责。因此,他不仅抨击方腊、吕师囊的民变部队,也斥责当时陈通等的兵变部队。《避寇即事十二首》其二云:"遥闻乌合辈,数十破钱塘。故是升平久,胡为守备亡。天诛初不暴,贼势尚云张。作过古来有,未宜忧我皇。"钱先生在《手稿集》卷一第二八六则论左纬时正确地指出:"第二首当是建炎元年八月陈通兵变。"此事在左纬《会侄誉》中也写到:"及兹建炎始,叛卒起钱塘。初闻杀长吏,寻亦及冠裳。死者不为怪,生者反异常。"或谓此指"建炎三年(1129)宋扈从统制苗傅、御营右军副统制刘正彦在临安发动变乱,杀枢臣王渊,并逼高宗禅位于三岁的皇子赵旉"事(见金性尧先生《宋诗三百首》第215页),则尚可商榷。

建炎共四年,左纬诗明云"及兹建炎始",当是建炎元年陈通事变,而不会是建炎三年的苗、刘之变。按之史实,更为皎然自明。据《建炎以来系年要录》卷八建炎元年八月戊午朔,"是日,杭州军乱。初上之立也,遣勤王兵还诸道,杭兵才三百,其将得童贯残兵与之俱。军校陈通等见杭州富实甲东南,因谋为变。会军士以衣粮不足有怨言,结约已定,而两浙转运判官顾彦成行部未返,需其还杀之。至是彦成归,宿于城外,夜三鼓,军士百馀人纵火杀士曹参军及副将白均等十二人。翌日,执守臣龙图阁直学士叶梦得诣金紫光禄大夫致仕薛昂家,杀两浙转运判官吴昉"。这次陈通兵变,乃因"衣粮不足有怨言"所激而起,人数有限,故云"乌合辈";"纵火杀士曹参军及副将白均等十二人",又"杀两浙转运判官吴昉",与诗句"初闻杀长吏,寻亦及冠裳"和"胡为守备亡"相合。要之,此乃局部性较小事件,故左纬又以"作过古来有,未宜忧我皇"宽慰之。后于同年十二月陈通等即被御营使司都统制王渊所诱杀,兵乱乃息,事见《建炎以来系年要录》卷十一。而苗、刘之变,势态严重,杀枢臣,逼禅位,是震动朝廷的巨大事变,两者不能相提并论,也与左纬诗的内容抵牾。

左纬诗中所揭示的两次变乱,一为方腊、吕师囊之民变,一为陈通之兵变。若依50、60年代的主流舆论来衡量,前者是农民阶级反抗地主阶级的革命斗争,后者是统治阶级内部的"狗咬狗"矛盾(或许也会被解释为下层士兵的"革命斗争"),但对左纬而言,均是威胁其生命或破坏其生活的祸害。情动于中,诉之笔下,是十分自然的。金性尧先生在《选本的时间性》中说:他的《宋诗三百首》因"出版于极左思潮逐渐消敛的盛世",所以容许入选左纬《会侄誉》等诗,因为"事归事,诗归诗,还是可以选入的",与钱先生选了又删的境遇不同,"选本的时间性,也就是选本的历史性",感慨良深。

二

钱先生《宋诗选注》删落左纬,乃因入选《避贼书事十三首》的五首、《避寇即事十二首》的三首而有碍当时左倾思潮之故,这一解释应是符合实情的;但我们要立即申明,这一解释并不完全。不然,人们当会质疑:钱先生何以不采取刘攽、刘克庄、文天祥诸家那样的"删诗存人"的办法(或用更换选目之法),而要使左纬其人其诗统统从《宋诗选注》中消失呢?细细推求内情,会使钱先生宋诗观的一些重要见解彰显起来,结合《钱锺书手稿集》的相关论述,看得更为清楚。

《宋诗选注》被删左纬小传中评论左诗云:"这些诗不搬弄典故,用平淡浅易的词句,真切细腻地抒写情感。他能够摆脱苏轼、黄庭坚的笼罩,这已经不算容易;从下面选的《避贼》、《避寇》那些诗看来,他还能够不摹仿杜甫。"还进一步指出,"杜甫写离乱颠沛的古近体诗尤其是个'不二法门',宋、元、明、清的诗人作起这种诗来都走了他的门路",而"左纬居然是个例外,似乎宁可走他自己的旁门左道"。这里强调的是左纬"不摹仿杜甫"。而在《手稿集》论左纬一则中,他写道:"不矜气格,不逞书卷,异乎当时苏黄流派,已开南宋人之晚唐体。佳者清疏婉挚,劣处则窘薄耳。"这里又强调左纬"已开南宋人之晚唐体"。

"不摹仿杜甫"和"已开南宋人之晚唐体",在宋代诗坛的具体语境中,其实际指向是同一种诗歌风格和体派。在宋以前(特别是唐代)中国古代诗歌充分成熟、造诣卓绝的背景下,宋代诗人具有崇奉前代典范的传统。从宋初"三体"各以白居易、晚唐体、李商隐为学习楷模以后,一部宋代诗歌体派史不啻是不断更换学习对象的历史。黄庭坚论诗作诗,早已把学杜与学晚唐对举并立。他说:"学老杜诗,所谓刻鹄不成犹类鹜也;学晚唐诸人诗,所谓作法于凉,其蔽犹贪,作法于贪,蔽将若何?"[①]陆

[①] 《与赵伯充》,《宋黄文节公集》外集卷二十一,《黄庭坚全集》本,四川大学出版社2001年版。

游对于晚唐体的指责、批判,也往往以李杜尤其是杜甫为立论的标准。他的《记梦》(《剑南诗稿》卷十五):"李白杜甫生不遭,英气死岂埋蓬蒿;晚唐诸人战虽鏖,眼暗头白真徒劳。"《宋都曹屡寄诗且督和答作此示之》(同上书,卷七十九):"天未丧斯文,老杜乃独出。陵迟至元白,固已可愤疾;及观晚唐作,令人欲焚笔。此风近复炽,隙穴始难窒。淫哇解移人,往往丧妙质。苦言告学者,切勿为所怵。"他从诗史行程的梳理中,汲取抨击当下诗风的力量。降及"四灵"派的支持者叶适,他在《徐斯远文集序》中说:"庆历、嘉祐以来,天下以杜甫为师,始黜唐人之学,而江西宗派章焉。然格有高下,技有工拙,趣有深浅,材有大小。以夫汗漫广莫,徒枵然从之而足充其所求,曾不如胭鸣吻决,出豪芒之奇,可以运转而无极也。故近岁学者已复稍趋于唐而有获焉。"于是"四灵"体乃至江湖派就弃杜甫而崇晚唐,一如叶适在《题刘潜夫〈南岳诗稿〉》中所说的"摆脱近世诗律""合于唐人"者①。叶适从取法对象的高下广菅着眼,其思维方式近似黄庭坚,又采取诗史叙述的角度,则与陆游相仿,但他的目的是为晚唐体护法,与黄、陆针锋相对。

对于学杜甫抑或学晚唐所蕴含的宋诗体派史的意义,钱先生颇为注意,从《谈艺录》到《手稿集》到《宋诗选注》,他的论述既是一脉相承而又有所发展。《谈艺录》"放翁与中晚唐人"节云:"窃以为南宋诗派之不墨守江西派者,莫不濡染晚唐","盖分茅设蕝,一时作者几乎不归杨则归墨",方回意欲调和两派,提出"学者自姚合进而至贾岛,自贾岛进而至老杜",因为"曰'老杜'而意在江西派,曰'姚贾'而意在永嘉派;老杜乃江西三宗之一'祖',姚贾实永嘉四灵之'二妙'(原注:按赵紫芝选《二妙集》)。使二妙可通于一祖,则二派化寇仇而为眷属矣"。在《手稿集》卷二第五一三则中又补充道:舒岳祥《阆风集》卷二中"《题潘少白诗》:'早从唐体入圆妥,更向派家事掀簸。'按卷十《刘士元诗序》云:'得唐人姚、贾法','近又欲自蜕前骨,务为恢张,骎骎乎派家步骤'云云,皆以江西与四灵对举也。《刘后村大全集》卷九十四《刘圻父

---

① 叶适两文分见《水心文集》卷十二、卷二十九,《叶适集》本,中华书局1961年版。

诗序》云:'余尝病世之为唐律者胶挛浅易','而为派家者则又驰骛广远'云云,派家之名出于此"。又引《秋崖小稿》文集卷四十三《跋陈平仲诗》云:"后山诸人为一节派家也。"最后云:"赵孟坚《彝斋集》卷三《孙雪窗诗序》云:'窃怪夫今之言诗者,江西晚唐之交相诋也,彼病此冗,此詈彼拘。'均此意。参观《谈艺录》第一四五至六页。"这里围绕"派家"之名展开论述,对《谈艺录》续作申说。此则《手稿集》在采入《宋诗选注》徐玑小传时,又有发挥:"江湖派反对江西派运用古典成语、'资书以为诗',就要尽量白描、'捐书以为诗','以不用事为第一格';江西派自称师法杜甫,江湖派就抛弃杜甫,抬出晚唐诗人来对抗。""大大削弱了江西派或者'派家'的势力。"

因此,学杜甫抑或学晚唐,成了江西派与四灵、江湖派最易识别的标志。钱先生论左纬"不摹仿杜甫""开南宋人之晚唐体"两语,无异为左纬确立了在宋诗体派史中的地位,而这一地位的确立又是以《避贼》《避寇》两组组诗共二十五首为支撑的(左纬今存诗共六十首),这是一个应予重视与探讨的新论点。

钱先生说,"从下面选的《避贼》、《避寇》那些诗看来,他(左纬)还能够不摹仿杜甫",此与古今论者之说截然相反。《宋史翼》卷二十九记左纬"初业举子,曰:'此不足为学,文如韩退之,诗如杜子美,吾将游其藩焉。'真德秀称其《避寇》七诗,可比老杜《七歌》"。谓左纬早怀学杜祈向,真德秀又具体指认其《避寇》组诗可与杜甫《乾元中寓居同谷县作歌七首》比肩,言之凿凿。而左纬的忘年友许景衡更不无夸饰地说:"泰山孙伯野(孙傅)尝见经臣(左纬之字)《避寇》古律诗,击节称叹曰:'此非今人之诗也,若置之杜集中,孰能辨别?'余谓非《避寇》诸诗为然,大抵句法皆与少陵抗衡,如《会佅》一大篇,自天宝以后,不闻此作矣。"①黄裳《委羽居士集序》亦云:"赤城之南有左氏子焉,不出仕,常以诗自适。慕王维、杜甫之遗风,甚严而有法。"也认为左氏是奉杜甫

---

① 林表民《赤城集》卷十七黄裳《委羽居士集序》后附跋语"横塘许景衡云",四库全书本。

为圭臬的。现今涉及左纬的著述甚少，但凡有论列，均不忘提及"诗学杜甫"等语（如《全宋诗》卷一六七九左纬小传），钱先生与之相左。他对黄裳"慕王维、杜甫之遗风"的说法，甚至揶揄道："但是据诗集里现存的作品看来，这句话跟许多诗集序文的恭维套语一样，属于社交词令或出版广告那种门类，也许不能算得文学批评。"（见《宋诗选注》被删之左纬小传）

对钱先生这一与众不同的看法，或许可以继续讨论，但在钱先生的宋诗观里，自有其合乎逻辑、自成体系的思考理路：既与他对宋人学杜的一系列见解有关，又与他对宋人"晚唐体"的观察息息相关，最后指向对南宋诗派诗体消长起伏的梳理与把握。以下即从这三点依次加以论述。

杜甫诗歌千汇万状、海涵地负，是宋代诗人崇奉的主要对象。但正如苏轼《次韵孔毅甫集古人句见赠五首》其三所感叹的那样："天下几人学杜甫，谁得其皮与其骨。"钱先生指出："少陵七律兼备众妙，衍其一绪，胥足名家。譬如中衢之尊，过者斟酌，多少不同，而各如所愿。"（《谈艺录》"七律杜样"节）后人完全可以在"集大成"的杜甫身上，各取所需之一点，加以展衍，即自成家数。宋人对杜甫的多元选择中，又表现出从"风雅可师"到"知心伴侣"的演变过程，从而确立了宋人与杜甫的最核心的契合点。在《宋诗选注》陈与义小传中，钱先生写道："靖康之难发生，宋代诗人遭遇到天崩地塌的大变动，在流离颠沛之中，才深切体会出杜甫诗里所写安史之乱的境界，起了国破家亡、天涯沦落的同感，先前只以为杜甫'风雅可师'，这时候更认识他是个患难中的知心伴侣。"又说："身经离乱的宋人对杜甫发生了一种心心相印的新关系。诗人要抒写家国之痛，就常常自然而然效法杜甫这类苍凉悲壮的作品。"在时代环境的制约下，超越于诗道诗艺本身，杜甫诗歌遗产中的古近体离乱诗迅速被突出、被强调，并作为一种范本被宋人广为仿效。钱先生在左纬小传中深刻阐明："一位大诗人的影响要分两方面来说：有些诗人创了一派；有些不但创了一派，而且开了一门，那就是说某种题材、某种体裁的诗差不多归他们'独家专利'，甚至不是他们派别里的作者,若要做这一门类的诗,也得向他们效法",如王维、孟浩然的游山玩水的七律,李商隐、韩偓的相思言情的五、七律,元、白的叙事歌行,韩、苏的赋咏古物的七古,都在题材、体裁上独开一门,而"杜甫写离乱颠沛的古近体诗尤其是个'不二法门'"。这里指出诗歌某种题材、体裁"经典化"形成后对后世诗人的强大影响力,也是文学史上的普遍规律。

与题材、体裁上的主要选择相表里,宋人学杜在风格上也表现出某种确定倾向。《谈艺录》"七律杜样"节云:"世所谓'杜样'者,乃指雄阔高浑,实大声弘"的风格,北宋欧、苏、陈与义均有循此路径的作品,尤其是陈与义"雄伟苍楚,兼而有之。学杜得皮,举止大方,五律每可乱楮叶";另一体为"细筋健骨,瘦硬通神"者,黄庭坚、陈师道属此,"山谷、后山诸公仅得法于杜律之韧瘦者,于此等畅酣饱满之什,未多效仿"。在此"壮""瘦"两体以外,尚有"以生拗白描之笔作逸宕绮仄之词"者,如陆游的部分学杜作品,就显得"逸丽有馀,苍浑不足"。

在取资、技法上,宋人学杜着眼于其"无一字无来处""资书以为诗"的特点上。最突出的代表人物当推黄庭坚。钱先生在《宋诗选注》黄氏小传中说:"自唐以来,钦佩杜甫的人很多,而大吹大擂地向他学习的恐怕以黄庭坚为最早。他对杜诗中的哪一点最醉心呢?他说:'老杜作诗,退之作文,无一字无来处;盖后人读书少,故谓韩杜自作此语耳。古之能为文章者,真能陶冶万物,虽取古人之陈言入于翰墨,如灵丹一粒,点铁成金也。'在他的许多关于诗文的议论里,这一段话最起影响,最足以解释他自己的风格,也算得江西诗派的纲领。"江西诗派一套"夺胎换骨""点铁成金"的技法窍门,主要取于杜诗的艺术资源,且"最起影响",这已是人们的共识了。

古今论者之所以认为左纬学杜,盖因他的《避贼》《避寇》等诗,属于离乱题材的古律,按一般的思维定势即推导为学杜;而在钱先生看来,这两组组诗虽写离乱,但在艺术风格和取资技法上却与杜诗异趣,相反却表现出"晚唐体"的一些特点。风格的辨识和技法的判别是件细致微妙而又难于言说的工作,我们还是从《宋诗选注》取证。钱先生明确指出陈与义、吕本中、汪藻等诗"显然学杜甫",其中吕本中的五律组诗《兵乱后杂诗》二十九首,正可与左诗比勘。方回在《瀛奎律髓》卷三十二中选此组吕诗五首,纪昀批云:"五首全摹老杜,形模亦略似之。"钱先生也说:"这些诗的风格显然学杜甫,'报国'这一联(引者按,原文为"报国宁无策,全躯各有词")也就从杜甫《有感》第五首的'领郡辄无声,之官皆有词'脱胎,真可算'点铁成金'了。"吕诗的"万事多翻覆,萧兰不辨真","萧兰"语出《离骚》;他的"云路惭高鸟,渊潜羡巨鱼",句式与意境均可从《诗经》、陶诗中寻根索源,而杜甫《中宵》"择木知出鸟,潜波想巨鱼",更为吕诗所本。又如所选汪藻《己酉乱后寄常州使君侄》:

草草官军渡,悠悠虏骑旋。方尝勾践胆,已补女娲天。诸将争阴拱,苍生忍倒悬。乾坤满群盗,何日是归年。

钱先生注文中指出:"这首诗也学杜甫体,比前面所选吕本中的三首,风格来得完整。"而在用典用字上也多有来历:"勾践""女娲"是使事,"阴拱""倒悬"分别出自《汉书》和《孟子》,而结句"何日是归年",直用李、杜成句(杜甫《绝句二首》其二:"今春看又过,何日是归年")。

左纬诗却与这类"苍凉悲壮"风格有别,而出之以哀婉新警,白描叙事,朴实抒情,真正"以不用事为第一格"。兹从《避贼》《避寇》组诗中各录一首:

今我有三子,欲谋分置之。庶几一子在,可以收我尸。老妻已咽绝,三子皆号悲。生离过死别,不如还相随。

寂寞空山里,黄昏百怪新。鬼沿深涧哭,狐出坏墙嗔。小雨俄成霰,孤灯不及晨。开门谢魑魅,我是太平人。

左纬与吕本中的同为组诗,同为五言离乱诗,具有可比性,细加推求,风味立判;他的《会侄誉》五古,则与汪藻的寄侄五律,对象同属侄子身份。左纬在此诗中庆幸左誉侄乱后团聚,"死者不为怪,生者反异常"的深沉感慨,"庭梧露蹐碧,砌菊风催黄"的景物烘托,乃至"与子归何处,相看两茫茫"的结尾,均绝少藻饰而情景逼真。即使结句也可能受到杜甫《赠卫八处士》末尾"明日隔山岳,世事两茫茫"的影响,但此首本是杜集中以白描见长的名篇,且其四句一意、极富顿挫之妙的写法,还是与左诗不能混同的。要之,左纬诗忌用事,贵白描,吐属自然平易,色泽清淡简约,这些作派已预先透出南宋"晚唐体"的一些信息。

"晚唐体"一语几乎成了《钱锺书手稿集》的"关键词",使用频率甚高。开卷第一页即云:"魏野《东观集》乃晚唐体之俚犷者。《赠三门漕运钱舍人》云:'我拙宜名野,君廉恨姓钱。'岂非上门骂人耶?"竟谓"钱"姓者必贪,难怪姓"钱"的钱先生格外刺目,开笔即予驳正。卷一第二十则云:"王琮(宗玉)《雅林小稿》,向在《南宋六十家集》中见之,虽浅薄,尚有清真处,晚唐体也。"卷一第二十二则云:"严粲(坦叔)《华谷集》(按,皆出《中兴群公吟稿》戊集卷七),《居易录》斥为'气格卑下,晚唐之麿者',亦晚唐体也。浅薄无足观,尚在沧浪之下。"同卷同则云:"乐雷发(声远)《雪矶丛稿》笔力健放,不拘拘于晚唐体。七言歌行尤排奡,七绝次之,律诗俚滑。"卷二第五○九则云:"董嗣杲《庐山集》五卷,《英溪集》一卷,亦江湖派,尖薄而未新警。"等等。从中看出,"晚唐体"既有"清真""新警"等长处,又存在"俚犷""浅薄""尖薄"、缺乏"健放"等弱点。卷一第二十二则云:"俞德邻(宗太)《佩韦斋集》,南宋小家皆不学,此独有书卷气,故不浅薄,工于组织对仗,七古亦沉着顿拙。"未明言"晚唐体",实正指出"晚唐体"因"不学"而无"书卷气",大率"浅薄"而少沉郁顿挫的杜诗风范。南宋晚期活跃于诗坛的是一大群小家,未出现大诗人,评论资料也相对较少。《手稿集》中关于"晚唐体"的大量论述,如能归纳整理并予以条理化,对深入认识这一群体必有启示作用。

钱先生说过,"我有兴趣的是具体的文艺鉴赏和评判",而使用的主要方法是"打通",从不同典籍中搜集大量资料加以别择、排比、综合和分析,以此作出对文学作品的具体"鉴赏和评判"。《手稿集》中有两处对左纬诗句的评析,亦见功力,也反映左诗接近"晚唐体"的征象。一是对左纬《招友人饮》中"一别又经无数日,百年能得几多时"一联,《手稿集》说:"按,义山《寓目》云:'此生真远客,几别即衰翁。'魏仲先《东观集》卷六《寄唐异山人》云:'能消几度别,便是一生休。'《荆溪林下偶谈》卷一谓陈了翁喜此联,因举魏野诗,又戴叔伦《寄朱山人》云:'此别又万里,少年能几时。'杜荀鹤《送人游江南》云:'能禁几度别,即到白头时。'"这一离别常规感叹,写得微婉不逼,情浓于词。值得注意的,用以比照的诗人为戴叔伦、杜荀鹤等,均是晚唐人;而魏野(仲先)更是宋初晚唐体的代表作家,刘克庄在《江西诗派序》中就说他"规规晚唐格调,寸步不敢走作"。顺便说明,晚唐体作家也并不完全排斥"资书以为诗"、化用前人诗句的,钱先生也在《宋诗选注序》中提到,"反对江西派的'四灵'竟传染着同样的毛病"。关键还在审美趣向与艺术境界的不同特征上。二是对左纬的一联断句"禽巢先觉晓,蚁穴未知霜",诗题为《落叶》,全篇已佚。《手稿集》说:"按,此本唐人刘(义)〔叉〕《落叶》诗:'返蚁难寻穴,归禽易见窠。'《渔隐丛话》前集卷五十五所谓'谜子'者也。《桐江集》卷三《跋尤冰寮诗》极称其《落叶》之'蚁返愁寻穴,鸦归喜见巢',何虚谷之眼谩耶!《江湖后集》卷三周端臣《落叶》'归巢便觉栖禽冷,觅穴空教返蚁迷',自此化出。"叶落树枝疏稀,故巢禽易知天明;落叶堆砌树根,归蚁难寻蚁洞,也不易见霜。诗句构思小巧可喜,然格局不大,读者一猜便知为咏落叶,故《渔隐丛话》谓之"谜子",《诗人玉屑》卷三称为"影略句法"。尤冰寮、周端臣均为江湖诗人,性相近诗相类,亦非偶然。

除前所分析的《避贼》《避寇》组诗外,这两联左纬诗句,也同样呈现出与"晚唐体"接近的痕迹。

对宋诗体派的嬗变过程,钱先生虽无专文论述,但把散见各处的文字"捉置一处",已然勾勒出大致而确定的图景。仅从《宋诗选注》而言,宋代前期以后的诗风变化,其主要轨迹是:

(一)贺铸小传:"在当时不属'苏门'而也不入江西派的诗人里,

他跟唐庚算得艺术造诣最高的两位。"则贺铸生活时期,诗坛存在"苏门"与"江西"两派。

（二）汪藻小传："北宋末南宋初的诗坛差不多是黄庭坚的世界,苏轼的儿子苏过以外,像孙觌、叶梦得等不卷入江西派的风气里而倾向于苏轼的名家,寥寥可数,汪藻是其中最出色的。"则北南宋之交,学苏者为数甚少,江西诗派雄踞坛坫。

（三）杨万里小传："从杨万里起,宋诗就划分江西体和晚唐体两派。"这是一个很创辟的判断,在以后的作者小传中不断予以回应。如陈造小传："自从杨万里以后,一般诗人都想摆脱江西派的影响,陈造和敖陶孙两人是显著的例外。"裘万顷小传："其实南宋从杨万里开始,许多江西籍贯的诗人都要从江西派的影响里挣扎出来,裘万顷也是一个。"

（四）徐玑小传："经过叶适的鼓吹,有了'四灵'的榜样,江湖派或者'唐体'风行一时,大大削弱了江西派或者'派家'的势力,几乎夺取了它的地位。"还指出这种诗风是"从潘柽开始","而在'四灵'的作品里充分表现",由"四灵""开创了所谓'江湖派'"。

（五）刘克庄小传：在江湖派大占上风之际,也有调和"江西""江湖"的倾向,突出的例子恰恰是江湖派的最大诗人刘克庄。他"最初深受'四灵'的影响","后来他觉得江西派'资书以为诗失之腐',而晚唐体'捐书以为诗失之野'",于是在晚唐体中大掉书袋,填嵌典故,组织对偶,被方回调侃为"饱满'四灵'"。

这是钱先生给出的宋诗体派发展图。在这幅线条稍粗、轮廓分明的图景中,左纬处在汪藻与杨万里之间,也就是说,在苏黄诗风盛行之际而晚唐体兴起以前。左纬却"能够摆脱苏轼、黄庭坚的笼罩","还能够不摹仿杜甫","异乎当时苏黄流派,已开南宋人之晚唐体",正好起到承前启后的过渡作用。这是钱先生入选左纬的真正主旨,甚至在左纬小传的文字上也是与汪藻、杨万里两篇小传上下衔接、一气呵成的。而体现这种过渡性质的作品,主要即是《避贼》《避寇》两组组诗,这在小传中也曾强调过。而这两组组诗因"违碍"不得不删,牵一发而动全身,左纬一家的入选也失去了根据,小传原稿几无一字可留,左纬其人其诗均从《宋诗选注》消失,实属不可避免。但也使《宋诗选注》潜在的环环相扣的诗史链条,受损中断,颇为憾恨。

三

《钱锺书手稿集》是一座蕴藏丰富而又颇难进入的学术宝库,问世后相关研究成果尚不多见。其实探讨不少问题时是绕它不过去的。仅就其论及南宋别集而言,数以几百家计,在目前对南宋诗歌研究薄弱的情况下,更应引起关注。其论左纬一则,大致可分三个部分:首论左纬诗的总体评价,选录《避贼书事》第三、五、十和《避寇即事》第九、十,并评及第二首,合计六首,为左纬现存诗歌的十分之一,足见选诗的重点所在;次对《春日晓望》《送许左丞》两诗作文献考辨,或校勘字句异同,或辨别诗体之误;末对左诗之两联,就其句意或意象与前人或后人相似或相类之处,进行对勘、比较。内容丰富,高度浓缩,新意迭出。

除了前面已引证者外,兹就其文献考辨成果再作简述。左纬《送许左丞至白沙为舟人所误》诗:"短棹无寻处,严城欲闭门。水边人独自,沙上月黄昏。老别难禁泪,空归易断魂。岂知今夜梦,先过白沙村。"钱先生指出:"按,《诗人玉屑》卷十九黄玉林引前四句,《宋诗纪事》遂误为五绝矣。"这个把五律当成五绝的错误,一直延续到今天不少宋诗选本(我所看到的至少有两种)。许左丞,即许景渊,他答和左纬的《次经臣见寄之韵》(《全宋诗》卷一三五五)云:"召节来金阙,扁舟望石门。家山秋渺渺,烟水暮昏昏。竟失临分语,徒伤远别魂。殷勤谢池月,相对宿江村。"严格依照原唱韵字,证明确为五律。《宋诗选注》虽然删去左纬,但钱先生后在《管锥编》中又提及此诗,尤对"水边"一联之佳胜予以好评。《管锥编》第一册第79页讲到《毛诗正义·燕燕》"瞻望勿及,伫立以泣"的"送别情境"时,认为左纬"水边"一联,比之苏轼、张先、梅尧臣、王安石诗词之明言"不见""唯见""随去"之"说破着迹"来,"庶几后来居上"。但这一对勘的可比性容或尚可讨论:左纬此诗是写追送不及,"竟失临分语"(一本"语"作"约"),因而客去后在"水边"独自徘徊不忍离去,苏轼、张先等人则写当面话别后而放目远望,两者的情景是有差别的。

另一处对《宋诗纪事》的质疑,则需斟酌。《手稿集》说:"黄裳序:'自言每以意、理、趣观古今诗。'按,《宋诗纪事》卷四十谓裳此序引经世《招友》句云云,误也,仅引经世此语耳。"查《宋诗纪事》卷四十,在采录左纬断句"一别又经无数日,百年能得几多时"后,加注云:"《赤城集》:《委羽居士集·黄裳序》政和癸巳陈瓘跋,称其《招友》句云。"黄裳的《委羽居士集序》引及左纬语者确仅"自言每以意、理、趣观古今诗"一句,但林表民所编《赤城集》卷十七,在收录黄裳序后,还有四篇跋文,其中两篇即为陈瓘所作:一作于政和癸巳,一作于政和乙未,而称赞左纬《招友》句(即《招友人饮》"一别又经无数日"一联)即在后一篇政和乙未的跋文中:

> 余抵丹丘之三年(按,指政和癸巳,1113年),左经臣携黄公《序》见访,尝为跋其后。今又两年矣(按,指政和乙未,1115年),复持以相示。余读经臣诗编,有《招友人》之句云"一别(人)〔又〕经无数日,百年能得几多时",非特词意清逸可玩味也,老于世幻,逝景迅速,读此二语,能无警乎?《序》所谓"使人意虚而志远",非溢言也。政和乙未三月二十八日延平陈瓘题。

据此,《宋诗纪事》所注除把"乙未"误作"癸巳"外,尚无大错,但今本标点常出问题,或将此句标点为:

《赤城集》:《委羽居士集·黄裳序》:"政和癸巳陈瓘跋,称其《招友》句云。"把"政和癸巳"两句当作黄裳序中之语,那就不对了。今拟标校为:

《赤城集》:《委羽居士集·黄裳序》政和(癸巳)〔乙未〕陈瓘跋,称其《招友》句云。

《手稿集》又对左纬《春日晓望》诗作了文字校勘,尤其是指出诗中"斜阳"与诗题"晓望"不合,元陈世隆所编《宋诗拾遗》卷二十录此诗题作"晚望",义胜可采。但《宋诗拾遗》却把作者标为"孟大武"。钱先生顺手指出:"《拾遗》所著作者姓名多不可信,如以王绩无功为宋人王寘是也。"事见该书卷十六,把王绩的名篇《在京师故园见乡人问讯》的主名弄错了。具见钱先生日常阅读时目光如炬、烛照无隐的情景。

面对这部罕见的大书,我们的第一步工作是"照着说",即努力认识和整理其具体内容,然后才能试着"接着说",与之对话和讨论,把研究工作推进一步。

附录:

《钱锺书手稿集》卷一第二八六则论左纬

左纬《委羽居士集》一卷。王棻辑,亦《台州丛书》后集本。不矜气格,不逞书卷,异乎当时苏黄流派,已开南宋人之晚唐体,佳者清疏婉挚,劣处则窘薄耳。黄裳序:"自言每以意、理、趣观古今诗。"按,《宋诗纪事》卷四十谓裳此序引经臣《招友》句云云,误也,仅引经臣此语耳。

《避贼书事》:"怀宝恐吾累,蔽形何可遗。囊衣入山谷,势急还弃之。及到出山日,秋风吹树枝。免为刀兵鬼,冻死宜无辞。"(三)"搜山辄纵火,蹑迹皆操刀。小儿饥火逼,掩口俾勿号。勿号可禁止,饥火弥煎熬。吾人固有命,困仆犹能逃。"(五)"今我有三子,欲谋分置之。庶几一子在,可以收我尸。老妻已咽绝,三子皆号悲。生离过死别,不如还相随。"(十)《半山庵》:"杉高方见直,石怪不成粗。"

《避寇即事》:"寂寞空山里,黄昏百怪新。鬼沿深洞哭,狐出坏墙嚬。小雨俄成霰,孤灯不及晨。开门谢魑魅,我是太平人。"(九)"借问今何所,空山号白龙。秋声凄万窍,雪意黯千峰。俯首烧残叶,披衣听断钟。生涯都付贼,只有一萍踪。"(十)见第二首当是建炎元年八月陈通兵变。

《春日晓望》:"屋角风微烟雾霏,柳丝无力杏花肥。朦胧数点斜阳里,应是呢喃燕子飞。"按,"斜阳"与"晓望"语不合,《宋诗纪事补遗》卷四十六引此作孟大武诗,"晓"作"晚","飞"作"归",皆胜此本,盖采之《宋诗拾遗》。《拾遗》所著作者姓名多不可信,如以王绩无功为宋人王阗是也。

《送许左丞至白沙为舟人所误》:"短棹无寻处,严城欲闭门。水边人独自,沙上月黄昏。老别难禁泪,空归易断魂。岂知今夜梦,先过白沙村。"按,《诗人玉屑》卷十九黄玉林引前四句,《宋诗纪事》遂误为五绝矣。"水边"一联可继阴铿《江津送刘光禄不及》云:"泊处空馀鸟,离亭已散人。"《永乐大典》一万四千三百八十"寄"字引《赤城左氏集》全同,题多"以诗寄之"四字。

《招友人饮》:"入门相见喜还悲,不免樽前细问之。一别又经无数日,百年能得几多时。后生衮衮皆成事,吾辈栖栖亦可疑。日暮东风吹鬓发,拍床嗔道酒行迟。"按,义山《寓目》云:"此生真远客,几别即衰翁。"魏仲先《东观集》卷六《寄唐异山人》云:"能消几度别,便是一生休。"《荆溪林下偶谈》卷一谓陈了翁喜此联,因举魏野诗,又戴叔伦《寄朱山人》云:"此别又万里,少年能几时。"杜荀鹤《送人游江南》云:"能禁几度别,即到白头时。"

《送别》:"骑马出门三月暮,杨花无赖雪漫天。客情唯有夜难过,宿处先寻无杜鹃。"

句:"怪岩摩足力,空谷答人声。"(《灵岩》)"禽巢先觉晓,蚁穴未知霜。"(《落叶》)按,此本唐人刘(义)〔乂〕《落叶》诗:"返蚁难寻穴,归禽易见窠。"《渔隐丛话》前集卷五十五所谓"谜子"者也。《桐江集》卷三《跋尤冰寮诗》极称其《落叶》之"蚁返愁寻穴,鸦归喜见巢",何虚谷之眼谩耶!《江湖后集》卷三周端臣《落叶》云:"归巢便觉栖禽冷,觅穴空教返蚁迷",自此化出。唐时升《三易集》卷五《和沈石田先生咏落花》诗之十三:"巡檐游蚁迷新穴,远树归禽识旧巢。"

(原载《文学遗产》2005 年第 3 期)

《正气歌》所本与《宋诗选注》"钱氏手校增注本"

一

小川环树先生在《钱锺书与〈宋诗选注〉》书评①中开篇就说"我曾经读过钱氏的论文和著作，对他那真正可说是'学贯中西'的广博的造诣和深刻的洞察力深为叹服"，先致仰佩之忱。在具体评价中，有两点颇为突出。一是从前言、选目、作者小传和注释等选本的四个构成中，指出此选本的诗人简评和注释"很详细，创见也多"，可谓目光锐利，抓住要领；进而盛赞云"可说是迄今为止全部选本中最好的"，这里说的是"全部选本"，即在整体评价上把钱选推至诸选之冠的地位。最后又说"由于这本书的出现，大概宋代文学史很多部分必须改写了吧"，指出此书已超越一般文学读本而优入著作之列，充分肯定此书在宋代文学研究上的学术价值。

二是鲜明地与国内当时的"大批判"立异。在他这篇书评之前，国内已有五篇文章"批判"钱选，在1958年"学术大批判"运动中十分引人注目。小川氏指名道姓地与"批判者"论难，特别讨论到钱先生不选文天祥《正气歌》的问题。有两位"批判者"都着重以此发难而上纲上

---

① 载日本京都大学《中国文学报》第十册，1959年4月。中译文见《钱锺书研究》第一辑，文化艺术出版社1989年11月。

线,目为"白旗""逆流",小川先生却认为,这是因为"钱氏本身持有一定的标准","一定是有充分理由才割爱的",因为钱先生已在作者小传中指明文天祥诗歌在被捕前后有很大变化:前期平庸,后期则多有感情沉痛的"好作品"。小川氏审慎地说:"会不会钱氏认为《正气歌》虽然沉痛,却还够不上算是好作品?这是个谜。"

仔细想来,这个"谜"蕴含着并不简单的诗学内容:比如钱先生的"好作品"标准究竟是什么?人格与诗品固然统一,但能否完全等同?思想崇高与审美崇高密不可分,却又是否为同一概念?等等。因而引起一些学人追索的兴趣是很自然的。如杨建民《钱锺书为何不选〈正气歌〉》[①],曾联系《宋诗选注·序》提出的"六不选"标准而进行了有益的探讨。但明确的答案,还待钱先生自己来"揭晓"。

《钱锺书手稿集·容安馆札记》卷二第615则论《文山先生全集》云:

> 《正气歌》本之石徂徕《击蛇笏铭》,则早见董斯张《吹景集》卷十四,后来《茶香室丛钞》卷八亦言之,实则亦本之东坡《韩文公庙碑》"是气也","在天为星辰,在地为河岳,幽则为鬼神,而明则复为人也"云云也。

钱先生还曾把同样的意思写信给《宋诗选注》的责任编辑弥松颐(1978年5月24日)。信中说:"《正气歌》一起全取苏轼《韩文公庙碑》,整篇全本石介《击蛇笏铭》,明董斯张《吹景集》、清俞樾《茶香室丛钞》等早言之;中间逻辑亦尚有问题。"[②]而早在1959年8月1日,钱先生致函日本学者荒井健(《围城》日译者)也提到:"同志诸君评隲拙书(指《宋诗选注》)之文,义正词严而自愧颛愚,殊无领悟。即如文山'正气'一歌,排比近俗调,于石徂徕《击蛇笏铭》,尤伤蹈袭,诚未敢随众叫好,一笑。"[③]

---

① 《中华读书报》2003年6月11日。
② 见弥松颐《"钱学"谈助》,《人民政协报》2005年4月18日。
③ 荒井健《〈围城〉周围之七——钱锺书书信九通》,日本飙风会《飙风》第37号,2003年12月。

对"大批判"诸文,他反言正说,绵里藏针;而对《正气歌》的看法,表达却最为直截。《手稿集》和两信都是探讨钱先生不选《正气歌》之因的最有说服力的资料。

钱先生在《中国诗与中国画》中说过,"我有兴趣的是具体的文艺鉴赏和评判"。他的"评判",一向秉持独具慧眼、不迷信权威的学术姿态;他的"鉴赏",又忠实于自己的艺术感受,不作人云亦云的违心之论,"未敢随众叫好"。聂绀弩《题〈宋诗选注〉并赠作者钱锺书》有两句诗说得好:"真陌真阡真道路,不衫不履不头巾。"①《宋诗选注》确不讲究时下选本的规范,也不完全遵循一般的"共识",而这种"异类"品格却真正指明了诗艺之途,因而也留给我们更广的思考空间和阐释的余地。

《手稿集》和信函对《正气歌》所作的评论,要点有三,我们就逐一进行讨论。

第一,《正气歌》共60句,"时穷节乃见,一一垂丹青"以下16句,一口气列举历史上十二位忠义之士的壮烈事迹,引为自己的楷模与同调,几占全篇三分之一,浓墨重彩,歌哭无限,乃此诗关捩之笔。但钱先生指出,这种写法实本于石介《击蛇笏铭》②。石介说:"夫天地间有纯刚至正之气,或钟于物,或钟于人,人有死,物有尽,此气不灭,烈烈然弥亘亿万世而长在。在尧时为指佞草,在鲁为孔子诛少正卯刃,在齐为太史简,在晋为董狐笔,在汉武朝为东方朔戟,在成帝朝为朱云剑,在东汉为张纲轮,在唐为韩愈《论佛骨表》《逐鳄鱼文》,为段太尉击朱泚笏,今为公(指孔道辅)击蛇笏。"石介例举九个事例,《正气歌》十二例中与之相同者有3例(齐太史简、晋董狐笔、唐段秀实笏),排比句型亦复相同,沿袭之迹甚明。

第二,《正气歌》首言"天地正气"赋予宇宙万物以具体形态,这种看法渊源有自。在我国古代思想史上,《管子》较早地把"气"看作宇宙

---

① 转引自《钱锺书与聂绀弩》,《随笔》2000年1月。
② 《徂徕石先生文集》卷六,中华书局1984年版。

万物的本原，一切事物均是"根天地之气"（《管子》卷二《七法》），还提出"精气"说，"精也者，气之精者也"，"凡物之精，此则为生，下生五谷，上为列星。流于天地之间，谓之鬼神；藏于胸中，谓之圣人。是故名气"（《管子》卷十六《内业》）。石介在《可嗟贻赵㧑》中有云"元气大为天地，小为日星，融为川渎，结为山岳"①，在《击蛇笏铭》中也指出"天地间有纯刚至正之气，或钟于物，或钟于人"，这是我国古代影响深远的一种宇宙生成观。《正气歌》讲"正气"表现为"下则为河岳，上则为日星，于人曰浩然，沛乎塞苍冥"，于天、地、人"三才"无所不在；而苏轼《潮州韩文公庙碑》则列而为四：天（星辰）、地（河岳）、幽（鬼神）、明（人），与《管子》更为贴近。文天祥诗和苏轼碑文，两者还是稍有差别的。

上述两点均属如何向前代典籍取资问题，涉及文学创作中的所谓"源"与"流"的问题。不过，前者是模仿构思和句法，后者主要是思想观念的传承。文学创作需要继承传统，更需要创新，而创新又离不开传统这个基础，这在学理上都容易了解，但在具体评价上就很难把握这个"度"了。俞樾仅揭出"文文山《正气歌》有所本"，未加一语褒贬；②董斯张《吹景集》卷十四"文人相祖"条就有所抑扬了。他说："曹子桓第云'文人相轻'，初不言文人相祖也。……石徂徕《击蛇笏铭》云：'在齐为太史简，在晋为董史笔'……文文山歌'正气'，一撷其菁，争光日月。文之显晦，有数哉！然愚谓苏公学韩，白公学杜，尤是翻着袜手，若但以形骸求之，鲁男柳下，有甚干涉？"③他一方面肯定《正气歌》祖袭石介而收到"一撷其菁，争光日月"的效果，并能广泛流布于世；但又惋惜它于自拔流俗、独创超越的艺术境界，尚未达一间，不如苏、白。"翻着袜"典出王梵志诗。黄庭坚《书梵志翻着袜诗》云："'梵志翻着袜，人皆道是错。乍可刺你眼，不可隐我脚。'一切众生颠倒，类皆如此，乃知

---

① 《徂徕石先生文集》卷七。
② 见《茶香室丛钞》卷八，中华书局1995年版。
③ 《续修四库全书》本第1134册，上海古籍出版社2002年版。

梵志是大修行人也。"①董斯张即用以喻指苏、白学习韩、杜能自主裁鉴、为我所用而出以自家面目。

钱先生的看法与态度，与董斯张大致相类。他并不一般地反对夺胎换骨、化用前人诗意和句式。《宋诗选注》在注释文天祥《南安军》"出岭同谁出？归乡如此归！"一联时，指出"这种对仗原是唐人五律里搬弄字面的伎俩"，在举了贯休、李咸用的三个诗例后说："文天祥向纤巧的句型里注入了新内容，精彩顿异"，发出了由衷的赞叹。并对谢翱《书文山卷后》"死不从公死，生如无此生"运用文天祥的这种句法，也表示首肯。但《正气歌》"时穷节乃见"以下16句，与石介作品句意雷同、句式稠叠，确嫌过重，就有违于钱先生一贯所主张的诗贵独创的评赏标准了。早在1945年他发表的《小说识小》中就说过："评者观古人依傍沿袭之多少，可以论定其才力之大小，意匠之为因为创。"②而在《宋诗选注》的序中，对"放纵了摹仿和依赖的惰性"，成为"学问的展览和典故成语的把戏"等诗作，指斥更加不遗馀力了。钱先生自评《宋诗选注》云"晨书暝写细评论，诗律伤严敢市恩"③，他对一些"过情之誉"的异议，具见他评艺衡文的严肃与郑重。

第三，钱先生说《正气歌》"中间逻辑亦有问题"，但未作具体解释。钱先生曾多次指出不少名篇佳作"逻辑不严""有失照应"，戏谓可作《古今名篇百首纠谬》一书。如举李白《北风行》刚说"念君长城苦寒良可哀"，信其尚生而可还；突接"人今战死不复回"，颇觉"语脉不贯、理路不通"。④ 白居易《缭绫》先说"地铺白烟花簇雪"，后说"织为云外秋雁行，染作江南春水色"，"那就不免失于照顾检点；因为上文讲的白和下文讲的绿都是实色"。⑤ 我们依此思路来读《正气歌》，或许可提出如

---

① 《宋黄文节公全集》正集卷二十六，《黄庭坚全集》本，四川大学出版社2001年版。
② 《钱锺书散文》，浙江文艺出版社1997年版。
③ 《赴鄂道中》其二，《槐聚诗存》，三联书店1995年版。
④ 《管锥编》第三册，第896页，中华书局1979年版。
⑤ 《读拉奥孔》，《文学评论》1962年第5期。收入《旧文四篇》时删去此例。《管锥编》第二册第594页"前后失照"条却进一步申说云："一绫也，色似白复似碧，文为花忽为鸟。又本身抵牾之病已。"

下一些疑问：既然说自己独秉浩然正气，"以一敌七（指七种恶气），吾何患焉"，为什么又说"一朝濛雾露，分作沟中瘠"？既然一旦为毒雾凶露所侵，难免委身沟壑，下句又紧接"如此再寒暑，百沴自辟易！"似乎又缺少过渡、转折。既然"正气""耿耿在"，陡接"悠悠我心悲，苍天曷有极！"感情对比落差似嫌稍巨。仅记此两疑，以求高明指教。

无独有偶。陈衍《宋诗精华录》也不选《正气歌》（仅选《晓起》《夜坐》两首）。他的《石遗室诗话》卷三提出"说诗"应"知人论世"，"不论其世，不知其人，漫曰温柔敦厚，诗教也，几何不以受辛（商纣王）为'天王圣明'，姬昌为'臣罪当诛'，'严将军头'，'嵇侍中血'，举以为天地正气耶？"这或许透露出他的不选之由。据《三国志·蜀书·张飞传》，严颜奉刘璋命守巴郡，被张飞所俘，要其投降，严说"我州但有断头将军，无有降将军也"，是谓"严将军头"，然而他后来毕竟投降了。据《晋书·嵇绍传》，侍中嵇绍随从晋惠帝战于荡阴，飞矢雨集，嵇绍以身掩护惠帝而死，血沾惠帝之衣；事后惠帝不许洗去血迹，说："此嵇侍中血，勿去！"但嵇绍原是嵇康之子，康为魏臣，被司马昭所杀。一个不能持"节"于后来，一个忘家仇于往昔，陈衍认为他俩于"天地正气"之秉持而言，是不足为训的。陈、钱不选《正气歌》虽同，而不选的标准则互有差异，借用钱先生早年说过的一句话是："相辅而行，各有本位。"

钱先生的"本位"，就是以文学为本位的批评立场，严防评赏文学作品时的"越位"和"错位"。他在1933年所作的《中国文学小史序论》中，申说他写《中国文学小史》的要旨，"乃在考论行文之美，与夫立言之妙，体裁之大小新陈，非所思存。辨镜思想之是非，虽从鄙心所好，而既标名文学史，则宜'以能文为本'，不当'以立意为宗'"。[①] 钱先生并非对"思想"、志节不予关注，他称文天祥是位"抵抗元兵侵略的烈士"，"他从元兵的监禁里逃出来，跋涉奔波，尽心竭力，要替宋朝保住一角山河、一寸土地，失败了不肯屈服，拘囚两年被杀"，写下了"极沉痛的好作品"。可见钱先生对文天祥不乏尊敬和赞许，而同时对《正气

---

① 《钱锺书散文》，浙江文艺出版社1997年版。

歌》又持有与众不同的艺术上的保留。看来,关于《正气歌》的讨论与探索还没有结束,但钱先生不主故常、努力在学海中寻找自己自由自在天地的思维方式给了我们深永的启示。

二

钱锺书先生大约在1959年寄赠小川先生《宋诗选注》一册,在扉页题词云:"小川士解先生惠赐大文,以此奉遗,非曰报也,以为好也,即请教正。"还钤上他常用的三枚图章,以示对小川氏撰写书评的答谢和订交的真诚。

在这册赠书中,钱先生亲笔改动大小90馀处,约3 000多字,一律是端正楷书;小川氏也亲笔题上"钱氏手校增注本"七字,互示珍重。在《宋诗选注》出版一年左右的时间里,钱先生就作出如此规模的改动,表示了前辈学者孜孜矻矻、永不停步的日新之功。钱先生自嘲自谥"钱文改公",对自己的著作总有反反复复的"增补""补订""补遗"。只要他的生命不息,他的著作永无"定本"。

不少改动已为后来的修订本所采入,但仍有所润饰增删;研读此"手校本",更能亲切感受到他挥毫落笔时思考的印迹。如文同《织妇怨》"不敢辄下机,连宵停火烛"一联,初版原注云:

> 夜里还不停止纺织,灯也不点。参看《玉台新咏》卷九费昶《行路难》第一首:"贫穷夜纺无灯烛。"

这里把"停火烛"解释为"灯也不点",则释"停"为"停止"之义。而在"手校本"中则改为:

> 夜里还不停止纺织,连夜灯烛不灭。这里的"停"字不是停止或灭绝的意思,而是停留或维持不绝的意思,就像刘勰《新论》《惜时篇》:"夫停灯于缸,先焰非后焰,而明者不能见。"或朱庆馀《近

试上张籍》:"洞房昨夜停红烛。"至于《玉台新咏》卷九费昶《行路难》第一首所谓"贫穷夜纺无灯烛",那是暗用刘向《列女传》卷六齐女徐吾的故典,说"贫妇人"自己买不起蜡烛,只好"借"邻妇的"馀明",并非说灯烛不点,暗中摸索也似的纺织。

这一"改笔"与初版中的意思正好相反,但于诗意连贯妥帖,当是唯一正解,牢不可破了。同时也解释了初版所引用的费昶"贫穷夜纺无灯烛"句的实际含义,乃是暗用典故,"并非说灯烛不点,暗中摸索也似的纺织"。

对这一改笔应予以足够的重视,或许是他后来在《管锥编》中提出训诂学系统理论的契机。皇皇巨著《管锥编》即以"论易之三名"开篇,提出"一字多意之同时合用"问题。他又说:"一字多意,粗别为二。一曰并行分训,如《论语·子罕》:'空空如也','空'可训虚无,亦可训诚悫,两义不同而亦不倍。二曰背出或歧出分训,如'乱'兼训'治','废'兼训'置',《墨子·经》上早曰:'已:成,亡';古人所谓'反训',两义相违而亦仇。然此特言其体耳。若用时而祇取一义,则亦无所谓虚涵数意。"①《管锥编》中多处运用"背出或歧出分训"的原理,重新解释文献,祛疑探赜,胜义迭出,令人叹服。如谓"文章学问复可为愚民之具,'明'即是'暝',见即为蔽"②。释"与"字,既有"相好、相得"义,复有"相敌、相拒"义,正"黑格尔所谓一字具正反二意者",并进而指出"训诂之兼容并蕴,亦见事物之反与正成、敌亦友尤尔"③。释"望"字,"希冀、期盼、仰慕并曰'望',愿不遂、志未足而怨尤亦曰'望';字义之多歧适足示事理之一贯尔"④,等等,随处可见,指不胜屈。正与《管锥编》的精彩阐释相呼应,从1963年第2次印刷本开始,文同《织妇怨》此注即有改动,最后改定为:

---

① 《管锥编》第一册,第2页。
② 同上书,第234页。
③ 同上书,第221页。
④ 见《管锥编》第三册,第878页。

不灭火烛。"停"有相反两意:一、停止或灭绝,例如"七昼七夜,无得停火";(黄庭坚《豫章先生文集》卷二十一《跋奚移文》)二、停留或保持,例如"兰膏停室,不思衔烛之龙",(陆机《演连珠》)"逍遥待晓分……明月不应停",(《乐府诗集》卷四十六《读曲歌》之八十六)"停灯于釭,先焰非后焰而明者不能见"。(刘昼《刘子》卷五十三《惜时》)这里"停"字是第二意,参看朱庆馀《近试上张籍水部》:"洞房昨夜停红烛。"

用语明净醒豁,其含义却更为丰富了。"停"字的"第二意",似尚不见一般辞书所采录,人们还可补充不少用例,尤如朱庆馀"洞房昨夜停红烛,待晓堂前拜舅姑"这一从"停(燃)灯"至"待晓"的情景,诗词中习见,如王建《织锦曲》"合衣卧时参没后,停灯起在鸡鸣前",柳永《戚氏》结句"停灯向晓,抱影无眠"等,但不如钱先生引例之富于玩味的空间。《钱锺书手稿集·容安馆札记》卷二第610则论及宋人程俱《北山小集》卷六《偶书》诗云:

"壮膏日已减,老炷安得久?亦如临河树,岸垫根复朽。"自注:"《经》云:壮膏既尽,衰老之炷何得久停?"……后喻则吾国亦有之,严可均《全后汉文》卷十四《桓子新论中》云:"与刘伯师夜然脂火坐语,灯中脂索而炷燋秃,将灭[息],则以示晓伯师,言:'人衰老亦如彼秃炷矣。'"

所引《佛经》"衰老之炷何得久停"之"停",即用"保持"、燃灯之义,钱先生复引中土文献互证,使我们对"风烛残年"之类的常见比喻的语源,有更多的了解。

"一字相背分训",充满了辩证精神,运用这种汉语中实际存在却又常被人们忽视的特性,可以解释文学作品中一些看似反常、实符艺术之道的问题。比如可以推广至两个反义词组合成一个相反相成的新意义。《宋诗选注》在解释洪咨夔《泥溪》"斜阳塞轿明"句云:"'塞'

跟'明'两字相反相成,塞满了是应当黑暗的,却反而明亮。"此类艺术赏析,普通读者是很难达到的。

　　有些改笔后未正式采入修订本,但仍颇珍贵,值得一说。这有两类情况,一是申发原来论点,一是补充材料助证。兹各举一例。前者如王安石小传。这篇小传集中论述王安石诗歌的一个重要特点,即"他的诗往往是搬弄词汇和典故的游戏、测验学问的考题;借典故来讲当前的情事,把不经见而有出处的或者看来新鲜而其实古旧的词藻来代替常用的语言",这实是开了"宋调"的先声——钱先生当年的用语是:"后来宋诗的形式主义却也是他(指王安石)培养了根芽。"这个把"古典成语铺张排比"的特点,钱先生用萧子显《南齐书·文学传论》的"借古语申今情"来概括,并指出王安石的"借古语",一是采择广博,"在内容上、或在词句的来源上都超过了西昆体不知多少";① 二是理论化:"他还有他的理论,所谓'用事'不是'编事','须自出己意,借事以相发明'。"而在手校本中,他又补充了第三层意思:片面追求"借事发明",有时甚至不惜违背事物的"今情"来迁就书本上的"古语",只顾"求之腹笥",而不重"征之目验",使"古语"比"今情"更重要了。钱先生写道:

　　而且"借古语申今情",就不免往往违背事物的"今情"来迁就书本上的"古语"。相传王安石写了"残菊飘零满地金"这句诗以后,引起一场争论:有人驳他说菊花是不掉瓣的,他搬出《楚辞》里:"夕餐秋菊之落英"来塞人家的嘴,还嘲笑说:"不学之过也!""读《楚辞》不熟耳!"这个传说是否可信,菊花有没有掉瓣的品种,《楚辞》的"落英"能不能作"残菊飘零"解释,这些问题我们姑且撇开不谈。值得注意的是这个传说里所包含的创作方法:事物本身的"物证"抵不过"有书为证"。关于王安石以前的诗人是没有

---

① "都超过了西昆体不知多少",此句手校本改为"都比西昆体广大得多",此改笔已采入修订本。

这种性质的传说的,而在王安石以后的诗评里,我们就每每碰见相类的藉口了。

钱先生把"物证"抵不过"有书为证",提到"创作方法"的层面来看,这对理解宋人"以才学为诗"的特点,是很有启发性的。在《管锥编》第二册第 586 页论"落英"时,钱先生有更畅达的发挥,指出"菊花之落,安石屡入赋咏。夫既为咏物,自应如钟嵘《诗品》所谓'即目直寻'、元好问《论诗绝句》所谓'眼处心生'。乃不征之目验,而求之腹笥,借古语自解,此词章家膏肓之疾:'以古障眼目'也。"严羽自诩其《沧浪诗话》"说江西诗病,真取心肝刽子手"(《答出继叔临安吴景仙书》),钱先生对"宋调"的以事料为诗料、甚至唯事料为上的揭示,其犀利深刻也当得此语。

补充材料助证之例,可举论苏轼的《荔支叹》"我愿天公怜赤子,莫生尤物为疮痏"句。此句语意浅明而情态迫切如在目前,原版无注。而在此手校本中,加了一条长注:

> 当地的好土产变成了当地人民的祸根;苏轼这个意思在明代一首民谣里发挥得最为尽致:"富阳江之鱼,富阳山之茶。鱼肥卖我子,茶香破我家。采茶妇,捕鱼夫,官府拷掠无完肤。昊天何不仁?此地亦何辜?鱼胡不在别县?茶胡不生别都?富阳山,何日摧?富阳江,何日枯?山摧茶亦死,江枯鱼始无。於戏!山难摧,江难枯,我民不可苏!"

钱先生没有注明这首民谣的出处。实乃明人韩邦奇所作,题为《富阳民谣》,见其《苑洛集》卷十(《文渊阁四库全书》本)。他因写作此诗还横遭一场诗祸。据《明史》卷二〇一《韩邦奇传》,他在明武宗时,任浙江按察佥事,分巡杭、严,"悯中宫采富阳茶鱼为民害,作歌哀之。堂(王堂,派驻浙江的镇守太监)遂奏邦奇沮格上供,作歌怨谤,帝怒,逮至京,下诏狱。廷臣论奏,皆不听,斥为民"。苏轼是在贬官惠州时作的《荔支叹》，表示他身处逆境仍不忘民瘼，对"争新买宠"的腐败可耻现象抨击得不遗馀力；五百年后的韩邦奇却因写作相类内容的诗歌而罢官为民，可谓后先辉映。韩诗激愤填膺，呼天抢地，一气呵成，确有民谣风格，"昊天胡（钱先生引作"何"）不仁，此地亦何辜"，佚名的《沂阳日记》①也收入此诗，此二句作"皇天本至仁，此地独何辜"，锋芒有所削弱。或许因为选注本的体例所限，此条未能收入修订本，但将苏、韩两诗对读，同中有异，各具面目，也可看出苏诗的潜在影响，对理解《荔支叹》也不无意义。

研读"手校本"，会强烈地感受到钱先生活跃而敏锐的艺术思致，随机生发、文思泉涌的才情。在他那里，任何问题似乎都不存在凝固不变的答案，甚至也不存在唯一正确的答案。举一个"手校本"的改笔在修订本中未被采纳而仍维持旧解的例子，具见钱先生反复斟酌、仔细推敲的状况。刘克庄《戊辰即事》七绝云："诗人安得有青衫？今岁和戎百万缣！从此西湖休插柳，剩栽桑树养吴蚕。"此诗的本事十分清楚，指宋宁宗嘉定元年戊辰，宋兵攻金大败，讲和赔款，每年交纳"岁币"三十万两。初版认为此诗主旨是：

> 刘克庄把没有衣服穿作为"比兴"，来讲民穷财尽，还希望西湖边的小朝廷注意国计民生，不要再文恬武嬉。

而在"手校本"中，钱先生在"来讲民穷财尽"后，改为：

> 愤慨说除非小朝廷所在的西湖边也栽桑养蚕，这笔赔款那里付得出。

对这一改动，我深以为然。但在1962年以后的修改本中，仍然保留了初版的文字，还新加一首陈德武《水龙吟》作为旁证（其中有"东南第一

---

① 《说郛续》号七，见《说郛三种》，上海古籍出版社1988年版。

名州，西湖自古多佳丽""使百年南渡，一时豪杰，都忘却平生志""力士推山，天吴移水，作农桑地"等句子）。

这里提出了一个饶有兴趣的问题：刘克庄这首《戊辰即事》，字面上要求把西湖风景区改造为农桑生产地，骨子里是讽喻朝廷应注意国计民生，还是讥刺朝廷屈膝"和戎"？值得人们深长思之。

"手校本"除了这些启人心智、发人深思之处以外，还可注意的是语言表达工夫。钱先生为顾及这个选本的普及性质，往往用形象化的口语或白话直译的方式来代替注释或解释，体现了很高的文字功力。方回《瀛奎律髓》卷四十二评刘克庄诗为"饱满'四灵'"，纪昀曾解释为"撑肠拄腹皆'四灵'语"，钱先生初版云：

> 意思说：一个瘦人多吃了大鱼大肉，肚子凸得鼓鼓的，可是相貌和骨骼都变不过来。

用生动的比喻纠正了纪昀的误读，因为"四灵"缺乏事料，本身是个"瘦子"，算不上"饱满"，也不能使别人"撑肠拄腹"；刘克庄只是在"四灵"底子上"用事冗塞"而已。而在"手校本"中改为：

> 意思说：一个瘦人饱吃了一顿大鱼大肉，把肚子撑得圆鼓鼓的，可是相貌和骨骼都变不过来。

不仅更为灵动鲜明，且使"饱"字有了着落。这一改笔修订本已经采纳，但把"饱吃了一顿大鱼大肉"，再改为"饱吃了一顿好饭"，表达更为准确；"把肚子撑得圆鼓鼓的"一句，"点烦"掉一个"把"字，可谓臻于"增之一分则太长，减之一分则太短"之境了。

（原载《文学遗产》2006年第4期）

关于《宋诗选注》的对话

《文史知识》编者按：日本早稻田大学文学部博士研究生内山精也君几年前曾组织宋诗研究班（属早大中国文学研究会），专门从事钱锺书先生的《宋诗选注》的日译工作，第一部分译稿已在他们所办的《橄榄》杂志上刊载。1988年夏，他又作为高级进修生来上海复旦大学，从中文系王水照教授研究宋诗和苏轼。以下是他们关于《宋诗选注》翻译和研读的对话。

王：钱先生的《宋诗选注》不是一部一般意义上的文学选本。它虽然属于普及性读本，入选两宋诗人80家（初版81家），诗约380首，共300多页，却又是一部独具慧眼特识、别有学术风采的诗学专著。你们的日译工作审慎细致，不仅对原书作了忠实的翻译，而且介绍了原书中全部引用书籍，还从日本读者的需要出发，增加了补注和备考。经过踏实而有成果的劳动，你们必定会对此书加深体会吧？

内山：是的。随着翻译过程的深入，我们对此书的评价越来越高了。首先使我们感佩的是钱先生引用资料的严格和他的闻名于世的渊博。有关宋诗的资料，迄今为止似乎还没有作过系统的整理。钱先生却从基本文献直至个别生僻的零星材料，差不多囊括无遗。他凡有引用，必定是第一手材料，并详注卷次。我们因翻译所需，一一作了查对，几乎没有例外。资料准确是一切学术工作的前提和基础，但像钱先生这种经得起查核的著作是并不多见的。

王：我可以补充他在评注范成大田园诗时的两个小例子。一是在注释"少住侬家漱井香"的"井香"时,他原先引用佛书中称清净水为"华水""水华"的说法,后认为用道书更好,改引《云笈七签》等书;一是讲司汤达《红与黑》中那个文艺中掺入政治的比喻,即音乐合奏时的一响手枪声,原来引称出自该书第五十二章,后据善本改为第二部第二十二章。这种一丝不苟的治学态度,令人叹服。

内山:钱先生引用材料的广泛也是惊人的。其中有不少稀见的书籍,在日本无法找到,这部分工作打算在中国补做。

王:广征博引,自由骋游于中外文化典籍的海洋,这已构成钱先生一切学术著作的鲜明风格,有人名之为"钱锺书风格"。钱先生曾说,"我有兴趣的是具体的文艺鉴赏和评判"。他正是从苦心搜集的大量资料基础上,加以别择、排比、综合、分析,也就是说,一切从具体特殊的审美经验和事实出发,来进行经验的描述、一般的概括和理论的推演,从具体上升到抽象,来把握古今中外相同和相通的"文心"或人类一般的艺术思维。这一严肃的科学方法既不同于文抄公式的材料罗列,也不同于逞才炫博。例如徐俯的一联名句"一百五日寒食雨,二十四番花信风",此书指出曾为南宋陆游、楼钥、敖陶孙、钱厚等人所摹仿,又为金人张公药所沿袭,连类引证,允分反映了江西诗派"夺胎换骨"的时代风尚和影响。

内山:事实的确如此。我们的日译工作在查核材料上花了不少精力(现在还无法精确统计此书引用书目的种数和次数),但我深深感到,这是对自己一次很好的材料训练,为今后的宋诗研究打下了最扎实的基础。

王:日本学术界对此书有些什么评价?

内山:从事宋代文学研究的日本学者,对此书的评价一直很高。被誉为日本汉学泰斗的吉川幸次郎先生,他本人也是宋诗研究专家,有《宋诗概说》名著。他生前十分重视此书,嘱咐他的门生山本和义先生进行翻译,以介绍给日本读书界。山本先生在1988年出版的《宋代诗词》的《序》中,深情而又不无遗憾地回忆这桩往事。另一位汉学权威小川环树先生早在1957年,当此书的部分诗人评论和《序》在《文学研究》上选载时，就密切关注，并期待全书的出版；1958年此书初版发行后，他随即在《中国文学报》（第十册）上发表书评，给予热情的高度赞扬。他说：我们以期待的心情迎接此书，我又以其完全没有辜负我们的期待而感到喜悦。这两个有代表性的事例已足以说明此书在日本的广泛影响和重要地位。在今日日本，当编辑宋诗的选本或研究宋诗之际，首先研读此书已成为一个无一例外的必需过程。说此书在日本的有识之士中间，已经公认为宋诗的最有价值的注本、宋诗的一种有权威性的参考文献，我想不算夸大。

面对中国第一流学者的著作，我们深感翻译的不易。尽管我们慎之又慎，但必然仍有缺失。王老师曾亲身受到过钱先生的指导，我很想听到您研读此书的体会。

王：以钱先生这样的大学者、大手笔来编写这本普及性读物，竟两历寒暑，印行六次而每次都有修订。全书丰富的内蕴，恢宏的气度，犀利的眼力和敏锐的艺术感觉等，我不能也不敢妄谈"体会"。我只能谈谈个人阅读此书的四种"读法"。第一是从宋代诗歌演变史的角度读"评"。此书80篇作家评论，篇篇有新意，字字有分量。我曾使用苏轼"八面受敌"读书法，一口气专读评论，不啻是一部宋诗发展史的纲要，处处表现出钱先生对宋诗宏观把握的独特见解。如论西昆体"只有极局限、极短促的影响"；论北宋中后期诗坛可分"苏门"与"江西诗派"对峙的两派，以及超出两派之外的贺铸、唐庚等人；论两宋之交诗风以学黄为主，学苏者仅为苏过、孙觌、叶梦得、汪藻等个别作者；论南宋从杨万里起，宋诗就划分江西体和晚唐体两派，一般诗人又都有力求摆脱江西体的倾向；论"四灵"开创"江湖派"等。这些论点，或发前人所未发，或力辟旧说，为宋诗研究指明了方向。例如西昆体的影响，其范围和时间，一般估计较大、较长。石介《怪说》云"今天下有杨亿之道四十年矣"，其《祥符诏书记》又说杨亿"为文章宗主二十年"，具体时间虽有差异，但历时皆甚久。欧阳修《六一诗话》说"杨刘风采，耸动天下"，又说"后进学者争效之，风雅一变"，则范围甚广，后世史家遂据以立论。但钱先生则从文彦博、张咏等人现存文集面貌上作出"极局限、极短促"的判断,看来,石介等人似是为了反对对手而故意夸大"敌情"。又如对江湖派,旧说强调它跟"四灵"的异,并认为此派得名之由是因为杭州书商陈起刊行《江湖诗集》,钱先生却突出它跟"四灵"的同,并认为江湖诗人之称,早在《江湖诗集》之前,名叫"江湖派"是因为这一体的作者一般都是布衣或不得意的小官之故。

这80篇评论还包括一些宋诗重大问题的专论。如王安石、苏轼、黄庭坚、杨万里等条论用典问题,刘子翚条论道学和诗歌的微妙关系等,都为宋诗研究提供了新的思考和观察点。对各诗人特点的分析也是其重要内容,如论苏轼诗的"博喻"、论范成大田园诗是我国古代诗歌中三个系统的结合,都已得到学界的普遍赞赏和称引。

内山:小川先生在书评中也说:由于《宋诗选注》的出现,宋代文学史的很多部分恐怕应该重写。

王:第二,从比较鉴赏学的角度读"注"。钱先生的注释,打破了传统选本着重于词语训释、名物阐解、章句串讲的框架,而是把注释和鉴赏、评判结合起来。他运用的基本方法是比较法。比较的项目有题材、境界、风格、意象、句式、用语等,比较的类型有平行比较和影响比较,而涉及的学科有政治社会学、民俗学、心理学、逻辑学、方言学等,正是在广阔的文化背景上展开以鉴赏评判为目的的多种比较,使此书在诗歌鉴赏学上达到一个崭新的高度。用时下流行的话来说,这是多角度、全方位的立体式鉴赏。它的最大特点是使传统的直觉体验和主观感悟式的鉴赏,上升到理性的艺术规律性的认识。如此书分析王禹偁《村行》"数峰无语立斜阳"句说:"按逻辑说来,'反'包含先有'正',否定命题总预先假设着肯定命题。诗人常常运用这个道理。"山峰本来是不能语而"无语"的,但王禹偁此句却"仿佛表示它们原先能语、有语、欲语而此刻忽然'无语'",如改用正面说法,则意味顿减。注文中又引证李白、司空图、徐夤、龚自珍的相似用例,证成此说。这种把逻辑、心理、语言融会贯通、充满艺术辩证法的分析,在个别用语的分析中也是如此。如对洪咨夔《泥溪》中"塞明"的相反相成,文同《织妇怨》"停"字的一字而具相反两义等分析,都不停留在语句浅层次的阐释上。

宋诗中的一些名句,前人评赏已成千累万,钱先生更能别出新意,困难而尤见功力。王安石"春风又绿江南岸"的"绿"字,钱先生指出在唐诗中早见亦屡见,由此而提出"一连串"五个问题(《宋诗选注》57页,人民文学出版社1963年版,下同)。钱先生不予回答却妙在不言中。这里提示我们在作影响比较研究时,应注意作者种种复杂的创作心理状态,切忌简单化。陆游"此身合是诗人未?细雨骑驴入剑门"一联,注文中引述两方面的材料:一是有关李、杜等诗人"入蜀道中",一是有关诗人骑驴,综合这两方面,"于是入蜀道中、驴子背上的陆游就得自问一下,究竟是不是诗人的材料"。这里对诗人心态的惟妙惟肖的揣摩,是依赖于对历史文化背景的充分揭示而实现的,因而加强了说服力。叶绍翁"春色满园关不住,一枝红杏出墙来"一联,注文引了五个用例,更可看作这一意象的演化小史:唐人的不及叶氏的"醒豁",陆游的不及其"新警",张良臣的不及其"具体"。这里有来龙去脉的爬梳,有优劣长短的评赏。一个意象的产生总不是孤立的、静止的,对意象作出历史的动态的描述和分析,此书中是大量的,也最使人心折。

总之,"注"和"评"是此书最见精彩的两个部分。正如你们刊物的名称"橄榄"那样,需要细细咀嚼回味。

内山:钱先生在描述某一意象演变过程时,往往涉及诗文以外的材料,如从散曲、戏曲、白话小说等通俗文学方面取材,这不仅使描述更全面丰富,也为诗歌提供了新的鉴赏角度。

王:第三,从版本学的角度研究"修改"。钱先生此书已重印六次,每次都有增订,因此有个特殊的"版本"问题。我自己有个习惯,读他的著作,总喜欢用"对读"的方法:研究和体会他的改笔。例如郑文宝《柳枝词》"载将离恨过江南"一句,初版引证了苏轼等六个相似的用例,但再版时全部删去,改用周邦彦等四例:周邦彦例是把郑诗改写为词,说明其影响颇广;石孝友词把船变为马,王实甫戏曲把船变成车,这从运载工具一面着眼。陆娟诗却把愁、恨变为"春色",这又从所载之物一面落笔。原来苏轼等六个用例,也是经过精挑细选,得来不易的,但他们沿袭多,创新少;修改后更能看出一个艺术意象嬗递演化的轨迹,把作家们的创作构思抉剔入微。

内山:我们的日译本原有新旧版本校勘的项目,但有位日本前辈学者善意地提出,这样做对作者是否合适?

王:钱先生的所有著作,从《谈艺录》《旧文四篇》《也是集》(两书又合编为《七缀集》)到《管锥编》,都有反反复复的"增补""补订""补遗",而且都是"明码标价",而不是暗中"改头换面""自我整容"。《管锥编》有专册《增订》本,《谈艺录》(补订本)更是新旧合璧,"订益"几达全书之半。这些修改,除少数属于订正外,绝大多数是增补例证,发展和完善论点,表现了他潜心琢磨、孜孜矻矻、精益求精的精神和一位大学者坦荡的学术品格。这也应是"钱锺书风格"的独特表现之一。他因此获得读书界的更大崇敬。

第四,从贯通互参的角度读全书。由于体例的限制或当时学术环境的影响,此书的有些部分如能跟钱先生的其他著作联系起来合读,可以加深理解。《谈艺录》《管锥编》中对宋诗的直接论述尤应辑录、对读。例如《宋诗选注》中对江西诗派以至宋诗的用典之风都持严峻的批评态度,就叵参看《管锥编》第四册"《诗品》之特识"条(1447页),该条称赞钟嵘对用典之病的批评,并戏称为"钟嵘症",如果再读《谈艺录》中举王安石"每遇他人佳句,必巧取豪夺"的20多例(243页),论黄庭坚"钩章摘句"条(22页),论陆游的"蹈袭之病"(118页)等,对钱先生的严峻态度就能豁然开朗。《谈艺录》"山水通于理趣"条(237页)论邵雍、周敦颐、程颢、朱熹等人"皆以怡情于山水花柳为得道"的"玩物为道"的观点,与其"玩物丧志"说相反相成,也与本书中论道学与诗歌的微妙关系一脉相承。有时《宋诗选注》中的片言只语,如能互参综观,收获必多。如论张耒"有一小部分模仿杜甫的语气雄阔的七律,又好像替明代的前后'七子'先透了个消息",《谈艺录》"七律杜样"条(173页)对此有较详的说明。最有意思的是陆游《醉歌》一诗。此诗写作者对当年从戎时杀虎豪情的追忆,但一个长注撮述了陆游对此事的前后自述,却发现此事有疑,"或说箭射,或说剑刺,或说血溅白袍,或说血溅貂裘,或说在秋,或说在冬",点明武器、情景、时间的破绽。如果读《谈艺录》中关于陆游"好谈匡救之略"的"官腔"等议论(132页、457页),对此处的言外之意也能心领神会了。总之,钱先生对宋诗的见解自成体系、前后一贯,他的著作实互为经纬,可以彼此发明的。

内山:提一个可能不恰当的问题:有些历久传诵的作品似未选入此书,这能否适应初学者借以了解宋诗概貌的要求?

王:钱先生去年为香港天地图书公司出版的《宋诗选注》新写一篇前言:《模糊的铜镜》(又载《人民日报》1988年3月24日),回答了这个问题。他说:"这部选本不很好;由于种种缘因,我以为可选的诗往往不能选进去,而我以为不必选的诗倒选进去了。"这部书作为文学研究所编校的"中国古典文学作品"读本丛书的第五种,它的选目必须经过所内集体讨论才能决定。由于当时学术环境的影响,编者本人反而不能自由地表达自己的意愿。这种情况对你来说,似乎不可思议,但这是事实。

尽管如此,钱先生在《序》中提出了著名的"六不选"原则,其主旨就是把诗当作诗,坚持艺术审美的标准,这在当时起过振聋发聩的作用,他为不选文天祥《正气歌》而付出过代价。选目中还发掘了有价值的作家作品,在宋诗比较缺乏浪漫主义精神的情况下,王令这位"宋代里气概最阔大的诗人",却一度遭遇冷落,就是经过此书的表彰而为学术界重新重视,就是著例。

(原载《文史知识》1989年第5期)

《宋诗选注》的一段荣辱升沉

一

《宋诗选注》是钱锺书先生在新中国成立后公开出版的第一部著作,也是他面对新的学术界而贡献的最初成果。他在完成书稿时有诗说:"晨书暝写细评论,诗律伤严敢市恩。碧海掣鲸闲此手,只教疏凿别清浑。"(《赴鄂道中》其二)诗中化用唐庚、杜甫、元好问的诗句,谓以"碧海掣鲸"之大手笔而从事此项普及性的选注工作,不免未尽其才,但"晨书暝写"的辛劳,"细""严"的认真,自叹中复又自信。当时他工作单位文学研究所的领导也十分看重。1957年3月,《文学研究》创刊,就发表《宋诗选注》中的作家小传十篇,以《宋代诗人短论(十篇)》为题,与俞平伯、孙楷第及所外一流古典文学研究大家郭绍虞、夏承焘、罗根泽等的论文一并推出,还特意配发了苏轼、黄庭坚、陆游、范成大的手迹;紧接着在第三期上,又发表《宋诗选注序》全文。及至全书在1958年9月由人民文学出版社出版,以其丰富深邃的学术内涵和"另类"选本的独特风采,引起热烈的反响。

二

但不祥之兆几乎如影随形而来。早在同年五月,毛泽东在党的八大二次会议上几次讲话强调:"凡是有人的地方总要插旗子,不是红的，就是白的，或是灰的，不是无产阶级的红旗，就是资产阶级的白旗。""我们要在这些地方做工作，发动群众，大鸣大放，贴大字报，把白旗拔掉，插上红旗。任何一个地方都要插红旗，让人家插了白旗的地方，要把他的白旗拔掉。"(《毛泽东在中共八大二次会议上的讲话记录》，转引自中共中央文献研究室编《毛泽东传(1949至1976)》，中央文献出版社，2003年12月)于是在学术文化领域内，一场"拔白旗、插红旗"的大批判运动从高校开始兴起，迅速席卷全国。

文学研究所是专家学者集中之地，运动一来，首当其冲，形势十分严峻。所长何其芳先生在8月24日的所务会议上，决定把已被所内外点名的郑振铎、钱锺书、孙楷第、李健吾、杨绛交由所内群众批判，但同时规定对郑的批判限期一周，其他四位限在古代组、西方组进行，限期一个月。在这个背景下，文学所主办的《文学研究》《文学遗产》两大刊物，先后发表了四篇文章批判《宋诗选注》，作为个案而言，如此批判力度，在当时运动中相当抢眼。四篇文章中，有两篇出于文学所古代组同仁之手，另两篇则是人民文学出版社的编辑，一个是编选者的工作单位，一个是《宋诗选注》的出版单位，明眼人一看即知，具有"清理自家门户"性质，以免被动。这些文章，一般"上纲"到"资产阶级唯心论""形式主义"之类，有的还肯定《选注》的一些"优点"，所以后来钱先生说过批判"不算厉害"的话。但对其中一篇颇为反感。那篇文章把《宋诗选注》说成"目前古典文学选本中的一面白旗"，必须要"坚决地拔掉这面资产阶级唯心主义的白旗"，"拔白旗，插红旗，不止是一场大辩论，而是一次十分尖锐的阶级斗争。"难怪钱先生对此文作者的事后道歉，没有搭理。

三

运动来势甚猛，但随之不断产生严重问题。到了这年年底党中央第一次郑州会议，风向转为纠"左"。又开始强调两种所有制(全民、集体)的区别，价值法则、等价交换、自给生产、交换生产等话题又出现在文件上,强调"冷"的科学态度,政策重又调整。次年(1959)1月,中宣部召集教育、出版、文艺界负责人会议,传出胡乔木"我们不要资产阶级的破烂,也不要无产阶级的破烂"等语,广为流布,不胫而走。

何其芳先生则于3月6日和11日,在文学研究所分别召开党内会议和所务会议,具体落实纠"左"转向工作。他传达周扬对文学所和两个刊物的三点指示,即古今中外,百家争鸣,保证质量。并明确说:"这次开所务会议,请副研以上同志参加,主要是要求大家写文章,展开辩论的风气。特别是被批评的本所同志,如孙楷第、钱锺书、杨季康、李健吾先生,可以写文章。外地老专家说时机不到,所内同志要带头写。"还说:"对待学术问题应当是坚持真理、修正错误的态度,不同意的也表示接受,不进行辩论,这是违背良心,违背科学的,是非就不明了。"

于是,何其芳领导的《文学评论》(由《文学研究》改名)、《文学遗产》主要采取三种方式来进行纠"左":一是组织被批判的专家自撰反驳文章,如刘大杰《关于〈中国文学发展史〉的批评》(《文评》1959年第二期)、王季思《有没有这样的线索和标准?——关于我的〈宋元文学史讲义〉的批判答辩》(同年第三期);二是发表被批判专家的其他学术论文,意在请他们在刊物"亮相",恢复声誉,如所内同事曾撰写批判李健吾、杨绛先生的两篇论文(同在1958年第四期),于是在1959年第三期上也同时发表李先生的《司汤达的政治观点和〈红与黑〉》和杨先生的《萨克雷〈名利场〉序》;三是物色著名专家为另一位被批专家"平反",这就很难组织到手了。正如何其芳先生所说:"外地老专家说时机不到,所内同志要带头写。"他1959年4月在《文评》编辑部讲话中,要求"注意发表不同意见的文章",特别提到刘大杰、王季思两文说:"这种反批评的文章是很难组织的,是不是有些专家有顾虑?"提出不要有"后顾之忧"。但学者们历经反右纠"左"、忽晴忽阴的多次反复,对充满变数的学术环境怀抱犹疑不安的心态,是很自然的。而当时唯一办成,且影响甚大的,就是请夏承焘来为钱先生"平反"了。近读《夏承焘日记》,才知其间颇费周折,对于了解知识分子艰难的生存环境很有帮助。

四

先是1959年1月7日《日记》首次提到《宋诗选注》,"午后看钱默存《宋诗选注》。近日报纸登批判此书文字数篇,予爱其诗评中材料多,此君信不易才";1月9日,继续"看《宋诗选注》"。此是夏氏对其书其人的最初印象,也是他后来写"平反"文章的思想基础。后于4月8日抵京,他作为《文评》编委参加文学所主办的《文评》《文遗》编委扩大会,住在清那桐王爷府旧居改建的和平宾馆。当晚,他由文学所工作人员"导往东四头条,访陈友琴、余冠英,谈至九时,二君行里馀送上街车",未访就在陈、余两家之间的钱先生寓所;又从夏先生此次客京十一天日记中,多记与文学所古代组专家互访会晤等事(如俞平伯、吴晓铃),独不见钱先生的姓名,看来,夏、钱二位交往一般。

但在4月19日返杭后,他5月4日的日记云:"发钱锺书函,谢其寄《宋诗选注》及诗,附去感近事一诗。"诗题为《自京归杭得钱默存示诗感近事奉报一首》:

> 后生可爱不可畏,此语今闻足汗颜。不信千编真覆瓿,安知九转定还丹。是非易定且高枕,蕴藉相看有远山。太息凤鸾满空阔,九州奇翼竟无还。

钱先生原诗待查。从夏先生的答诗来看,肯定是涉及《宋诗选注》遭年轻人批判事,夏先生安慰他《选注》自有价值不会埋没,是非必有定评不必挂怀。末句自注"谓郑振铎",指郑先生飞机失事,可能原诗提及《宋诗选注》最初是郑所长交给钱先生的任务。嗣后于5月22日,钱先生又寄赠杨绛先生所译《吉尔·布拉斯》一厚册,次日"发钱默存、杨季康复,谢其惠书"。

而在这之间的5月13日,夏先生日记云:"陈翔鹤昨来书,嘱为钱默存《宋诗选注》作平反,复一笺。复友琴。复黄肃秋。"陈翔鹤是《文学遗产》主编,在夏先生游京时,两人过往甚频,还亲至车站送夏先生离京。在京时是否谈起约稿事,不得而知;但在此后却一再催促(6月16日、7月3日、7月6日),夏先生迟至7月9日才写成《如何评价〈宋诗选注〉》一文。从《日记》来看,夏先生一般撰文,文思甚畅,不少论文咄嗟即办,一两天挥笔而就,独这篇四千六百字文章,延宕踌躇,一再催促历时两个月才完稿,足证心理负担不轻。果不其然,7月23日日记云:"接《文学遗产》函,《如何评价〈宋诗选注〉》一文准于8月2日见报,问肯用真姓名否?"《文遗》编辑部当然要求能借重夏先生大名,以扩大影响,但夏先生原稿却未用真名。

夏先生的担心实非庸人自扰。1959年8月,庐山会议批判彭老总后,风云突变,急剧转向为反"右"。1960年5月30日日记云:杭大某人"作一文,批评予为钱锺书作《宋诗选注》介绍文,谓有意抵抗当时批判运动。其实当时周扬同志在北京文学研究所讲演时赞许钱书,《文学遗产》乃数次邀予撰此文"。夏先生的犹豫作此文,可能还有另一人事交往方面的原因。他在北京参加编委会议时,曾于4月15日应人民文学出版社之邀宴,晤王任叔(巴人)、陈迩冬等人,"任叔爱赏默存《宋诗选注》,谓论注文学书,应为作者留馀地",那位写批评《选注》文章的作者时亦在座,且与夏氏交往尚多。我们现在读夏先生"平反"之文,完全是一篇中规中矩的书评,撇开"平反",另找话头径自直书,似乎世上从未发生过批判风波。所以从论文内容和形式上而言,夏文还算不上是篇像他《日记》所说的"平反"文章。

五

《宋诗选注》的一度获得"平反",钱先生是欠了两份人情的,夏先生一份,小川环树先生又是一份。在1958年批判《选注》之后,小川环树先生在日本京都大学《中国文学报》第十册上,发表《钱锺书的〈宋诗选注〉》一文。他首先向日本读书界郑重地介绍钱先生的"业绩",并说他从"前年(1957)的《文学研究》(第一期和第三期)上登载两篇论文"时,就"使我们更期待着见到这本书。现在这本书真的刊行了,实在令人高兴"。他敏锐地看出"这是一本从不同于前人的角度出发来对宋诗进行全面观察的书。它的注释和'简评'都特别出色。由于这本书的出现,大概宋代文学史很多部分必须改写了吧"。最后说,"对这本书,我们曾怀有很大的期待,现在这种期待没有落空,真是值得高兴的"(译文用《钱锺书研究》第一辑,文化艺术出版社,1989年11月)。小川先生此文既对《选注》提出一些实事求是的商榷意见,又对国内大批判文章作了指名道姓的回应(如对《选注》未收文天祥《正气歌》的"批判",小川氏为之辩护),若说"平反",小川先生此文倒有这点味道。

京都大学具有重视国际学术交流的传统,一直向文学所按期赠送《中国文学报》。所内同事发现小川氏此文后,即告知陈翔鹤先生。翔老请人中译后转交何其芳、钱锺书两位,何先生更抓紧督促"平反",而钱先生几次表示谢意:一次是对香港《明报》记者的谈话:"《宋诗选注》出版了,正碰上国内批判'白专道路'被选中为样品,作为'资产阶级文学研究'的代表作,引起一些批判文章。现在看来,不算厉害。日本京都大学小川环树先生在《中国文学报》写了一篇很长的书评,记得仿佛说'有了这本书以后,中国文学史的宋代部分得改写了'。文章的译文是《文学遗产》已故主编陈翔鹤叫人译出来给我看的。这当然使我很高兴和感激。"(彦火《钱锺书访问记》,刊《明报》1981年6月24日)

一次是1980年,钱先生访问京都大学座谈时。小川先生先在致欢迎辞中提到《宋诗选注》,于是钱先生回应说,"他本人对这书实在极不满意","即便如此,出版后也还遇到'人民性不足','资产阶级文学观点'等严重批判。幸好围攻者正要大张旗鼓之际,《中国文学报》小川环树的书评刚好寄到,赏誉备至,于是群喙立息"。他们二人由此通信订交。但在"文化大革命"中,钱先生"把他珍藏的小川环树富有欧阳率更(欧阳询)书法风致的信统统付之一炬,以免'里通外国'的口实"(孔芳卿《钱锺书京都座谈记》,刊《明报月刊》1981年1月号)。钱先生特地寄赠小川氏《宋诗选注》一册,亲笔改订数处。这册书至今仍完好保存,作为两人友谊的见证,稍可弥补双方信件销毁不留的遗憾。

应该说明,小川先生的文章在"平反"中起了"以外促内"的好作用,但不是促使何其芳、陈翔鹤二先生组织夏文的起因,更不是主因。小川氏文章发表的时间是1959年4月,传到北京更在其后。而国内早从一月份开始已在紧锣密鼓地酝酿纠"左"和转向了,文学所更在3月份正式召开会议部署具体工作,鼓励并点名钱锺书和其他"被批评的本所同志",出来写反驳文章。连夏先生也是在8月2日发表《如何评价〈宋诗选注〉》后才获知小川氏文章之事的。他在9月3日的日记中说:"得周振甫书,寄还《唐宋词序论》,云日本人有长文评介钱锺书之《宋诗选注》,甚推重。"因而他撰文时未能参考小川氏文。懂得国内运动的读者自会明白:光凭一篇海外文章是不会"群喙立息"的,有时或许会产生火上加油的相反作用。

六

到了1959年8月,风向陡变,这回轮到何其芳先生自己过批判关了。庐山会议号召展开反右倾斗争,在文学所,何其芳成为第一个批判对象,短短一周内向他贴出120张大字报,对1958年学术批判运动的反攻倒算也是一大罪状,几次检查不能过关。最后周扬亲自来文学所讲话:"你们要求领导人是无产阶级战士,这是过分的。"话说到这个份上,事情才得以平息。反右倾主要针对党内,钱先生这段时间虽算平静,但内心郁闷压抑,他为《宋诗选注》事对何先生深怀愧疚。

钱先生在《宋诗选注序》的末尾感谢何其芳同志的"提示",初版作"批评",因而曾被误读为何先生对此书选目作过个人的行政干涉。其实,"批评"在此处是中性词,意近评论、品评之类。何先生在古代组会议上说起过选目问题。他说:"选思想艺术统一的,当然不一定要都说民生疾苦的。思想广泛些,写风景、写爱情的都选。还是以广泛的标准来选。"这是 1956 年 12 月 13 日的会议原始记录。要之,钱、何共事长达 20 多年,关系极为融洽,文学所编的《衷心感谢他——纪念何其芳同志逝世十周年》一书,书名用的是巴金老人纪念何先生文章的题目,而由钱先生题写的。钱先生的"感谢"也是"衷心"的。

(原载《万象》第 7 卷第 6 期,2005 年 6 月)

祝《宋诗选注》走出国门
——《宋诗选注》日译本序①

钱锺书先生的《宋诗选注》是我多年来时时研习、常读常新的读物，也是导引我深入研究宋代文学的经典性著作。这部选本兼具普及性和学术性的双重品格，因而在一般读书界和学术界都产生了广泛而深刻的影响。一部选本能同时获得不同层面读者的青睐和倾倒，真正达到普及和提高的统一，这在近年来的出版物中是罕见的。

从普及层面而言，作为中国社会科学院文学研究所编校的"中国古典文学作品第五种"，它当然应遵循这套历代诗歌选本的统一规范和文字风格，篇幅有一定的限制：入选两宋诗人80家（初版为81家），诗约380首，用语上要求明净生动，可读性强。杨绛先生曾风趣地说："锺书选注宋诗，我曾自告奋勇，愿充白居易的'老妪'——也就是最低标准；如果我读不懂，他得补充注释。"可见钱先生对普通读者的顺利接受有着充分的关注。比如对于诗意的阐述，词语的训释，钱先生往往用直接语译的办法，三言两语即表达无遗。这种"以译代注"，如果没有高超的运用现代汉语的功力，是做不到的。此书在国内一版再版，已发行达五六万册以上，就是读者众多的一个有力的证明。

对于专业研究者而言，这部选本又具有特殊的意义和价值：既可看做一部宋诗发展史纲要，又可当做宋代诗学专著来研读。日本著名汉学家小川环树先生说："由于《宋诗选注》的出现，宋代文学史的很多

---

① 日本宋代诗文研究会译注《宋诗选注》，〔日〕平凡社2004年版。

部分恐怕应该重写。"(京都大学《中国文学报》第十册,1958年)这是一句分量很重的评语。此书由序言、选目、作家小传、注释四个部分构成,其中80篇小传,不着力于作家仕履的考订,实乃80篇作家论,连缀阅读,不啻展现出宋代诗歌发展、嬗变的轨迹,虽仅属鸟瞰式的轮廓,但均为作者个人的独特观察,新见迭出,益人神智。其注释部分,与传统选本偏重于词语训释、名物阐解、章句串讲等有所不同,而是把这些项目与诗歌鉴赏、评判结合起来,尤在诗歌题材、境界、意象、语言技巧等方面提出一系列精见卓识。如论某一诗歌意象,往往追踪觅源,备举众多前人或时人诗句,予以比勘对照,对于诗人文心的抉发,深刻精微,令人耳目一新,可谓作者之独诣,也最让人们为之心折。因为它不仅来源于冥索穷搜之功(在电脑检索未使用以前,全凭腹笥之丰),而且植根于对诗歌艺术真谛的真正把握。至于在作者小传中,论宋代诗派沿革,论用典利弊,论道学与诗歌之关系等等,已为当今宋代文学研究者所瞩目,称引阐发,随处可见,亦证这部选本的学术价值。此书虽因产生于我国特定年代,并不能完全体现钱先生的宋诗观,然而仍是宋代文学研究的一部名著,值得后人参考研读。

我和内山精也君结识于1984年,那时我应聘在东京大学任教,承他不弃,按时前来听课,对他的好学深思留下很深的印象。嗣后在交谈中发现,他已把自己的研究范围锁定在宋代文学,并打算翻译钱先生的《宋诗选注》,使我倍感兴奋。我立刻想起吉川幸次郎先生生前曾嘱咐他的高弟日译此书,却因种种原因未能实现;现由内山君完成此一遗愿,自是功德无量之盛事。我返国后,他又来复旦大学从我研究宋代文学,同时继续进行此书的日译工作。他和他的朋友们还专门创办《橄榄》杂志先期刊载译稿,以听取学术同道们的意见。我在阅读数期《橄榄》以后,深为他们严肃认真的态度所感动。他们对原书作了忠实的翻译,保证原书的完整性,而且设置了"补注""通释""备考"等栏目。这些栏目,一方面便利了日本读者的阅读,如详注入选诗篇的诗型、韵字、出处,尤其是原书中所列出的众多的书名卷数篇名以备"参看"的部分,译者均一一据善本将引文补出,不避繁重,用心甚细;另一方面又在学术性考辨上用力甚勤,多有译者的心得体会。可以看出,他们日译此书,既出于对钱先生的由衷敬仰,严格遵守学术规范,黾勉从事,绝无丝毫懈怠;同时,又作为自己进入宋代文学研究领域的一次难得的学术训练和资料准备。于是我遂致函钱先生作了引荐,钱先生破例俯允接谈,还引用了一句杜诗:"蓬门今始为君开"。他与内山君亲切畅谈了一个半小时,还书面回答了内山君提出的问题,达13个之多。钱先生在1992年读过《橄榄》后写道:"惊喜之馀,又深感惭憾。诗歌的译文往往导引我们对原作增进理解和发现问题。"但他自谦因不谙日语,未能利用其"精心迻译"来修改原书的一些注释,是"一件恨事"(见《宋诗选注》人民文学出版社版"第七次重印附记")。钱先生称赞这部译本为"精心迻译",固然含有对后辈的奖掖和鼓励,但也是符合译者们的求精务信的译事态度的。钱先生的话还表明他的著作是一个开放的天地,他不希望自己的著作成为凝固不变的"定本",不仅自己要做反反复复的不断修改,也欢迎并吸收读者们的一切有益的意见(新版《宋诗选注》后附的"补注"即是拟采纳的读者意见)。大海不弃细流,长者不掩人善,才是大学者的坦荡胸襟,真正实践了"以学术为公器"的宗旨。这部译本所体现的创造性劳动,我以为已可优入"钱学"之林,虽然"钱学"这个称呼始终得不到钱先生本人的认可。

我还要向杨绛先生表示衷心的谢意。她一直关心这部译著的进展情况,给予了真诚的鼓励。为了出版方面的具体问题,我一再去打扰她老人家,但她不辞烦冗,几次赐函,费心尽力,终使问题获得圆满解决。我想译者们必定铭记不忘,我也是感同身受的。

祝《宋诗选注》走出国门,带去学术的严肃,情谊的诚挚,期盼的殷切。

2003年3月18日

读《钱锺书手稿集》札记

在钱先生生前,我曾有机会两次看到过他的笔记。在一篇回忆文字中,我写过:"他的读书笔记本也颇与众不同,满页密密麻麻,不留天地,一无空隙,但他一翻即能找到所需之处。"如今公开面世的《钱锺书手稿集·容安馆札记》(以下简称《札记》)可以印证这个印象。我还写过"钱先生的随意闲聊更充满这种耐人寻味揣摩的东西",还举了一些例证,其中之一是"韩愈的《原道》与明清的八股文之间有否暗脉相通之处,又是为什么",等等。① 今阅《札记》第三卷1771页:"《原道》'呜呼,其亦幸而出于三代之后'云云一节,《原毁》全篇,皆开八股机调。《孽海花》第二回(引者按,应是第三回)钱唐卿谓'制义创始韩愈,细读《原毁》便见'是也。柳子厚《书箕子碑》'当其周时未至'一节亦然",面对书籍恍然如遇故人。

记得当年有次闲谈到"八股"起源、得失时,钱先生急忙一摆手:"等等,给你看我的笔记!"即从内室取来此本,翻到此页向我讲说一番。我贪婪地凑过头去,他立即合上本子,打了句乡谈:"勿好再拨侬看哉!"直逗得我望"书"兴叹,憾失不已。

感谢杨绛先生,决定影印出版此书。然而翻阅已出三卷一过(全部《手稿集》将有四十多卷),又不禁感慨无既:眼力不济,认不清;对他手书不熟,认不准;学力不足,读不懂。其博大精深的学术内涵,自当终身奉为鸿宝;今仅就书中论及宋诗者数端,略述"初学记"。

---

① 《〈对话〉的馀思》,《半肖居笔记》,东方出版中心1998年版,第4—5页。

一

《宋诗选注》选诗80家,其中的王令,素为一般的选本所冷落,而因钱先生对他"宋代里气概最阔大的诗人"的特别表彰,始引起人们的重视。阅读《札记》,还知道他对晚宋的乐雷发也格外垂青。第一卷24页云:"此次所读晚宋小家中,《雪矶丛稿》才力最大,足以自立。《佩韦斋稿》次之,此稿(指毛珝《吾竹小稿》)又次之。"宋末小诗人众多,一般囫囵视之,很少细致分疏,钱先生抉发出乐雷发、俞德邻、毛珝前三名的次序,值得注意。

具体论及乐氏时,他说"乐雷发声远《雪矶丛稿》笔力健放,不拘拘于晚唐体。七言歌行尤排奡,七绝次之,律诗俚滑",并点评《九嶷紫霞洞歌》《常宁道中怀许介之》《乌乌歌》等十首作品。

《宋诗选注》里评乐氏有一句"近体诗还大多落在江湖派的圈套里"的话,曾引起一些学者如萧艾先生的质疑,认为佳作多为七律(见萧氏注释的《雪矶丛稿》前言,岳麓书社,1986年),萧先生的观点其实与四库馆臣一脉相承,《四库全书总目提要》卷一六四评乐氏云:"其诗旧列《江湖集》中,而风骨颇遒,调亦浏亮,实无猥杂粗俚之弊,视江湖一派迥殊。"还举例评赏,都是近体。《札记》中虽然没有"还大多落在江湖派的圈套里"的话,但说"律诗俚滑",意差近似。钱先生垂意的是其七言歌行,"笔力雄放",已摆脱"晚唐体"也就是"江湖派"的路数。乐氏之于江湖派,有依有违,应从不同诗体来论析。重视文体区别与特点,是钱先生一以贯之的评赏原则。

检《宋诗选注》,选乐雷发诗共四首,其《乌乌歌》《常宁道中怀许介之》《秋日行村路》三首均见《札记》提及,其评语可与《选注》对读,多有异同。仅《逃户》一首,不见《札记》所选十首之列,这类反映民生疾苦的"人民性"题材,当是因时代"大背景"而"照顾"选入的,为"我以为不必选的诗倒选进去了"作一例证。①

---

① 《模糊的铜镜》,《钱锺书散文》,浙江文艺出版社1997年版,第468页。

钱先生的《札记》原是记录个人日常读书心得，初不拟立即示于外人；但从全书已亲自编次，共 802 则，且随笔附注互相参见看，实又粗具著作形态。这一特殊情况使其在钱先生的著作系统中具有特殊作用：它作为钱先生读书时的第一印象的记录，反映他接触文本时最初的注意点或兴奋点，可以借此了解他的选择方向与旨趣，这对研究他的具体艺术趣味、爱好和标准是不可多得的材料，比如这首《逃户》肯定未能进入他的最初视野，是不免违心而为之选录的；《札记》又作为原生态学术作品，又具有与其公开发表著作的比较对照的价值，从《札记》到《宋诗选注》《管锥编》乃至《谈艺录》的增订部分，其异同详略，改易修润，往往有深意存焉，值得探索。

二

《札记》中对乐雷发《秋日行村路》"一路稻花谁是主，红蜻蛉伴绿螳螂"一联评赏尤详：

> 按，绝好一副没骨花卉，仿放翁《水亭》诗（《剑南诗稿》卷七十六）"一片风光谁画得，红蜻蜓点绿荷心"而胜之。机杼皆本之韩致尧《深院》绝句之"深院下帘人昼寝，碧鹦鹉对红蔷薇。"白香山《寄答周协律》"最忆后庭杯酒散，红屏风掩绿窗眠。"……

而《宋诗选注》此诗注释，仅依次引录李商隐、韩偓、陆游三联（后改订本又增入白居易一联），两相对勘，从改笔中可探其深微用心。《札记》和《选注》都采用广义的比较方法，但有影响比较与平行比较的区别。《札记》指出"红蜻蛉伴绿螳螂"一联，其句法和颜色对比的用法，导源于白居易、李商隐，经韩偓入宋，为陆游所仿，乐氏又仿陆而胜之，属于影响研究的范畴；《选注》改用平行的叙述方式。这一改动颇堪玩味。因果链的确定，实际上总是充满着种种不能确定的因素，甲事物受乙事物影响而形成这一类常见的判断，实际上存在着"证伪"的极大可能性，因而应该慎之又慎。

《宋诗选注》重视对诗歌特定意象的研究，或溯源追踪，或指出文心的相通相异之点，这是《选注》的独诣，最令人折服；但也可发现，他使用平行研究远较影响研究方法为多。最好的例子之一是论及王安石《泊船瓜州》"春风又绿江南岸"的"绿"字。钱先生指出："绿"字用法在唐诗中"早见而亦屡见"，并举了丘为、李白、常建的诗例，但并不简单坐实此乃王安石用字的"出处"，而是一连串提了五个问题：

> 王安石的反复修改是忘记了唐人的诗句而白费心力呢？还是明知道这些诗句而有心立异呢？他的选定"绿"字是跟唐人暗合呢？是最后想起了唐人诗句而欣然沿用呢？还是自觉不能出奇制胜，终于向唐人认输呢？

在电脑检索大为盛行的今天，我们可能找到比钱先生更多的唐诗用例（包括前唐之诗），但恐很难达到他对艺术创作奥秘的深刻把握。这里对于王安石创作运思的精微揣摩，都是假设，而且这种假设是没有穷尽的，这说明两种诗歌意象在表面上的某种类似，除因果关系以外，还可能产生多种的关系，足以提供无限的联想空间。

三

据杨绛先生介绍，《钱锺书手稿集》共有三类：外文笔记、中文笔记和《日札》。外文笔记纯系读书摘抄，"他做笔记的习惯是在牛津大学图书馆（Bodieian——他译为饱蠹楼）读书时养成的"。其实我国古人就有以抄书为读书的习惯。杨慎《丹铅别录序》自述"自束发以来，手所抄集，帙成逾百，卷计越千"，抄了达千卷之巨；顾炎武甚至倡言"著书不如抄书"，这是秉承其嗣祖顾绍芾的主张①。钱先生跟这两位

---

① 《抄书自序》，《顾亭林诗文集·亭林文集》卷二，中华书局1983年版。

博学的前辈当可异代相视而笑。中文笔记，原与日记混在一起，因1952年"思想改造"时，"风闻学生可检查'老先生'的日记"，就把"私人私事"的日记部分"剪掉毁了"。这中文笔记虽有"自己的议论"和"少许批语"，看来也是以摘抄原书为主的。①

而《日札》应是日记体学术札记，是以记录"读书心得"为重点的。钱先生作于1929年的《复堂日记续录序》中说："……然参伍稽决，乃真积力充之所得；控名责实，札记为宜。未有详燕处道俗之私，兼提要钩玄之著，本子夏日知之谊，比古史起居之注，如晚近世所谓日记者也。"②指出日记体札记应具有私人性和学术性兼擅的特点。

这类性质的日札，钱先生其实早年就开始写作了。1935年2月21日钱基博先生在连载《读清人集别录》的引言中说："儿子锺书能承余学，尤喜搜罗明清两朝人集，以章（学诚）氏《文史》之义，抉前贤著述之隐，发凡起例，得未曾有。每叹世有知言，异日得余父子日记，取其中之有系集部者，董理为篇，乃知余父子集部之学，当继嘉定钱（大昕）氏之史学以后先照映，非夸语也。"（原载《光华大学半月刊》4卷6期，1936年3月）明言他父子俩均有"日记"。我们还从1934年6月出版的《国风》半月刊4卷11期中，看到钱锺书先生的《北游纪事诗》，自注云："原念二首，今录念一首，本载日记中，故略采本事作注以资索引。"不仅证实钱先生早有记日记的习惯，且与现在面世的《容安馆札记》多记读集部的心得，多录自己诗作的情况一脉相承。作日札是钱先生的日常生活，实不可一日离此事，由此也可部分解释他的最重要学术著作《管锥编》采取札记体的原因。

---

① 均为杨绛先生语，见《〈钱锺书手稿集〉序》，《钱锺书手稿集》，商务印书馆2003年版，第1—2页。

② 见《复堂日记》，河北教育出版社2001年版。钱先生在《序》末说："生本南人，或尚存牖中窥日之风。丈人（徐彦宽）哂之邪，抑许之邪？"时徐氏尚在世。徐氏卒于1930年，而1929年他已编定《念劬庐丛刻》待刊（包括《复堂日记续录》），故推测钱先生此序约作于1929年。参见刘桂秋著《无锡时期的钱基博与钱锺书》第188页，上海社会科学出版社2004年版。其实，2002年10月三联书店出版的《钱锺书集·写在人生边上的边上》第216页中，编者注引用1981年12月13日钱锺书先生致汪荣祖信，谓此《序》"成于十九岁暑假中，方考取清华，尚未北游"。"十九岁"即1929年。

《札记》中"私人私事"的被删削,实在是件深可惋惜之事。这不仅可以真切地了解当年知识分子的生存状态,更重要的是领略那一代学者以学术为生命、融人生与学问为一体的精神面貌。如《札记》第三卷2235页钱先生于1966年与杨先生漫游北京中山公园、随即患病的记事一则,当是剪而未尽的残存,实是一篇睿思奔涌、寄慨于谐的绝妙散文:

> 丙午(1966)正月十六日,饭后与绛意行至中山公园,归即卧病,盖积瘁而风寒乘之也。嗽喘不已,稍一言动,通身汗如濯,心跃然欲出腔子。《明文授读》卷十五李邺嗣《肺答文》云:"风自外干,涎从内塞","未发云云,辄闻喀喀","积邪大涌,蕴逆上溢","胸椎欲穿,背答不释",不啻为我言之。如是者十二日,始胜步武,杖而行于室中。今又一来复矣,仍奄殚无生意,杜门谢事。方疾之剧,如林黛玉临终喘甚,"躺着不受用,扶起来靠着坐坐才好"。(《红楼梦》九十七回)每夜劳绛卧起数回,真所谓"煮粥煮饭,还是自家田里的(个)米,有病还须亲老婆"也。(冯梦龙《山歌》卷五)昔王壬秋八十老翁终日冈,自云"有林黛玉意思"(《湘绮楼日记》民国四年九月廿四日、廿五日)。余今岁五十七,亦自拟犟儿呻吟气绝状,皆笑枋耳。病榻两梦圆女,渠去年八月赴山右四清,未返京度岁。二月初六日书。起床后阅《楚辞》自遣,偶有所得率笔之于此。

这是钱先生所写的《我们仨》。与杨先生平实淡雅、却把悲情深埋的叙述笔调不同,钱先生一口气连类引证李邺嗣文、《红楼梦》、冯梦龙《山歌》、王闿运日记等材料来写病中窘况和伉俪情深、爱女思切,不啻是《管锥编》《宋诗选注》"打通"法的生活版,使这段三百字的短文,俨然也是一则学术札记。"曲终奏雅",这篇妙文原来是他记录自己读《楚辞》心得的引言,而此处所记读《楚辞》的心得即是《管锥编·楚辞洪兴祖补注》十八则的取资来源,无意中展示出《管锥编》的成书过程。日以学术为依托，叙私人情事，这在他论宋诗时也能看到。《札记》开端第一卷 26 页论吴惟信《菊潭诗集》之《咏猫》诗："弄花扑蝶悔当年，吃到残糜味却鲜。不肯春风留业种，破毡寻梦佛灯前。"《札记》云："按，余豢苗（猫）介立叫春不已，外宿二月馀矣，安得以此篇讽喻之!"吴诗所咏之猫，乃无意风情之懒猫、老猫，与钱家所养之猫，春情勃发，外宿不归，交相照映，谐趣横生。先生之治宋诗，学术人生化、人生艺术化，也是苜蓿生涯中的一种慰藉。此猫为波斯种，名"花花儿"，杨先生有专文《花花儿》记之，钱先生也有"春风蛱蝶忆儿猫"（《容安室休沐杂咏》）的诗句。

四

　　如果说，上面的例子代表的是有学术的人生，那么，更多的情形是表现为有人生的学术：即在论学评诗中融注着个人性的生活与体验，只是有时不为人们察觉而已。

　　钱先生对宋人唐庚的《白鹭》和罗公升的《送归使》两诗似乎颇为注目，在《管锥编》中曾分别论及。《管锥编》第一册 348 页称引西汉武安侯田蚡关于聚徒"腹诽"对君上危害的言论，"盖好友交游而多往返，则虽不结党而党将自结，徒党之形既成，即不犯上而为乱党，亦必罔上而为朋党"，然后引及唐庚《白鹭》："说与门前白鹭群，也宜从此断知闻；诸君（似应作'公'）有意除钩党，甲乙推求恐到君!"评为"谈虎色变，从来远矣"。这是对历史上党锢之祸的客观评论。《管锥编》第四册 1470 页引罗公升《送归使》诗"鱼鳖甘贻祸，鸡豚饱自焚。莫云鸥鹭瘦，馋口不饶君"，则仅因论及徐陵《鸳鸯赋》，以"事物写入诗画"现象作评赏，"鸳鸯"作为"长合会"之团圆象征，吟咏不辍，但却因其羽毛鲜丽而被扑杀，而吴融《池上双凫》就说双凫"幸是羽毛无取处，一生安稳老菰蒲"。钱先生说："然凫之'羽毛'或'无取处'，其躯肉岂不任充庖厨耶?"引罗公升此诗为证。此处纯系客观评艺，并无其他寓意。

而在《容安馆札记》第二卷1200页中却有另一番记述。他先引罗公升此诗云:"按,沉痛语。盖言易代之际,虽洁身远引,亦不能自全也。"紧接引唐庚《白鹭》诗,评云:"机杼差类而语气尚出以嬉笑耳。"两诗"捉置一处",即显别有会心,他关注诗中种种罗织、诬陷、告密、伪证等情事,联系他在新中国成立初期所横遭的青蝇之玷(所谓清华间谍案),人们不难从其中读出一点潜通暗合的消息。这种评诗赏艺与个人生活体验的关联,在原先仅供个人备忘、未拟公开示人的《札记》中,或隐或显地随处可见,对于了解他的学术人生,倍感亲切而真实。

(原载《中日学者中国学论文集》[中岛敏夫教授汉学研究五十年志念文集],复旦大学出版社2006年10月出版)

钱锺书先生与宋诗研究
——初读《宋诗纪事补正》

钱锺书先生辞世时,学术界的不少有识之士及时提出,整理出版钱先生的遗著,是对先生最切实的纪念,也是学术建设的当务之急。三年多来,除了三联书店推出十三卷本《钱锺书集》(内含未刊稿《人生边上的边上》)外,影印钱先生大量笔记的《钱锺书手稿集》(40多卷)和出版逾百万字的《宋诗纪事补正》则是已在运作之中的两大巨著。人们关心的《管锥编》"续编"(包括论《全唐文》等五种)或许能在《手稿集》中看到雏形,而作为《管锥编》"外篇"的《感觉·观念·思想》或也能从中找到踪迹。《宋诗纪事补正》是钱先生宋诗研究在文献整理方面的重要著作,也是深入研究钱先生宋诗观的基础性资料。翘企已久,切盼早日捧读。我趁编辑《新宋学》第一辑之机,向杨绛先生请求摘抄若干冠于书端,以光宠篇幅。杨先生即命栾贵明兄寄来前六卷样书,遂与新出宋诗总集本对读,择其可供补益充实者万馀言,以《钱锺书先生未刊稿〈宋诗纪事补正〉摘钞》为题,先予揭载,当为学界同道所欢迎。

书前有钱先生手书题辞:"采摭虽广,讹脱亦多,归安陆氏《补遗》,买菜求益,更不精审。披寻所及,随笔是正之。整缀董理,以俟异日。槐聚识于蒲园之且住楼。"钱先生曾于1949年早春寄居在蒲园(在上海蒲石路即今长乐路上)某宅之三楼,自命之为"且住楼",殆为暂且寄居之意。至8月底,他就举家北迁,任教于清华大学了。这说明早在1949年此书已初具规模,离今已逾半个世纪。有意思的是,今尚存他

《蒲园且住楼作》一律:"夹衣寥落卧腾腾,差似深林不语僧。捣麝拗莲情未尽,擘钗分镜事难凭。槎通碧汉无多路,梦入红楼第几层。已怯支风慵借月,小园高阁自销凝。"(此诗收入《槐聚诗存》时改题《古意》)此诗精丽密致、包蕴深隽,颇具玉溪生风调,而怀抱又似能从《两当轩集》中找到:"结束铅华归少作,屏除丝竹入中年。"(黄仲则《绮怀》)钱先生自述其学诗经历云:"十九岁始学为韵语,好义山、仲则风华绮丽之体,为才子诗。"此诗或许近乎少作风韵。也说明在他40岁左右时,一方面进行大规模的宋诗文献搜集与整理工作,一方面仍写作与宋诗异趣的"风华绮丽之体"。这倒证明他的另一自述"实则予于古今诗家,初不偏嗜",并不囿于规唐或矩宋之域,而持有博采众长、融贯百家的宽容态度。

《宋诗纪事补正》一斑

钱锺书先生在《宋诗选注·序》中对厉鹗《宋诗纪事》和陆心源《宋诗纪事补遗》都有过评论。他说《宋诗纪事》"不用说是部渊博伟大的著作",但又有"开错书名""删改原诗"等重大缺失,既肯定又批评,与《题辞》所说"采摭虽广,讹脱亦多"一致。说起《宋诗纪事补遗》,他下了"错误百出"的断语,举出陆心源把唐人、金人诗误作宋诗等事例,这可以作为《题辞》说他"买菜求益,更不精审"的证据。("买菜求益"典出东汉严光;在《谈艺录》中,钱先生又据《开元天宝遗事》所载李白语,缀合成"买菜求益,市瓜拣肥"一联妙对,比成语"贪多务得""贪求无已"更为生动,再一次表现他的"修辞机趣"。)《宋诗纪事》虽是继南宋计有功《唐诗纪事》以后的"纪事"体著作,入选作家达3 800多人,但大都有诗而无本事,用力在别集以外佚诗和无别集传世的作家作品的收集上,实际上成为一部宋代诗歌的总集,与"纪事"体例不甚吻合。钱先生针对它的"脱"和"误",予以"补"和"正"。"补"者,主要有补人、补诗、补事诸项;"正"者,则涉及主名错讹、引书误舛、作品真伪、本事异闻、字句校勘等多方面,具见钱先生渊博、严谨、精细的一贯治学风格。

从文献学角度对此书作全面述评,因未读全书,为时尚早。谨举数事以示一斑。

王禹偁的诗集,经过徐规先生的精心整理,已臻完善,《全宋诗》即收徐先生的点校本;但钱先生原与之各自成书,又有 30 多首为徐先生点校本所缺或互有异同。杨亿名下补诗亦夥,也有 10 多首(含句、联)为《全宋诗》所无。至于他在《谈艺录》(第 620 页,1984 年版)中,曾举过一首长达 2 534 字的宋人长诗《妾薄命叹》,批评厉著未能采录,更是一大发现,惜《全宋诗》似亦未收入。在考辨方面,精彩之处,所在多有。如卷四王禹偁名下《少年登楼》诗:"危楼高百尺,手可摘星辰。不敢高声语,恐惊天上人。"钱先生按云:"《侯鲭录》卷二《李白题诗》注:或云王元之《少年登楼》诗云云。按,《事文类聚前集》卷四十四及《锦绣万花谷后集》卷二十四又摘引此诗于杨文公亿名下,《竹坡诗话》也怀疑是杨亿幼年所作。……《西清诗话》也坚谓李白所作,但白集中不见收录。请参观本书第六卷杨亿名下《危楼》条补正。"再翻至杨亿名下,考证更详:"《事文类聚前集》卷四十四《幼悟门》及《锦绣万花谷后集》卷二十四《楼门》引此诗前两句。按,《西清诗话》谓此乃李白诗。《竹坡诗话》谓:'岂好事者窃太白之诗,以神文公之事与?抑亦太白之碑为伪耶?'又,《后村千家诗》卷十六收此诗,题作《危楼》,作主为'王文公',故《侯鲭录》卷二称为王元之《少年登楼》云云。《舆地纪胜》卷四十七'蕲州':王得臣《麈史》云:'蕲之黄梅有乌牙山,僧舍小诗曰李太白也:"夜宿乌牙寺,举手扪星辰。不敢高声语,恐惊天上人。"'李集中无之。此诗属名之争,注家纷争不已,姑均存之。"以"均存"为断案,审慎不苟;尤其是具体考辨过程,不仅资料丰赡,而且逻辑严整,足堪示范。

《宋诗选注》的篇目之争

钱先生是集学者、才人于一身,融古今中外为一体而又兼擅各类著述体裁的一代宗师。研究他的宋诗观应该从《宋诗选注》《谈艺录》

《管锥编》乃至《槐聚诗存》、小说创作中广泛取材,并应相互补证,"循环阐释"。《围城》中董斜川关于"陵谷山原"的议论,当然不能径视为作者的诗学观点,但这个对"唐以后的大诗人"的名字概括,却包含着作者自己的一份体会。犹如"三陵:杜少陵,王广陵——知道这个人么?——梅宛陵",颇堪玩味。王广陵是宋代年轻诗人王令,只活了27岁,在文学史上一向不被重视,正是《宋诗选注》称赞他为"宋代里气概最阔大的诗人"才为人们所知,读到"知道这个人么"这一特别提示,总不免联想起钱先生在《宋诗选注》中对他的格外揄扬,郑重推荐,让世人都能"知道这个人"。

现在有了《宋诗纪事补正》,为我们更全面深入地理解钱先生的宋诗研究提供了又一重要材料与视角。学术界对《宋诗选注》的选目问题议论颇多。钱先生自己说过:"这部选本不很好;由于种种缘因,我以为可选的诗往往不能选进去,而我以为不必选的诗倒选进去了。"(《模糊的铜镜》)他这番话就是为回应胡适"对选目很不满意,并认为迎合风气"而发的。这主要指在内容题材上多选了一些反映民生疾苦的社会诗而言,作者和读者对这一点容易取得共识。但除这一共识外,还可讨论三点:(一)作家入选篇数多寡是否有失比例。现今所选共377首,以陆游第一(33首),范成大第二(27首),苏轼第三(24首),汪元量第四(21首),而黄庭坚仅5首,与华岳、方岳之类相同。(1989年新版《宋诗选注》把黄庭坚四首七绝错排成两首七律,总数成了三首;初版及《钱锺书集》不误。)(二)所选大多是以"浅明俊爽"意境风格者为多,似是宋诗中的"唐诗",如七绝多达192首,占1/3,而最能体现"宋调"特点的七古(63首)、七律(54首)相对较少。(三)选诗所据底本范围问题。最早也是胡适所说"他大概是根据清人《宋诗钞》选的",别的学者经过细心核对,发现王禹偁、林逋、苏舜钦、欧阳修等22家诗,无一不见于《宋诗钞》或《宋诗钞补》,占全书80家的1/4。我以为,上述一、二两点在钱先生那里可能不是"真问题"。对作家地位的估定并不一定要以是否入选或入选篇数多寡来体现,如他推崇朱熹"算得道学家中间的大诗人",但无一诗入选;叶适"号称宋儒里对诗文最讲究的人",却不过是不会飞翔的"鸵鸟",不如小作家虽像"麻雀"仍属飞禽,于是也没有选叶适的诗;其他像杨亿、谢翱等名家,都无一字见录。他特意表彰王令,但也只选了 3 首。至于黄庭坚,倒是个特例。钱先生自述作诗经历时,说到对九部诗集"用力较劬",其一即为《山谷集》;他借董斜川之口所说的"陵谷山原","谷"当然少不了黄山谷;《谈艺录》中对黄诗的有关补注与阐发,潘伯鹰先生赞为"精细的见解""所言极精实",潘先生的《黄庭坚诗选》屡屡引为确解;钱先生对黄诗尽管也有批评,但他平日密吟深咏,情有独钟,都不是秘密。选篇过少,仅为当时风气所限,以免招惹是非而已(黄氏时被加以形式主义诗人之恶谥)。至于对"唐音"与"宋调"的总体特征的区别,钱先生当然了然于胸,《谈艺录》第一条即是"诗分唐宋","唐诗多以丰神情韵擅长,宋诗多以筋骨思理见胜",也已成广被引用的经典性名言。但选本原可多样化。《四库全书总目》卷一九〇《御选唐诗》提要说:"撰录总集者,或得其性情之所近,或因乎风气之所趋,随所撰录,无不可各成一家。"因而元结《箧中集》尚古淡,令狐楚《御览诗》尚富赡,方回《瀛奎律髓》尚生拗,元好问《唐诗鼓吹》尚高华等等,各具个性与特色。宋诗选本可以选体现"宋调"群体风格的诗,也可以只选宋人所写的各类好诗或某类好诗,应该是自由的。此外,一、二两点所含的问题,还可以从钱先生的"六不选"选诗标准中寻找答案,因与本文题旨稍远,容后再予申述。要之,《宋诗选注》的选目,"既没有鲜明地反映当时学术界的'正确'指导思想,也不爽朗地显露我个人在诗歌里的衷心嗜好"(《模糊的铜镜》),反过来说,既有受制时风而造成的遗憾,又自有他个人的标准在。他的确不大理会一般选本所要求的"代表性"和"涵盖性",像主持礼仪者把一切安排得停当均匀,面面俱到,或像他所调侃的选诗如选理事会那样。对选本的多样性和自由度,我想是理应得到理解和尊重的。

《宋诗选注》选诗经过

杨绛先生最近告诉我,钱先生作《宋诗选注》时,工作量很大。他没有从选本到选本,而是从各类总集、别集中直接选诗,几乎把宋人集子都看完了。比如专门买来一部《宋诗钞》,在上面加圈,由她帮忙剪贴。有些选篇是别人不注意的,如曹勋《入塞》,写一个"掠去随胡儿"的女子,见到南来使臣,"忽闻南使过,羞顶毳羊皮",这种场景和心理刻画,很有特色。笼统地说选目"很不好",不大公平。书中也有错误,如注释持节的"节",说是"拿一根金子或竹头做的东西","金子"云云,或许不妥。杨先生这段话(大意),平允客观,同时也印证此书多从《宋诗钞》取资的推测(当然不止于《宋诗钞》一书)。现在我们已知道,钱先生编注《宋诗选注》时期,同时也正在再度修订他的《宋诗纪事补正》(见杨先生《记〈宋诗纪事补正〉》,《读书》2001 年 12 月号)。前面已说过,《宋诗纪事》旨在搜集别集以外佚诗和无别集传世的作家作品,因而初具《全宋诗》的性质;钱先生的《宋诗纪事补正》旁搜远绍,出入书海,后出转博转精,实际上做的也是《全宋诗》编纂工作。在 1999 年《全宋诗》正式问世以前,海内外很少有人能达到他掌握宋诗文献的广度和深度。然而我们也发现,《宋诗选注》确实没有充分利用他自己《补正》的成果。(个别也有,如王禹偁《寒食》"山里风光亦可怜"句,他注"亦可怜"时说:"王禹偁有首诗,《小畜集》里没有收,是把唐人的旧诗改头换面,写他贬官在外的心情",此诗中有"鼓子花开亦喜欢"句,钱先生认为,《寒食》中的"亦可怜"就是"亦喜欢"。这首佚诗题即《齐安郡作》,见《宋诗纪事补正》卷四,亦可参看《新宋学》所载《摘钞》稿。)这是什么原因呢? 钱先生有次在回答如果重新编选、将选何作品这一问题时,曾写道:"说来话长;又事隔数十年,懒于更提了。请原谅。"言语之间似有些无奈。我私心猜测,此书作为文学研究所编校的"中国古典文学作品第五种",乃属普及读物,又有大致统一的篇幅规模。而有人提出,应从一代全部诗歌中来定选目,"必需有了这种基础,才有选全宋诗的可能",否则是"冒险之举"。这在学理上看上去是个正确原则,但在《全宋诗》问世以前,这又是难以实际操作的理想化要求。在《宋诗选注》完稿 40 多年后才问世的《全宋诗》正编,共 72 册,总字数近 4 000 万,为《全唐诗》的 10 倍;诗作共 247 183 首(不计残诗、断句),为《全唐诗》的5倍。要求在近25万首诗中选出377首,也实在难为了选家;可以断言,在《全宋诗》出版以前,古今所有宋诗选本,如张景星等《宋诗百一钞》、陈衍《宋诗精华录》等,均不能达到这一要求。《宋诗选注》又是当时文学研究所的计划项目,每月要填进度报表,年中、年终要写汇报,此书已因精心打造,迁延两年,已有碍不久提出的"多快好省"精神了。要之,议论评泊,应贴近具体的历史情势;而面对皇皇巨著《宋诗纪事补正》,再不会遽谓《宋诗选注》"选诗基础之不巩固"吧?

2002年2月

(原载《文汇报》2002年4月6日)

钱锺书先生与宋词研究

学术研究真是天外有天，山外有山，即使名师硕儒也不免有缺失和局限。因此，大师也是可以批评的，真正的大师当然也不怕批评；然而，从批评者方面而言，这类批评又必须格外谨慎，因为大师毕竟是大师，放言嗤点，也难免不切不实。

近阅《词学》第14辑《钱锺书先生引词勘正》一文，对钱先生著作中引用词例时之"文句之误""句读之误""词牌之误""作者之误"等多所"勘正"，用心颇细，不为无补；但在探究致误原因时，作者认为是钱先生"于诗馀之道似措意稍少，故引误特多"，"少时涉猎不广，至晚始多加注意"云云。一般认为钱氏学术的最大特点是博大精深，"涉猎"是指知识范围之广狭，"措意"则关乎学术之深浅，"涉猎不广""措意稍少"正是"博大精深"的反义词，所以这两个断语是相当重的。

钱先生不是专门的词学家，也不见有词作问世，然而并不能因此对他的词学研究水平遽下判断，更不能指为导致文本误植的原因（原因其实很简单，说详下）。前已出版的著作《管锥编》等，共征引历代词作约三百六十处左右，数量甚广；论词的理论性文字如社科院《中国文学史》之《宋代文学的承先和启后》等，这里也暂不讨论。今仅就《钱锺书手稿集·容安馆札记》（下简称《札记》）为主要依据作些说明。我和友人已从《札记》中辑录论词文字达四万馀字，其学术内涵将另文论析。兹略举数端以示例。

先要说明，仅从《札记》来看，钱先生已看过两遍《全宋词》。卷三第2204页七五八则云："重看宋人词（参观第六二三、又七一七则）。

赵师侠《酹江月》……(《全宋词》卷三)。"唐圭璋先生所编《全宋词》,最早于1940年由商务印书馆在长沙出版,分卷而不断句;1965年又由中华书局印行,王仲闻先生参加订补,不分卷而断句。《札记》所记,均有卷数,钱先生读的当是初刊本。上世纪60年代,我有次去他家,他正在看《全宋词》中华新版本(样本),就向我称道王仲闻先生修订之功。我因为平素很少听到他的由衷之赞,故印象特深。(他在1978年欧洲研究中国学会第二次会议上所作的讲演《古典文学研究在现代中国》中,也提到"总集添了相当精详的《全宋词》",见《人生边上的边上》第181页,三联版。)现阅《札记》,始知他已多次看过初刊本,自然会把新旧两本对勘比较,才能准确评估王氏的劳绩。这样,旧版新版,他至少已看过三遍了。

再来介绍他的一些词学见解。岳飞《满江红》的真伪问题,学界聚讼纷纭。《札记》卷三第1745页云:

岳飞《满江红》(《全宋词》卷一百十五)。按余嘉锡《四库提要辨证》卷二十三谓此词"来历不明,疑是明人伪托",是也。窃谓伪撰者亦是高手。

"壮志饥餐胡虏肉,笑谈渴饮匈奴血",本之《汉书·王莽传》中韩威曰:"臣愿得勇敢之士五千人,不赍斗粮,饥食虏肉,渴饮其血,可以横行。"《旧唐书·酷吏传上》郭霸传:自陈"往年征徐敬业,臣愿抽其筋,食其肉,饮其血,绝其髓","则天悦"。号"四其御史"。(引者按:此处有旁注,略。)孟郊《猛将行》:"拟脍楼兰肉。"

他语亦挦撦宋人长短句而浑成无迹,如"怒发冲冠,凭栏处、潇潇雨歇"乃胡世将《酹江月》之"神州沉陆,问谁是一范一韩人物","空指冲冠发,栏杆拍遍,中天独对明月"(《全宋词》卷八十三)。"莫等闲,白了少年头,空悲切"乃朱敦儒《相见欢》之"泷河几番清秋,许多愁。叹我贴闲白了少年头"(《全宋词》卷一百二十五)。又,汪晫《瑞鹧鸪》云:"又是鹧鸪三两曲,等闲白了几人头。"(见卷一百八十二)"驾长车、踏破贺兰山缺。待从头收拾旧山河,朝天阙",乃朱敦儒《苏武慢》之"除奉天威,扫平狂(虏)[寇],整顿乾坤都了"(《全宋词》卷一百二十三)。李纲《苏武令》之"调鼎为霖,登坛作将,燕然即须平扫。拥精骑十万,横行沙漠,奉迎天表"(《全宋词》卷九十二)。又姚嗣宗诗:"踏破贺兰石,扫清西海尘。布衣有此志,可惜作穷鳞"(《邵氏闻见录》卷十六载。《渔隐丛话前集》卷五十四,又《容斋三笔》卷十一引田昼集记张元、吴昊、姚嗣宗事,姚句同《闻见录》。《类说》卷五十九引《西清诗话》作"踏碎"、"布衣能办此",《续湘山野录》作"踏碎"、"布衣能效死")。

1961年夏承焘曾作《岳飞〈满江红〉词考辨》,考此词乃明人所托拟,1981年邓广铭又作《再论岳飞〈满江红〉词不是伪作》等文,力证此词非岳飞不办。他们大都着眼于文献版本、地理方位等予以检讨,钱先生此则札记写作年代待考,但论证的角度可谓另辟蹊径。他认同余嘉锡先生的判断,进而认为"伪撰者亦是高手",举出"壮志""怒发""莫等闲""驾长车"四例,一一探其取资之源,并赞其能熔铸浑成而自成杰作。这则札记与词学大师夏先生、辛词权威邓先生的论文,观点或有歧异,虽未作详细的考辨和理论的发挥,但在"涉猎之广"与"措意之深"上,不是处在同一水平上的学术对话吗?

有的学者把词学研究家分为"体制内"和"体制外"两类,钱先生大概要被列入"体制外"了。但正是如此,恰能提出"局中人"所易忽略的问题。如《札记》卷二第1248页云:

> 宋人词之不为绮靡,颇导稼轩先路者,东坡名篇而外,如张先《定风波令》(浴殿词臣亦论兵)、《沁园春》(心膂良臣,帷幄元勋,左右万几)(皆见《全宋词》卷二十四),张昇《离亭燕》(卷三十),蔡挺《喜迁莺》(卷三十五),黄庭坚《水调歌头》(落日塞垣路)、《鼓笛慢》(卷四十六)……

"诗庄词媚",久成格套,"东南妩媚,雌了男儿",引起人们多少感慨。

钱先生在这里一连引了三十多首在题材和风格上雄阔苍劲的词作,从《全宋词》初刊本卷二十四直引至卷一百五十九,其中如刘仲方(即刘潜)、吴则礼、刘褒、高登以及与辛弃疾同时的刘学箕等均是不常为词评家注意的词人。又如在《札记》卷二第1247页引赵文《青山集》评词之语:

> 赵文《青山集》卷二《吴山房乐府序》:"近世辛幼安跌荡磊落,犹有中原豪杰之气,而江南言词者宗美成,中州言词者宗元遗山。词之优劣未暇论,而风气之异,遂为南北强弱之占,可感已!"

《序》文后面说:"吾友吴孔瞻所著乐府,悲壮磊落,得意处不减幼安、遗山意者,其世道之处乎?"赵文是宋末元初人,曾入文天祥幕。他的这篇整整三百字的词集序,对词与时代的关系,作了剀切详细的阐发,放在词评史上也有相当的价值,直到今天所见的《词籍序跋萃编》之类的工具书,亦未见采择。

又如邓广铭先生在1991年为《稼轩词编年笺注》所作的《重订三版题记》中特意提到他"失注"的一例,即辛氏《浣溪沙·别成上人并送性禅师》开头两句"梅子生时到几回,桃花开后不须猜",未注明是从"禅宗机锋语脱化而来",此次订补,才由助手根据"读者来函",仅将"桃花开后"句找出《景德传灯录》的出处,责编陈振鹏先生又替他找到"梅子生时"的出处在《五灯会元》。其实钱先生在《札记》中对这两个出处都早已点出,见卷二第1244页。邓先生称赞陈振鹏先生"对我国古典诗词具有精湛的研究,也足以说明他的学识的博洽",那么钱先生更当得起"精湛""博洽"之目吧。当然,《题记》的赞誉是含有感谢之意的。

《札记》中论词的大量材料,偏重在他一贯的"打通"之学上。举一例以为谈助,馀不赘。俗谚"天下无不散筵席",现今工具书大都以明人冯梦龙《醒世恒言·徐老仆义愤成家》为最早出处(《红楼梦》秦可卿托梦凤姐亦言"盛宴必散";《聊斋志异·蛇人》也说"世无百年不散之筵"等),钱先生《札记》卷二第1248页云:

> 稼轩《无题》:"合手下,安排了,那筵席须有休时。"按,倪君奭《夜行船》"年少疏狂今已老,筵席散,杂剧打了"(《全宋词》卷一百二十八),沈竹斋《醉落魄》云:"时光盛逼,杯盘渐渐来收拾。主人便欲留连客,末后殷勤,一著怎生得。来时便有归时刻,归时便是来时迹,世间万事曾经历。只看如今,无不散[的]筵席。"(《全宋词》卷一百四十八)

辛氏《无题》,其词牌为《恋绣衾》。应该说明,钱先生在此处不是在追溯这一用喻的最初出处,而主要在作比喻、意象的"打通"研究,以阐发令人神往的"修辞智慧",寻求人们相通或相似的艺术思维。

钱先生著作中确实存在文本误植的情况,其原因诚如刘衍文先生所言:"读书太快、抄录过速"、"不喜藏书,著述时只凭笔记,连常见书也往往无法核对。"(《钱周之争平议》,见《钱锺书研究集刊》第三辑,上海三联书店版)就引用宋词而论,又与他所据为《全宋词》初版本(无断句)也有关系。我还可以补充一点,就是《管锥编》定稿成书的具体环境。那时他刚从干校回京,和杨先生住在文学研究所的一间研究室里,仅有行军床二,三屉桌二,室徒四壁,连一个书架也没有。所内图书室又尚未启封,他硬是靠着几麻袋的笔记本成就这部皇皇巨著的。致误之由其实很简单,缺少了出版前最后一道工序——严格核对原书而已。当然,钱著中存在这些瑕疵是令人遗憾的,也是应予订正的,但用不着将情况与"原因"说得那么严重。

再回到《词学》上那篇"勘正"文章,所指误舛不少是对的,个别条的考辨也有一定的学术深度。但《管锥编》不是古籍整理,其引例除无特殊必要,一般并不需严格校勘版本的异同,其书的性质从钱先生认可的英语书名中就可反映出来,即《有限的观察:关于观念和文学的札记》(Limited Views: Essays on Ideas and Letters),而《勘正》作者有时求之过苛,有的更是尚可商榷的。

比如作者用了近一页的篇幅,批评钱先生引辛弃疾《鹧鸪天》"欲上高楼本避愁,愁还随我上高楼"两句,认为此词并非确为辛作,钱氏失于考核。其理由有四：一是此词辛集"诸旧本未收录"；二是"玩其词意，完全不是陈廷焯所赏辛词风格"；"稼轩饱学才人，当不至谫陋如此"；三是此词"唯载于吴讷《百家词》"，而此本非佳本，不可据；四是《历代诗馀》亦有无名氏同韵之作，与上述词"文句相类，机杼无异"，因而此词"作者是辛弃疾乎？无名氏乎"处于两可之间；而钱氏"不当漏引了这首无名氏之作，以成双璧"。按，钱先生《管锥编》引此两句，是为了论证扬雄《逐贫赋》写"贫"之于人，如影随形，而"愁"亦如此。其前还引辛氏《鹤鸣亭独饮》："小亭独酌兴悠哉，忽有清愁到酒杯；四面青山围欲合，不知愁自那边来。"流传甚广的《丑奴儿》"少年不识愁滋味，爱上层楼"，不也是辛氏名作吗？我弄不明白"欲上高楼本避愁"两句为什么不合"辛词风格"，写了这两句就变成了"谫陋"？吴讷《唐宋名贤百家词》确有误收之作，本乃词总集的普遍情况，不足为怪，何至于怀疑起其中每首均误？引不引无名氏之相类词作，实与《管锥编》著作性质了不相涉，而竟斥之为"漏引"，也有点过分。

更重要的是"诸旧本未收录"一语，显与事实不符。考辛氏词集最早也是最权威的，今有两个版本系统：一是四卷本之《稼轩词》，分甲乙丙丁四集，为辛氏生前所编；二是十二卷本之《稼轩长短句》，为辛氏身后所刊。而钱先生所引"欲上高楼"两句的《鹧鸪天》，赫然见于四卷本《稼轩词》丁集，在涵芬楼影印汲古阁影宋抄本的第二册第17页上一查即得。说"诸旧本未收录"，未免有点武断。顺便提及，《勘正》作者为了贬抑吴讷《百家词》，曾引梁启超谓其所收辛氏集外词"即使真出稼轩，在集中亦不为上乘"等语，以为自己助力；殊不知梁任公在《饮冰室跋四卷本稼轩词》中，对在《百家词》中，"丁集赫然在焉，乃拍案叫绝，知马贵与（端临）所见四卷本，固未绝于人间也"，喜忭雀跃之情，溢出纸外，可见他对"丁集"的珍重了。要之，此首《鹧鸪天》既见于"丁集"，仅此一条版本根据，怀疑论似可息喙矣。本来，此词的主名历来是均无异议的。

（原载《万象》第 6 卷第 10 期，2004 年 10 月。原题作《批评的隔膜》）

王水照主要著述年表

1963 年
    宋代散文选注,中华书局上海编辑所
1978 年
    宋代散文选注(再版),上海古籍出版社
1981 年
    苏轼,上海古籍出版社
1984 年
    苏轼选集,上海古籍出版社
    唐宋文学论集,齐鲁书社
    苏轼(再版),上海古籍出版社
1986 年
    苏轼其人和文学(日译本),(日本东京)日中出版社
1989 年
    宋人所撰三苏年谱汇刊,上海古籍出版社
1990 年
    苏轼诗词选注(合著),上海古籍出版社
    苏轼散文选注(合著),上海古籍出版社
    王安石散文选(合著),三联书店(香港)有限公司
1991 年
    日本学者中国词学论文集(合编),上海古籍出版社
    苏轼选集,(中国台湾)群玉堂出版公司

1992 年

　　唐宋散文精选,江苏古籍出版社

1993 年

　　苏轼,(中国台湾)万卷楼图书有限公司

1994 年

　　日本学者中国文章学论著选(合编),上海古籍出版社

　　古文精华(主编),知识出版社

　　苏轼论稿,(中国台湾)万卷楼图书有限公司

1995 年

　　欧阳修散文选集,百花文艺出版社

1996 年

　　中国历代古文精选(主编),东方出版中心

　　苏轼其人和文学(日译本,再版),(日本东京)日中出版社

1997 年

　　宋代文学通论(主编),河南大学出版社

　　陆游选集(合著),人民文学出版社

　　宋诗一百首(合著),上海古籍出版社

　　王安石散文选集(合著),上海古籍出版社

　　古代十大诗歌流派(主编),湖南文艺出版社

　　全唐文、王维集、李白集、杜甫集、韩愈集、白居易集(传世藏书本,主编),诚成企业集团(中国)有限公司

1998 年

　　半肖居笔记,东方出版中心

　　苏轼散文精选(合著),东方出版中心

　　苏洵散文精选(合著),东方出版中心

　　苏轼及其作品选,上海古籍出版社

1999 年

　　苏轼研究,河北教育出版社

2000 年

王水照自选集,上海教育出版社

苏轼传:智者在苦难中的超越(合著),天津人民出版社

历代文选·宋辽金文(合著),河北教育出版社

2001 年

中国的文豪苏东坡(韩译本),(韩国汉城)月印出版社

首届宋代文学国际研讨会论文集(主编),复旦大学出版社

新宋学(第一辑,主编),上海辞书出版社

2002 年

唐宋散文精选(再版),江苏古籍出版社

宋词三百首(注评),春风文艺出版社

彩图本宋诗一百首(合著),上海古籍出版社

2003 年

新宋学(第二辑,主编),上海辞书出版社

2004 年

苏轼评传(合著),南京大学出版社

苏轼诗词文选评(合著),上海古籍出版社

2005 年

欧阳修散文选集(再版),百花文艺出版社

日本宋学研究六人集(主编),上海古籍出版社

2007 年

历代文话,复旦大学出版社

2008 年

欧阳修传:达者在纷争中的坚持(合著),天津人民出版社

鳞爪文辑,陕西人民出版社

苏轼传:智者在苦难中的超越(合著,再版),天津人民出版社

2009 年

欧阳修散文选集(再版),百花文艺出版社

南宋文学史(合著),人民出版社

2010 年

宋代散文选注(再版),上海古籍出版社

日本宋学研究六人集(第二辑,主编),上海古籍出版社

2011 年

当代名家学术思想文库·王水照卷,万卷出版公司

中国古代文章学的成立与展开(合编),复旦大学出版社

苏轼评传(合著,再版),南京大学出版社

苏轼诗词文选评(合著,再版),上海古籍出版社

2012 年

唐宋古文选,凤凰出版社

宋刊孤本三苏温公山谷集六种,国家图书馆出版社

宋词三百首详注(合著),上海远东出版社

复旦宋代文学研究书系(主编),复旦大学出版社

2013 年

欧阳修传(合著,修订版),天津人民出版社

苏轼传(合著,修订版),天津人民出版社

苏东坡评传——中国文豪苏轼的人生与文学(韩文本),(韩国首尔)石枕出版社

2014 年

苏轼选集(再版),上海古籍出版社

唐宋散文举要,安徽师范大学出版社

中国古代文章学的衍化与异形(合编),复旦大学出版社

新宋学(第三辑,主编),上海人民出版社

2015 年

王水照苏轼研究四种:苏轼研究、苏轼选集(修订本)、苏轼传稿、宋人所撰三苏年谱汇刊,中华书局

王水照说苏东坡,中华书局

图书在版编目(CIP)数据

走马塘集/王水照著. —上海:复旦大学出版社,2016.5
(当代中国古代文学研究文库)
ISBN 978-7-309-12060-8

Ⅰ.走… Ⅱ.王… Ⅲ.①中国文学-古典文学研究-文集②钱锺书(1910~1998)-文学研究-文集 Ⅳ.①I206.2-53②I206.7-53

中国版本图书馆 CIP 数据核字(2016)第 002571 号

走马塘集
王水照 著
责任编辑/王汝娟

复旦大学出版社有限公司出版发行
上海市国权路 579 号 邮编:200433
网址:fupnet@fudanpress.com http://www.fudanpress.com
门市零售:86-21-65642857 团体订购:86-21-65118853
外埠邮购:86-21-65109143
常熟市华顺印刷有限公司

开本 787×960 1/16 印张 20.75 字数 265 千
2016 年 5 月第 1 版第 1 次印刷

ISBN 978-7-309-12060-8/I·972
定价:55.00 元

如有印装质量问题,请向复旦大学出版社有限公司发行部调换。
版权所有 侵权必究